Jean-Paul Sartre

Wider das Unrecht

Die Affäre Henri Martin

Mit Texten von
Hervé Bazin, Marc Beigbeder,
Jean-Marie Domenach, Francis Jeanson,
Michel Leiris, Jacques Madaule, Marcel Ner,
Jean Painlevé, Roger Pinto, Jacques Prévert,
Roland de Pury, Jean-Henri Roy,
Vercors, Louis de Villefosse

Übersetzt von
Eva Moldenhauer

rororo
Rowohlt

Deutsche Erstausgabe
Veröffentlicht im Rowohlt Taschenbuch Verlag GmbH,
Reinbek bei Hamburg, März 1983

Die deutsche Ausgabe folgt der
1953 bei Librairie Gallimard, Paris, erschienenen
Originalausgabe «L'Affaire Henri Martin»

Umschlagentwurf Werner Rebhuhn
Satz Aldus (Linotron 404)
Gesamtherstellung Clausen & Bosse, Leck
Printed in Germany
1280-ISBN 3 499 15096 4

Zu diesem Buch

Henri Martin, Arbeitersohn und Schlosserlehrling, schließt sich 1944 mit siebzehn Jahren der kommunistischen Widerstandsorganisation Francs-Tireurs et Partisans gegen die deutsche Besatzung an und meldet sich nach der Befreiung 1945 freiwillig zur französischen Kriegsmarine. Er wird nach Indochina geschickt, um gegen die Japaner zu kämpfen, die noch nicht die Waffen niedergelegt haben. An Ort und Stelle erlebt er jedoch, daß die französischen Truppen eingesetzt werden, um den indochinesischen Widerstand gegen die französische Kolonialherrschaft niederzuschlagen. Daraufhin beantragt er dreimal erfolglos seine Entlassung aus der Armee. 1947 wird er endlich nach Toulon versetzt. Dort beginnt er 1949 Flugblätter gegen den Indochinakrieg zu verfassen und zu verbreiten. 1950 wird er verhaftet und 1951 vom Kriegsgericht zu fünf Jahren Zuchthaus verurteilt. Die Kommunistische Partei startet eine Kampagne zur Freilassung von Henri Martin. Gemeinsam mit einer Gruppe von nichtkommunistischen Persönlichkeiten unterschreibt Sartre ein Gnadengesuch an den Präsidenten der Republik, der ihn im Januar 1952 empfängt. Auf Grund dieser Kampagne wird Henri Martin 1953 wegen guter Führung aus der Haft entlassen. Um die Wiedereröffnung des Prozesses zu erreichen, veröffentlicht Sartre 1953 die vorliegende Dokumentation, die er in äußerst brillanter, oft sarkastischer Weise kommentiert. Dabei wendet er zum erstenmal seine vorher an Baudelaire und Genet erprobte Methode der existentialistischen Rekonstruktion einer exemplarischen Biographie auf das Leben eines Arbeiters an. Seine Demaskierung der Mechanismen eines Kolonialkriegs war die erste Streitschrift eines jahrzehntelangen antikolonialistischen Engagements, das ihn schließlich 1967 zum Vorsitz des Russell-Tribunals über die amerikanischen Kriegsverbrechen in Vietnam führen sollte. In Frankreich wurde sein Eintreten für Henri Martin mit Voltaires Eintreten für Calas und Zolas Eintreten für Dreyfus verglichen. Weit über den zeitgeschichtlichen Informationswert hinaus ist Sartres Kommentar ein an Karl Kraus erinnerndes Modell für die schonungslose Aufdeckung der Verlogenheit eines juristischen Herrschaftsjargons und für ein die öffentliche Meinung aufrüttelndes intellektuelles Engagement, dessen einzige Waffe die verhöhnende Entlarvung von offiziellen Texten ist.

Sartres *Affäre Henri Martin* wird hier zum erstenmal in der Bundesrepublik auf deutsch vorgelegt.

Jean-Paul Sartre

Gesammelte Werke in Einzelausgaben

In Zusammenarbeit mit dem Autor
herausgegeben von Traugott König

Politische Schriften
Band 4

Romane und Erzählungen
Theaterstücke und Drehbücher
Philosophische Schriften
Schriften zur Literatur
Schriften zu Theater und Film
Schriften zur bildenden Kunst und Musik
Politische Schriften
Autobiographische Schriften
Reisen

Vorbemerkung

Dieses Buch, das im Laufe des letzten Winters geschrieben wurde, um die Begnadigung von Henri Martin zu erreichen, mag heute gegenstandslos erscheinen. Dennoch veröffentlichen wir es, ohne ein Wort daran zu verändern. Dieses Vorwort soll unsere Gründe darlegen.

Unsere Minister haben Martin auf freien Fuß gesetzt; aber sie brüsten sich, nicht dem Druck der Öffentlichkeit nachgegeben zu haben. Das sei dahingestellt. Jedenfalls haben sie nicht gewährt, worum sie ersucht worden waren: Revision oder Begnadigung. Die Revision – damit meine ich die ehrliche *Revision – bedeutete die Freisprechung des Angeklagten, wie wir weiter unten sehen werden. Was die Begnadigung betrifft, so rehabilitierte sie ihn nur unvollständig und auf Umwegen: aber immerhin war sie besser als nichts. Indem der Präsident der Republik Martin begnadigte, erklärte er ungefähr: «Das Urteil ist formal korrekt, und trotzdem wollte Martin nicht Verrat begehen: er glaubte, seine Pflicht zu tun, als er Flugblätter gegen den Krieg verteilte, so wie die Richter ihre Pflicht zu tun glaubten, als sie ihn verurteilten.» Die Regierung hat beide Lösungen verworfen: sie hat Martin wegen guter Führung entlassen. Kurz, sie hat ihre Verantwortung auf die Verwaltungsmaschinerie abgeschoben: es ist zwar üblich, Inhaftierten bei Wohlverhalten Straferlaß zu gewähren. Diese automatische Freilassung berührt jedoch nicht den Kern der Frage: in den Augen der Staatsorgane bleibt Martin ein Krimineller, der es nicht verdiente, begnadigt zu werden. Wenn sich eine Regierung darauf versteift, in dem Mann, den ein großer Teil der Öffentlichkeit für einen Helden hält, einen Verräter zu sehen, dann ist das Land krank. Ob frei oder nicht, Martin bleibt auch gegen seinen Willen ein Symbol unserer Zwietracht. Meint das Ministerium, diese Zwietracht dadurch abzumildern, daß es den Mann, den es verurteilen ließ, plötzlich laufenläßt? Wenn Martin schuldig wäre, müßte man die Massen, die ihm zujubeln, über ihren Irrtum aufklären. Aber er ist unschuldig: also müssen wir unsere Minister und alle, die ihnen beipflichten, über ihren Irrtum aufklären. Es gibt nur ein Mittel, die Geister zu versöhnen: Martin zu rehabilitieren. Und da unsere führenden Männer sich dagegen sperren, werden wir es versuchen. Gestern hatte dieses Buch das Ziel, Martins Begnadigung zu erwirken. Heute hat es ein anderes: alle Tatsachen noch einmal zu prüfen und den Prozeß wiederaufzunehmen.*

Prévert stellt eine Frage

Hört ihr?
  Hört ihr Menschen aus Vietnam
  Hört ihr auf euren Äckern
  auf euren Reisfeldern auf euren Bergen?

    ja wir hören sie

diese niederen Wesen
Architekten Tänzer Fischer und Bergleute
Gärtner und Bildhauer Weber oder Jäger
Bauern und Hirten Handwerker und Docker
Kulis Seefahrer

diese niederen Wesen
haßten nur den Haß
verachteten nur die Verachtung

diese niederen Wesen
fürchteten kaum den Tod
so sehr liebten sie die Liebe
so sehr lebten sie das Leben
und ihr Leben war manchmal schön wie der Tag
und das Blut des Mondes floß über die Reisfelder
und auch der Tag war schön wie der Wind

Es gab auch Hunger und Elend
die bösen Fieber und die zu harte Fron

Aber der Tag war schön wie die Nacht
die närrische Sonne tanzte in den Augen der Mädchen
und die Nacht war schön wie der Tag
auch der närrische Mond tanzte allein auf dem Meer
das Elend machte sich schön für die Liebe

Und die Kinder spielten zum Fest trotz der schlimmen Zeiten
sie spielten mit den Tieren und jagten den Wind

Aber
es kamen auch von weit her die Monopolisten
die aus der Metropole und die Gewinnsüchtigen
Kaufleute Händler Notabeln Frondeure mit den
 Legionären den Expeditionären und den
 Konzessionären und den hohen Kommissaren

Ferner die Missionare und die Konfessionare
gekommen ihre minderwertigen Brüder zu betreuen
gekommen sie von der Liebe zum Leben zu heilen
dieser alten törichten schändlichen Krankheit
Und das seit sehr langer Zeit
lange vor dem Tod des Sechzehnten Ludwig
lange vor der Ausbeutung und dem Export
 der *Marseillaise*

und das Elend wurde an der Börse notiert
unter dem Deckmantel
und in den Falten der Trikolore

Und dann kam noch ein letztes Mal der Große Krieg
mit seinen neuen Finanzmännern und seinen hochtönenden
 Nachrichten
Da es ein weltweiter Krieg war
feilschten deklassierte Franzosen mächtige Kaids aus Vietnam
schon mit den Bandenführern aus dem Reich der Mitte
wie Barone auf dem Jahrmarkt
um die Beute
um Teile des Landes
mit Zustimmung Seiner Majestät Bao-Dai

Plötzlich
versinken ihre mit Papiergeld beladenen Schiffe
in den Stromschnellen der Geschichte
und wie in den Schulbüchern aus der Metropole
verkündet man in Vietnam
die Menschenrechte

Was
diese Menschen die nach Brot schreien weil sie angeblich
nicht viel zu essen haben
und die selbst wenn sie satt wären noch immer schreien würden
daß es ihnen schlecht geht
wir wissen nur zu gut wer sie anführt
und wohin man sie führen will

Und die reichen Plantagenbesitzer von Hévéas die Herren
der Bank von Indochina und die reichen Grubenbesitzer
von Tonkin
wenden sich ohne Zögern an die Vierte Republik
die apostolische und neudemokratische
Mutter des Kolonialreichs

Da
stockt der ältesten Tochter der Kirche
das Blut in den Adern

Ein armer Kapuziner und Großadmiral der Galeeren
kommt in Windeseile über das Meer
und nach den üblichen Ermahnungen
Dies ist mein Leib (lies: Expeditionskorps)
Dies ist euer Blut
hält er in Haiphong eine kanonendonnernde Predigt
Würgeengel erfüllen ihren Auftrag
und dezimieren die Bevölkerung
Ein einfaches kleines Blutbad
Vorzeichen am Himmel
eine strenge aber heilsame Lehre

Und die Galeere segelt von dannen
nach Erledigung seiner erhabenen Rolle in der Geschichte
zieht sich der Admiral in seine Kapuzinerklause zurück
denn er verschmäht den Ruhm

Und die Zeit vergeht nur scheinbar
die Zeit des Halt-wer-da stillgestanden Gewehr bei Fuß
die Zeit der blühenden Kirschbäume entwurzelt in alle Winde
zerstreut

Und trotz beunruhigender Friedensdrohungen
feiern die Piasterschieber
alle Feste ohne eines zu vergessen
und man feiert Weihnachten wie in der guten alten Heimat
in Saigon in Hanoi
und man feiert den Waffenstillstand und den Tag der Befreiung
wie am vierzehnten Juli den Sturm auf die Bastille
ohne Umstände

Indessen entzündet man in der Ferne Lampions
Napalmlampions über armseligen Strohhütten
und Frauen und Männer und Kinder aus Vietnam
schlafen mit aufgerissenen Augen auf der verbrannten Erde
und es ist wie Oradour
es ist wie Madagaskar und wie Guernica
und etwas bescheidener als Hiroshima

Und die Zeit liegt auf der Lauer
die Zeit des Halt-wer-da
die Zeit der Verzweiflung
und der schwarzen Sauerei
und die große gelbe Hand des Tagelöhners
streichelt traurig die Reisfelder die Wälder
die Werkzeuge und die Äcker das ausgehungerte Vieh

Stimmen singen

Wir liebten unser Elend nicht
aber mit ihm konnten wir kämpfen
und wenn es manchmal niederfuhr auf die Erde
auf diese arme Erde konnten wir doch atmen
Ihr aber
was habt ihr aus ihr gemacht
Schwer war unsere Not
ihr wußtet es
ihr habt ihr schon mehr als den Goldwert ausgepreßt
Wahnwitzige
was wollt ihr denn noch

Den Stimmen der gelben Tagelöhner
antwortete eine Stimme aus Gold
eine drohende Stimme aus dem Radio
und die Tagelöhner drängten sich enger zusammen
der mechanische Tod rückte näher

Dumpfe aber klare
Stimmen sangen

Wenn die kleine gelbe Hand des Tagelöhners
und die große weiße Hand aus Gold
die Ellbogen auf dem Tisch und die Fäuste geballt
einander begegneten
würde sie nicht lange in der Luft bleiben
die bleiche kleine Handschelle aus Eisen
befleckt von geronnenem Blut

lange in der Luft
das sagt man so dahin
Und die Stimme aus Gold brüllte
tonlos zart kultiviert
Feuer nach Belieben
Und die Männer mit der Goldhand
rekrutiert auf Schiffe verfrachtet und eben gelandet
um die Ordnung wiederherzustellen
schossen mit MGs
setzten alles in Brand

Aber
auch der gelbe Tagelöhner
me-cha-ni-sier-te sich

Traurig und ernst
doch gefaßt sangen Stimmen

was wollt ihr
man greift uns mit Maschinen an
uns mit bloßen Händen zu wehren
wäre nicht zivilisiert
man hieße uns wiederum Wilde

und Rückständige
man würde uns tadeln
Und Kaiser Bao-Dai
fuhr «auf Urlaub»
an die Côte d'Azur
so jedenfalls nannten die Zeitungen seine
    fieberhaften und geschäftigen Besuche

Dort unten
auf der Bühne der Bankoperationen
hatte das Expeditionskorps
nicht mehr die gleichen Erfolge
und in herrlichen Dekorationen
fielen die armen Statisten des Todes
Nur die Piasterschieber
riefen da capo und klatschten
Hier rief man: weiter
dort rief man: genug
in der Ferne rief man
Friede
und die Herren der besseren Welt verdrückten sich höchst diskret

Das alles war keine Kleinigkeit
die großen internationalen Gesellschaften der Monopolisten
alarmierten ihre besten Experten
ihre gerissensten Taktiker

Einer von ihnen
ein unermüdlich geschäftiger kleiner Gernegroß
    von schwindelerregendem und hartnäckigem Mittelmaß
der sich schon während des Zweiten Weltkriegs
    mit trügerischen Ruhm bedeckt hatte auf der Straße
des wundenschlagenden Eisens
landete wie der Blitz in Vietnam
und schneller als er sie wenig
    später niederschreiben konnte
fand er die Lösung dieses endlosen Konflikts

Um den bedauerlichen und notwendigen Krieg in Vietnam
zu beenden oder zu verbessern

genügt es
nichts einfacher als das
Vietnam in den Krieg zu ziehen
Und diese Lösung in einem Schlagwort
von unleugbarer Wirksamkeit zusammenfassend
männliche Tatkraft rasches Handeln
steigt er wieder ins Flugzeug
nicht ohne zuvor sehr scharfsinnige Erklärungen gegeben zu haben

Franzosen und Vietnamesen ließen sich töten
um Leben und Vermögen von Leuten zu schützen die
riesige Reichtümer anhäuften

um nur von den Chinesen in Saigon zu sprechen
und von den Vietnamesen in Hanoi
und das alles auf Kosten des französischen Steuerzahlers

«Es gibt nur eine Lösung: eine rein vietnamesische Armee zu schaffen, die stark genug ist, die Ordnung wiederherzustellen; denn schließlich wird der Krieg in Vietnam geführt (in Tonkin, Annam und Kotschinchina), in einem Land mit fünfundzwanzig Millionen Einwohnern. Erst durch die Schaffung einer solchen Nationalarmee wird das vietnamesische Volk sich seiner Unabhängigkeit voll bewußt werden. Dieser Krieg, in dem die Unabhängigkeit Vietnams, die Freiheit und der Wohlstand seiner Bürger auf dem Spiel stehen, muß von Vietnam als sein Krieg betrachtet werden. Die Eliten des Landes dürfen sich nicht länger als ‹Attentisten› gebärden, aus Furcht, sich im Fall eines Sieges der Kommunisten zu kompromittieren. Es muß ein Krieg sein, den Vietnam mit Hilfe Frankreichs, nicht Frankreich mit Hilfe Vietnams führt.

Und als erstes muß ein geistiges Klima geschaffen werden, wie es der Präsident Syngman Rhee, dieser alte Löwe, in Korea zu schaffen verstanden hat.

Außerdem sind einschneidende Reformen vorzunehmen.»[1]

Warum haltet ihr und schon seit Jahren
einen Matrosen gefangen
der HENRI MARTIN heißt?

1 *Im Folgenden drucken wir in aller Objektivität einen Artikel von Herrn Paul Reynaud ab, «Vietnam in den Krieg ziehen», von dem diese Passage nur ein Auszug ist (der Artikel erschien am 31. März 1953 in* Le Figaro*).*

Paul Reynaud
Die Lage in Indochina
Vietnam in den Krieg ziehen

Wenn man von einer Asienreise zurückkehrt und gesehen hat, daß der Kommunismus neben den dreihundert Millionen Weißen in Europa noch vierhundertfünfzig Millionen Chinesen fest in seinen Klauen hält und sie in Korea zu heroischen Kämpfern macht; wenn man die Labilität der anderen Länder Asiens festgestellt hat; wenn man sich an Lenins Vorhersage erinnert: «Der Weg von Moskau nach Paris führt über Peking, Tokio und Kalkutta» und wenn man dann bei der Rückkehr sieht, wie sich die Europäer an ihre Komplexe und ihre Rachegefühle klammern, unfähig, sich zusammenzuschließen, um sich gegen eine kommunistische Invasion zur Wehr zu setzen, die Westeuropa bereits bis zu Goethes Weimar überschwemmt hat, dann kann man nicht umhin, an den Spruch der Alten zu denken: «Wen Jupiter vernichten will, den macht er wahnsinnig.»

Stalin hat über Lenin nachgedacht. Um Europa zu schwächen, wo sich, wie er weiß, das Schicksal der Menschheit entscheiden wird, ist es ihm gelungen, ohne einen russischen Soldaten in Gefahr zu bringen, einen Teil der westlichen Streitkräfte im Fernen Osten zu binden: die Amerikaner in Korea, die Franzosen in Indochina, die Engländer in Malaysia.

So sieht Frankreich, ein wesentlicher Faktor der Verteidigung Europas, am anderen Ende der Welt einen großen Teil der Führungskräfte gelähmt, die für die Schaffung der mächtigen Armee zur Verteidigung Europas notwendig sind. Gelähmt und geschwächt durch einen fortgesetzten Aderlaß.

Wir sind in die Falle gegangen. Wir müssen aus ihr herausfinden. Eine solche Situation beizubehalten wäre gegenüber Frankreich und der Zivilisation, die unser Daseinszweck ist, ein erschreckender Mangel an Verantwortungsbewußtsein.

Können wir wenigstens mit unseren derzeitigen Anstrengungen das Indochinaproblem lösen? Nein, denn obwohl die Armee der Französischen Union inzwischen «gelb» geworden ist, wird sie von den Kommunisten weiterhin als eine fremde Armee verteufelt, die einer «Marionettenregierung» ihren Willen aufzwinge. «Ihr behauptet, eure Unabhängigkeit erobert zu haben?» sagen sie. «Seht euch doch um, ihr lebt im Schatten und unter der Herrschaft einer fremden Armee!»

Ansonsten ist die Tatsache, daß wir Vietnam die Unabhängigkeit gewährt haben, in bezug auf die Kampfhandlungen ein Handikap für uns, denn das hindert uns, die vom Feind befreiten Gebiete mit unseren Administratoren und nach unseren Methoden zu organisieren.

Wenn sich die politische Lage im Süden auch verbessert hat und die Sicherheitszone im Norden erweitert werden konnte, so ist dagegen die militärische Lage in Tonkin weniger gut als vor drei Jahren, trotz den schweren Verlusten, die der Feind erlitten hat. In der Tat haben wir seither, durch den Verlust von Lao Kay, Cao Bang und Lang Son, die Kontrolle über die Straßen nach China verloren, auf denen der Feind Nachschub erhält. Na Sam, das die Straße nach Laos kontrolliert, kann nur durch eine Luftbrücke versorgt werden. Wir hatten gehofft, daß die Kontrolle über das Delta des Roten Flusses, die Kornkammer Nordvietnams, in der sechs Millionen Menschen leben, es dem Feind verbieten würde, sich hier mit Reis zu versorgen und junge Männer zu rekrutieren. Diese Hoffnung hat sich nicht erfüllt. Auf Grund der gegnerischen Infiltration ist das Delta ein «gemischtes Bad», wo der Feind zwar weniger Stellungen besetzt hält als wir, aber wo es in vielen Dörfern eine Tages- und eine Nachtsouveränität gibt, wo die Franzosen sich nachts in die Wehrdörfer zurückziehen. Von Zeit zu Zeit führen wir dort Operationen gegen feindliche Gruppen durch, aber oft verstecken diese Soldaten, die nicht von den Bauern zu unterscheiden sind, ihre Waffen und sind ungreifbar.

Es gibt nur eine Lösung: eine rein vietnamesische Armee zu schaffen, die stark genug ist, die Ordnung wiederherzustellen; denn schließlich wird der Krieg in Vietnam geführt (in Tonkin, Annam und Kotschinchina), in einem Land mit fünfundzwanzig Millionen Einwohnern. Erst durch die Schaffung einer solchen Nationalarmee wird das vietnamesische Volk sich seiner Unabhängigkeit voll bewußt werden. Dieser Krieg, in dem die Unabhängigkeit Vietnams, die Freiheit und der Wohlstand seiner Bürger auf dem Spiel stehen, muß von Vietnam als sein Krieg betrachtet werden. Die Eliten des Landes dürfen sich nicht länger als «Attentisten» gebärden, aus Furcht, sich im Fall eines Sieges der Kommunisten zu kompromittieren. Es muß ein Krieg sein, den Vietnam mit Hilfe Frankreichs, nicht Frankreich mit Hilfe Vietnams führt.

Und als erstes muß ein geistiges Klima geschaffen werden, wie es der Präsident Syngman Rhee, dieser alte Löwe, in Korea zu schaffen verstanden hat.

Außerdem sind einschneidende Reformen vorzunehmen.

Für all dies sind zwei wesentliche Eigenschaften vonnöten: männliche Tatkraft und rasches Handeln.

Man sagt mir, ich hätte für einige Aufregung gesorgt, als ich am Tag vor meiner Abreise nach Saigon vor der Presse erklärte, daß diese Stadt, die allabendlich in festlichem Lichterglanz erstrahlt, in der der Kuli beim Spiel seinen Wochenlohn verliert, in der die Schreie und die Farben des chinesischen Theaters schrillen, in keiner Weise den Eindruck vermittelt, als sei sie die Hauptstadt eines Landes, in dem seit langem hätte verkündet werden müssen, daß «das Vaterland in Gefahr» ist. Inzwischen hat ein vietnamesischer Journalist aus Saigon seine Landsleute beschimpft, weil sie sich von einem französischen Gast haben sagen lassen, was sie sich selbst hätten sagen müssen.

Die Chinesen aus Cholon (Saigon) häufen riesige Reichtümer an, ohne persönliche Steuern zu zahlen, es sei denn an den Vietminh, aus Angst, daß eine Bombe in ihren Laden fällt. In Hanoi gibt es mehrere vietnamesische Ärzte, die hunderttausend Piaster (der Piaster zu siebzehn Francs nach dem offiziellen Kurs) im Monat verdienen. Das alles auf Kosten des französischen Steuerzahlers, während Franzosen und Vietnamesen sich töten lassen, um ihr Leben und ihr Vermögen zu schützen.

Um Vietnam in den Krieg zu ziehen, müssen seine Führer, deren persönliche Qualitäten sehr groß sind, ihm Kampfgeist einflößen, eine Nationalarmee aufstellen und durch soziale Reformen und Bekämpfung der Korruption ein neues Klima schaffen.

Wir werden sehen, wie das geschieht.

I

Die Saboteure der Dixmude

Henri Martin wird am 23. Januar 1927 in Rosières, einer kleinen Arbeitersiedlung am Rande der Gemeinde Lunery (Departement Cher) geboren. Sein Vater arbeitet als Justierer in der dortigen Gießerei; er ist aktives Mitglied der CGT und wird später in den Gemeinderat und zum stellvertretenden Bürgermeister gewählt. Die Mutter ist sehr fromm: sie läßt ihren Kindern eine religiöse Erziehung geben. Eine ihrer Töchter beabsichtigt eine Zeitlang, den Schleier zu nehmen, und der kleine Henri ist fünf Jahre lang Chorknabe. Ein Chorknabe, ein braves Kind. Ein fleißiges, naives, aufrichtiges und schüchternes Kind: es beginnt zu stottern, sobald es verlegen oder wütend wird. Auch ein sehr zartes Kind, das an asthmatischen Anfällen leidet und fürsorglicher Pflege bedarf: «Ich war nie ein Draufgänger.» Seine Freizeit verbringt es bei einer alten Nachbarin, die seit dem Kongreß von Tours in der Kommunistischen Partei aktiv war. Sie erzählt ihm ihr Leben, ihre Kämpfe, sie schildert ihm die großen Etappen der Arbeiterbewegung, sie erklärt ihm die Welt; es fühlt sich wohl in ihrer Gesellschaft; von ihr erfährt es die Geschichte seiner Klasse, seine eigene Geschichte. Daß Henri Martin, Sohn eines Arbeiters und selbst künftiger Arbeiter, bereits in jungen Jahren die Kommunistische Partei kennengelernt hat, ist nicht verwunderlich: merkwürdig ist nur, daß die jüngste der revolutionären Bewegungen durch den Mund einer Großmutter zu ihm spricht: diese so neue Partei erscheint ihm sehr alt, da eine sehr alte Frau ihm von ihr erzählt. Aus dem Munde dieser alten Frau lernt Henri eine andere heilige Geschichte: die mythische und wahre Geschichte des Proletariats. In der Kirche hat man ihn gelehrt, daß er ein Geschöpf Gottes, in der Schule, daß er ein Bürger der Dritten Republik sei; diese abstrakten Belehrungen sind allenfalls gut genug, auf einem Personalausweis zu stehen. Aber seine alte Freundin hat ihn mit einer königlichen Kindheit beschenkt, als sie lehrte, daß er von Geburt dazu bestimmt ist, einer gerechten Sache zu dienen.

Auch wir haben die Gerechtigkeit geliebt: man erinnere sich! Der Schwur im Ballhaus, Camille Desmoulins, die ersten Reden Dantons, Valmy! Mit welcher Begeisterung haben wir bei Michelet die Geschichte unserer Klasse gelesen: sie hatte die Französische Revolution gemacht, sie brachte der Welt ein neues Evangelium. Und dann weiß man ja, wie es weiterging: wir mußten zwischen der Klasse und der Gerechtigkeit wählen, und jeder hat sich da durchgewunden, so gut er konnte. Doch die Tradition unserer Kindheit ist nicht verlorengegangen: zur Zeit, als die Volksfront ihre ersten Siege errang, lauschte ein zehnjähriges Kind hingerissen den schönen blutigen Geschichten: Unterdrückung, Elend und Revolte, Niederlagen und Siege, die Pariser Commune, die Oktobertage, die Matrosen der Schwarzmeerflotte, Sacco und Vanzetti. Nichts hatte sich verändert: der gleiche langsame und stetige Fortschritt der aufsteigenden Klasse, die der Welt die frohe Botschaft bringt, die gleiche leidenschaftliche Anteilnahme, der gleiche Stolz bei dem jungen Zuhörer. Nur ist es weder dieselbe Klasse noch dasselbe Evangelium.

Diesen Eintritt ins Leben würde ein Ausländer sofort als «typisch französisch» bezeichnen; und es stimmt: die Kulisse, das Milieu, alles ist uns vertraut. Dennoch haben die Beispiele einer «typisch französischen» Kindheit selbst für einen Franzosen einen fast anachronistischen Reiz: sie setzen ein Zusammenwirken von Umständen voraus, das immer seltener anzutreffen ist. Rosières ist ein Überbleibsel, eine jener kleinen industriellen Inseln, die von den Umwälzungen in der Produktion verschont geblieben sind und die der französische Kapitalismus mit seinem sehr langsamen Konzentrationsprozeß nur allmählich beseitigt. Die Kindheit von Henri Martin ist nur in Rosières möglich, und Rosières ist nur in einem Land möglich, dessen industrielle Entwicklung um dreißig Jahre nachhinkt. Überall sonst lief im Jahre 1927 «die zweite industrielle Revolution» auf Hochtouren; das Proletariat drängte sich um die Riesenstädte zusammen, und die Kinder der Arbeiter kamen in den ungeordneten Verhältnissen der Vorstädte zur Welt: die meisten von ihnen wußten sehr bald, daß sie keine Aussicht hatten, eine Lehre zu machen oder einen Beruf auszuüben, auf den sie stolz sein könnten: das neue Maschinenzeitalter würde nur disqualifizierte Arbeit für sie übriglassen; da sie im Schoß der Massen aufwuchsen, wurden sie sich durch die Massen und im Umgang mit ihnen ihrer selbst bewußt; sie haben nicht das religiöse Schwanken von Martin gekannt, und die Ideologie ihrer Klasse hat sofort und vollständig von ihnen Besitz ergriffen.

In Rosières dagegen verband das allgegenwärtige Land den Arbeiter mit seiner bäuerlichen Herkunft, die Arbeit und die gewerkschaftliche Aktion integrierten ihn in seine Klasse. Entsprechend der archaischen Struktur dieser einsamen Gießerei – mit ihren wenigen angelernten Arbeitern und ihren Hilfsarbeitern, die sich um die Facharbeiter scharten – hatten die Arbeiter ihre alte Hierarchie und ihre alten Kampfformen bewahrt. Zur gleichen Zeit erkannte man in den großen Städten bereits die Notwendigkeit, die Gewerkschaften den Massen anzupassen; doch in Rosières gab es keine Massen, und es war die Arbeiteraristokratie, die die Aufgabe übernahm, die Hilfsarbeiter für die Lohnkämpfe zu schulen: die besten Gewerkschafter waren die besten Facharbeiter, und sie erzogen ihre Söhne ebenfalls zu Facharbeitern und Gewerkschaftern. Der kleine Martin weiß seit frühester Kindheit, daß er dazu bestimmt ist, Justierer zu werden wie sein Vater, und daß seine berufliche Ausbildung mit seiner Lehrzeit in der CGT Hand in Hand gehen wird. In der französischen Provinz verbringt man zwischen den beiden Weltkriegen noch eine Kindheit im Stil der Jahrhundertwende. Die des kleinen Martin spiegelt das so seltene Gleichgewicht zwischen laizistischer Schule und Kirche, Fabrik und Elternhaus, Rationalismus und Glauben, mit einem Wort, industrieller Zivilisation und bäuerlicher Kultur wider.

Ein Gleichgewicht, das sehr schnell zerstört wird: verborgene Kräfte verfolgen beharrlich die Auflösung seines religiösen Glaubens. Doch aus diesem ersten Konflikt zieht er einen unschätzbaren Gewinn, denn diese Auflösung geschah nicht ohne sein Zutun; er hat dazu beigetragen, daß er sich selbst Fragen stellte und den Zweifel so weit trieb, daß er bald nicht mehr zweifeln konnte und seine neuen Überzeugungen auf Gewißheiten gründete; kurz, er hat über seine künftigen Überzeugungen entschieden; er hat für eine bestimmte Weltanschauung optiert, unter Ausschluß aller anderen. In anderen Kreisen – in bürgerlichen wie in Arbeiterkreisen – wachsen die Kinder von Anfang an in der Ideologie ihrer Klasse auf, sie dringt in sie ein wie die Luft, die sie atmen, sie lesen sie von den Dingen ab, sie lernen sie mit der Sprache: niemals denken sie über sie nach, sondern sie denken immer durch sie, denn sie ist es, die ihre Ideen erzeugt und lenkt. Sie sehen im Denken eher die notwendige Entwicklung eines gesellschaftlichen Prozesses als die freie Ausübung einer menschlichen Fähigkeit. Henri Martin aber stand unter dem Einfluß zweier Ideologien zugleich; er hat die eine verworfen und die andere gewählt; er hat den Eindruck, daß er seine eigenen Widersprüche hat überwinden können. Das ermöglichte es ihm später, nach seinen Erfahrungen in Indochina, so stolz zu schreiben: «Sie halten meine Offenheit für Dummheit. Für mich hat sich das Leben in seinem wahren Licht gezeigt, und ich gebe mir keine Mühe, sie anders als durch Taten eines Besseren zu belehren.» Eine so ruhige Gewißheit muß sehr tiefe Wurzeln haben, die bis in seine Kindheit reichen; in seiner Kindheit hat er gelernt, selbständig zu urteilen und sich nur von der Evidenz leiten zu lassen. Behauptet er aus Individualismus so hartnäckig die Autonomie des Denkens? Nicht im geringsten: denn was er mit Hilfe der cartesianischen Methode wiederfindet, ist letztlich die Ideologie, die ihn erwartete, die die seine werden mußte: die Ideologie seiner Klasse. Nein, wir haben hier vielmehr einen Grundzug seines Charakters entdeckt: alles geschieht so, als gebe Martin zu, daß die Wahrheiten durch eine objektive Verkettung im Schoß der Geschichte entstehen und daß sie nur dann existieren können, wenn jeder von uns sie in willentlichen Behauptungen «aktualisiert»; daß die gesamte Klasse sie in sich trägt und daß jedes ihrer Glieder ebenso für sie verantwortlich ist, wie wenn es allein auf der Welt wäre. Die subjektiven Forderungen seines Mandats erscheinen ihm um so gebieterischer, je zwingender die objektiven Bestimmungen seines Verhaltens werden. Diese innige Verbindung von Freiheit und Notwendigkeit hat einen Namen: Disziplin. Dieser künftige Verbrecher, dieser künftige Meuterer, dieser künftige Verräter ist als erstes und vor allem ein Mann der Disziplin.

Denselben strengen Stolz finden wir in seinen Zukunftsplänen: als Sohn eines Arbeiters und Justierers hat er sich seinen Vater zum Vorbild genommen und will ebenfalls Justierer werden. «Ich habe immer gehört, daß man erst dann ein Mann ist, wenn man seinen Lebensunterhalt selbst verdient.» In diesem später geschriebenen Satz finden wir etwas von dem alten, legitimen Stolz der Arbeiterelite wieder. Man hört auf, ein Kind zu sein, sobald man «für sich selbst sorgt», sobald man «unabhängig ist»; aber um ein Mann zu sein, genügt es nicht, einen Lohn zu erhalten, man muß ihn sich verdienen. Nicht daß der Lohn die Arbeit vergüten könnte: der Arbeiter weiß, daß man ihn bestiehlt; doch was zählt, ist die Tatsache, daß der Arbeiter sich seinen Lebensunterhalt beschaffen kann, indem er die Güter dieser Welt produziert. Der Mensch definiert sich durch sein Produkt: er ist so viel wert, wie seine technische Fertigkeit, seine intuitive Kenntnis des Materials, sein Mut wert sind; er gründet seinen Stolz auf das Bewußtsein, unersetzbar zu sein. Lange bevor Henri Martin in dem Alter ist, «seinen Lebensunterhalt selbst zu verdienen», sieht er in der Arbeit eine heilige Aufgabe und in der Lehrzeit eine regelrechte Initiation; und als er unter den «Mechanikern» lebt, prägt er sich ihr strenges Berufsethos ein, das sich mühelos in einen Humanismus verwandelt: das «Material» hat niemals unrecht, da es nichts anderes sein kann als das, was es ist; folglich steht der Arbeiter für die Fehler ein: in dieser grundlegenden Beziehung zwischen Mensch und Materie übernimmt der Mensch alle Verantwortung, da die Materie keine Verantwortung tragen kann. Henri Martin lernt frühzeitig, daß es besser ist, sich selbst anzuklagen als das Unglück, und daß jede Entschuldigung erniedrigt: damit ist er auf jene Autonomie des Willens verwiesen, die seine höchste Forderung ist und die er in sich erkannt hat, als er die Wahrheit suchte.

Für dieses ernste und eigenwillige Kind ist seine Zugehörigkeit zur Arbeiterklasse weniger eine Tatsache als vielmehr seine allerpersönlichste Pflicht. Nach und nach lernt es, daß der Sieg des Proletariats an die notwendige Entwicklung der Produktivkräfte gebunden ist, aber niemals hört es auf, in ihm ein zu erreichendes Ziel, sein Ziel zu sehen; niemals verliert es das tiefe Gefühl, zum Träger eines imperativen Mandats auserwählt, bestimmt zu sein.

Auserwählt, jedoch nicht mehr und nicht weniger als irgendein anderer. Von der Arbeiteraristokratie hat Henri Martin den Stolz, das Unabhängigkeitsgefühl, das Verantwortungsbewußtsein geerbt: aber ihren Kastengeist lehnt er ab, ihre etwas gönnerhafte Großmut, ihre Sorge um Mustergültigkeit. Der Zufall der Geburt hat ihn dem Druck der Massen entzogen, aber ständig unterliegt er ihrem Einfluß aus der Ferne; sogar in Rosières läßt sich ihre Existenz nicht übersehen, ihr Kampf, ihr Elend, die neue Botschaft, die sie verkünden. Vermutlich hat er schon sehr früh von seinem Vater oder seiner alten Nachbarin erfahren, daß er in einer Oase lebte; er hatte begriffen, kann ich mir vorstellen, daß er die Arbeiterklasse nicht mit den Maßstäben des kleinen Arbeitermilieus seiner Umgebung messen konnte. Er ist noch keine zehn Jahre alt, als im Jahre 1936, ohne Führer und ohne Parolen, jene wilden und fröhlichen Streiks ausbrechen, die den Massen ihre Macht vor Augen führen und ihnen kampflos den Sieg bescheren. Martin hat an dieser allgemeinen Fröhlichkeit sicher teilgenommen, er hat die Stärke der Massen in demselben Augenblick entdeckt, in dem diese selbst sie entdeckten; er hat gesehen, wie ganz Frankreich von seinem Proletariat besetzt wurde. Das war etwas ganz anderes als der gewohnte Anblick ringsum; aber er hat nicht gezögert, in dieser Menschenflut seine Klasse zu erkennen, da sie die Gerechtigkeit in sich trug. Mit welcher Begeisterung mag er bis zum Ausbruch des Krieges den verbissenen Kampf der Arbeiter um ihre Positionen verfolgt haben, ihre ersten Rückschläge, das Ende der Volksfront, die Reaktion der Arbeitgeber. Im September 1939 hat der Junge gewählt, was er war; er hat die Klasse seiner Herkunft gewählt – so wie er selbst die Auflösung seines Glaubens vorgenommen hat, zu der es in jedem Fall gekommen wäre. In der Gießerei, auf den Straßen, in der Schule, im Elternhaus herrscht der Frieden, die Si-

cherheit, die Ordnung der alten Zeit: die Heraufkunft der Arbeiterklasse scheint beschlossene Sache zu sein; draußen wogt das Leben mit seinen hohen Wellen, seiner Ebbe und Flut, seinen Stürmen: hier ist alles noch zu tun. Und als der Junge lange genug nach draußen gesehen hat, wendet er sich wieder seiner Umgebung zu und sieht alles mit anderen Augen. Diese fortwährende Konfrontation macht die Wahrheit von Henri Martin aus. Als merkwürdiges und seltenes Produkt zweier Epochen, die in hartem Widerstreit liegen, stellt er das Erbe der Vergangenheit in den Dienst seiner Zeit, die aristokratischsten Tugenden einer untergehenden Elite in den Dienst der Massen. Aus den ersten Jahren seiner Erziehung bewahrt er den heftigen Wunsch, einen Beruf zu erlernen, die fast religiöse Achtung vor der Lehre, vor den Riten der Arbeiter, vor gut ausgeführter Arbeit – das Unabhängigkeitsgefühl und den Willen, selbst zu urteilen und in jeder Lage seine eigene Verantwortung zu tragen; den aristokratischen Hochmut dagegen hat er gänzlich abgelegt. Wenn er das Beste aus sich machen will, dann nur, um ganz Mensch zu sein. Die Qualität der Arbeit adelt nicht mehr: die berufliche Geschicklichkeit bis zur Perfektion zu treiben, wenn man das Glück hat, einen Beruf zu erlernen, ist nur das Mittel, allen anderen gleich zu werden, das heißt auch denen, die keine Lehre machen konnten. Er will der Beste sein, damit er würdig ist, dem Willen des Volkes zu dienen, aber er hat frühzeitig die Wahrheit begriffen, die unsere führenden Männer bedenken sollten: auch der Beste ist immer nur irgendwer. Nicht, daß nicht auch die Masse ihre Vorbilder, ihre Beispiele und ihre Helden hätte. Doch sie sucht sie nicht bei den führenden Männern, die vorgeben, für alle das zu tun, wozu sonst niemand in der Lage wäre. Der Held der Masse befindet sich wie jedermann in einer Situation, die sich allen aufzwingt. Held ist er nur insofern, als er sie bis zum Ende durchlebt, Held eines Augenblicks, einer Stunde, heute du, morgen vielleicht ich; wenn er in diesem Moment alleine tut, was jeder andere auch tun könnte, so nicht deshalb, weil er von anderer Art ist, sondern weil er zur rechten Zeit am rechten Ort stand. Held nicht, weil er alle anderen überragt, sondern weil alle sich in ihm wiedererkennen. Ein solcher Held zu werden ist Martins Ehrgeiz. Gewiß, er will die Wahrheit durch eigenes Nachdenken finden, aber seine subjektiven Gewißheiten sollen genau den objektiven Wahrheiten entsprechen, die sich in den gesellschaftlichen Strömungen manifestieren: er will die Massen nicht schulen, sondern mit ihnen marschieren; oder besser gesagt, wenn er sie schult, dann nur in dem Maß, wie er von ihnen geschult wird.

Mit einem Wort: das imperative Mandat, das er in sich findet, deckt sich mit dem Willen des Volkes. Solange die Befehle, die er erhält, aus diesem Willen hervorzugehen scheinen, unterwirft er sich ihnen begeistert; aber sobald er merkt, daß ein Irrtum oder eine bewußte Täuschung vorliegt, verweigert er den Gehorsam im Namen dieses verratenen Volkswillens und zugleich aus dem Verantwortungsbewußtsein eines freien Mannes. Doch selbst dann, wenn er den Gehorsam verweigert, bleibt sein Ziel der Gehorsam; die Taten, die man ihm vorwirft, verraten weder den Wankelmut einer anarchischen Freiheit noch die Revolte eines individualistischen Gewissens. Man höre, mit welcher Entrüstung er im Prozeß von Toulon dagegen protestiert, daß man ihn der Anarchie und der Meuterei beschuldigt.

HENRI MARTIN: Denen, die mir einen Verstoß gegen Disziplin und Moral der Marine zur Last legen, antworte ich, daß dem nicht so ist. Ich habe die Matrosen lediglich aufgefordert, für den Frieden zu stimmen und zu kämpfen. Ich wiederhole, daß wir keine Söldner, sondern republikanische Matrosen sind ...

DER VORSITZENDE: ... Sie haben die Gehorsamsverweigerung verherrlicht.

HENRI MARTIN: Es ist keine Gehorsamsverweigerung, gegen eine Regierung zu kämpfen, die die Interessen Frankreichs verrät. Auch wer gegen Vichy kämpfte, war kein Verräter.

DER VORSITZENDE: Dann kann also jeder tun und lassen, was ihm gefällt?

HENRI MARTIN: Zwischen tun und lassen, was einem gefällt, und dem Gehorsam gegenüber verbrecherischen Befehlen besteht ein grundlegender Unterschied. Mir persönlich genügt das, was ich in Indochina gesehen habe.

(Verhandlung vom 17. Oktober 1950)

Als er an seine Kameraden appelliert, gegen den Indochinakrieg zu protestieren, beschränkt er sich auf die Forderung, daß die Armee wieder zu einer Institution werde, deren Disziplin man sich unbedingt beugen könne, ohne mit sich und dem Willen des Volkes in Konflikt zu geraten.

Sein Ernst, sein Unabhängigkeitsgefühl, seine Disziplin, seine religiöse Achtung vor dem Beruf: das genügt, um seinen unbeirrbaren und immer wieder durchkreuzten Willen zu erklären, eine Lehre zu machen. Freilich, die Martins sind nicht reich, und ihre Kinder müs-

sen frühzeitig arbeiten; aber da ist noch etwas anderes: Henris Ungeduld, ein Mann zu werden. Schon mit vierzehn, im Jahre 1941, bewirbt er sich bei der Gießerei als Justiererlehrling: er wird nicht eingestellt. Immerhin gestattet man ihm, einige Monate lang im Ausbildungsheim von Rosières an einem Lehrgang teilzunehmen. Im September 1941 stellt ihn die Gießerei schließlich ein, doch nur für «verschiedene kleine Arbeiten». Große Enttäuschung: diese kleinen Arbeiten sind nichts weiter als belanglose Botengänge. Martin hält durch: wenn er schon nicht in die Lehre gehen kann, will er wenigstens «seinen Lebensunterhalt verdienen». Nach sechs Monaten ist er arbeitslos; er kehrt in das Ausbildungsheim zurück. Im Sommer arbeitet er auf einem Bauernhof, dann findet er in einer Schraubenfabrik in Saint-Florent Beschäftigung. Sechs Monate später ruft ihn die Gießerei nach Rosières zurück; diesmal ist es Ernst: er tritt als Justiererlehrling ein; doch nach kurzer Zeit verläßt er sie auf eigenen Wunsch, *um in den Maquis zu gehen.*

Die gleiche unerschütterliche Beharrlichkeit legt er an den Tag, um in die FTP aufgenommen zu werden. Im Jahre 1943 hatte er für den Bezirksleiter der Widerstandsbewegung als Verbindungsmann gearbeitet und Flugblätter transportiert. Im Mai 1944 bittet er um Aufnahme bei den Francs-Tireurs: er ist siebzehn Jahre alt. Der Verantwortliche lehnt unter dem Vorwand ab, daß man ihn für die Verbindungsaufgaben brauche, wahrscheinlich aber wegen seines jugendlichen Alters. Erster Wutausbruch von Henri Martin: man will ihn hindern, sein Mandat zu erfüllen. Er droht, sich den FFI anzuschließen, und erzwingt damit seine Aufnahme. Hinterhalte, Überfälle auf deutsche Transportzüge. Henri Martin nimmt an der Befreiung von Bourges teil. Am 15. September ist das ganze Cher befreit. Martin wechselt zu einer anderen Einheit über. Hier kommt es zu einer zufälligen Begegnung – vielleicht der einzige Zufall in dieser schlichten und geradlinigen Geschichte: das Departement Cher ist befreit, Martin wechselt die Einheit und wird einer annamitischen Kompanie zugeteilt, die aus Vietnamesen besteht, die 1938 als Arbeiter nach Frankreich gekommen waren. Doch hören wir ihn selbst:

Ein Vietnamese, der als Gefreiter gedient hatte, brachte mir den Gebrauch der Waffen bei, worum wir uns im Maquis nie gekümmert hatten. Ich verstand mich sehr gut mit den Vietnamesen. In Frankreich behandelt man sie als unseresgleichen, in ihrer Heimat dagegen als eine minderwertige Rasse. Warum? Jene, die 1944 mit mir für die

Befreiung Frankreichs und ihres Landes kämpften, waren meine Kameraden. Sie sind es immer noch. Ich weiß zwar nicht, wo sie sich heute befinden, aber im Maquis haben sie ihren Patriotismus bewiesen.

Noch einmal wechselt Henri Martin die Einheit und geht an die Front von Royan.

Als wir im Maquis waren, hatten wir keine Dienstverpflichtung unterschrieben, sondern nur den Ehrenkodex der FTP. Wir hielten es für selbstverständlich, an die Front zu gehen, solange der Krieg noch nicht zu Ende war.

Seine Freunde waren Jacques Dandu, der seine Aufnahme in die FTP durchgesetzt hatte, und der vierundzwanzigjährige Hauptmann Daniel.

Am 3. Dezember tritt Daniel auf eine Mine. Während wir ihm in den Wagen helfen, fragt er uns, ob er noch immer blute. Als wir seine Frage bejahen, sagt er: «Diesmal hat's mich erwischt.» Er starb noch am selben Abend im Lazarett von Saintes; seine letzten Worte waren: «Setzt den Kampf bis zum Ende fort.» Ich schwor bei seinem Andenken, ihn fortzusetzen. Noch heute fühle ich große Bewunderung für ihn. Sein Tod ging uns sehr nahe. Wir alle hatten absolutes Vertrauen zu ihm ... Trotz seinen vielen Heldentaten ist er bescheiden geblieben. Mit seinem richtigen Namen hieß er André Lemaire.

Im Dezember 1944 beschließt Henri Martin, in die Marine einzutreten, und füllt seine Verpflichtungspapiere aus. Erst am 25. Mai 1945 wird er nach Paris einberufen. Inzwischen hat er vergeblich Arbeit gesucht. Am 1. Juni verpflichtet er sich für fünf Jahre. Von Juli bis September nimmt er an einem Mechanikerlehrgang teil. Als siebter von vierundsiebzig Teilnehmern legt er seine Prüfung ab. Er meldet sich freiwillig zum Kampf gegen Japan und schifft sich am 17. Oktober an Bord der Chevreuil *nach Saigon ein. Er weiß nicht, was in Indochina vorgeht. Genauer gesagt, er glaubt, was man ihm erzählt:*

In Singapur hat uns der Kommandant am Strand antreten lassen und uns gesagt, daß wir in Indochina gegen japanische Deserteure und Plünderer, die die Bevölkerung terrorisierten, kämpfen sollten.

Aber in Wirklichkeit war alles ganz anders. Japaner? Nein:

In Frankreich . . . suchen die Kinder jetzt Ostereier. Heute nachmittag werden alle Leute einen Spaziergang machen. Zur gleichen Stunde ziehen wir unter bleierner Sonne hinter drohend aufgerichteten Maschinengewehren auf Wache gegen Menschen, die frei sein wollen.

Die Geschichte von Henri Martin beginnt. Sie beginnt damit, daß ein Vorhang aufgeht, ein Schleier zerreißt. Er entdeckt . . . Doch überlassen wir ihm selbst das Wort.

Henri Martins Briefe aus Indochina an seine Familie

1

6. Dezember 1945

Liebe Eltern,
dies ist der sechste Brief, den ich Euch von hier[2] schicke. Ich bin noch immer ohne Nachricht von Euch. Habt Ihr die Briefmarken aus Ceylon und die Buddha-Bibel erhalten?

Heute haben wir von sechs Uhr morgens bis sechs Uhr abends gearbeitet, um so bald wie möglich wieder in See zu stechen. Wir haben noch zwei Tage Arbeit, was bestimmt anstrengend sein wird. Gestern hat es den ganzen Tag geregnet; heute ist es wieder heiß. Im Hafen liegen zwei englische Flugzeugträger. Abgesehen von den U-Booten ist unser Schiff wohl das kleinste Kriegsschiff, das im Hafen liegt.

Neulich haben wir in der Stadt Pudding gegessen. Na, gut ist der nicht, ich mag Kuchen lieber.

Vor einem Jahr ist Hauptmann Daniel gefallen. Wer erinnert sich noch an ihn im Cher?

Ich weiß nicht, ob wir den Stützpunkt von Trincomalee auf der anderen Seite der Insel anlaufen oder ob wir direkt Kurs auf Singapur nehmen. Nun, das wird sich zeigen. Jedenfalls werden wir Weihnachten und Neujahr in Indochina verbringen. Für meine erste Fahrt bin ich bedient ...

Ihr wolltet mir nicht glauben, als ich Euch sagte, daß ich für zwei Jahre nach Indochina gehen würde. Am liebsten ginge ich nach Tahiti. Alle, die dort gewesen sind, möchten wieder hin.

Eine Schiffsreise ist gar nicht so merkwürdig, ich habe nicht den Eindruck, weit von Frankreich weg zu sein. Es sieht so aus, als ob die Länder an uns vorüberzögen.

In Eurem letzten Brief habt Ihr geschrieben, daß Ihr meinen Brief vom 7. erhalten habt, das heißt den aus Malta; aber Ihr schreibt nicht, ob Ihr den aus Bizerta bekommen habt.

Jetzt sind meine Haare nur noch drei Zentimeter lang; für die Arbeit ist das viel besser. In der Bordkantine werden Karamelbonbons

2 *Colombo auf Ceylon, wo die* Chevreuil *auf dem Weg nach Indochina angelegt hat.*

verkauft. Und ich gieße mir tüchtig einen hinter die Binde mit dem Fruchtsaft zu 35 Francs die Flasche.

Für heute schließe ich. Ich umarme Euch und wünsche Euch allen frohe Weihnachten und ein gutes neues Jahr

Henri

2

8. März 1946

Liebe Eltern,
heute abend geht das Postschiff ab; ich nutze die Gelegenheit, Euch rasch einen Brief zu schreiben.

Wir liegen noch immer an derselben Stelle, das heißt vor einer Insel an der Einfahrt der Alongbucht. Wir versorgen die Wasserflugzeuge mit Proviant. Den ganzen Tag über fahren wir mit dem Boot von der *Chevreuil* zu den Wasserflugzeugen und dann an Land. Wir bringen die Verpflegung heran und die Mannschaften an Land. So geht es in einem fort.

Unterdessen liegt ein Geschwader vor Haiphong und wartet auf den Ausgang der Verhandlungen.[3] Auf den Schiffen, die zu landen versuchten, hat es durch Beschuß der chinesischen Truppen Tote und Schwerverwundete gegeben.

Hier ist es neblig und kühl.

Alles geht gut. Auf meine Adresse müßt ihr jetzt hinzufügen: Französische Marinepost.

Herzliche Küsse — Henri

3 In der Nacht vom 5. zum 6. März 1946 fuhren die ersten französischen Truppentransporter den Haiphongfluß hinauf, wo sie von den unter dem Kommando des nationalchinesischen Generals Lu Han stehenden Küstenbatterien unter Beschuß genommen wurden. Wie Henri Martin in Brief 6 berichtet, erwiderten die französischen Schiffe das Feuer, und Lu Han bat um Waffenstillstand. Trotzdem zogen sich die Verhandlungen zwei Tage hin, bevor die Truppen des Expeditionskorps an Land gehen konnten. Auf diese Waffenstillstandsverhandlungen spielt Henri Martin hier an, nicht auf die französisch-vietnamesischen Verhandlungen, die zwei Tage zuvor zur offiziellen Anerkennung der Republik Vietnam geführt hatten.

3

12. März 1946

Liebe Eltern,
vor einem Jahr, am 9. März 1945, hat Japan unsere Streitkräfte in Indochina angegriffen. Heute stattete uns General Leclerc einen Besuch ab. Er kam in einem Wasserflugzeug, das früher den Japanern gehörte und jetzt die Trikolore führt.

Der General ist heute vormittag eingetroffen. Wir haben ihn mit dem Boot abgeholt und an Land gebracht, wo die Truppen ihn erwarteten. Der General ist nicht an Bord der *Chevreuil* gekommen, aber da ich als Bordmechaniker auf dem Boot mitfuhr, habe ich ihn trotzdem gesehen. Er hat etwa meine Größe, wirkt groß und schlank und hat einen kleinen, ziemlich struppigen Schnurrbart, graublaue Augen, vier Sterne auf der Feldmütze, ein sympathischer Mann und gar kein Angeber.

Mittags fuhren wir ihn zu dem Wasserflugzeug zurück. Der Gefreite am Bug unseres Bootes stieg auf einen Schwimmer des Wasserflugzeugs, um das Boot längsseits zu halten. Überall sah man Offiziere. Wir legen wieder ab und vergessen ihn auf dem Schwimmer. Der General lacht sich halbtot. Wir fahren zur *Chevreuil* zurück. Auf halbem Weg befiehlt mir der Kommandant zu stoppen. Das Flugzeug des Generals hat eine Panne. Wir drehen bei. Der Motor springt noch immer nicht an. Der General steigt aus, klettert wieder in das Boot (dabei wäre er fast hingefallen, der Kommandant hält ihn gerade noch am Arm fest). Wir bringen ihn zu dem zweiten Wasserflugzeug, das ihn eskortiert hat. Wir entfernen uns. Der Pilot versucht, den Motor anzuwerfen, einmal, zweimal, nichts zu machen. Der Kommandant der Wasserflugzeuge rauft sich die Haare. Beim dritten Versuch springt der Motor schließlich an. Das Flugzeug hebt ab. Der General ist abgeflogen. Wir kehren an Bord zurück; es ist 14 Uhr. Ich habe Hunger.

Am Abend werden wir von der *Gazelle* abgelöst. Um 16 Uhr stechen wir in See, um zu dem Geschwader zu stoßen. Heute nachmittag sind wir in der Alongbucht vor Anker gegangen. Auf allen Seiten sind wir von Felsen umgeben.

Wenn Ihr das Foto der *Gazelle* mit dem der *Chevreuil* vergleicht, werdet Ihr merken, daß sich der Mast nicht an der gleichen Stelle befindet.

Für heute schließe ich. Ich bin nach wie vor gesund. Diese Woche bekamen wir keine Post, weil das Postschiff das Flugzeug der Air France verpaßt hat.

Herzliche Küsse Henri

4

28. März 1946

Liebe Eltern,

gestern sind wir in Tourane an Land gegangen. Jetzt sind die Verträge unterzeichnet.[4] Frankreich erkennt die Republik Vietnam an. Sie hat die Finanzhoheit und eine eigene Armee. Wir behalten unsere Stützpunkte in Indochina. Ein harter Schlag nur für die reichen Bankiers, die in Indochina investiert hatten.

Wir waren die ersten Urlauber, die in Tourane an Land gingen. Wir haben die Strecke von der *Chevreuil* zur Küste in einem leichten Landungsboot zurückgelegt (etwa 2 Kilometer). Auch der Kreuzer *Gloire* hat Urlauber an Land geschickt. Bekleidung: Shorts, weißes Hemd und Tropenhelm. Die Kameraden von der *Gloire* trugen Baskenmützen.

Die Stadt ist ruhig, sehr ruhig sogar. Es herrscht wirklich Ordnung. Alle Bewohner sind gut angezogen. Keiner geht in Lumpen. An den Kreuzungen der Hauptstraßen stehen die Wachen der Vietminh. Sie tragen schneeweiße Uniformen und das Abzeichen der Vietminh auf ihren Helmen (einen fünfzackigen Stern auf einer roten Fahne). Im Rathaus und in den anderen öffentlichen Gebäuden halten die Beamten Wache mit aufgepflanztem Bajonett. Es gibt sogar eine Frauenka-

4 Die «Präliminarkonvention», die am 6. März 1946 auf französischer Seite von Sainteny, dem Bevollmächtigten des Hohen Kommissars, und auf vietnamesischer Seite von Ho Tschi Minh unterzeichnet wurde, legte die folgenden drei Hauptpunkte fest: «Die französische Regierung erkennt die Republik Vietnam als freien Staat mit eigener Regierung, eigenem Parlament, eigener Armee, eigener Finanzhoheit innerhalb des indochinesischen Staatenbundes und der Französischen Union an, die Regierung Vietnams erklärt sich bereit, die französische Armee im Land zu belassen; jeder der Vertragspartner wird alle erforderlichen Maßnahmen ergreifen, die geeignet sind, eine sofortige Einstellung der Feindseligkeiten zu bewirken, die Truppen in ihre jeweiligen Stellungen zu belassen und ein für die unverzügliche Eröffnung freundschaftlicher und offener Verhandlungen günstiges Klima zu schaffen.»

serne. Die Eisenbahnlinie Tourane-Huë ist noch immer in Betrieb, es verkehrt auch ein regionaler Autobus. Die Buchhandlungen führen viele Zeitungen, alle in annamitischer Sprache. An den Hauswänden kleben Plakate, die zu Hilfeleistungen für die verwundeten Vietminh aufrufen. Alles ist gut organisiert. Es ist keine Räuberbande, sondern ein ganzes Volk, das seine Freiheit will. Einige Häuser von Europäern sind vollständig ausgeplündert worden. Andere dagegen sind unversehrt. Die Kirche, das Pfarrhaus, der Sitz der JOC sind unbeschädigt. Auch vor den religiösen Standbildern hat man Achtung gehabt. Dennoch ist kein Weißer mehr in der Stadt. Alle sind in Lager gebracht worden. Sicherlich haben sich die Leute, deren Häuser geplündert worden sind, den Annamiten gegenüber brutal benommen. Im allgemeinen ist das Leben hier billiger als in Saigon.

Die Einwohner verhielten sich uns gegenüber ziemlich kühl. Manche würdigten uns keines Blicks. An vielen Häusern hingen fünf Fahnen: die amerikanische, die englische, die russische, die chinesische und die der Vietminh; nur die französische fehlte. Trotz ihrer Frostigkeit sind die Einwohner korrekt. Die chinesischen Kaufleute sind sehr freundlich.

Auf der Reede kreuzen Dschunken mit sauberen weißen Segeln. Alles beweist uns, daß diese Menschen uns nicht brauchen, daß sie sich allein regieren können. Sie wollen keine *boys* sein, sondern freie Menschen.

Das Wetter ist noch immer schön. Die Sonne ist heiß, der Himmel jedoch immer bedeckt.

Gesundheitlich geht es mir gut.

Herzliche Küsse Henri

5

3. April 1946

Liebe Eltern,

heute morgen sind wir in die Bucht von Cam Ranh eingelaufen, südlich von Nha Trang. Aus Tourane hatte ich Euch zwei Briefe geschrieben. In Tourane lagen wir neben dem Kreuzer *Gloire*, auf ihm habe ich einen Bekannten getroffen, mit dem ich in Mimizan denselben Kursus besuchte. Von ihm erfuhr ich, daß ein Pariser unseres Lehrgangs auf der *Jules Verne* gefallen ist.

In meinen Briefen, die wohl verlorengegangen sind,[5] schilderte ich Euch meine Eindrücke bei meinem ersten Urlaub in einer Stadt der Vietminh. Alles war in Ordnung. An jeder Straßenkreuzung stand ein weißgekleideter Polizist mit den Abzeichen der Vietminh auf dem Helm. Die Menschen waren sehr gut gekleidet, wir haben niemand in Lumpen gesehen. Es gab auch eine Frauenkaserne. Die Einwohner behandelten uns ziemlich kühl, abgesehen von den chinesischen Kaufleuten. Kein einziger Europäer wohnt mehr in der Stadt. Einige Häuser sind geplündert worden, aber die meisten sind unbeschädigt. Die Kirche, das Pfarrhaus, der Sitz der JOC sind nicht angetastet worden. Auch die Standbilder nicht. Alles scheint sehr gut organisiert zu sein. Die geplünderten Häuser gehörten zweifellos ziemlich brutalen Kolonisten. Auf der Reede kreuzten viele Dschunken. Alle hatten sehr saubere weiße Segel. Diese Menschen brauchen uns nicht, um Sauberkeit kennenzulernen. In den Ämtern herrscht keinerlei Durcheinander, weder auf dem Postamt noch im französisch-vietnamesischen Verbindungsbüro. Eines Abends hatten vier Bordmechaniker das Boot verpaßt. Ein vietnamesischer Beamter führte sie in ein Büro, wo man ihnen nach zwei Minuten einen Sampan zur Verfügung stellte, der sie sofort an Bord zurückbrachte. Die Annamiten haben bewiesen, daß sie keine *boys* sind, sondern freie Menschen, die fähig sind, sich selbst zu regieren. Das ist der Eindruck, den ich bei meinen Spaziergängen durch Tourane gewonnen habe.

Hier gibt es ein kleines Eingeborenendorf und eine Marinestation mit etwa zehn Matrosen. Das ist alles. Die Sonne brennt schrecklich. Die Landschaft ist ungefähr die gleiche wie in Tourane, nur daß es hier Sanddünen gibt.

Für heute schließe ich und küsse Euch alle

Henri

5 *Auch der vorige Brief gehört zu denen, die Henri Martin für verloren hält. Außer diesem scheinen sie tatsächlich ihren Empfänger nicht erreicht zu haben, oder sie sind nicht mehr auffindbar.*

6

14. April 1946

Liebe Eltern,
heute morgen haben wir eine Schwadron des 1. REM in Hong Gai, nördlich der Mündung des Roten Flusses, an Land gesetzt. Augenblicklich liegen wir am Kai. Es gibt drei Landungsbrücken mit Kränen auf Schienen, die Kohle verladen. Denn hier gibt es wie in Haiphong viele Kohlengruben unter freiem Himmel.

Die Stadt ist von 3000 Chinesen besetzt. Wir sind schon gestern abend eingetroffen, mußten aber erst verhandeln, bevor wir an Land gehen konnten. Auch die *Gazelle* liegt hier, aber sie transportiert keine Truppen. Draußen, auf offener See, liegt die *Tourville*.

Heute morgen hat die gesamte französische Bevölkerung der Ankunft der *Chevreuil* beigewohnt. Etwa dreißig Personen (Männer, Frauen und Kinder) und zwei Missionare. Es fand eine Besichtigung des Schiffs statt, heute abend ebenfalls.

Von den Marinefüsilieren erfuhren wir Einzelheiten über die Vorgänge vom 6. März. Die Bevölkerung hat das erzählt. Die ersten Landungsboote waren schon dicht am Kai, als die Chinesen das Feuer eröffneten. Alles drängte sich auf der Brücke. Jeder ging in Deckung, so gut er konnte. Eine halbe Stunde später wurde befohlen, das Feuer der Chinesen zu erwidern. Die *Triomphant* und die *Savorgnan de Brazza* sprengten ein Munitionsdepot in die Luft, wobei 500 Chinesen getötet wurden. Die Geschosse bestreuten die Maschinengewehrnester. Die Chinesen ergriffen die Flucht. Dann übernahmen die japanischen Gefangenen (die frei herumlaufen) ihre Stellungen und setzten den Kampf fort. Aber die 138-mm-Granaten der *Triomphant* zwangen auch sie zum Rückzug. Nun zogen sich unsere Schiffe in einen Flußarm zurück. Inzwischen eröffnete eine chinesische Batterie auf offener See das Feuer auf die *Émile Bertin*. Die brachte sie mit dreizehn Salven zum Schweigen. Es ist die chinesische Yunnan-Armee, die Tonkin besetzt hält. Da ihr General mit Tschiang Kai-schek nicht einverstanden ist, widersetzte er sich unserer Ankunft. Zur Zeit transportieren die amerikanischen Frachter diese Truppen in die Mandschurei, um sie dort gegen die chinesischen Kommunisten einzusetzen. Die Amerikaner liefern ihnen die gesamte moderne Infanterieausrüstung, aber nur wenig Material für den motorisierten Einsatz. Die Yunnan-Armee hat im übrigen niemals gegen die Japaner gekämpft. Diese müßten normalerweise eingesperrt sein, aber sie laufen frei in Tonkin herum.

In Haiphong ist die Lebensmittelversorgung zusammengebrochen. Täglich sterben Hunderte von Menschen auf den Straßen. Die Regierung der Vietminh ist noch nicht organisiert genug, um die Hungersnot zu bekämpfen. Manchmal bleiben die Leichen der verhungerten Annamiten mehrere Tage liegen, bevor man sie fortschafft. Es ist ein gewaltiger Unterschied zu Tourane. Vielleicht liegt das an der Anwesenheit der Chinesen.

Schluß für heute.

Herzliche Küsse Henri

7

16. April 1946

Liebe Eltern,
seit gestern sind wir in Cam Pha, einer Küstenstadt gegenüber der Alongbucht. Wir werden ungefähr eine Woche hier bleiben, bevor wir wieder nach Saigon fahren.

Wir sind gestern früh angekommen, und am Abend ging die *Algérien* neben uns vor Anker, um Truppen zu landen. Die Chinesen räumen die Stadt auf Frachtern, die von Schleppern gezogen werden.

Das Land besitzt riesige Kohlenvorkommen. Die Kräne an den Kais sind intakt und funktionieren tadellos.

Wir werden etwa zehn Tage in Saigon bleiben, bevor wir zurückfahren. Es gibt nicht viel zu erzählen. Ich hoffe, daß Ihr meine Briefe erhaltet.

Fast sieben Monate ist es jetzt her, daß wir Frankreich verlassen haben, und es wird noch über ein Jahr vergehen, bis ich es wiedersehe. Hoffentlich bleibt das Gesetz, daß man die Armee nach zweijähriger Dienstzeit verlassen kann, bis dahin in Kraft. Dann werde ich ausscheiden, denn ich habe das Militär satt. An Bord gibt es nur einen einzigen Offizier der Freien Französischen Streitkräfte. Trotzdem trägt die *Chevreuil* das Lothringer Kreuz. Aber mancher hat durchaus den Wunsch, es durch die Franziska[6] zu ersetzen. Es hat eben völlig an einer Säuberung gefehlt. Ich kann Euch nur sagen, daß einige Obermaate als Sergeanten in Pétains GMR gedient haben. Aber es gibt noch höhere Tiere als sie. Die Leute des Widerstands müssen sich hier beinahe ebenso verstecken wie zur Zeit der Boches.

6 Streitaxt der Franken. Emblem der Vichy-Regierung. *Anm. d. Übers.*

Ich bin noch immer gesund und munter. Ich schließe für heute und küsse Euch alle Henri

8

21. April 1946

Liebe Eltern,
heute, am Osterfest, sind wir gefechtsklar. Gestern sind drei Infanteristen verwundet worden. Daher sind heute früh alle in Alarmbereitschaft. Maschinengewehre und Geschütze sind auf die Küste gerichtet; die Infanteristen haben Ausgangssperre.

Es ist wieder heiß geworden. Das Meer ist absolut ruhig, nicht der leiseste Windhauch. Die Felsen spiegeln sich im Wasser. Keine Wolke am Himmel. Herrliches Osterwetter. Wir haben sehr gut zu Mittag gegessen: Aperitif, Omelette, rote Rüben, Kartoffelbrei, Entenbraten, Torte, Kaffee, Rum.

In einigen Tagen kehren wir nach Haiphong zurück, und von dort fahren wir mit der *Fantasque* nach Saigon. Dieses Schiff läuft am 5. Mai nach Frankreich aus.

Es ist 15 Uhr. In Frankreich ist es erst neun Uhr. Ihr seid sicherlich dabei, Euch sonntäglich anzuziehen. Die Kinder suchen Ostereier. Heute nachmittag werden alle Leute einen Spaziergang machen. Zur gleichen Stunde ziehen wir unter bleierner Sonne hinter drohend aufgerichteten Maschinengewehren auf Wache *gegen Menschen, die frei sein wollen.*[7] Gleich hinter den Kaianlagen erstrecken sich kilometerweit fünf Meter hohe Kohlenhalden, dahinter Reisfelder und Berge. Gestern habe ich ein zwei Meter hohes Kohlenstück gesehen, das einen Durchmesser von 1,30 m hatte. Es ist in einem Garten von Campha Mine ausgestellt. Davon könntet Ihr mehrere Monate lang heizen.

Sonst nichts Neues.

Herzliche Küsse Henri

7 *Im Originaltext unterstrichen.*

9

18. Mai 1946

Liebe Eltern,
heute abend sind wir wieder in Cam Ranh. Wir waren gestern in aller Frühe aufgebrochen. Das Meer war ruhig. Wir haben mehrere Dschunken aufgebracht, die wir weiterfahren ließen, nachdem wir ihre Papiere überprüft hatten. Die Küste war etwa 500 Meter entfernt. Am späten Mittag bemerken wir ein kleines Dorf und vor ihm etwa zehn Dschunken beim Fischen. Plötzlich tauchen zwei französische Flugzeuge am Himmel auf. Sie stoßen auf die Dschunken und das Dorf herunter. Ein paar Sekunden später hören wir das Knattern ihrer Maschinengewehre. Wassergarben spritzen rings um die Dschunken auf, leichte Staubwolken steigen über dem Dorf empor. Wir waren ungefähr einen Kilometer entfernt. Da das Meer sehr ruhig war, hatten wir sehr gute Sicht. Die beiden Flugzeuge stießen etwa zehnmal herunter, und erst als ihnen wohl die Munition ausgegangen war, kehrten sie «ruhmreich» zu ihrem Stützpunkt zurück.

Wir haben Kurs auf zwei beschossene Dschunken genommen. In der ersten war niemand verletzt, in der zweiten war ein Verwundeter: eine Kugel hatte ihm den Daumen weggerissen und eine andere den Fuß durchbohrt.

Wir haben auf die Ankunft der Legionäre gewartet, die am frühen Nachmittag an Bord kamen (140 Mann). Es waren viele Deutsche darunter (40 Prozent). Mit solchen Kerlen will man kolonisieren. Für einen Toten brennen sie acht Dörfer nieder. Danach können uns die Bewohner einschätzen.

Am späten Abend kommen wir an einem zweiten Dorf vorbei. Durch das Fernglas sehen wir die Leute fliehen. Die Maschinengewehre der *Chevreuil* eröffnen das Feuer auf die Dschunken und das Dorf. Dann gehen die Legionäre von Bord, ohne auf Widerstand zu stoßen. Die Nacht bricht herein, wir bleiben vor dem Dorf vor Anker. Am nächsten Morgen kehren die Legionäre an Bord zurück, nachdem sie das Dorf gründlich geplündert hatten. Sie bringen Piaster, Schmuckstücke, Geflügel, Schweine, ein paar Einwohner und zwei Verwundete mit. Auch diese Verwundeten sind Opfer der Flugzeuge. Diese amüsieren sich köstlich, sie riskieren ja nichts. Das ist die Zivilisation!

Nachdem man den Gefangenen eine Rede gehalten hat, wirft man sie ins Meer, schwimmend erreichen sie die Küste (Zivilisation!). Die Legionäre behalten nur einen.

Ich habe die Verwundeten im Krankenrevier besucht. Einer hatte eine Kugel im Bein. Er saß auf der Verbindungsbrücke. Ein Matrose versetzt ihm im Vorbeigehen einen Fußtritt (Zivilisation!). Der andere hatte ein faustgroßes Loch in der Schulter. Da seine Wunde seit dem Vortag nicht behandelt worden war, hat er eine Blutvergiftung bekommen. Er stöhnte leise. Die beiden Verwundeten sind in einer Dschunke zurückgebracht worden.

An Land haben die Legionäre drei Einwohner erschossen, die vor ihnen flohen. Die französische Armee benimmt sich in Indochina wie früher die Boches bei uns. Es widert mich an, so etwas mit anzusehen. Warum beschießen unsere Flugzeuge (täglich) wehrlose Fischer? Warum plündern, brandschatzen und morden unsere Soldaten? Um zu zivilisieren?

Vor der Weiterfahrt hat die *Chevreuil* mit einem 40-mm-Geschütz eine Strohhütte zerstört, die sich gerade als Zielscheibe anbot. Nur zum Spaß.

Seit heute abend sind wir wieder in Cam Ranh. Morgen geht es weiter nach Saigon. Cam Ranh liegt 80 Kilometer von Dalat entfernt, wo die französisch-annamitische Konferenz stattgefunden hat. Auch während der Konferenz töteten unsere Flugzeuge weiter. Wie konnte es da zu einer Verständigung kommen?

Als die Legionäre von Bord gingen, haben sie ihren Gefangenen mit dem Gewehrkolben vor sich hergetrieben. Augenblicklich zerstört die Armee das Ansehen ganz Frankreichs im Fernen Osten.

Herzliche Küsse Henri

10

Saigon, 23. Mai 1946

Liebe Eltern,
gestern vormittag sind wir in Saigon angekommen. Im Hafen herrscht jetzt ein reger Betrieb. Frachter und Kriegsschiffe lösen einander ständig ab.

In den Straßen sieht man sehr viel weniger junge Mädchen als früher. Viele Kolonisten sind nach Frankreich zurückgekehrt.

Wie denkt L. über unsere Kolonisationsmethoden? Ich bin davon angewidert. Schon im Golf von Siam hatte sich ein französischer Offizier erlaubt, einen Vietminh-Führer (einen Rechtsanwalt) zu schlagen, nur weil er für die Freiheit seines Landes kämpfte. Und nachdem ich gesehen habe, wie unsere Flugzeuge wehrlose Fischerboote beschießen. Das ist gemein von uns. Wir benehmen uns in Indochina so wie die Boches früher bei uns.

Als wir ankamen, erschoß man die Vietminh zu Dutzenden und warf sie ins Wasser. Wir sahen ihre Leichen im Fluß treiben. Damals schrieb ich, daß es sich um die Toten aus den letzten Gefechten handelte, für den Fall, daß meine Briefe geöffnet werden. Aber jetzt sage ich die volle Wahrheit.

Ich schließe für heute.

Herzliche Küsse Henri

11

27. Mai 1946

Mein liebes «altes» Schwesterlein,
Deinen Brief vom 15. Mai habe ich erhalten. Du fragst, ob meine Kameraden das Militär ebenso satt haben wie ich. Darauf kann ich ohne Zögern mit Ja antworten.

In der Tat, Mademoiselle, ich kann Ihnen ohne Zögern versichern, daß ich die Ansichten Ihres Bruders über die Kriegsmarine teile, in der ich seit vier Jahren diene. Die Reisen und die Abenteuer sind ja sehr schön, aber wir müssen sie mit einer übertriebenen Unterwerfung bezahlen. Ich selber habe nur noch ein Jahr abzuleisten, aber Ihr Bruder hat noch vier Jahre vor sich. Das ist eine lange Zeit.

Mit vorzüglicher Hochachtung

einer seiner Kameraden

Die Meinung dieses Kameraden wird von allen anderen geteilt. Du siehst also, daß das Militär nicht nur mich allein anwidert.

Um gut angeschrieben zu sein, muß man sich ducken. Aber wer vor einem Offizier kriecht, ist moralisch nicht viel wert. Ich jedenfalls gebe mich zu so etwas nicht her. Meiner Gesundheit schadet es nicht.

Für heute will ich Schluß machen.

Herzliche Küsse Henri

12

30. Mai 1946

Liebe Eltern,
es bestehen einige Aussichten, daß ich meinen zwanzigsten Geburtstag in Frankreich werde feiern können. Heute ist nämlich die Liste für die Abmusterung nach einjähriger Dienstzeit eingetroffen. Ich stehe als zweiter darauf. Zwar ist mein Jahr erst in zwei Tagen um, aber das macht nichts. Wenn unser Entlassungsgesuch angenommen wird, erhalten wir noch einen Monat Sold, zwei Monate Verpflichtungsprämie, etwa 3000 Francs, und noch eine Zulage.

Von den Mechanikern haben nur zwei nicht um ihre Entlassung gebeten. Ein Obermaat (neun Dienstjahre) und ein Matrose, ein Elektriker. Alle anderen haben ihre Zeit hinter sich oder ersuchen um ihre vorzeitige Entlassung. Von der Brückenbesatzung hat die Hälfte ihre Entlassung beantragt. Bestimmt werden nicht alle Gesuche angenommen. Aber probieren kann man es ja.

Wenn alles klappt, können wir Weihnachten in Frankreich sein. Das wäre wunderbar.

Auf dem Fluß treiben jetzt wieder die Leichen. Immerhin nicht mehr so viele wie in den ersten Tagen nach unserer Ankunft in Indochina.

Wenn ich abgemustert bin, werde ich schon irgendwo Arbeit finden.

Was sagt Ihr zu meinen neuen Briefumschlägen?

Sonst habe ich nichts mehr zu berichten.

Herzliche Küsse — Henri

P.S. Wählt am 2. Juni nur nicht eine Regierung, die den Militärdienst verlängern will.

Ich lege Euch eine Karte von Tonkin bei.

13

3. Juni 1946

Liebe Eltern,
Euren Brief vom 20. Mai habe ich erhalten. Die Post ist nicht allzu lange unterwegs, denn ich erhielt einen Brief von meiner Kusine, der am 24. Mai abgestempelt war.

Ich habe gerade ein Buch über den Ersten Weltkrieg gelesen. Die Soldaten, die von der Front kamen und zu Hause die *Wahrheit* erzählten, wurden als Defätisten beschimpft. Nur weil ich offen meine Gedanken äußere, schreibt Ihr, daß ich demoralisiert sei. Ich erzähle Euch, was sich hier abspielt, und schildere Euch meine Eindrücke. Deshalb ist die Moral noch lange nicht schlecht, aber es gibt Grund genug, angewidert zu sein.

Die Kulis in Saigon verdienen fünf Piaster am Tag, soviel wie ein Pastis kostet. Davon können sie sich knapp ernähren. Deshalb gehen sie in Lumpen. Diese schlechtgekleidete Menschenmenge paßt vielleicht recht gut in die Landschaft, aber ihnen paßt es überhaupt nicht. In Tourane habe ich niemand in Lumpen gesehen. Vielleicht weil es dort keine Franzosen mehr gab. Die Kolonisten zahlen den Annamiten lächerliche Preise. Das hindert sie freilich nicht, mit dem Mutterland gewinnbringende Geschäfte zu machen.

Warum kaufen wir nicht direkt bei den Annamiten und lassen sie sich selbst regieren, da sie sich dazu fähig fühlen? Das entspräche unserem Freiheitsideal sehr viel besser. Frankreichs Name würde dann bestimmt höher geachtet werden. Man macht sich keine Freunde, wenn man ein Volk zusammenschießt und ausplündert unter dem Vorwand, es zu befreien. Die Annamiten sind gewiß nicht vollkommen, aber ist denn das französische Volk ohne Makel?

Leute, die niemals in der Welt herumgekommen sind, behandeln Menschen, die für die Freiheit kämpfen, als Aufrührer. Sie werfen ihnen Undankbarkeit uns gegenüber vor. Im (sanften oder brutalen) Umgang mit uns haben sie sich zivilisiert. Was Wunder, daß sie ihr Recht als zivilisierte Menschen fordern: die Freiheit. Im übrigen scheint es doch so, daß wir unsere Kolonien erobert haben, um sie zu emanzipieren. Nun, jetzt ist der richtige Augenblick dazu.

Oder sollten wir sie etwa für das Prestige einiger Generale und das Vermögen gewisser Kolonisten erobert haben? Unser böser Wille legt diese Vermutung nahe.

Wenn ich um meine Entlassung gebeten habe, so auch wegen dieses Freiheitsbedürfnisses. Ich kenne den Charakter derer, die in der Armee geblieben sind. Sie haben sich daran gewöhnt, sich ständig zu ducken. Am Ende kriechen sie vor ihren Vorgesetzten. Dagegen springen sie mit ihren Untergebenen hart um. Pfui! Ich möchte nicht so werden wie sie: eine Maschine, die kein Gewissen mehr hat; das heißt seine Persönlichkeit verlieren. Das heißt in anderen Menschen eine angeblich überlegene Klasse (vielmehr eine Kaste) erblicken. Wir leben nicht mehr zur Zeit der Könige. Ich möchte dem entgehen, bevor ihr Geist auf mich abfärbt. Das hat mit Demoralisierung nichts zu tun.

Gesundheitlich geht es mir noch immer sehr gut, dasselbe hoffe ich von Euch.

Herzliche Küsse Henri

14

30. Juni 1946

Liebe Eltern,
heute, Sonntag, liegen wir auf der Reede von Cam Ranh vor Anker. In einer Woche werden wir nach Saigon zurückkehren, ein paar Tage dort bleiben und dann für einen Monat in den Golf von Siam fahren.

Gestern haben wir eine Dschunke aufgebracht, die Reis geladen hatte. Da sie keine Transportgenehmigung besaß, wurden die beiden Tonnen Reis beschlagnahmt. Das nennt man Blockade. Wir haben die Republik Vietnam anerkannt, aber wir beschlagnahmen den gesamten Reis, der nach Tonkin verschifft wird.

Die Transportgenehmigungen werden verweigert: da es den Menschen in Tonkin an Reis mangelt, versuchen sie, sich mit Hilfe von Dschunken zu versorgen. Wenn sie sich dabei erwischen lassen, wird die Ladung als Kriegsbeute beschlagnahmt. Das erinnert ein wenig an Raub. Unterdessen verhungern in Tonkin viele Menschen.

Voriges Jahr gab es in Tonkin unter der japanischen Besetzung zwei Millionen Tote: Folge der Hungersnot (noch vor dem 6. März). Die Genehmigung, Reis zu kaufen, wurde nur zwei großen Gesellschaften erteilt (die Direktoren sind Franzosen). Der Ankauf erfolgte in Kotschinchina zum Preis von fünfzig Piaster pro Zentner. Die Lager wurden blockiert. Nachdem die Hungersnot zwei Millionen Menschen dahingerafft hatte, wurde der Reis zu achthundert Piaster pro Zentner verkauft. Ein hübscher Profit, nicht wahr? Die französischen Direktoren konnten sich die Hände reiben über das schöne Geschäft. Glaubt ihr, daß die Annamiten sich täuschen ließen? Vielleicht ist das einer der Gründe, warum wir hier so ungern gesehen sind. Die Japaner waren nicht verantwortlich, denn ihr Gewaltstreich (am 9. März 1945) hatte noch nicht stattgefunden.

Wahrscheinlich hat die Versorgungskrise in Frankreich ähnliche Ursachen. Eines Tages werden wir das ändern, so bald wie möglich, hoffe ich. Man darf es nicht zulassen, daß ein paar Leute zu ihrem persönlichen Vergnügen über das Leben von Millionen verfügen.

Sonst nichts Neues. Meine Gesundheit ist nach wie vor ausgezeichnet.

Herzliche Küsse Henri

15

Nha Trang, 24. August 1946

Liebe Eltern,

gestern habe ich drei Briefe von Euch bekommen, dazu eine Karte von Jeanne-Marie aus La Creuse, die vom 8. August abgestempelt war.

Seit gestern sind wir in Nha Trang. Morgen, Sonntag, gehen wir auf Patrouillenfahrt. Diesmal sollen wir die Dschunken nicht mehr aufbringen, sondern ohne Anruf versenken. Die Beobachtungsschiffe haben bereits neun von ihnen vor Kap Varella versenkt.

Bei dem Angriff, von dem Ihr schreibt, handelt es sich um einen Überfall auf einen französischen Verpflegungszug, der in Tonkin in einen Hinterhalt der Vietminh geraten war.

Sogar in Kotschinchina gibt es Unruhen. Kürzlich haben die Legionäre nördlich von Kap Saint-Jacques erhebliche Verluste erlitten. Heute werden in Nha Trang sechs Legionäre beerdigt, die hier in der Gegend gefallen sind.

Ende des Monats geht es zurück nach Saigon. Für dieses Jahr ist die Heimkehr nach Frankreich ins Wasser gefallen. Im zweiten Drittel 1947 müssen wir im Arsenal von Saigon die notwendigen Reparaturen vornehmen.

Ich schicke Euch in diesem Brief ein Band der *Chevreuil*. Es ist himmelblau. Hoffentlich kommt es gut an.

Alles geht gut. Herzliche Küsse Henri

16

Nha Trang, 1. September 1946

Liebe Eltern,

heute, Sonntag, werden wir den Tag vor Anker verbringen. Seit unserer Abfahrt aus Saigon ist es das erste Mal. Wahrscheinlich kehren wir Ende der Woche nach Saigon zurück.

Wird man am 6. September den Jahrestag der Befreiung von Bourges feiern?

Hier sind wir fast täglich auf See. Jetzt werden alle Dschunken versenkt, die man in der Nähe von Kap Varelle entdeckt. Wir allein haben mehr als ein Dutzend versenkt. Zwei Patrouillenboote begleiten uns. Sie können näher an die Küste heranfahren. Neulich sind wir auf mehrere vor Anker liegende Dschunken gestoßen. Bei unserem Nahen haben die Annamiten die Flucht ergriffen. Wir haben die Dschunken mit dem 40-mm-Geschütz und unserem 20er MG versenkt. Wenn wir sie auf offener See treffen, nehmen wir die Eingeborenen an Bord und rammen die Dschunke mit dem Vordersteven. Jedesmal werden dabei zwei oder drei Tonnen Reis auf den Meeresgrund geschickt. Eine achtköpfige Familie, die nur dreihundert Kilo Reis an Bord hatte, mußte zusehen, wie ihre Dschunke versank. Dagegen darf eine große chinesische Dschunke mit vierzig Tonnen Ladung nach Haiphong passieren. Es handelt sich um eine große Gesellschaft aus Cholon; ihre Papiere sind in Ordnung. Sie darf mit vierzig Tonnen Waren passieren, während man eine Dschunke mit dreihundert Kilo Reis versenkt.

Was soll diese Komödie? Wem nützt sie? Man verhindert, daß die Verpflegung eintrifft, um die Preise in die Höhe zu treiben, und dann können die großen Gesellschaften ihre Profite machen. Das ist der einzige Grund für unsere täglichen Patrouillen. In der Regierung von Kotschinchina sitzen nur reiche Pflanzer. Sie wissen, was sie tun, und pfeifen auf ihr Land, vor allem auf das Volk, das zu vertreten sie vorgeben.

Ich mache Schluß. Herzliche Grüße Henri

17

Nha Trang, 7. September 1946

Liebe Eltern,
soeben erhalte ich Euren Brief vom 23. August. Wir sollen am 10. September nach Saigon zurückfahren. Wir liegen in Nha Trang vor Anker. Die *Commandant Dominé* soll uns ablösen.

Vor kurzem haben wir wieder einige Fischer gepflegt, die von unseren Flugzeugen beschossen worden waren. Der eine hatte zwei Kugeln im Rücken. Faustgroße Löcher.

Der Arzt hat die Wunden desinfiziert und dann die Löcher mit Talkum gefüllt. Aber es fehlte zuviel Fleisch, so daß die Haut sich nicht wieder schließen konnte. Anfangs empört man sich darüber, aber man sieht so viel Elend, daß man schon wenige Minuten später nicht mehr daran denkt ...

Unser Einsatz wird von unserem Auslaufen aus Frankreich am 17. Oktober an gerechnet. Die Frage ist nur noch, ob wir anderthalb oder zwei Jahre dienen müssen. In beiden Fällen kommen wir erst nächstes Jahr nach Hause.

Ich schließe und küsse die ganze Familie Henri

18

11. Oktober 1946

Liebe Eltern,
Eure beiden Briefe vom 30. 9. und 5. Oktober habe ich erhalten. Wir laufen am 13. abends nach Phnom Penh aus.

Ein Kamerad hat sich beim Fußballspielen das Handgelenk gebrochen. Wir haben ihn im Lazarett von Cholon besucht, das immer voll ist von kranken oder aus dem Hinterhalt verwundeten Soldaten. Nur wenige Matrosen. An Bord sind wir privilegiert. Am selben Tag, als der Kamerad ins Lazarett kam, trafen siebzehn Legionäre ein, die in der Gegend von My Tho verwundet worden waren. In der Nacht sind neun von ihnen gestorben. Das soll ziemlich oft vorkommen. Kürzlich sind sechzig Soldaten in einen Hinterhalt geraten. Außerdem haben viele die Ruhr, denn manchmal sind sie gezwungen, Flußwasser zu trinken. Alle haben die Schnauze voll. Sie sollen vom Jahrgang 46 abgelöst werden. Wenn man bedenkt, daß all das nur geschieht, weil eine Bande von Großgrundbesitzern ihre Privilegien behalten will! Sie wollen lieber die Herren spielen als Verbündete sein. Damit können sie mehr Geld verdienen. Und dafür gehen Tag für Tag französische Soldaten in den Tod! Cholon ist sehr viel belebter als Saigon. Gestern feierten die Chinesen ein Fest mit Umzug, Masken, Trommeln, Triumphbogen usw.

Sonst habe ich nichts zu berichten. Ich bin noch immer gesund.

Herzliche Küsse Henri

Haiphong, 23. November 1946

Liebe Eltern,
ich schreibe Euch heute gleich einen zweiten Brief, denn anscheinend ist die Post auf dem Postschiff verbrannt. Es ist jetzt 20 Uhr. Der Himmel über Haiphong ist blutrot von Feuersbrünsten. Ich kann gar nichts mehr hören, meine Ohren sind ganz taub von dem Donnern der Geschütze.[8]

8 Der kolonialistische Überfall auf Haiphong geht auf eine Reihe von Provokationen zurück, die von dem Hohen Kommissar Thierry d'Argenlieu und seiner zivilen und militärischen Umgebung organisiert worden sind.

Durch die Präliminarkonvention vom 6. März 1946 «erkennt die französische Regierung die Republik Vietnam als freien Staat mit eigener Regierung, eigenem Parlament, eigener Armee und eigener Finanzhoheit an».

Nach der Konferenz von Fontainebleau sieht der vom Präsidenten Ho Tschi Minh und von Moutet unterzeichnete Modus vivendi in Artikel 6 «ein Koordinationskomitee für Zollfragen vor ..., das die Organisation der Zölle in Indochina vorbereiten soll».

Seit August 1945 wird nun aber der Zolldienst in Tonkin und Nordannam von den Vietnamesen kontrolliert. In den gegenwärtigen Wirren hat die vietnamesische Regierung zur Sicherung ihrer Finanzen noch kein anderes Mittel gefunden als die Zolleinnahmen. Als Provisorium läßt sie ein von der französischen Besatzungsmacht eingeführtes Steuersystem weiterbestehen, dessen Einnahmen vor dem Krieg fast ausschließlich das allgemeine Budget von Indochina finanzierten.

Unter diesen Umständen die Regierung der Zolleinnahmen berauben hieß ihre Finanzquellen verstopfen und ihre politische Rolle zunichte machen.

Trotzdem wird auf Initiative der örtlichen französischen Behörden am 10. September 1946 eine Kontrolle über die Zölle von Haiphong verhängt, angeblich um die heimlichen Reisexporte zu verhindern, die die Bevölkerung dem Hungertod aussetzen.

Am 17. Oktober protestiert die vietnamesische Regierung gegen «den Beschluß des Kommissars der Republik Tonkin, zum Schutz der Versorgung eine provisorische Kontrolle über den Handelsverkehr im Hafen von Haiphong auszuüben» (Internationale Chronik der Documentation française *vom 15. bis 31. Oktober 1946).*

Wie Henri Martin weiter unten richtig schreibt, begann der Zwischenfall damit, daß ein LCA eine Dschunke aufbringen wollte. Eine chinesische Dschunke war im Binnenhafen Bonnal mit dem Löschen einiger Fässer Treibstoff beschäftigt. Ein Landungsboot wurde ausgeschickt, sie zu beschlagnahmen, während eine Abteilung der Militärpolizei versuchte, sich der bereits

Heute morgen um neun Uhr teilt uns die *Savorgnan de Brazza* mit, daß wir unsere Mannschaft zusammen mit der ihren an Land setzen sollen. Wir bringen sie mit dem Boot an Land. Unsere Kameraden dringen in die Stadt ein. Kurz darauf sehen wir mehrere Panzer vorbeifahren. Dann die ersten Kanonenschüsse und MG-Salven. Die Spitzel schleichen um die Stadt. Die *Savorgnan de Brazza* eröffnet das Feuer. Wir selbst laufen mit einem LCI und zwei LCA[9] aus. Wir fahren den Fluß bis zum Fluggelände hinunter, das sich mitten in der Annamitenstadt befindet. Unsere Truppen müssen das Gelände räumen. Etwa vierzig Flieger und Kolonialsoldaten treten unter Zurücklassung ihrer Ausrüstung den Rückzug an. Wir sehen sie quer über das Rollfeld laufen. Die Vietminh beschießen sie aus ihrem Versteck in einem Glockenturm. Die Infanterie erwidert mit MG-Feuer; alle Männer erreichen unser Schiff. Keiner ist verwundet, aber sie haben mit knapper Not ihre Brieftasche gerettet. Dann beschießen wir die Stellungen der Vietminh mit dem 40-mm-Geschütz. Der LCI schießt mit dem MG. Wir belegen den Flugplatz mit 120-mm-Granaten.

Wir kehren nach Haiphong zurück, wo die *Savorgnan de Brazza* noch immer feuert. Überall lodern Brände. Die Stellungen haben sich kaum verändert. Die Salven werden knapp einen Kilometer von uns entfernt abgefeuert. Erneut schießen wir mit dem 40-mm-Geschütz auf die Ebene am anderen Flußufer. Die *Savorgnan de Brazza* sprengt eine Eisenbahnbrücke in die Luft. Jagdbomber stoßen auf die Stadt nieder.

Wir haben keine Nachricht von unserer Landungskompanie. Wir sind auf unserem Gefechtsstand. Mein Gefechtsstand befindet sich in

gelöschten und in einem Geschäft des Chinesenviertels deponierten Fässer zu bemächtigen. Bei dieser Gelegenheit kam es zu einem Feuergefecht zwischen französischen und vietnamesischen Soldaten.

Die französischen Behörden werden schwerlich behaupten können, daß dadurch die Versorgung gefährdet war oder daß sie die Säcke voll heimlich exportiertem Reis mit importierten Brennstoffässern verwechselt hätten.

Dennoch war dieses Ereignis der unmittelbare Anlaß zum Zwischenfall von Haiphong. Drei Tage später, an demselben Tag, als Henri Martin diesen Brief an seine Eltern schrieb, bombardierten die französische Flotte und die französischen Küstenbatterien die Stadt Haiphong, wobei die von Vietnamesen und Chinesen bewohnten Stadtviertel dem Erdboden gleichgemacht und 6000 bis 7000 Menschen getötet wurden.

9 Landing Craft Infantry *und* Landing Craft Artillery. *Amerikanische Landungsfahrzeuge, die das französische Expeditionskorps verwendete.*

der Nähe der Feuerlöscher und des Bordgeschützes. Hier die Ursache der Schießerei, falls mein Brief verlorengegangen sein sollte:[10]

Ein LCA will eine Dschunke aufbringen. Vom Ufer und von der Dschunke aus eröffnet man das Feuer auf ihn. Auf den Lärm der Schießerei hin werden in der Stadt drei Soldaten abgeknallt. Die allgemeine Ballerei beginnt. Es ist elf Uhr. Um vierzehn Uhr schlagen die Vietminh vor, das Feuer einzustellen. Die Franzosen lehnen ab, die Schießerei beginnt von neuem und endet erst am nächsten Tag, am 21. November, vierzehn Uhr, auf Intervention einer aus Hanoi eingetroffenen Kommission. Es wird verhandelt. Die Franzosen stellen ein Ultimatum: die Vietminh sollen sich 20 Kilometer hinter Haiphong zurückziehen. Das Ultimatum wird zurückgewiesen, heute morgen hat der Kampf wieder begonnen.

Allein am 20. und 21. November haben wir dreißig Tote gehabt, davon zehn Matrosen.

Sonst nichts Neues.

Herzliche Küsse Henri

22

Haiphong, 28. November 1946

Liebe Eltern,
wir sind noch immer in Haiphong. Die Lage hat sich kaum verändert. Zur Zeit spielen sich die Kämpfe in den Außenbezirken ab. Unsere Verluste sind unbedeutend: etwa vierzig Tote. Der Grund dafür ist, daß die Artillerie und die Panzer die Hauptarbeit zu tun hatten. Noch immer lodern überall Brände. Wenn einer erlischt, flammt ein anderer auf. Auch die *Dumont d'Urville* ist angekommen. Wir sind jetzt drei Kriegsschiffe vor Haiphong. Heute ist die *Suffren* in der Alongbucht eingetroffen. Wir liegen auf dem Fluß vor Anker, genau auf der Höhe der Vorposten. Unsere Landungskompanie liegt im Feuerabschnitt. Es ist ziemlich ruhig. Nur ein einziges Mal sind wir beschossen worden, mit Maschinengewehren. Ein anderes Mal hat unsere eigene Infanterie uns aufs Korn genommen.

Tagsüber sehen wir zahlreiche vietnamesische Soldaten durch die Wälder und Reisfelder streichen. Wir beobachten sie durch das Fern-

10 Es handelt sich um den Brief, von dem Henri Martin meint, er sei auf dem Postschiff verbrannt.

glas. Sobald sie in Gruppen auftauchen, beschießen wir sie mit 102-mm-Granaten. Heute sind vier unserer Granaten in einer großen Gruppe von annamitischen Soldaten explodiert.

Jede Nacht werden wir geweckt, um Leuchtkugeln für die Infanterie abzuschießen.

Die *Savorgnan de Brazza* und die *Dumont d'Urville* liegen gegenüber der Stadt vor Anker. Das Trinkwasser ist rationiert, da die Leitungen durchgeschnitten sind.

Kürzlich beobachtete ich durch das Fernglas die Einschläge unserer 102-mm-Granaten. Ein Bauernhof lag unter Beschuß. Drei oder vier Männer flohen in den Wald. Unser Geschütz begann zu streuen. Plötzlich sah ich überall bewaffnete Männer, die sich zurückzogen. Aber ohne Eile und ohne jede Angst vor unseren Geschossen. Mir fiel besonders eine Gruppe von etwa fünfzig Soldaten auf, die sich im Gänsemarsch zurückzogen. Dann kehrten sie in einem großen Halbkreis zu ihrer Ausgangsstellung zurück.

Ein Mann, der eine Munitionskiste trug, überquerte einen fünfhundert Meter breiten Streifen ungedeckten Geländes, ohne sich zu bücken, während fünf oder sechs Granaten dicht neben ihm einschlugen. Bestimmt sind das Menschen, denen die Peitsche eines Pflanzers keine Angst macht.

In der Stadt hat das Postgebäude 48 Stunden lang dem Ansturm der Marinefüsiliere standgehalten. Es wurde nur von elf Vietnamesen verteidigt. Bei dem letzten Angriff mit Granaten hatten die Marinesoldaten fünf Tote. Ich glaube, das ist der beste Beweis, daß es Menschen sind wie wir. Ein versprengter Schütze geriet in Gefangenschaft. Seit zwei Tagen hatte er eine Kugel in der Hüfte, doch das war für ihn kein Grund, sich zu ergeben. Das annamitische Volk hat sich in der Tat verändert oder, besser, gewandelt. Das sollte man begreifen, bevor man an eine Verständigung denkt. Nicht wie Herr und Knecht, sondern von Mensch zu Mensch müssen wir miteinander reden.

Gestern haben die Fallschirmjäger den Flugplatz zurückerobert. Zwei sind beim Absprung ums Leben gekommen. Der Fallschirm des einen hatte sich nicht geöffnet, der andere blieb am Fahrgestell des Flugzeugs hängen. Wir sahen sie aus der Ferne abspringen, immer in Gruppen von zwölf Mann.

Heute abend ist eine Wagenkolonne – etwa zwölf Jeeps, PKW mit aufmontiertem MG und Panzerwagen – zu einem Überfall gestartet. Sie fuhr die Straße längs des Flusses hinauf. Wir sahen sie verschwinden und bald darauf zurückkommen. In sieben bis acht Kilometer Entfernung stand ein Dorf in Flammen.

Hier ist es kaum kühler als in Saigon. Gesundheitlich geht es mir sehr gut. Für heute schließe ich.

Herzliche Küsse Henri

21

Haiphong, 5. Dezember 1946

Liebe Eltern,
nach acht Tagen des Schweigens habe ich heute vier Briefe von Euch erhalten. Hoffentlich habt Ihr meine letzten Briefe alle bekommen.

Unsere Zuteilung an Seife beträgt zwei Kilo im Monat. Diesmal erhielten wir Seife aus Marseille (72 % Fettgehalt). Man stelle sich das vor: in Frankreich ist Seife knapp, und man schickt uns welche nach Indochina, das Seife exportieren kann. Die Transportgesellschaften müssen eben auch verdienen.

Seit meinem letzten Brief hat sich in Haiphong nicht viel Neues ereignet. Die Stadt ist dem Erdboden gleich, mit Ausnahme des Europäerviertels. Die Chinesenstadt hat nicht allzu stark gelitten. In den Ruinen der Stadt halten sich noch immer vereinzelte Schützen versteckt. In den Außenbezirken rege Spähtrupptätigkeit.

Unsere Landungskompanie ist heute morgen wieder an Bord zurückgekehrt. Ohne Verluste. Vorgestern ist die *Jules Verne* in Haiphong eingelaufen. Sie transportierte ein Bataillon Fremdenlegionäre. Sie sollen morgen angreifen, in weißer Feldmütze. Heute vormittag haben wir neben der *Jules Verne* angelegt, um unsere Munitionsbestände aufzufüllen. In der Tat haben wir dreihundertvierzig 102-mm-Granaten verschossen. Wir nehmen fünfhundert schwere Granaten und außerdem 40- und 20-mm-Geschosse.

Augenblicklich hat uns die Fregatte *Croix de Lorraine* vor dem Treibstofflager der Shell abgelöst. Da sie jedoch eine größere Wasserverdrängung hat als wir, ist sie 800 Meter von unserer Stelle vor Anker gegangen, was vermuten läßt, daß wir unseren Posten bald wieder einnehmen werden. Seit Beginn der Schießerei haben wir etwa hundert Tote gehabt. Die Verluste der Annamiten sind bedeutend höher. Wieder sahen wir das fast alltäglich gewordene Schauspiel der im Fluß treibenden Leichen von Annamiten. Wir haben drei Dschunken versenkt, die in der Nacht den Fluß hinunterfuhren. Die 20-mm-MG haben gefeuert, nichts ist wieder an die Oberfläche gekommen. In der Nacht vom 1. zum 2. Dezember sind wir von beiden Ufern gleichzeitig angegriffen worden. Es begann um acht Uhr abends und zog sich bis Mitternacht hin. Ich stand gerade auf der Brücke. Zuerst zuckten über dem Ufer Blitze auf, dann hörte man die Kugeln pfeifen. Schnell zum Gefechtsstand. Unsere Maschinengewehre antworten. Man belegt uns mit Gewehr- und Granatwerferfeuer. Der Granatwerfer trifft daneben, aber die Kugeln pfeifen, klatschen ins Wasser oder schlagen auf dem Schiff ein. Am nächsten Morgen entdecken wir zwölf Einschüsse in den Planken. Eine Kugel hat die Wand der Kombüse durchschlagen und eine Ölflasche zertrümmert. Der Koch hat einen Splitter im Bein. Eine zweite Kugel hat den Luftschlauch der Alarmanlage zerfetzt. Eine dritte ist in die Wachstube des Kommandanten eingedrungen und hat eine Kiste durchschlagen. Die übrigen Kugeln begnügten sich damit, die Zwischenwände zu durchlöchern.

Mein Gefechtsstand befindet sich bei der Feuersicherung, aber da kein Brand entstanden war, mußten wir Munition für die Geschütze heranschaffen. Ich trug die leeren Magazine der MG in die Munitionskammer und schleppte volle nach oben. Dabei hatte ich das Vergnügen, mehrere Kugeln zu hören, die ziemlich dicht an meinen Ohren vorbeisausten. Gewohnheitssache. Gegen zehn Uhr abends gelang es unserem 40-mm-Geschütz, den Granatwerfer außer Gefecht zu setzen. Außerdem haben wir mit dem 102-mm-Geschütz eine alte Ziegelei aus nächster Nähe beschossen.

In der letzten Nacht sind wir erneut angegriffen worden, von Mitternacht bis zwei Uhr morgens. Diesmal jedoch nur mit Gewehren. Wir haben jedenfalls keine anderen Einschläge im Schiffsrumpf entdeckt. Ich habe dieselbe Arbeit verrichtet, aber diesmal pfiffen mir keine Kugeln um die Ohren.

Heute vormittag um elf Uhr haben wir die Anker gelichtet, um neben der *Jules Verne* anzulegen. Sofort gehen Schüsse vom Ufer los. Unsere MG antworten. Kugeln pfeifen und klatschen ins Wasser. Eine trifft den Schornstein. Die andere den Heißwasserkessel; sie bleibt in der isolierenden Korkschicht stecken.

Das sind die Neuigkeiten bei uns. Morgen oder übermorgen kehren wir zu unserer Stellung zurück.

Ich bin noch immer gesund. Herzliche Küsse Henri

22

Tourane, 10. Februar 1947

Liebe Eltern,
heute habe ich Euren Brief vom 23. Januar erhalten. Jetzt sind Huë und seine Zitadelle genommen. Wir liegen in der Bucht von Tourane vor Anker und warten auf die Weiterfahrt nach Saigon.

Es sind keine Feuersbrünste mehr zu sehen. Die Dörfer sind wohl alle abgebrannt. Habe ich Euch schon die Geschichte von dem Feldgeistlichen der Fallschirmtruppen erzählt? Er befördert die verwundeten Vietminh ins Jenseits, damit sie nicht leiden müssen, wie er sagt. Neulich traf er in einem Dorf zwischen Tourane und Huë einen belgischen Missionar. Dieser machte ihm Vorwürfe wegen des Verhaltens der französischen Truppen. Am nächsten Tag wurde er nach Tourane gebracht, zu seinem Schutz, wie es scheint. Bisher hatte er keinen Schutz gebraucht. Es ist eben nicht immer ratsam, die Wahrheit zu sagen.

Habt Ihr unter den Fotos, die ich Euch kürzlich geschickt habe, das mit der untergehenden Dschunke gesehen?

Sonst nichts Neues.

Herzliche Küsse Henri

23

Saigon, 11. März 1947

Liebe Eltern,
gestern morgen sind wir in Saigon eingetroffen. Morgen früh fahren wir wieder aus. Diese Fahrt war nicht vorgesehen, aber wir mußten etwa zwanzig Verwundete und Kranke transportieren. Wir haben sie in Can Tho an Bord genommen. Wir sind an Long Xuyen vorbeigekommen, wo am Morgen eine Granate mitten auf dem Markt explodiert war. Zwei Tage zuvor war ein französischer Konvoi in einen Hinterhalt geraten: sieben Tote und acht Verwundete, ein verlorener Postwagen, ein ausgebrannter Laster. Das Pionierkorps hatte zwei Brücken geschlagen, beide sind verbrannt.

Nach alldem wird man uns sagen, daß Kotschinchina befriedet ist.

Wir sind an mehreren kleinen französischen Posten vorbeigekommen. Sie bestehen aus Strohhütten, die mit einer Palisade umgeben sind. Zu jedem Posten gehören etwa dreißig Mann. Allein in der Ebene von Les Joncs liegen 25000 Vietminh. Wenn sie einen Posten angreifen, kommen sie gleich zu Hunderten; falls nicht schnell genug Verstärkung eintrifft, wird der Posten genommen.

Unter den Verwundeten, die wir zurückgebracht haben, befand sich auch ein Oberfeldwebel. Er befehligte einen kleinen Posten. Eines Tages, so erzählt er, gehen zehn Mann auf Patrouille. Die anderen zwanzig bleiben im Posten zurück. Der Spähtrupp gerät in einen Hinterhalt. Der Oberfeldwebel wird am Schenkel verwundet, die Hälfte seiner Gruppe fällt. Er gibt dem Unteroffizier den Befehl, sich mit den Überlebenden zurückzuziehen, ohne sich um ihn zu kümmern. Die Vietminh kommen auf ihn zu, er schleudert noch zwei Handgranaten. Zwei Annamiten stürzen sich auf ihn und halten ihn fest, ein dritter schickt sich an, ihn niederzuknallen. Da greift ein Hauptmann ein; er läßt ihn auf einer Trage ins Lager der Vietminh bringen. Der Oberfeldwebel hat uns erzählt, daß er noch nie so gut gepflegt worden sei. Annamitische Frauen kümmerten sich um ihn. Nach dreißig Tagen ließ der Hauptmann der Vietminh ihn in einem Sampan zu den Franzosen zurückbringen. Er gab ihm sogar fünf Piaster, damit er den Sampan bezahlen konnte. Dieser Hauptmann war zwei Monate zuvor aus Frankreich zurückgekommen. Er hatte seine Studien beendet. Beim Abschied sagt er zu dem Oberfeldwebel: «Wenn ihr wieder zu ‹befrieden› beginnt, dann seid nicht allzu grausam zu unseren Frauen und Kindern.»

Einer der Verwundeten, den wir zurückbrachten, hatte den rechten Arm verloren. Wenn ich mir überlege, wie viele französische Soldaten ihr Leben lassen, damit andere Leute weiter ihr Geld verdienen können, packt mich die kalte Wut. Dennoch gebe ich zu, daß viele Soldaten glauben, hier für Frankreich zu kämpfen. In der Tat, sie kommen in Indochina an, und noch bevor sie irgend etwas getan haben, geraten sie in einen Hinterhalt. Dann sagen sie: «Diese Schweine! Wir haben ihnen nichts getan, und sie greifen uns an.» Nur vergessen sie dabei, daß andere vor ihnen den Namen Frankreichs verhaßt gemacht haben und daß jetzt sie dafür bezahlen.

Um zu wissen, wo Frankreichs wahres Interesse liegt, braucht man nur die Reaktion der Verräter zu beobachten: die Parteigänger der Japaner fordern wie die der Boches die Fortsetzung des Kampfes. Frankreichs Interesse besteht darin, nicht auf diese Verräter zu hören.

Heute habe ich vier Briefe von Euch erhalten.

Für heute abend schließe ich. Herzliche Küsse Henri

24

Saigon, 20./21. März 1947

Liebe Eltern,
heute haben wir eine hübsche Bilanz auf unserem Aktivposten. Ein getötetes Kind und eine verwundete Frau, ganz zu schweigen von den anderen Verwundeten, die in den Reisfeldern geblieben sind.

Der Tag begann damit, daß wir etwa vierzig 102-mm-Granaten auf ein Munitionslager der Vietminh in vierzehn Kilometer Entfernung abgefeuert haben. Wahrscheinlich ist es in die Luft geflogen. Dann haben wir die Wälder beschossen, ohne übrigens etwas zu sehen.

Dann wurden wieder Dschunken aufgebracht. Wir lagen mitten auf dem Fluß vor Anker. Um die vorbeifahrenden Dschunken zum Anhalten zu zwingen, schickte man ihnen eine Salve hinüber. Wenn sie nicht stoppten, beschossen sie unsere MG, und das Boot holte sie ein. Manchmal sprangen die Männer ins Wasser und flüchteten in die Reisfelder. Das ist der beste Beweis, daß sie uns nicht als Befreier empfangen.

Nach der ersten Salve steuert eine Dschunke auf das Ufer zu, statt zu uns zu kommen. Sofort eröffnen die Maschinengewehre das Feuer, und das Boot nimmt die Verfolgung auf. Ich war als Mechaniker an Bord. Wir hatten zwei leichte Maschinengewehre. Wir mußten etwa einen Kilometer zurücklegen. Bei fünfzig Meter Entfernung stellen die Schützen das Feuer ein, bei zwanzig Meter befiehlt der Offizier noch einmal Feuer. Die Kugeln durchlöchern den Sampan. Ein Mann taucht auf, mit verängstigtem Gesicht und erhobenen Armen. Wir gehen längsseits: ein sieben- bis achtjähriges Kind mit sechs Verwundungen, eine Frau mit drei Verwundungen, der Mann ist unverletzt. Man bringt die drei an Bord; das Kind stirbt. Der Arzt verbindet die Frau, dann bringt man sie alle wieder ans Ufer.

Ihre Papiere waren in Ordnung. Aber wir haben einen so schlechten Ruf, daß sie Angst hatten, der ersten Salve Folge zu leisten. Das beweist, daß die Einwohner kein Vertrauen zu uns haben.

Jetzt, da wir sein Kind getötet und seine Frau verwundet haben, wird dieser Annamite sicherlich Vietminh werden, falls er es nicht schon war. Da sieht man, wie wir befrieden.

Sonst herrscht Frieden.

Für heute abend schließe ich.

Herzliche Küsse Henri

25

Auf dem Mekong, 24. März 1947

Liebe Eltern,
wir setzen unsere Spazierfahrt auf dem Fluß fort. Heute früh haben wir Bentré verlassen und waren gegen Mittag in Sadec. Morgen werden wir in My Tho sein.

In Bentré, wo wir an Land gingen, haben wir mit Legionären des 3. REI gesprochen. Ihr Bataillon (500 Mann) hatte seit seinem Eintreffen in Kotschinchina einhundert Tote. Einige Legionäre, die schon die Feldzüge in Tunesien, Italien, Frankreich und Deutschland mitgemacht haben, gestehen, daß sie noch nie so große Angst gehabt haben wie hier.

Die gesamte Bevölkerung ist Vietminh. In Bentré sieht man keine Annamiten zwischen siebzehn und fünfzig Jahren. Sie sind alle in den Wäldern. Nur die Frauen, Kinder und Greise sind in der Stadt zurückgeblieben. Die Chinesen gehen weiterhin ihren Geschäften nach. In Bentré gibt es an jeder Straßenecke Bunker. Die Hälfte der Häuser ist von den Japanern zerstört worden. Ein großer Teil wurde von uns in Brand gesteckt.

Nachts geht man lieber nicht auf die Straße. Vor acht Tagen haben die Vietminh ein Amphibienfahrzeug (eine «Krabbe») mit zwei Granatwerfern und einem 127-mm-MG erbeutet. Oft müssen sich die Legionäre fluchtartig zurückziehen. Selbst wenn man Verstärkung schicken sollte, werden wir nichts ausrichten können. Die gesamte Bevölkerung ist Vietminh, und man kann schließlich nicht eine ganze Bevölkerung ausrotten. Alle, die für die Kriegskredite gestimmt haben, hätten besser daran getan, das Geld für den Wiederaufbau Frankreichs zu verwenden. Mit der Fortsetzung des Krieges ruinieren wir das Land. Wir müssen so schnell wie möglich zu einer Einigung gelangen, bevor es zu spät ist.

Für heute abend verlasse ich Euch.

Herzliche Küsse Henri

26

Auf dem Mekong, 26. März 1947

Liebe Eltern,
heute befinden wir uns in der Gegend von Tra Vinh. Am Morgen sind wir aus Can Tho abgefahren. Es ist eine ziemlich große Stadt mit sehr hübschen Villen, in denen früher die französischen Kolonisten wohnten.

In der vergangenen Woche haben die Soldaten in Can Tho erneut Verluste erlitten.

An einem Tag sieben Tote und sieben Verwundete. Am nächsten Tag sechs Tote. Vor einem Jahr sah man auf dem Soldatenfriedhof etwa ein Dutzend Gräber, heute sind es dreihundert. Ihr seht, was unsere Besetzung kostet. Und mit welchem Erfolg? Nachts kann man in den großen Städten wie Saigon nicht einmal auf die Straße gehen.

Seit einigen Monaten ist hier kein Tropfen Regen gefallen. Sonst nichts Neues.

Herzliche Küsse Henri

27

Saigon, 19. August 1947

Liebe Eltern,
Eure Briefe vom 8. und 11. August habe ich erhalten.

Am 21. laufen wir auf den Mekong aus.

Ich habe mein Entlassungsgesuch erneuert. Mal sehen, ob ich diesmal mehr Glück habe.

Ich schicke Euch zwei Fotos, die am 14. Juli in Haiphong aufgenommen worden sind. Auf dem einen sind wir gerade mit einem Lastwagen in einem Straßengraben gelandet. Das andere ist vor dem Bahnhof in Haiphong aufgenommen. Napoleon ist mit uns. Beachtet die *glücklichen* Gesichter der drei annamitischen Frauen: wir sind wirklich *Befreier*.

Ich schließe.

Herzliche Küsse Henri

28

Traon, 29. August 1947

Liebe Eltern,
wie vorgesehen haben wir am 21. August Saigon verlassen. Nachdem wir die Nacht in My Tho verbracht hatten, erreichten wir Can Tho. Am nächsten Tag übernahmen wir den Schutz eines Konvois, der mit 7000 Tonnen Reis nach Saigon unterwegs war. In Traon, südlich von Can Tho, am Eingang des Kanals von Nicolai, liegen wir fest. Dieser Kanal verbindet den Bassac mit dem Mekong. Wir können nicht hineinfahren, denn er ist zu schmal. Der Aviso *Boudeuse* lag am anderen Ufer des Kanals, auf dem Mekong. Der Konvoi bestand aus etwa sechzig großen Dschunken, von denen einige 200 Tonnen geladen hatten. Sie wurden von Schleppern gezogen. Auf beiden Seiten des Kanals rückte eine Kompanie Infanterie mit dem Konvoi vor. Zu seinem Schutz waren ein LCI, ein LOVP und eine VP aufgeboten. Der Konvoi passierte unangefochten den Kanal, aber die Infanteristen hatten neun Tote und drei Verwundete. Unter den Toten befindet sich auch ihr Hauptmann.

Zwei Tage später begleitete ein LCI einen Konvoi durch denselben Kanal. Sie wurden angegriffen und hatten vier Verwundete an Bord.

Heute sind wir wieder in Traon, denn es kommt ein neuer Konvoi. Bis jetzt ist alles gut gegangen. Neulich haben wir mit dem 102-mm-Geschütz gefeuert. Jede dieser Granaten kostet 20000 Francs. Seit unserem Auslaufen aus Saigon haben wir Granaten im Wert von zwei Millionen verschossen.

Auf dem Friedhof in Can Tho ruhen jetzt 450 französische Soldaten. Als wir das letzte Mal dort waren, waren es erst 300.

Sonst ist in Indochina alles in Ordnung.

Ich weiß noch nicht, wann wir nach Saigon zurückfahren.

Ich bin gesund. Herzliche Küsse Henri

29

Tanchan, 10. September 1947

Liebe Eltern,
nach den Kommuniqués hat sich die Lage in Kotschinchina gebessert. Urteilt selbst. Im März dieses Jahres patrouillierte ein einziger Aviso auf dem Fluß. Manchmal eine ganze Woche lang gar keiner.

Jetzt sind wir drei Avisos auf dem Mekong: die *Boudeuse*, die *Commandant Bouy* und die *Chevreuil*. Und wir haben kaum Zeit, in Can Tho Trinkwasser zu holen. Wir müssen die Konvois begleiten, Truppenkonzentrationen der Vietminh bombardieren, Dschunken aufbringen und so weiter. Kürzlich fand zwischen Long Xuyen und Sadec eine große Säuberungsaktion statt. Zweitausend Infanteristen und Hoa-Hao-Banden haben an der Operation teilgenommen. Am ersten Tag haben wir die Vietminh mit den 102-mm-Geschützen beschossen, worauf sie sich zurückzogen. In der Nacht haben wir einige Dschunken unter Beschuß genommen, die den Fluß zu überqueren versuchten. Am nächsten Morgen kam ein dringender Hilferuf aus der Gegend von Tanchan weiter nördlich. Ein Posten war angegriffen worden. Als wir dort eintrafen, hatten sich die Vietminh bereits zurückgezogen. Ein Franzose war verwundet. Wir schossen noch mit Kanonen. Dann begleiten wir einen Konvoi bis zur kambodschanischen Grenze. Der kleine Grenzposten hatte acht Verwundete, darunter sechs Kambodschaner. Wir durchqueren den Kanal von Tanchan, um nach Chadoc zu fahren. Am nächsten Tag wieder ein dringender Hilferuf aus Tanchan. Fast wären wir im Kanal steckengeblieben, so ungünstig war der Wasserstand. Wir erreichen den Posten in Tanchan. Von dort aus setzen wir mit dem Boot an Land, um Erkundungen einzuholen. Die Hoa-Hao hatten Vietminh gesehen, die sich in ihrem Dorf verproviantierten. Da sich diese inzwischen wieder verzogen hatten, war die Operation damit beendet.

Die Hoa-Hao sind eine religiöse Sekte. Sie gehören dem reformierten Buddhismus an, der um das Jahr 1900 entstanden ist. Vor zwei Jahren kämpften die Hoa-Hao noch auf seiten der Vietminh. Ihre Anführer haben sich zerstritten, und jetzt stehen sie auf unserer Seite.

Bei der Operation südlich von Long Xuyen sollen 106 Vietminh und nur drei Franzosen gefallen sein. Der Unterschied ist ein bißchen groß. Drei Tage nach der Operation sind auf der Straße von Long Xuyen nach Raghia 19 französische Soldaten getötet worden, darunter drei Offiziere. Davon stand jedoch kein Wort in dem Kommuniqué.

Im Verlauf der Operationen hat die Bevölkerung wieder viel einstecken müssen. Wir haben einige Sampans versenkt, auf denen sich nur Frauen befanden. An Bord haben wir ein kleines Mädchen gepflegt, das von einer Kugel in die Brust getroffen worden war. Es hatte Glück gehabt: kein inneres Organ war verletzt.

Was uns betrifft, so haben wir nur einen Gewehrschuß vom Ufer abbekommen.

Ende der Woche sollen wir nach Phnom Penh auslaufen. Unsere Rückkehr nach Saigon ist für den 20. September vorgesehen. Von Ablösung ist noch keine Rede.

Ich habe Eure Briefe vom 14. und 26. August sowie die Karte von Jeanne-Marie aus Châteauneuf erhalten.

Für heute schließe ich.

Herzliche Küsse Henri

30

My Tho, 22. September 1947

Liebe Eltern,
im Augenblick liegen wir am Kai und warten auf die Ankunft von General de Latour. Ende des Monats sollen wir nach Saigon zurückkehren. Da neue Schiffe eingelaufen sind, besteht Aussicht, daß wir bald abgelöst werden.

Vorgestern haben wir südlich von Vinh Long eine Operation durchgeführt. Mit dem Boot sollten wir die Sampans daran hindern, einen Flußarm zu verlassen. Da wir uns dem Ufer nicht nähern durften, sind uns mehrere Sampans entwischt. An Land hörten wir die Granatwerfer und Maschinengewehre unserer Infanterie.

Als wir nach Phnom Penh fuhren, hatten wir 108 kambodschanische Jäger an Bord. Dicht an der Grenze wurden sie eingesetzt. Sie haben ein leichtes Maschinengewehr erbeutet, einen Gefallenen entdeckt und Wertgegenstände mitgebracht, die sie in den Häusern gefunden hatten.

Wegen der Abmusterung müssen wir einen neuen Antrag in Frankreich stellen.

Ich lege diesem Brief zwei Fotos von Phnom Penh bei. Ich bin gesund.

Herzliche Küsse Henri

31

My Tho, 30. September 1947

Liebe Eltern,

heute vor zwei Jahren war mein letzter Urlaubstag. Ich habe den Eindruck, daß ich noch lange hier schmoren werde.

Morgen kehren wir nach Saigon zurück. Dort werden wir Näheres über die Ablösung und das Datum unserer Heimkehr erfahren. Nach den letzten Meldungen wird die *Chevreuil* in drei Monaten nach Frankreich zurückkehren.

Vor einigen Tagen haben wir eine Operation mit einem marokkanischen Schützenbataillon und zwei französischen Kompanien unternommen. Bollaert, die Admirale Kraof und Battet sowie General Boyer de Latour wohnten der Operation an Bord der *Commandant Bouy* bei. Wir trafen bei Morgengrauen ein, aber statt sofort an Land zu gehen, warteten wir, bis es hell wurde. Auf diese Weise konnten die hohen Herren das Schauspiel beobachten. Wir eröffnen das Feuer mit dem 40-, dem 20-, dem 127-mm-Geschütz und mit dem 81er Granatwerfer. Das Feuer wird eingestellt, nur der LCT, der als erster landen soll, gerät in eine Gegenströmung und muß lange manövrieren. So haben die Vietminh genügend Zeit, sich zu sammeln; wir sollten es kurz darauf erleben. Nachdem die erste Landung geglückt ist, fahren wir weiter flußaufwärts. Zu dieser Zeit steht die Sonne schon hoch am Himmel, und so ist es kein Überraschungsangriff mehr. Der Hohe Kommissar fährt ab, für ihn ist das Schauspiel zu Ende.

Von Land erreicht uns die Meldung: «Sind in ernster Bedrängnis.» Etwa einen Kilometer von uns entfernt großes Getöse: Maschinengewehrsalven, Granaten, Gewehrschüsse. Ein LCA, ein LCM und eine VP fahren mit den Truppen den Flußarm hinauf. Plötzlich sehen wir die VP zurückkommen. Kurz darauf kommen auch der LCM und der LCA zurück. Sie haben Tote und Verwundete an Bord. Sie sind von beiden Ufern aus angegriffen worden. Die Vietminh saßen in den Bäumen. Das Maschinengewehr des LCM hat einen Volltreffer erhalten und ist ausgefallen. Der Leutnant gibt Befehl, trotzdem weiterzufahren. Die Verbindung wird hergestellt, die verwundeten Marokkaner kommen an Bord, und der LCM kehrt zu uns zurück. Zwei Matrosen sind tot, ihr Leutnant ist verwundet, zwei französische Soldaten sind gefallen; ein marokkanischer Schütze, der einen Kopfschuß hat, stirbt auf unserer Brücke. Der Bataillonskommandant hat Glück gehabt: eine Kugel hat ihm die Uhr auf der Brust zertrümmert.

Jetzt liegen fünf Tote auf unserem Achterdeck. Sie sind mit der französischen Fahne zugedeckt. Auf der Brücke sind überall Blutlachen. Der Arzt hat viel zu tun, denn es sind jetzt sechzehn verwundete Franzosen und Marokkaner an Bord.

Der Hohe Kommissar ist nicht mehr da, um das Schauspiel zu betrachten.

Die Nacht bricht herein, die Vietminh haben sich verkrochen. Wir kennen ihre Verluste nicht. Mehrere Dörfer stehen in Flammen. Die Truppen gehen wieder an Bord. Plötzlich stellen wir fest, daß eine Gruppe von 40 Mann fehlt. Wir schießen Leuchtkugeln ab, eine rote Rakete antwortet uns. Zwei LCVP fahren wieder den Flußarm hinauf und nehmen die Nachzügler an Bord. Die Dörfer brennen noch immer. Bei der Einschiffung ertrinkt ein marokkanischer Sergeant, so daß sich die Zahl der Toten auf sechs erhöht. Am nächsten Tag Beerdigung mit schönen Reden in Vinh Long. Auf dem Friedhof sind etwa sechzig französische Gräber.

Vor zwei Tagen sind fünf gepanzerte Jeeps erbeutet und in Brand gesteckt worden. Im Kommuniqué ist davon nicht die Rede.

Ich schließe für heute.

Herzliche Küsse Henri

P.S. Ich lege zwei Fotos aus Phnom Penh bei.

Diese Briefe haben folgende Kommentare angeregt:

Marcel Ner
Henri Martin und seine Briefe aus Indochina

Bis vor kurzem waren mir die Briefe, die Henri Martin aus Indochina geschrieben hat, unbekannt. Ihre Lektüre hat mich tief ergriffen. Das Drama, das sich in der Seele dieses einfachen, aufrechten und mutigen jungen Mannes abspielte, war, wenn auch weniger heftig, das Drama vieler Franzosen.

Dieser zwanzigjährige Matrose, der seit seinem siebzehnten Lebensjahr auf seiten der Widerstandskämpfer und der FTP vor Royan gekämpft hatte, meldete sich Anfang 1945 freiwillig, um im Fernen Osten gegen das noch mächtige Japan einen Kampf fortzusetzen, der in Europa bereits siegreich beendet war.

Als er im Dezember an Bord geht, läßt die Kapitulation Japans vermuten, daß auch die Kämpfe in Asien beendet sind. Auf der *Chevreuil* genießt er, wenn auch mit leichtem Unbehagen, eine Sicherheit und kleine materielle Freuden, die ihm drei Jahre lang versagt gewesen waren. Er lutscht Karamelbonbons und «gießt sich tüchtig einen hinter die Binde» mit Fruchtsaft.

Dennoch hat er nicht vergessen: «Vor einem Jahr», schreibt er am 6. Dezember, «ist Hauptmann Daniel gefallen. Wer erinnert sich noch an ihn im Cher?»

Im März 1946 liegt die *Chevreuil* am Eingang der Alongbucht. Trotz der Vereinbarungen vom 6. März beschießt Tschiang Kaischeks Artillerie unsere Schiffe. «Es hat *durch Beschuß chinesischer Truppen* Tote und Verwundete gegeben», schreibt er am 8. März.

Am 12. März erlebt er eine große Freude und schreibt noch am selben Tag: «Heute stattete uns General Leclerc einen Besuch ab ... Er ist groß und schlank ... ein sympathischer Mann und gar kein Angeber.» Der General, das Symbol des Sieges, «kam *in einem Wasserflugzeug, das früher den Japanern gehörte und jetzt die Trikolore führt*».

Am 29. März frohlockt er von neuem: «Jetzt sind die Vereinbarungen unterzeichnet. Frankreich erkennt die Republik Vietnam an. Wir behalten unsere Stützpunkte in Indochina.»

So war Henri Martin einer Meinung mit vielen Kameraden, die, vom Geist des Widerstands beseelt, nach Indochina gekommen waren, und besonders mit General Leclerc. Am 22. März war ich mit General Leclerc zusammengetroffen, als er an der Seite meines ehemaligen Schülers und Freundes Vo Nguyen Giap die Parade der französischen und vietnamesischen Truppen abnahm. Die beiden Heerführer verband eine gegenseitige Hochachtung. Als ich am 24. im selben Flugzeug und dann auf demselben Minensuchboot wie der General zur Flottenparade in der Alongbucht fuhr, hatte ich ein langes Gespräch mit ihm, und ich kann bezeugen, welchen Wert er dem Abkommen beimaß. Er unterschätzte den Gegner nicht, er sah die Schwierigkeiten und die Dauer der Feindseligkeiten voraus, die er durch eine loyale Einigung zu vermeiden wünschte. Die Kritik, die an ihm geübt wurde, und der allzu deutliche Wille, das Ausmaß der Zugeständnisse zu begrenzen, erbitterten ihn. Ich erfuhr auch aus dem Munde des Präsidenten Ho Tschi Minh und des Generals Giap, welche Bewunderung sie für den ruhmreichsten Befreier Frankreichs empfanden und welches Vertrauen sie in ihn setzten.

«Ein harter Schlag nur für die reichen Bankiers», schreibt Henri Martin weiter.

Im Jahre des Heils 1953, als niemand mehr leugnen kann, daß der Kurs des Piasters Frankreich mehr als hundert Milliarden kostet, von denen ein erheblicher Teil in die Taschen der Kaufleute fließt, und daß Boutemy und seinesgleichen das Parlament und die Regierung stärker beeinflußt haben als der Wille des französischen Volkes, qualifizieren solche Formulierungen einen Menschen.

Zu Beginn des Jahres 1946 brachten sie die fast einhellige Meinung der ehemaligen Kriegsteilnehmer und Widerstandskämpfer zum Ausdruck. Admiral d'Argenlieu hatte durch strenge Befehle dafür gesorgt, daß den Finanziers die Tore Indochinas verschlossen blieben. Wenn seine Strenge nachließ, so hat ihm das doch niemals Sympathien eingetragen, und wenn seine Politik eine tragische Entwicklung nahm, dann gewiß nicht, um den Spekulanten einen Gefallen zu tun.

Erst die Ankunft von Bollaert und die Rückkehr des Exkaisers stellten die Verbindungen zwischen Regierung und Plutokratie, die in Indochina so häufig vorkommt, wieder her und stärkten sie in einem bisher unbekannten Ausmaß.

Dank dem Abkommen kann Henri Martin in Tourane an Land gehen, und er entdeckt dort die Vietnamesen: «Alles ist gut organisiert. Es ist keine Räuberbande, sondern ein ganzes Volk, das seine Freiheit will ... Diese Menschen brauchen uns nicht ... Die Annamiten haben bewiesen, daß sie ... fähig sind, sich selbst zu regieren» (Briefe vom 28. März und 3. April).

Kein Wort in diesen Briefen verrät einen verbitterten oder undisziplinierten Charakter oder einen sektiererischen Geist. Der Verfasser ist ein Durchschnittsfranzose, beseelt von den Traditionen der Vaterlandsliebe und der Freiheit, die der Widerstandskampf neu belebt hatte, und voller Bewunderung für seinen Oberbefehlshaber.

Das Drama hat seinen Ursprung nicht in einem Gesinnungswandel, sondern in seiner Treue zu diesem Ideal, das Henri Martin vergessen oder verleugnet sieht.

Wenn er am 16. April schreibt, daß er das Militär «satt» habe, dann deshalb, weil «die Leute des Widerstands» sich auf der *Chevreuil* «beinahe ebenso verstecken müssen wie zur Zeit der Boches» und weil fast alle Offiziere und Unteroffiziere Pétain die Treue halten und ihnen feindlich gesinnt sind.

Läßt sich leugnen, daß die ehemaligen «Kollaborateure» allmählich die Machtpositionen und die militärischen Kommandostellen zurückerobert haben, bereit, sich an den wirklichen Widerstandskämpfern für die Strafen zu rächen, die sie gefürchtet und nicht erlitten hatten?

Läßt sich leugnen, daß sie bei der Verkehrung der Aktionsformen und später sogar der Grundsätze der französischen Politik in Indochina eine entscheidende Rolle gespielt haben? Als sie ihre Tressen und Rangabzeichen, ihre Funktionen und das Geld, das sie unter dem dahingeschiedenen Regime erworben hatten, retteten oder sich von neuem aneigneten, traten sie immer offener gegen das neue Regime auf. Im Herbst 1944 hatte die Legion Pétains in Tonkin versucht, eine alle Franzosen umfassende Zivilgarde zu organisieren, die die Vietnamesen bekämpfen sollte, deren Guerillatätigkeit ständig zunahm. Dieser Versuch war gescheitert, und es hatten sich Kampfgruppen gebildet, manchmal ziemlich ungeschickt, die mit dem wahren Frankreich und seinen Verbündeten gegen die Japaner kämpfen wollten. Im Jahre 1946 rächten sich viele ehemalige Kollaborateure, indem sie einen Konflikt schürten, der ihnen gelegen kam. Sie brauchten nur die demokratische Republik Vietnam mit den gleichen Beschimpfungen zu überschütten, mit denen sie unter der japanischen Besetzung die amerikanische und die französische Republik oder die angelsächsischen Demokratien überschüttet hatten; sie brauchten nur zu behaupten, diese Revolution sei keine nationale, sondern werde vom Ausland inspiriert und gesteuert, so wie sie es in ihren Rundschreiben an die Lehrer und Schüler Annams von der Französischen Revolution behauptet hatten, während sie das Wort «national» der von Pétain durchgeführten Revolution vorbehielten; sie brauchten die Anführer und Soldaten dieser Revolution nur zu Terroristen, Rebellen und Verrätern zu erklären, so wie sie einst de Gaulle, de Lattre, Leclerc und die Widerstandskämpfer über ihren Rundfunk, in ihrer Presse und in ihren Reden zu Rebellen und Verrätern erklärt hatten.

Henri Martin hätte sich bestimmt tapfer geschlagen, um die Japaner oder die Chinesen zu vertreiben, die unsere Truppen angegriffen und den Norden Indochinas geplündert hatten, aber statt dessen «ziehen wir unter bleierner Sonne ... auf Wache gegen Menschen, die frei sein wollen» (21. April).

Im Mai nimmt er an «Operationen» teil oder wohnt ihnen bei, die zum großen Teil von Legionären durchgeführt werden, unter denen sich viele Deutsche befinden.

«Es widert mich an, so etwas mit anzusehen», schreibt er am 18. Mai. «Warum beschießen unsere Flugzeuge (täglich) wehrlose Fischer? Warum plündern, brandschatzen und morden unsere Soldaten? Um zu zivilisieren?»

Von nun an tauchen diese Themen immer wieder in seinen Briefen auf.

Man kann Henri Martins Angaben bestreiten, wenn er über Dinge spricht, die er nicht selbst gesehen hat, wie etwa über die Hungersnot im Jahre 1945. Er behauptet (30. Juni), daß sie zwei Millionen Menschen das Leben gekostet habe, daß sie von gewinnsüchtigen Spekulanten organisiert worden sei, die den Zentner Reis für fünfzig Piaster aufgekauft und nach der Hungersnot für achthundert Piaster weiterverkauft hätten, und daß die Japaner nicht dafür verantwortlich seien, da ihr Gewaltstreich (9. März) noch nicht stattgefunden hatte. Diese Anschuldigungen sind zwar oft wiederholt worden, aber nach eingehendem Studium der Frage bin ich in der Lage, die Irrtümer aufzuklären.

Es ist richtig, daß der wirtschaftliche Dirigismus des Admirals Decoux zu skandalösen Mißbräuchen geführt hatte (Verelendung der Massen und auch des Mittelstands, riesige und risikolose Gewinne der großen Gesellschaften, wachsende Korruption), für die die Vietnamesen die französische Administration verantwortlich machten. Schon im Jahre 1944 wies ich in meinen Berichten an die Résistance auf die gefährliche Rolle hin, die diese Mißbräuche bei der Ausbreitung des vietnamesischen Nationalismus spielten; auf die Kluft, die sie zwischen der einheimischen Bevölkerung und uns aufrissen; auf die Einheit, die sie zwischen den Bauern und Arbeitern einerseits und der Mehrzahl der Beamten und der Intellektuellen andererseits schufen.

Besonders ernst war das Reisproblem in Tonkin. Sorglosigkeit, Spekulation, heimliche Warenhortung und zugleich die Angst vor Beschlagnahme durch die Japaner verhinderten das Anlegen unbedingt notwendiger Vorräte.

Die furchtbaren Überschwemmungen im September 1944 führten in den übervölkerten Provinzen zu einer Hungersnot. In den Dörfern starben die Menschen, ganze Familien irrten ziellos über die Landstraßen, und in Hanoi fand man jeden Tag Leichen, deren Magen mit Gras vollgestopft war, wie die Obduktion des gerichtsmedizinischen Instituts ergab.

Schon im Oktober befaßte sich das politische Komitee der Résistance mit der Frage, wie man der Geißel Herr werden könne. Die französische Administration war nicht mehr stark oder frei genug, um die heimlichen Vorräte aufzuspüren und zu verteilen. Im übrigen hätten sie nicht ausgereicht. Allein Kotschinchina hätte die erforderlichen Mengen liefern können, aber es war zu spät. Das Eisenbahn- und Straßennetz war durch die Luftangriffe der Alliierten, durch Überschwemmungen und Sabotageakte zerstört. Die Schiffe waren versenkt und immer stärker durch Flugzeuge und Unterseeboote gefährdet. Man konnte nur kleine und langsame Transporte organisieren, die außerdem ständig von der Vernichtung durch die Alliierten und von der Beschlagnahme durch die Japaner bedroht waren. Der ungewöhnlich kalte Winter, der den Zwischenfruchtanbau vernichtete oder verzögerte, verschlimmerte noch die Situation.

Trotzdem war die Zahl der Toten vor dem 9. März wesentlich niedriger, als Henri Martin angibt, und erreichte diese Höhe auch nach dem japanischen Gewaltstreich nicht. Diese Hungersnot, deren Tragik wir spürten und gegen die wir anzukämpfen versuchten, war also zum Teil das Ergebnis von Unbesonnenheit, menschlichen Schwächen und Spekulationen. Vor allem war sie die Folge der japanischen Steuerabzüge, der industriellen Bodenbewirtschaftung, zu der sie zwangen, der Kriegshandlungen, der Überschwemmungen und des ungewöhnlich kalten Winters.

In diesem Punkt hat Henri Martin irrige Meldungen übernommen.

Kann man dagegen an seinen Worten zweifeln, wenn er über Dinge spricht, die er mit eigenen Augen gesehen hat: über Operationen, die als Schauspiel für die Vertreter der Obrigkeit inszeniert wurden, über Gewalttaten, über die Rolle der Spekulanten?

Wir wollen hier nicht noch einmal das schmerzliche Problem der Grausamkeiten aufrollen: heute genügt es, unsere offiziellen Kommuniqués zu lesen.

Kurz nach Weihnachten konnten sich die Franzosen über die Nachricht freuen, daß wir einige Barken, auf denen sich vietnamesische Beamte befanden, mit Napalm bombardiert hatten und daß diese Männer, die vielleicht von ihren Frauen und Kindern begleitet wurden, in den aufschießenden Flammen bei lebendigem Leib verbrannten.

Wenige Tage später konnten sie sich nochmals freuen, als sie erfuhren, daß eine Bewässerungsanlage erfolgreich bombardiert worden war, ein Triumph, der sich schon bei der nächsten Ernte zeigen würde! Und noch oft war Anlaß zur Freude, wenn sie erfuhren, daß wir zwanzig Tonnen Reis, zehn Tonnen Salz erbeutet hatten ...

Lebendig verbrennen oder aushungern sind hier wie in Korea die Lieblingswaffen der «freien Welt».

Kann man dafür den einzelnen Soldaten verantwortlich machen? Er leidet oder stirbt, und sein Haß wächst, geschürt von der Propaganda und von seinen Leiden.

Sind die wahren Schuldigen nicht vielmehr jene, die, ohne selbst in Gefahr zu sein, einen Krieg verlängern, ihn mit Lügen zudecken, Gewalttaten befehlen oder billigen, schändliche Kriegsgewinne dulden oder organisieren?

Wer kann heute noch leugnen, daß der Krieg in Indochina die kostbare Jugend eines Landes dezimiert, das ohnehin einen zu hohen Anteil an Greisen und Kleinkindern hat; daß er unsere Armee schwächt, unsere Finanzen ruiniert, unsere Wirtschaft zerrüttet, unsere Exporte abwürgt, das europäische Gleichgewicht zerstört, unser Ansehen erschüttert und uns denen preisgibt, für deren Profite wir diesen fernen Riegel halten; daß er die tiefsten Wurzeln der demokratischen Gefühle und der Moral untergräbt?

Henri Martin ist ein Symbol, ein Symbol der Rechtschaffenheit, der Aufrichtigkeit, der Treue zum Vaterland, zu den Gefühlen der Menschlichkeit, zur Achtung vor den persönlichen oder nationalen Freiheiten.

Was Wunder, daß das schreckliche Netz von Interessen, das sich um den Krieg in Indochina knüpft, nachdem es sich um die Niederlage und die Kollaboration geknüpft hat, diesen Menschen eingefangen hat und ihn nicht wieder freiläßt?

Man setzt die Henker von Oradour und die Naziführer auf freien Fuß, man gibt einem Krupp fünfzig Milliarden zurück, man überläßt die Leitung der französischen Regierung einem Mann, der es wagte, einen Boutemy zum Minister zu machen. Es ist verzeihlich, den Henkern gehorcht und sich zum Komplizen ihrer Verbrechen gemacht zu haben.

Man würde das Regime erschüttern, wenn man den Plutokratien ihre Lebensquelle rauben würde, das heißt die Schiebungsgeschäfte mit dem Piaster, die Kriegslieferungen, den Kolonialismus, die Elendshütte und den Alkohol.

Die Freilassung eines nicht reumütigen Henri Martin würde eine Masche dieses Netzes zerreißen, das sie um sich gesponnen haben, ja, sie könnte es ganz zunichte machen.

Deshalb widersetzen sich die Plutokratien mit all ihrer Macht dieser Freilassung.

Deshalb kämpfen aber auch alle aufrichtigen Freunde der Freiheit und des Friedens, gleich welcher Partei sie angehören, beharrlich für diese Freilassung.

Michel Leiris
Henri Martin und der Kolonialismus

Lange Zeit habe ich von dem Fall Henri Martin nicht mehr gewußt als die breite Öffentlichkeit: ein junger Franzose, ehemaliges Mitglied der FTP, meldet sich freiwillig zur Marine, um gegen die Japaner zu kämpfen; als er feststellt, daß man ihn nicht gegen Faschisten, sondern gegen die Indochinesen einsetzt, die ihre Freiheit fordern, lehnt er ein solches Spiel ab, da es dem hohen Prinzip des *Selbstbestimmungsrechts der Völker* zuwiderläuft, für das er zur Zeit der Besetzung Frankreichs gekämpft hatte; nachdem er Flugblätter verteilt hatte, die die Matrosen aufforderten, die Einstellung der Feindseligkeiten in Indochina zu verlangen, wird er verhaftet, vor Gericht gestellt und zu fünf Jahren Zuchthaus verurteilt. Schon damals empfand ich ein solches Urteil als skandalös: ein Mensch, der sich freiwillig für die Befreiung seines Vaterlandes geschlagen und sich ebenso freiwillig entschlossen hat, den Kampf fortzusetzen, erhält eine schwere Strafe, weil er durch seine Stellungnahme gegen einen Krieg, der zur Unterjochung eines anderen Landes dient, seinem Freiheitsideal treu geblieben ist. Ich empörte mich über dieses Urteil, doch der Mensch, über den man es verhängt hatte, blieb für mich eine abstrakte Gestalt. Erst als ich vor einigen Wochen die Briefe las, die der Matrose Henri Martin aus dem Fernen Osten an seine Familie geschrieben hat, konnte ich das Schicksal ermessen, das die Seekriegsgerichte ihm auferlegt haben, und empfand es als eine jener Ungerechtigkeiten, die uns wirklich verletzen und unser schlechtes Gewissen wekken, weil wir als Zeitgenossen und Bewohner des Landes, in dem sie sich ereignen, in gewissem Grade für sie mitverantwortlich sind.

Bei der Lektüre des ersten Briefs zeigt sich dem Leser ein anständiger und schlichter Junge, der sich in aller Heiterkeit über die herrliche Reise freut, die ihm bevorsteht. Aus Colombo schreibt er am 6. Dezember an seine Eltern, um nachzufragen, ob sie «die Briefmarken aus Ceylon und die Buddha-Bibel» erhalten haben, die er für sie gekauft hat. Es ist seine erste Seereise, und er träumt von exotischen Ländern: vielleicht geht es nach Singapur, doch am liebsten möchte er nach Tahiti fahren, denn «alle, die dort gewesen sind, möchten wieder hin»; er ist guter Dinge, da er Weihnachten und Neujahr auf jeden Fall in Indochina verbringen wird. Nichts an ihm ist gekünstelt, und er scheint wirklich nicht zu denen zu gehören, die die Introspektion als eine Kunst betreiben; dennoch läßt er in wenigen Worten eine spitze Bemerkung fallen, in der wohl viele Reisende ihre eigenen Empfindungen wiedererkennen werden: «Eine Schiffsreise ist gar nicht so merkwürdig, ich habe nicht den Eindruck, weit von Frankreich weg zu sein. Es sieht so aus, als ob die Länder an uns vorüberzögen.»

In einem Brief vom 28. März 1946 schildert er einige Eindrücke von Tourane. Henri Martin ist überrascht von der Ordnung, die in der Stadt herrscht, von der Sauberkeit und der guten Kleidung der Vietminh: «Es ist keine Räuberbande, sondern ein ganzes Volk, das seine Freiheit will.» Einige Häuser sind geplündert, aber «sicherlich haben sich die Leute, deren Häuser geplündert worden sind, den Annamiten gegenüber brutal benommen». Er bemerkt ferner, daß sich die Einwohner, wenn auch korrekt, den Matrosen gegenüber ziemlich kühl verhielten und daß an vielen Häusern die amerikanische, englische, russische, chinesische und Vietminh-Fahne hängt, aber nicht die französische. «Auf der Reede kreuzen Dschunken mit sauberen weißen Segeln. Alles beweist uns, daß diese Menschen uns nicht brauchen, daß sie sich allein regieren können. Sie wollen keine *boys* sein, sondern freie Menschen.» Mit diesen Worten schließt dieser Brief, der den ersten Schritt einer Bewußtwerdung darstellt; von nun an weiß Henri Martin, was er von den Vietnamesen zu halten hat, die durchaus fähig sind, sich selbst zu regieren, wie er sagt. Zum erstenmal erwähnt er auch die Dschunken, die in den folgenden Briefen wie ein immer eindringlicheres Leitmotiv wiederkehren, sooft er beschreibt, wie sie von der französischen Armee und Marine behandelt werden.

Die ersten Schatten in dem bisher fast idyllischen Bild tauchen in dem Brief vom 14. April auf. Einzelheiten über die Vorgänge vom 6. März sind bekannt geworden, über den Kampf zwischen der chinesischen Yunnan-Armee (die Tonkin besetzt hält) und der französischen Marine. Henri Martin merkt, daß diese Armee niemals gegen die Japaner gekämpft hat und daß amerikanische Frachter diese Truppen in die Mandschurei transportieren, um sie gegen die Kommunisten einzusetzen. Außerdem stellt er fest, daß die Japaner, «die normalerweise eingesperrt sein müßten, frei in Tonkin herumlaufen». In Haiphong ist die Lebensmittelversorgung zusammengebrochen, und «manchmal bleiben die Leichen der verhungerten Annamiten mehrere Tage liegen, bevor man sie fortschafft».

Einige am Ostertag geschriebene Zeilen lassen einen Anflug von

Heimweh und einen noch schüchternen Unwillen erkennen: «Ihr seid sicherlich dabei, Euch sonntäglich anzuziehen. Die Kinder suchen Ostereier ... Zur gleichen Zeit ziehen wir unter bleierner Sonne hinter drohend aufgerichteten Maschinengewehren auf Wache *gegen Menschen, die frei sein wollen.*»

Einen knappen Monat später, am 18. Mai, beginnt der Bericht über die Greueltaten. Zwei Flugzeuge haben Fischerdschunken beschossen, und Henri Martin hat einen Mann gesehen, dem eine Kugel den Daumen weggerissen und eine andere den Fuß durchbohrt hat; die Legionäre (40 Prozent von ihnen sind Deutsche) haben ein Dorf geplündert, drei Einwohner umgebracht und einen Gefangenen an Bord geschleppt, den sie bei seiner Entlassung mit Kolbenstößen vorwärts treiben; zwei durch Flugzeugbeschuß verwundete Männer sind auf den Aviso *Chevreuil* gebracht worden (Henri Martin befindet sich an Bord dieses Schiffes), ein Matrose hat einem von ihnen einen Fußtritt versetzt; schließlich ist eine Strohhütte, «die sich gerade als Zielscheibe anbot», durch einige Granaten der *Chevreuil* zerstört worden. In diesem Brief bricht es aus Henri Martin heraus: «Die französische Armee benimmt sich in Indochina wie früher die Boches bei uns. Es widert mich an, so etwas mit anzusehen. Warum beschießen unsere Flugzeuge (täglich) wehrlose Fischer? Warum plündern, brandschatzen und morden unsere Soldaten? Um zu zivilisieren?» Die erste Auflehnung eines Menschen, dem man wie allen Franzosen beigebracht hatte, daß Kolonisieren und Zivilisieren dasselbe bedeutet: in dem Augenblick, da so viele Greueltaten an den Kolonialvölkern begangen werden, lohnt es nicht mehr, von Zivilisation zu reden.

Wieder werden Dschunken beschossen. Vietminh-Soldaten werden zu Dutzenden erschossen und ins Wasser geworfen. Jetzt bringt Henri Martin Tatsachen miteinander in Verbindung, macht sich Gedanken, zeigt in großen Zügen, daß der Kolonialismus für eine Demokratie unhaltbar ist: «Die Kolonisten zahlen den Annamiten lächerliche Preise. Das hindert sie freilich nicht, mit dem Mutterland gewinnbringende Geschäfte zu machen. Warum kaufen wir nicht direkt bei den Annamiten und lassen sie sich selbst regieren, da sie sich dazu fähig fühlen? Das entspräche unserem Freiheitsideal sehr viel besser ... Leute, die niemals in der Welt herumgekommen sind, behandeln Menschen, die für die Freiheit kämpfen, als Aufrührer. Sie werfen ihnen Undankbarkeit uns gegenüber vor. Im (sanften oder brutalen) Umgang mit uns haben sie sich zivilisiert. Was Wunder, daß sie ihr Recht als zivilisierte Menschen fordern: die Freiheit. Im übrigen scheint es doch so, daß wir unsere Kolonien erobert haben, um sie zu emanzipieren. Nun, jetzt ist der richtige Augenblick dazu. Oder sollten wir sie etwa für das Prestige einiger Generale und das Vermögen gewisser Kolonisten erobert haben?» Nachdem er gesehen hat, daß sich unter seinen Vorgesetzten viele ehemalige Pétain-Anhänger befinden, und da er sich weigert, vor diesen Offizieren zu «kriechen», wie er am 3. Juni schreibt, bittet Henri Martin um seine Entlassung und versichert erneut, daß man sich täusche, wenn man ihn deshalb für «demoralisiert» hielte. Dieser junge Mann, der sich nur für kurze Zeit von exotischen Luftbildern hat trügen lassen und bei dem sich schon nach den ersten Maschinengewehr- und Kanonenschüssen auf Menschen, die für die Schlächterei weniger gut ausgerüstet sind als die Westmächte, der Nebel gelichtet hat, legt Wert darauf, seine Hellsichtigkeit zu zeigen.

Während man die kleinen Dschunken aufbringt, um ihre Reisladungen zu beschlagnahmen, legen die großen, von französischen Direktoren geleiteten Gesellschaften Vorräte an, um den Reis, den sie für fünfzig Piaster pro Zentner aufgekauft haben, für achthundert Piaster weiterzuverkaufen. Henri Martin weiß jetzt, daß man das Übel an der Wurzel packen muß und daß es darum geht, die gesamte Wirtschaftsstruktur des Mutterlandes zu verändern: «Wahrscheinlich hat die Versorgungskrise in Frankreich ähnliche Ursachen», schreibt er am 30. Juni. «Man darf es nicht zulassen, daß ein paar Leute zu ihrem persönlichen Vergnügen über das Leben von Millionen verfügen.»

Zwei Monate vergehen, und man begnügt sich nicht mehr damit, die Dschunken aufzubringen: man versenkt sie ganz einfach. Dennoch darf eine große Dschunke mit einer Ladung von vierzig Tonnen Fracht, die einer chinesischen Gesellschaft von Cholon gehört, ungehindert passieren. Henri Martin, der anfangs seine ungeteilte Achtung vor einer um ihre Freiheit ringenden Nation bezeugt hat und der entrüstet sieht, wie Frankreich die einträglichen Geschäfte einiger weniger mit dem großen Wort «Zivilisation» bemäntelt (die Entschuldigung aller Kolonialherren), erkennt nun, daß es auch unter den Kolonisierten Profitmacher gibt und daß folglich das Problem an der Basis – auf der Ebene des Volkes – angepackt werden muß. Der Brief vom 1. September aus Nha Trang schließt mit den Worten: «Was soll diese Komödie? Wem nützt sie? Man verhindert, daß die Verpflegung eintrifft, um die Preise in die Höhe zu treiben, und dann können die großen Gesellschaften ihre Profite machen. Das ist der einzige Grund für unsere täglichen Patrouillen. In der Regierung von Kotschinchina sitzen nur reiche Pflanzer. Sie wissen, was sie tun, und pfeifen auf ihr Land, vor allem auf das Volk, das zu vertreten sie vorgeben.»

Neuerliche Feuerüberfälle auf Dschunken und neue furchtbare Verwundungen, zu denen Henri Martin – ein sensibler, aber nicht sentimentaler Mensch – bemerkt: «Anfangs empört man sich darüber, aber man sieht so viel Elend, daß man schon wenige Minuten später nicht mehr daran denkt ...» Auch auf französischer Seite gibt es Verluste: einige geraten in einen Hinterhalt, andere erliegen der Ruhr. So lesen wir in einem Brief vom 11. Oktober: «Wenn man bedenkt, daß all das nur geschieht, weil eine Bande von Großgrundbesitzern ihre Privilegien behalten will! Sie wollen lieber die Herren spielen, als Verbündete sein. Damit können sie mehr Geld verdienen. Und dafür gehen Tag für Tag französische Soldaten in den Tod!» Damit hat Henri Martin seinen Leitgedanken gefunden, in dem ihn seine weiteren Erfahrungen bestärken und der ihn in gerader Linie zu jener militanten Tätigkeit führt, für die er verurteilt werden sollte: im Interesse Frankreichs müssen die Feindseligkeiten gegen Vietnam beendet werden.

Die Vietnamesen, die sich tapfer schlagen, «sind bestimmt Menschen, denen die Peitsche eines Pflanzers keine Angst macht». Diese mutigen Vietnamesen, sind «Menschen ... wie wir ... Das sollte man begreifen, bevor man an eine Verständigung denkt. Nicht wie Herr und Knecht, sondern von Mensch zu Mensch müssen wir miteinander reden.» (Haiphong, 28. November 1946)

Zwei Vorfälle werden am Rande berichtet: der Feldgeistliche der Fallschirmtruppe tötet verwundete Vietminh unter dem Vorwand, ihnen unnötige Leiden zu ersparen; ein gefangener Oberfeldwebel wird von einem Vietminh-Offizier mit beschämender Großmut behandelt, denn als dieser ihn freiläßt, sagt er zum Abschied zu ihm: «Wenn ihr wieder zu ‹befrieden› beginnt, dann seid nicht allzu grausam zu unseren Frauen und Kindern.» Dennoch ist Henri Martin (der diese Vorfälle in zwei Briefen berichtet, vom 10. Februar aus Tourane und vom 11. März aus Saigon, und keine Parallele zwischen ihnen zieht) nicht so naiv, in Schwarzmalerei zu verfallen und alle Bösen auf der einen Seite und alle Guten auf der anderen Seite zu sehen; er ist sich des guten Willens vieler französischer Soldaten durchaus bewußt. «Ich gebe zu», schreibt er am 11. März, «daß viele Soldaten glauben, hier für Frankreich zu kämpfen. In der Tat, sie kommen in Indochina an, und noch bevor sie irgend etwas getan haben, geraten sie in einen Hinterhalt. Dann sagen sie: ‹Diese Schweine! Wir haben ihnen nichts getan, und sie greifen uns an.› Nur vergessen sie dabei, daß andere vor ihnen den Namen Frankreichs verhaßt gemacht haben und daß jetzt sie dafür bezahlen.» Hier berührt Henri Martin einen der tragischsten Konflikte, die nicht nur Kolonialherren und Kolonialvölker, sondern die Völker überhaupt gegeneinanderstellen: das Ressentiment, das sich aufstaut und in einen Teufelskreis führt, in dem eine alte Schuld von einem bezahlt werden muß, der sie nicht begangen hat und der nun – oft hundertfach – diese Schuld einen anderen büßen läßt. So mancher, der sich in den Kolonien aufhält, wundert sich, daß die einheimische Bevölkerung ihm nicht immer die Sympathie entgegenbringt, die er erwartet hat, und beruft sich darauf, um sich ihr gegenüber schlecht zu benehmen, weil er sie des bösen Willens bezichtigt; er vergißt, welch berechtigten Groll die Worte und Taten seiner Vorgänger hervorgerufen haben. Ein anderer wieder, der Krieg gegen ein anderes Land führt, beantwortet die Behandlung, die den Seinen von einem Feind zuteil wird, der selber Opfer dieses stetig anwachsenden Ressentiments ist, mit einer noch grausameren Behandlung: er begeht denselben Fehler und gerät noch tiefer in den Teufelskreis, in dem jedes Mitleid bald erlischt.

Nun, da er die Räderwerke der grauenvollen Maschine nacheinander durchschaut hat, besinnt er sich auf sein erstes großes Jugenderlebnis – seine Tätigkeit als Widerstandskämpfer –, um die Synthese zu finden: «Um zu wissen, wo Frankreichs wahres Interesse liegt, braucht man nur die Reaktion der Verräter zu beobachten: die Parteigänger der Japaner fordern wie die der Boches die Fortsetzung des Kampfes. Frankreichs Interesse besteht darin, nicht auf diese Verräter zu hören.» Mit anderen Worten: der Kampf gegen Vietnam dient den gleichen Interessen, denen die Kollaboration mit Hitler-Deutschland diente, und da er sich für die Verräter als einträglich erweist, darf man daraus schließen, daß er der Definition nach den Interessen Frankreichs zuwiderläuft. Diese Überlegung, die manche für einfältig halten mögen, sei hier als Beweisstück für das angeführt, was schon allzu häufig bewiesen wurde: zum Nutzen einiger weniger verblutet Frankreich in einem ungerechten Krieg, indem es Tausende von Menschen opfert und zugleich seine Rolle als Vorkämpfer der Freiheit und der Zivilisation verleugnet; wer einen Kampf fortsetzt, der nicht nur vielen der Seinen das Leben kostet, sondern einer kollektiven Abdankung als demokratische Nation gleichkommt, begeht Verrat an der

Masse der Franzosen; und den letzten Zweifel über die Natur einer solchen Politik (einer dem Wesen nach antifranzösischen Politik, da sie die Verneinung all dessen ist, was Frankreich einmal vertrat) beseitigt die Tatsache, daß sie darauf abzielt, den gleichen Interessen zu dienen, denen der Verrat von Vichy diente. Henri Martins Überzeugung ist nunmehr gefestigt, und er hat alles gesagt, als er am 24. März, während sein Schiff auf dem Mekong liegt, erklärt: «Die gesamte Bevölkerung ist Vietminh, und man kann schließlich nicht eine ganze Bevölkerung ausrotten. Alle, die für die Kriegskredite gestimmt haben, hätten besser daran getan, das Geld für den Wiederaufbau Frankreichs zu verwenden. Mit der Fortsetzung des Krieges ruinieren wir das Land. Wir müssen so schnell wie möglich zu einer Einigung gelangen, bevor es zu spät ist.»

Die Schlußfolgerungen ergeben sich von selbst; als ehemaliges Mitglied der FTP und Freiwilliger im Kampf für die endgültige Vernichtung des Faschismus schreckt Henri Martin nicht vor ihnen zurück und beschließt, zur Tat zu schreiten. Wie er vor dem Gericht in Brest sagte: «Wenn ich untätig geblieben wäre, dann hätte ich meine Pflicht als Franzose nicht erfüllt ...»

An dieser Stelle muß die Erinnerung an Victor Schœlcher wachgerufen werden, der ebenfalls noch sehr jung war, als er im Auftrag seines Vaters, der ein Porzellangeschäft besaß, nach Mexiko und den Antillen reiste; diese Reise, so scheint es, brachte dem väterlichen Geschäft keine großen Gewinne, aber damals sah er mit eigenen Augen das ganze Grauen der Sklaverei, und am 27. April 1848 erließ er ein Gesetz zur Abschaffung der Sklaverei. Henri Martin, der auf dem Schiff das ganze Grauen des Kolonialsystems entdeckte, hätte – wie Schœlcher es getan hat – die Worte Robespierres wiederholen können, die dieser am 13. Mai 1791 im Verlauf einer Debatte über ein Gesetz, das die Zustände in den Kolonien betraf, an die verfassunggebende Versammlung richtet: «Das oberste Interesse der Nation und der Kolonien fordert von euch, daß ihr frei bleibt und nicht mit eigenen Händen die Grundlagen der Freiheit zerstört. Eher mögen die Kolonien verlorengehen, als daß ihr euer Glück, eure Ehre und eure Freiheit aufs Spiel setzt. Ich wiederhole: eher mögen die Kolonien verlorengehen, als daß wir uns von den Kolonisten durch Drohungen zwingen lassen, Beschlüsse zu fassen, die nur ihren Interessen dienen. Im Namen der Versammlung, im Namen aller Mitglieder dieser Versammlung, die nicht gewillt sind, die Verfassung umzustoßen, im Namen der ganzen freiheitsliebenden Nation erkläre ich, daß wir den

Abgeordneten der Kolonien weder die Nation noch die Kolonien, noch die gesamte Menschheit opfern werden.»

Nun ist aber der Obermaat Henri Martin seit dem 8. August 1951 im Zuchthaus von Melun, während die sterblichen Überreste von Victor Schœlcher, dem damaligen Abgeordneten der Insel Martinique und späteren Senator auf Lebenszeit, seit vier Jahren im Pantheon ruhen. Es fällt schwer, darin keinen beleidigenden Widerspruch zu erblicken.

Jean Painlevé
«Da sieht man, wie wir befrieden ...»

Ein Obermaat, der der Sabotage an einem Flugzeugträger beschuldigt wird, das erschien mir von Anfang an etwas übertrieben, besonders wenn man die verschiedenen Provokationsmethoden unserer Polizei kennt. Man mußte an diesem Obermaat wohl ein besonderes Interesse haben, wenn man ihn so fertigmachen wollte ... Erst nach meiner Rückkehr nach Frankreich im Mai 1950 erfuhr ich nähere Einzelheiten. Henri Martin hatte Flugblätter gegen den Krieg in Indochina verteilt. Es ist kein Krieg (über den hätte man im Parlament abstimmen müssen), sondern eine «Polizeioperation» ... Normalerweise steht auf das Verteilen von Flugblättern ein Monat Gefängnis, verhängt vom Seekriegsgericht, und damit basta. Es mußte also etwas anderes dahinterstecken, denn statt die Angelegenheit zu bagatellisieren, bauschte man sie auf, sprach von «Demoralisierung der Armee» und bemühte in der Affäre des Flugzeugträgers, wie sich später herausstellte, sogar einen Provokateur der ehemaligen deutschen Kriegsmarine – eine Provokation, die letztlich keinen Erfolg hatte.

Doch wenn man die Briefe liest, die Henri Martin in den beiden Jahren vor seiner Rückkehr nach Frankreich an seine Eltern geschrieben hat, versteht man besser, warum seine Person unseren Regierenden und ihren Handlangern ein Dorn im Auge war: Henri Martin war kein Aufrührer und spielte sich weder als Held noch als Verfolgter auf; er war ein klarsehender junger Mann, und er war nicht käuflich. Da er sich der Feigheit der anderen entgegenstellte, durfte man ihn nicht entwischen lassen. Denn er war eine wirkliche Gefahr, dieser Mann, der unter Abenteurern oder (bestenfalls!) passiven Befehlsempfängern ganz allein die Wahrheit herausfand und ohne Schwanken an ihr festhielt ... Ohne Schwanken, darin lag die Gefahr. Und vor allem, weil er auch bei der Erfüllung seiner militärischen Pflichten nicht geschwankt hat: obwohl er sich zu einem Befreiungskampf und nicht zur Versklavung von Menschen gemeldet hatte, war er ein Kämpfer ohne Furcht und Tadel.

Diesen einzelnen Menschen mußte man der Verschwörung beschuldigen, als er bei seiner Rückkehr nach Frankreich öffentlich verkündete, was er schon oft aus Indochina an seine Angehörigen geschrieben hatte; als er seinen geheimsten Gedanken preisgab, der im übrigen mit dem übereinstimmte, der täglich geschrieben, verkündet, an den Zeitungskiosken verkauft, in den verschiedensten Kreisen und selbst von Regierungsmitgliedern geäußert wurde.

Seine Gefühle, seine Anklagen, seine Befürchtungen konkretisierten mit lauter Stimme endlich den Haß, den jeder von uns gegen dieses sinnlose und entwürdigende Abenteuer empfindet, *aus den unterschiedlichsten Gründen zwar,* die aber deshalb nicht weniger zur faktischen Übereinstimmung führen. Denn überall hört man: «Dieser Krieg bringt Frankreich in Verruf»; «er verhindert die notwendige Massierung der Streitkräfte in Afrika»; «er läutet die Totenglocke des französischen Handels in Asien»; «er ist ein Kolonialunternehmen»; «er arbeitet den Kommunisten in die Hände»; «die Völker haben ein Recht auf Selbstbestimmung»; «wir machen den Amerikanern das Bett»; «dieser Krieg untergräbt die Wirtschaft des Landes»; «wir morden mit Hilfe der Abenteurer der Fremdenlegion»; «dieser Krieg läßt unsere edelsten Helden zur Ader»; «in ihm verbluten unsere besten Kadertruppen»; «wir kämpfen für eine Handvoll Profitler»; «ein sinnloser Krieg, denn die Kapitalien sind ins Ausland gewandert»; «er ist Frankreich teuer zu stehen gekommen, ohne irgendwelchen Nutzen zu bringen» und so weiter.

Ausgebildet im Maquis, im Kampf für die Befreiung seines Landes und nicht zum Schutz irgendwelcher schändlicher Schachergeschäfte oder zur Unterjochung anderer Völker, bereit, mit seinem Blut zu zahlen, aber nicht als Berufskiller, sieht Henri Martin bei seiner Ankunft in Indochina alle Ideale, für die er sein Leben eingesetzt hat, in der gräßlichsten und blutigsten Maskerade zugrunde gehen. Da er Reinheit, Kenntnis, Scharfsinn und Mut in sich vereinigt, hat er kein Recht zu schweigen; was er tut, steht mit seinem Gewissen in Einklang. Ohne Umschweife entdeckt das Volksempfinden schließlich den konstruktiven Weg inmitten der vielfältigen und sorgsam geschürten Täuschungsmanöver. Henri Martin lebt, baut, beschreibt und sagt die Geschichte voraus. «Henri Martin als Historiker ...» Nein, es ist kein Wortspiel. Es geht nicht um den schwächlichen Historiker des 19. Jahrhunderts, sondern um den Mann, dessen Briefe von Alarmrufen auf den verschiedensten Ebenen widerhallen. Wenn wir hier einige Auszüge aus diesen Briefen anführen, so nur, um die unterschiedlichen Klänge zusammenzufassen, nicht etwa, um mit aus dem Zusammenhang gerissenen Sätzen leichtes Spiel zu haben. Im übrigen ist jeder seiner Sätze wegen seines erlebten Inhalts wichtig und verdient eine gebührende Würdigung. Halten wir nur fest, daß in seinen ersten Briefen, solange er noch nicht mit den indochinesischen

Verhältnissen in Berührung gekommen ist, nur von Karamelbonbons, Fruchtsäften, von einem fröhlichen Weihnachtsfest, von der sympathischen Erscheinung des Generals Leclerc und dem Ärger, den der General mit seinem Wasserflugzeug hatte, die Rede ist. Doch schon am 28. März 1946 schreibt er aus Tourane an seine Eltern: «Frankreich erkennt die Republik Vietnam an. Sie hat die Finanzhoheit ... Wir behalten unsere Stützpunkte in Indochina.» Henri Martin kommentiert: «Ein harter Schlag nur für die reichen Bankiers, die in Indochina investiert hatten.» Aber die Bankiers und ihre Helfershelfer haben den Kopf nicht verloren, denn am 30. Juni schreibt Henri Martin, daß das Monopol, Reis anzukaufen, nur zwei Gesellschaften (mit französischen Direktoren) zugestanden worden sei. «Der Ankauf erfolgte in Kotschinchina zum Preis von fünfzig Piaster pro Zentner. Die Lager wurden blockiert. Nachdem die Hungersnot zwei Millionen Menschen dahingerafft hatte, wurde der Reis zu achthundert Piaster pro Zentner verkauft. Ein hübscher Profit, nicht wahr? Die französischen Direktoren konnten sich die Hände reiben über das schöne Geschäft. Glaubt ihr, daß die Annamiten sich täuschen ließen? Vielleicht ist das einer der Gründe, warum wir hier so ungern gesehen sind ...» Und am 24. August: «Diesmal sollen wir die Dschunken nicht mehr aufbringen, sondern ohne Anruf versenken. Die Beobachtungsschiffe haben bereits neun von ihnen ... versenkt.» Und am 1. September: «Wir haben die Dschunken mit dem 40-mm-Geschütz und unserem 20er MG versenkt ... Jedesmal werden dabei zwei oder drei Tonnen Reis auf den Meeresgrund geschickt ... Was soll diese Komödie? Wem nützt sie? Man verhindert, daß die Verpflegung eintrifft, um die Preise in die Höhe zu treiben, und dann können die großen Gesellschaften ihre Profite machen. Das ist der einzige Grund für unsere täglichen Patrouillen. In der Regierung von Kotschinchina sitzen nur reiche Pflanzer. Sie wissen, was sie tun, und pfeifen auf ihr Land, vor allem auf das Volk, das zu vertreten sie vorgeben ...» (Diese organisierten Hungersnöte sind nichts Neues, sie haben von jeher den Herren des Tages und ihren Vasallen genützt. So wie die in Verbindung mit der Unterernährung und dem Massensterben auftretenden Seuchen veranlaßten sie die französischen Behörden in den Jahren 1924 und 1925 zu so grausamen Maßnahmen, daß der Generaloberst Normit, der damals an der Spitze des Gesundheitswesens in Huë stand, mir erklärte, daß er aus der Armee ausscheiden wolle ...)

Doch nicht allein dadurch macht sich Frankreich verhaßt und verächtlich. Wenn Henri Martin am 28. März 1946 vermerkt, daß in

Tourane «an vielen Häusern fünf Fahnen hingen: die amerikanische, die englische, die russische, die chinesische und die der Vietminh; nur die französische fehlte ... Die Einwohner verhielten sich uns gegenüber ziemlich kühl», so ist das ein Beweis, daß der Verrat von Vichy sich nicht «gelohnt» hat und daß Frankreich, indem es Indochina den Japanern auslieferte, sein Gesicht verloren hat. Daher hofft man jetzt, es ihm mit Gewalt zurückzugeben! Es sind im übrigen die gleichen Männer am Werk, und Henri Martin schreibt am 16. April: «An Bord gibt es nur einen einzigen Offizier der Freien Französischen Streitkräfte. Trotzdem trägt die *Chevreuil* das Lothringer Kreuz. Aber mancher hat durchaus den Wunsch, es durch die Franziska zu ersetzen. Es hat eben völlig an einer Säuberung gefehlt. Ich kann euch nur sagen, daß einige Obermaate als Sergeanten in Pétains GMR gedient haben. Aber es gibt noch höhere Tiere als sie. Die Leute des Widerstands müssen sich hier beinahe ebenso verstecken wie zur Zeit der Boches ...» Armer Henri Martin! Bald sollte er am eigenen Leib erfahren, daß es in Frankreich nicht anders ist und daß eine Kreatur Pétains ihn verurteilen wird! Am 18. Mai bemerkt er, daß unter den Legionären viele Deutsche sind: «Mit solchen Kerlen will man kolonisieren. Für einen Toten brennen sie acht Dörfer nieder. Danach können uns die Bewohner einschätzen.» Und nach der Beschreibung von Plünderungen und Erschießungen fährt er fort: «Die französische Armee benimmt sich in Indochina wie früher die Boches bei uns. Es widert mich an, so etwas mit anzusehen ...» (Aber was bedeuten schon die Massaker von Oradour-sur-Glane – deren SS-Urheber unter amerikanischem Schutz stehen, wenn ich nicht irre – neben den Zehntausenden ermordeter Madegassen auf Madagaskar! Oder neben den Hunderten von Napalmbomben, die Henri Martin in Indochina nicht mehr kennengelernt hat! Das ist Zivilisation in großem Stil ...) Man vergleiche damit, was Henri Martin über einen Oberfeldwebel berichtet, der in die Gefangenschaft der Vietminh gerät und der nach seiner Genesung von einem Hauptmann auf einem Sampan zu seinen Kameraden zurückgebracht wird. Der Bericht endet mit den uns alle beschämenden Worten des Vietminh-Hauptmanns an den französischen Oberfeldwebel: «Wenn ihr wieder zu ‹befrieden› beginnt, dann seid nicht allzu grausam zu unseren Frauen und Kindern.» Gleichsam als Antwort darauf schreibt Henri Martin am 20. März 1947, wie er als Bordmechaniker eines mit einem Maschinengewehr bewaffneten Bootes erlebt, daß der Offizier eine Dschunke beschießen läßt! «Jetzt, da wir sein Kind getötet und seine Frau verwundet haben, wird dieser Annamit sicherlich Vietminh werden, falls er es nicht schon war. Da sieht man, wie wir befrieden.»

Unter den etwa dreißig Briefen befinden sich acht, in denen Henri Martin eingehend die Kämpfe schildert, an denen er teilgenommen hat. Welchen Abscheu oder Haß er auch empfunden haben mag, niemals hat er aufbegehrt, immer ist er vom militärischen Standpunkt ein vorbildlicher Matrose gewesen. Um so furchtbarer sein Zeugnis in seinem Brief vom 11. Oktober 1946: «Wenn man bedenkt, daß all das nur geschieht, weil eine Bande von Großgrundbesitzern ihre Privilegien behalten will! Sie wollen lieber die Herren spielen als Verbündete sein. Damit können sie mehr Geld verdienen. Und dafür gehen Tag für Tag französische Soldaten in den Tod!» Oder am 30. September 1947: «Wir trafen bei Morgengrauen ein, aber statt sofort an Land zu gehen, warteten wir, bis es hell wurde. Auf diese Weise konnten die hohen Herren das Schauspiel beobachten ...» Und nach dem Ende des Kampfes: «Jetzt liegen fünf Tote auf unserem Achterdeck. Sie sind mit der französischen Fahne zugedeckt. Auf der Brücke sind überall Blutlachen ... Sechzehn Verwundete ... Der Hohe Kommissar ist nicht mehr da, um das Schauspiel zu betrachten.» Seinen Eltern, die ihn «moralisch aufrichten» wollen, antwortet er unter Protest: «Nur weil ich offen meine Gedanken äußere, schreibt Ihr, daß ich demoralisiert sei. Ich erzähle Euch, was sich hier abspielt, und schildere Euch meine Eindrücke. Deshalb ist die Moral noch lange nicht schlecht, aber es gibt Grund genug, angewidert zu sein.» Vielleicht weiß er, daß man neurotisch wird, wenn man verbissen für eine Sache kämpft, an die man nicht glaubt. Jedenfalls erklärt er in einem anderen Brief, warum viele Soldaten für Frankreich zu kämpfen glauben: «In der Tat, sie kommen in Indochina an, und noch bevor sie irgend etwas getan haben, geraten sie in einen Hinterhalt. Dann sagen sie: ‹Diese Schweine! Wir haben ihnen nichts getan, und sie greifen uns an.› Nur vergessen sie dabei, daß andere vor ihnen den Namen Frankreichs verhaßt gemacht haben und daß jetzt sie dafür bezahlen.» Und er beendet diesen Brief vom 11. März 1947 aus Saigon mit den Worten: «Um zu wissen, wo Frankreichs wahres Interesse liegt, braucht man nur die Reaktion der Verräter zu beobachten: die Parteigänger Japans fordern wie die der Boches die Fortsetzung des Kampfes. Das Interesse Frankreichs besteht darin, nicht auf diese Verräter zu hören.» Diese Feststellung wird durch eine andere ergänzt, die er in seinem Brief vom 24. März äußert: «Alle, die für die Kriegskredite gestimmt haben, hätten besser daran getan, das Geld für den Wiederaufbau Frankreichs zu verwenden ...» (Er wußte noch nicht, daß der Wiederaufbau im Jahre 1952 endgültig zugunsten des Indochinakrieges zu Grabe getragen wurde ...) «Mit der Fortsetzung des Krieges ruinieren wir das Land ...» (Gemeint ist Frankreich.) «Wir müssen so schnell wie möglich zu einer Einigung kommen, bevor es zu spät ist ...» Denn er weiß, daß man ein Volk nicht besiegen kann, von dem er schreiben konnte: «In Bentré ist die gesamte Bevölkerung Vietminh; und man kann schließlich nicht eine ganze Bevölkerung ausrotten.» Oder: «Es ist keine Räuberbande, sondern ein ganzes Volk, das seine Freiheit will ...» – «All das beweist uns, daß diese Menschen uns nicht brauchen, daß sie sich selbst regieren können ...»

Weil die Regierung die Rolle von Adoptiveltern spielt, die ein Kind unter dem Vorwand, es zu beschützen, brutal ausnutzen und sich bald gegenüber einer Schwäche, die täglich an Kraft gewinnt, in hemmungslose Sadisten verwandeln, bringt sie Frankreich in Verruf und führt es ins Verderben. Nur seine besten Söhne werden die schmachvolle Zeit, in der es seit Jahren versinkt, vergessen machen können. Zu ihnen gehört Henri Martin in vorderster Reihe. Man hat seine Begnadigung abgelehnt, während man einen anderen, der ein kleines Mädchen vergewaltigt und ermordet hat, mit der Begründung begnadigt, daß «sein Bruder in Indochina gekämpft hat», und wenig später einen jugendlichen Mörder «zur Bewährung an die Front nach Indochina» schickt ... So stehen die Dinge am 1. Januar 1953. Die Ablehnung der Begnadigung, in höchstem Maß ein Werk der Parteipolitik, das verschärft, was es bekämpfen will, schreibt ein politisches Urteil fort; nach ihr werden künftige Generationen mit Sicherheit beurteilen können, wer der wahre Patriot war: der Richter, der die Strafe verhängte, seine Kollegen, die das Urteil bestätigten, oder der Mann, den man verurteilte, weil er einen frevelhaften, dummen und unmoralischen Krieg geißelte, den selbst seine Befürworter weder aus sozialen noch aus wirtschaftlichen Gründen je zu rechtfertigen vermochten.

Dreimal sucht Martin um seine Entlassung nach, wozu ihn die Dienstvorschriften der Marine ermächtigen: keine Antwort. Am 14. Oktober 1947, nach zwei Jahren Dienstzeit, geht er von Bord der Chevreuil. *Am 11. November 1947 trifft er in Marseille ein.*

Im April 1948 wird Martin der Treibstoffversuchsstation des Marinearsenals von Toulon zugeteilt. Hier erweist er sich als so vorbildlicher Arbeiter, daß er zum Maat zweiter Klasse und bald danach, am 1. November 1949, zum Obermaat befördert wird.

Dennoch beginnt er im Juli 1949 mit der «Abfassung, Verteilung und Verbreitung von Broschüren, Flugblättern und Handzetteln, mit dem Ziel, den ungerechten Charakter des Krieges in Vietnam zu enthüllen».

«Am 13. März 1950 gegen 20 Uhr fanden Marinepolizisten bei einer Patrouille im Hauptarsenal in der Ruelle de la Corderie Flugblätter, die zwanzig Minuten zuvor noch nicht dort gelegen hatten. Da sie in der Zwischenzeit drei Matrosen hatten vorbeigehen sehen . . . , stellten sie deren Personalien fest. Es handelte sich um die Matrosen Benoît, Laffitte und Cossu von der Militärwerkstatt der Flotte. Sie wurden verhaftet. Ihre Geständnisse führten zur Verhaftung ihrer Komplizen, der Matrosen Grimelli, Pech und Bussarat sowie des Obermaats Henri Martin . . . , der von ihnen als der Anführer des Unternehmens bezeichnet wird und der zugegeben hat, seit mehreren Monaten . . . Broschüren, Flugblätter und Handzettel eingeschmuggelt, verteilt oder zur Verteilung weitergegeben zu haben . . . , mit dem Ziel, den ungerechten Charakter des Krieges in Vietnam zu enthüllen.»

So berichtet die Anklageschrift über Henri Martins Verhaftung.[11]

Von seinen «Komplizen» ist später nicht mehr die Rede.[12] *Zweifellos wurden sie nur mit Disziplinarstrafen belegt. Das dürfte hinreichend beweisen, daß die Regierung sie nicht für Kommunisten hält. Wenn sie bereit waren, die Flugblätter auszulegen oder zu verteilen, so nur deshalb, weil sie vom Krieg genug hatten, das ist alles. Erinnern wir uns an den Brief vom 30. Mai 1946: «Von den Mechanikern haben nur zwei nicht um ihre Entlassung gebeten . . . Von der Brückenbesatzung hat die Hälfte ihre Entlassung beantragt.» Natürlich wurden die Anträge abgelehnt: was die Matrosen der Militärwerkstatt dazu getrieben hat, jene Zettel an die Mauern von Toulon zu kleben, war ihr alter Groll, ihr in Geduld ertragener Abscheu; sie haben sich um Martin geschart, weil er der einzige war, der ihre Empörung in einer klaren und kräftigen Sprache auszudrücken verstand.*

Was die Flugblätter betrifft, so können wir ihren Inhalt nicht besser

11 *Kein Zweifel, daß die Dinge sich an* jenem Tag *so abgespielt haben. Man wüßte nur gern – lediglich zur Information –, ob die Polizisten die Namen der drei Matrosen rein zufällig entdeckt haben. Wahrscheinlicher ist, daß Liebert sie ihnen lange vorher genannt hatte und daß man nur auf den Befehl wartete, sie zu verhaften. Wir werden sehen, weshalb dieser Befehl erst am 13. März erteilt wurde.*

12 *Dennoch treten einige von ihnen bei seinem Prozeß als Zeugen auf.*

kennenlernen, als wenn wir uns auf den Haftbefehl beziehen, den die Strafkammer des Appellationsgerichts in Aix-en-Provence erlassen hat. Darin heißt es unter anderem, daß Henri Martin

1) etwa am 6. Juli 1949 ungefähr fünfzig Exemplare eines hektographierten Flugblatts in das Marinearsenal von Toulon eingeschmuggelt und dort angeschlagen hat, das die Überschrift «Eine Gruppe Matrosen wendet sich an den Herrn Marinepräfekten» trägt und mit «Eine Gruppe Matrosen» unterzeichnet ist und in dem es heißt: «... Sie halten es nicht für ratsam, daß Menschen, die noch niemals in Indochina gewesen sind, erfahren, was dort geschieht ... Unsere Marine hat begriffen und begreift immer besser ..., daß dieser ungerechte Krieg in Vietnam beendet werden muß ...»;

2) etwa am 27. August 1949 eine Anzahl von Exemplaren eines Flugblatts in das Marinearsenal von Toulon eingeschmuggelt und dort angeschlagen hat, welches die Überschrift «So werden Freiwillige für Indochina ausgebildet» trägt und mit «Union de la Jeunesse Républicaine de France» unterzeichnet ist und in dem es heißt: «In Fréjus, wo die Fallschirmjäger vor dem Auslaufen der Schiffe in Quartier liegen, werden die Schikanen immer härter. Elf Soldaten haben die Armee bereits verlassen ... Die Soldaten sind mit dem schmutzigen Krieg nicht mehr einverstanden ... *Kein Mann, keinen Sou mehr für diesen schmutzigen Krieg ...*»;

3) etwa am 23. September 1949 in Toulon an der Abfassung eines hektographierten Flugblatts beteiligt war, das die Überschrift «Matrosen, stimmen wir für den Frieden» trägt und mit «Eine Gruppe Matrosen» unterzeichnet ist und in dem es heißt: «Heute bietet sich uns eine Gelegenheit, gegen den Krieg in Vietnam zu protestieren, in dem schon so viele Kameraden gefallen sind ..., unseren Unwillen zu bekunden, den Interessen der Kriegstreiber als Kanonenfutter zu dienen ... Das französische Volk und seine Marine werden zeigen, daß sie nicht bereit sind, sich zur Schlachtbank führen zu lassen.»;

4) zur gleichen Zeit und am gleichen Ort zahlreiche Exemplare dieses Flugblatts in das Marinearsenal eingeschmuggelt, dort angeschlagen oder zum Anschlagen verteilt hat;

5) im November 1949 in Toulon das Thema zu einem hektographierten Flugblatt geliefert hat, das die Überschrift «Matrosen von Toulon, keinen Mann mehr für Indochina» trägt und mit «Eine Gruppe Matrosen» unterzeichnet ist und in dem es heißt: «... Es ist genug. Wir haben uns nicht freiwillig gemeldet, um in Indochina für die dikken Profite der französischen und amerikanischen Bankiers und

Gummibarone zu sterben, um unsere Jugend in einem ungerechten Krieg zu vergeuden, der gegen ein Volk geführt wird, das, wie das unsere von 1940 bis 1944 gegen die Boches, für seine Freiheit und Unabhängigkeit kämpft ... *Genug Tote, genug Blut, weigern wir uns alle, im Dezember an Bord zu gehen.»*;

6) zur gleichen Zeit und am gleichen Ort eine Anzahl Exemplare dieses Flugblatts in das Marinearsenal von Toulon eingeschmuggelt und dort angeschlagen hat;

7) etwa am 9. Dezember 1949 ungefähr fünfzig Exemplare eines hektographierten Flugblatts in das Marinearsenal von Toulon eingeschmuggelt und dort angeschlagen hat, das die Überschrift «Matrosen und Soldaten, fordern wir die Beendigung des Kriegs in Vietnam» trägt und mit «Eine Gruppe Matrosen» unterzeichnet ist und in dem es heißt: «Denkt an die Tausende junger Menschen, die nie wieder oder nur in einem Sarg von dort zurückkommen werden. Matrosen und Soldaten, wir wollen nicht für die Kapitalisten sterben. Wir wollen nicht den Interessen der Bankiers dienen. Wir wollen nicht die Komplizen der SS-Söldner und der LVF sein, die das vietnamesische Volk morden. *Bekunden wir durch unsere Weigerung, an Bord zu gehen, überall unseren Willen, den Krieg in Vietnam zu beenden.»*;

8) im Dezember 1949 und im Januar 1950 eine Anzahl Exemplare eines hektographierten Klebezettels in das Marinearsenal von Toulon eingeschmuggelt und dort angeschlagen hat sowie zum Zwecke des Anschlagens an Bord des Flugzeugträgers *Dixmude* gelangen ließ, der die Überschrift «Genug Tote, genug Blut» trägt und mit den Worten endet: «Matrosen, weigern wir uns, an Bord zu gehen.»;

9) etwa am 27. Januar 1950 in Toulon das Thema zu einem hektographierten Flugblatt geliefert hat, das die Überschrift «Matrosen, ja! Sklaven, niemals!» trägt und mit «Eine Gruppe Matrosen» unterzeichnet ist und in dem es heißt: *«Die Disziplin ist verhöhnt worden,* aber Gerechtigkeit und Logik haben gesiegt ... Man schlägt den gleichen Ton an wie der Präsident der Republik, Vincent Auriol, der sich die Theorien des vollkommensten Tyrannen zu eigen macht und alle mit Strafe bedroht, die laut die Wahrheit verkünden und für das Recht eintreten ... Es sei denn, man will uns an das Klima gewöhnen, um Recht und Gerechtigkeit in Vietnam besser verteidigen zu können. Wir sagen nein ...» – «Am Samstag, dem 4. Februar, läuft die *Île-d'Oléron* mit jener Fracht aus, die die kleinen Franzosen und Vietnamesen tötet, die gleichfalls in Freiheit leben wollen.»;

10) zwischen dem 27. und 30. Januar 1950 etwa fünfzig Exemplare

des obenerwähnten Flugblatts in das Marinearsenal von Toulon eingeschmuggelt, dort angeschlagen oder zum Anschlagen weitergegeben hat;

11) im Januar oder Februar 1950 mehrere Exemplare eines hektographierten Flugblatts an Bord des Flugzeugträgers *Dixmude* in Toulon zum Zwecke des Anschlagens hat einschmuggeln lassen, das die Überschrift «Matrosen von Toulon, folgt dem Beispiel der Soldaten von Fréjus und weigert euch, an Bord zu gehen» trägt und mit «Eine Gruppe Matrosen» unterzeichnet ist und in dem es heißt: «Nach dem Vorbild der Docker, der Eisenbahner und der Fabrikarbeiter, die sich weigern, Kriegsmaterial zu verladen, zu transportieren oder zu produzieren, und die die Rückkehr des Expeditionskorps fordern, *nach dem Vorbild der Soldaten von Fréjus, die sich am vergangenen 9. Januar weigerten, an Bord zu gehen, werden auch die französischen Matrosen gegen den schmutzigen Krieg kämpfen und sich weigern, am 4. Februar auf der* Île-d'Oléron *in See zu stechen.*»;

12) am 18. Februar 1950 einigen Matrosen von der Besatzung des Flugzeugträgers *Dixmude* in Toulon zum Zwecke des Anschlagens eine Anzahl Klebezettel übergeben hat, auf denen die Worte gedruckt waren: «21. Februar, Internationaler Kampftag gegen den Kolonialismus ...» – «Abzug des Expeditionskorps» und die mit «Union de la Jeunesse Républicaine de France» unterzeichnet sind;

13) etwa am 5. März 1950 ungefähr fünfzig Exemplare eines hektographierten Flugblatts in das Marinearsenal von Toulon eingeschmuggelt und dort angeschlagen hat, das die Überschrift «Die Matrosen sagen nein zum Faschismus» trägt und mit «Eine Gruppe Matrosen» unterzeichnet ist und in dem es heißt: «Wir sehen klarer als je zuvor, für welche schändlichen Schachergeschäfte man uns nach Vietnam in den Tod schickt ... Für eure Millionen opfert ihr unsere Jugend ... Die wahre Ehre der republikanischen Armee gebietet, sich keinen Augenblick länger in diesem Kampf gegen die Freiheit des vietnamesischen Volkes zu besudeln.»;

14) am 5. März 1950 durch die Post mehrere Briefe an einige Maate des Flugzeugträgers *Dixmude* aufgegeben hat, die jeweils vier bis fünf Exemplare des gleichen Flugblatts enthielten;

15) am 8. März 1950 folgende Adresse an die streikenden Docker in Toulon gerichtet hat: «Kameraden, wir begrüßen euren großartigen Kampf gegen den Krieg. Als Vorhut der Arbeiterklasse zeigt ihr uns den Weg zum Sieg. Wir, die Söhne von Arbeitern, die wir gegenwärtig die Uniform tragen, versichern euch unserer Solidarität. Niemals

werden wir einwilligen, die Rolle von Streikbrechern zu spielen. Wir wissen, daß euer Kampf auch der unsere ist, daß ihr auch für uns kämpft. Wir, die Matrosen der französischen Marine, sind Teil des französischen Volkes, wir werden die Arbeiterklasse nicht verraten», sie mit «Eine Gruppe Matrosen» unterzeichnet hat und sie mit der Bitte um Sach- und Tabakspenden für die Streikenden unter der Belegschaft der Militärwerkstatt der Flotte in Toulon herumgehen ließ;

16) am 11. März 1950 ungefähr fünfzig Exemplare eines hektographierten Flugblatts zum Zwecke des Anschlagens in das Marinearsenal von Toulon eingeschmuggelt und an einige Matrosen weitergegeben hat, das die Überschrift «Den bestechlichen und korrupten Elementen antworten die französischen Matrosen: Ehre und Vaterland» trägt und mit «Die Kommunistische Partei» unterzeichnet ist und in dem es heißt: «Frankreichs Sicherheit ist in Gefahr ... Die Landesverteidigung wird verraten ... Fordern wir die Beendigung des Krieges ... Die französischen Matrosen werden für die Rückrufung des Expeditionskorps einschließlich der Seestreitkräfte kämpfen ... Sie werden sich weigern, das amerikanische Kriegsmaterial zu verwenden ...»

Dazu ist folgendes zu bemerken:

1. Nach den von der Anklage genannten Daten soll Martin seine propagandistische Tätigkeit etwa achtzehn Monate nach seiner Abmusterung und vierzehn Monate nach seiner Einstellung im Marinearsenal begonnen haben.

2. Von Juli bis Januar fanden monatlich Flugblattverteilungen statt. Von Januar bis März beschleunigt sich der Rhythmus: wir zählen fünf Verteilungen für die Monate Januar und Februar. Im März scheint ihn eine besondere Empörung gepackt zu haben, denn er verteilt alle drei Tage neue Flugblätter.

3. Ist er der Verfasser der inkriminierten Texte? Zu den meisten von ihnen bezieht die Anklage keine Stellung. Sie weist lediglich darauf hin, daß er zu einem Flugblatt das Thema geliefert hat *(27. Januar 1950), an der* Abfassung *eines anderen Flugblatts* beteiligt war *(23. September 1949) und die Adresse an die Docker* verfaßt hat *(8. März 1950).*

Je nach den Erfordernissen des Tages stellt die große Presse Henri Martin bald als einen großen Schuldigen hin, den seine Fähigkeiten und seine Intelligenz um so krimineller machen, und bald als einen armen Kerl, der von der Kommunistischen Partei indoktriert und manipuliert wurde. Im letzten Fall versucht man uns weiszumachen, daß die Kommunistische Partei die Flugblätter außerhalb, möglicherweise in Paris herstellte und sie Martin zuspielte, der sie nur noch zu verteilen brauchte. Für Herrn Bernard-Derosne, den Sonderberichterstatter von L'Aurore *in Toulon, der die altbewährten Formeln nicht verschmäht, steht fest, daß «sich die wahren Schuldigen nicht im Gerichtssaal befanden». In einer schönen Regung fügt er hinzu: «Was jenen ‹geheimnisvollen Zivilisten› angeht, von dem den ganzen Tag die Rede war, so gab es nicht einmal eine Ermittlung gegen X, diesen Unbekannten, den alle Welt kennt.»*

Auf die Sache mit dem geheimnisvollen Unbekannten werde ich später zurückkommen, und wir werden sehen, wem diese diskrete Geisterbeschwörung nützt. Denn in Wahrheit gibt es nichts Geheimnisvolles: Martin hat niemals abgestritten, daß einige Flugblätter ihm übergeben worden sind; vor allem muß dasjenige, das die Unterschrift der Partei trägt, von außen durch ein Mitglied der Kommunistischen Partei eingeschmuggelt worden sein. Also ist es sehr gut möglich, daß Martin mit einem oder mehreren Zivilisten in Verbindung stand. Weshalb zieht das Gericht sie nicht zur Rechenschaft? Ganz einfach: weil Martin ihre Namen nicht angeben wollte!

DER STAATSANWALT: Würden Sie die Person wiedererkennen, die Ihnen Flugblätter zur Verteilung übergeben hat?

MARTIN: Ich habe nicht die Absicht, mich zum Komplizen der Unterdrückung zu machen, Herr Staatsanwalt.

Ich persönlich vermute, daß er auch die beiden Handzettel der «Union de la Jeunesse Républicaine de France» von außen erhalten *hat. Doch wenn man sich darauf stützt, um zu beweisen, daß Martin sich zum passiven Werkzeug eines Unternehmens machte, dessen Führer in Paris saßen, so ist man einfach dumm oder böswillig: denn man verschweigt absichtlich die übrigen acht Flugblätter (von elf), die alle mit «Eine Gruppe Matrosen» unterzeichnet sind und von denen er* mindestens drei *selbst verfaßt oder mitverfaßt hat.* Nach diesen Beobachtungen ist es sehr wahrscheinlich, *daß Martin einen deutlichen Unterschied machte zwischen den Flugblättern, die von außen kamen – und die er verteilte, weil sie seinen eigenen Überzeugungen entsprachen –, und solchen, die* unter seinem Einfluß *von einer Gruppe Matrosen seiner Umgebung verfaßt wurden. Wie wir sahen, sind diese Matrosen* keine *Kommunisten. Ist Martin Kommunist? Das ist eine andere Frage, die wir weiter unten behandeln werden. Jedenfalls ist er – soviel steht fest – von der Ideologie der KP durchdrungen: in den Erklärungen, die er anregt, abfaßt oder korrigiert, findet man die Phraseologie der Partei wieder. Aber es ist* in keiner Weise notwendig, *Kommunist zu sein, um sie zu unterschreiben.* Jedenfalls beweisen diese Beobachtungen, *daß Martin, der Verfasser oder Inspirator von* mindestens *drei Aufrufen, kein «untergeordnetes und passives Werkzeug» ist. Nein, weder ein untergeordnetes noch ein führendes, noch überhaupt ein Werkzeug. Er arbeitet an der* Abfassung *der Flugblätter mit, steht also am Anfang der ganzen Operation. Er handelt aus* eigenem Antrieb. *In Übereinstimmung mit der Partei? Das ist wahrscheinlich, aber man darf annehmen, daß diese Annäherung sehr behutsam vor sich ging. Es stimmt, daß die Union de la Jeunesse Républicaine de France der KP sehr nahesteht. Trotzdem erscheint an den Mauern des Marinearsenals erst nach acht Monaten ein Handzettel, für den die Partei verantwortlich zeichnet. Man glaube, was man wolle: Henri hat seine Kampagne allein begonnen, unter den Matrosen, die er allmählich dazu bringt, seine Ansichten zu teilen, und bei dieser Gelegenheit oder auch etwas später nähert er sich bestimmten politischen Organisationen, die die gleichen Ziele verfolgen; oder aber er kennt einige Kommunisten schon seit langem und entschließt sich eines Tages zu seiner Kampagne, während seine politischen Freunde, obwohl sie ihm vielleicht helfen, im Hintergrund bleiben und abwarten, wie sich die Aktion auswirkt, bevor sie selbst mitmachen; oder es ist ganz anders gewesen. Das Gemeinsame aller dieser Hypothesen ist die Idee der vollen Verantwortung des Angeklagten.*

Wird man nun sagen, daß ich Martin damit einen Bärendienst erweise, daß ich ihn belaste, statt ihn zu verteidigen, wie ich vorgebe, daß er um so schuldiger ist, je mehr Verantwortung wir ihm aufbürden? Daß es besser für ihn wäre, ihn zum Hampelmann zu erklären? Mag sein: doch im Augenblick geht es mir nicht darum, die Taten zu bewerten, *sondern die Fakten festzustellen.*

4. Die Flugblätter beziehen sich alle auf dasselbe Thema.

a) «Eine Gruppe Matrosen» sieht klar und will ihre Gewißheit der ganzen Armee mitteilen: Soldaten sprechen zu Soldaten, genauer gesagt, Freiwillige zu Freiwilligen. Diese Idee der freiwilligen Verpflichtung ist die Haupttriebfeder der Argumentation: diese «Arbeitersöhne» sind aus freien Stücken in die Armee oder in die Marine eingetreten, um bestimmte Ziele zu erreichen und eine bestimmte Aufgabe zu erfüllen. Ist ihre gegenwärtige Tätigkeit noch mit den eingegangenen und übernommenen Verpflichtungen vereinbar?

b) Die französische Armee steht im Dienst des französischen Volkes, es hat sie sich in seinem Kampf gegen die nazistische Unterdrückung geschaffen. Ihre einzige Aufgabe besteht darin, die Freiheit zu erobern oder zu verteidigen; nur wenn sie ihre Natur verändert, kann sie in den Dienst der Unterdrückung treten, und ihre freien Soldaten können kein anderes Volk unterjochen, es sei denn, man hat sie zuvor selbst unterjocht.

Da der derzeitige Krieg den Interessen des internationalen Kapitalismus dient und die Interessen des französischen Volkes verletzt, da die «Arbeitersöhne» für die Banken in den Tod gehen, da er kein anderes Ziel verfolgt als die Aufrechterhaltung unserer Herrschaft über ein fremdes Territorium gegen den Willen seiner Bewohner, müssen die Soldaten der französischen Volksarmee den Kampf verweigern, und zwar gerade im Namen ihrer freiwilligen Verpflichtung, wenn sie nicht die Ehre der Armee und ihre Selbstachtung verlieren wollen.

c) Es reicht nicht aus, diesen Krieg in der Stille des Herzens zu verurteilen: man muß ihn anprangern. *Kurz, diejenigen, die ihn mißbilligen, haben die Pflicht, ihre Mißbilligung an die Öffentlichkeit zu bringen. Aber – und hier erkennt man den kommunistischen Einfluß – es gibt nur ein* praktisches *Denken, und eine Meinung läßt sich nur durch Taten kundtun: wer diesen Krieg mißbilligt, der muß sich weigern, ihn zu führen; und diese Weigerung ist nur dann effektiv, wenn sie einige Wirkung zeitigt. Die Matrosen müssen ihre Solidarität mit den streikenden Dockern erklären und ihnen durch Spenden helfen, sich weigern, amerikanisches Material zu verladen oder gar zu benutzen; man stellt ihnen die Meutereien von Fréjus als Beispiel hin. Hofft der Verfasser der Flugblätter, mit diesen Mitteln den Krieg beenden zu können? Offenbar nicht: es geht darum,* die öffentliche Meinung zu beeinflussen, *aber eher durch Taten als durch Reden; indem man die Aufmerksamkeit des Landes auf den Indochinakrieg lenkt, wird man seine wahre Natur enthüllen. Übrigens gibt sich die Anklage darüber keiner Täuschung hin, und wenn sie Martin vorwirft, «irreparable Schäden» verursacht zu haben, so zielt sie auf die moralischen Folgen der Propaganda ab und nicht auf irgendeine Meuterei, die gar nicht stattgefunden hat.*

An einem Oktobertag des Jahres 1949, drei Monate nach der Verteilung der ersten Flugblätter, taucht ein kahlgeschorener Maat namens Liebert in der Versuchsstation auf. Er habe gerade, so behaup-

tet er, eine Gefängnisstrafe von zwanzig Tagen verbüßt, weil er beim Wachdienst gefehlt habe: eine ziemlich harte Strafe, um ihn als Randalierer auftreten zu lassen, ein ziemlich harmloses Vergehen, um nicht das Mißtrauen seiner neuen Kameraden zu wecken. Dieser Elsässer verschwieg wohlweislich, daß er während der Besatzung der Einberufung zuvorgekommen war und sich zur deutschen Kriegsmarine gemeldet hatte. Man wußte, daß er nach dem Krieg in der französischen Marine gedient hatte, aber nicht, daß er in eine recht zwielichtige Affäre verwickelt gewesen war: im Jahre 1946 verboten die Militärbehörden, Bier an Bord der Dixmude *zu bringen, und Liebert, der auf dem Flugzeugträger stationiert war, stachelte die Matrosen auf, dagegen zu protestieren. Die Demonstranten wurden auf der Stelle von Bord geführt, er jedoch blieb unbehelligt.*

In der Versuchsstation begegnete Liebert einem anderen Elsässer, dem Maat Heimburger. Die beiden Landsleute hatten einen ausgezeichneten Vorwand, miteinander in Verbindung zu treten: Heimburger war an Bord der Dixmude *gekommen, kurz nachdem Liebert sie verlassen hatte. Damit hörte die Ähnlichkeit auch schon auf: Heimburger war ein ängstlicher Mensch, der schreckliche Erinnerungen hatte. Er war mit Gewalt in die deutsche Wehrmacht eingezogen worden und nach tausend Schicksalsschlägen, durch die er den Krieg hassen lernte, desertiert. In den ersten Tagen des Jahres 1950 erfuhr Heimburger von dem bevorstehenden Auslaufen der* Dixmude *und glaubte, verrückt zu werden. Er war sich sicher: das Ziel war Indochina. Er vertraute seine Ängste Liebert an, der sich sehr verständnisvoll zeigte. Ermutigt, weihte Heimburger seinen Kameraden in einen Sabotageplan ein, den er unter dem Druck seiner panischen Angst gefaßt hatte. Am 18. Februar setzte er seinen Plan in die Tat um: er streute Schleifsand ins hintere Lager der Schraubenwelle. Der Schleifsand wurde vor dem Auslaufen entdeckt. Aber man mußte die Untersuchung bis zur Rückkehr des Flugzeugträgers verschieben: sie wurde am 20. April eröffnet. Zu dieser Zeit war Henri Martin bereits seit fünf Wochen in Haft.*

Heimburger gestand alles, was man wissen wollte. Die mit der Untersuchung beauftragten Offiziere fragten ihn über seine Kameraden aus, eine reine Routine ihre Berufes. Kannte Heimburger beispielsweise Henri Martin? Heimburger gestand: ja, er kannte ihn. War dieser Martin vielleicht über den Sabotageplan unterrichtet? Ja, Martin war unterrichtet. Liebert beeilte sich, dieses schwankende Geständnis durch eine solide Zeugenaussage zu stützen:

LIEBERT: Ich war dabei, als Heimburger im Laufe einer Unterredung Martin seine Absichten mitteilte.

Eine andere Version, die er vor dem Gericht in Toulon gab, lautet: «Henri Martin war dabei, als Heimburger mir *seine Absichten mitteilte.»*

LIEBERT: Ich glaubte, er würde bloß angeben, sonst hätte ich ihm in die Fresse gehauen. Martin war bei dem Gespräch dabei. Er hat sogar den Vorschlag gemacht, einen Zivilisten um Spezialpillen zu bitten, die gute Sabotagearbeit leisten.

Auf Befragen erklärt Martin, daß er nichts über die Affäre der Dixmude *wisse: Heimburger hat nie mit ihm darüber gesprochen.*

Die Staatsanwaltschaft zieht ihre Schlußfolgerungen: da der Obermaat Henri Martin Heimburgers Pläne kannte und da er nichts unternommen hat, um ihre Ausführung zu verhindern, wird gegen den bereits wegen «versuchter Demoralisierung der Armee» angeklagten Obermaat Henri Martin eine zweite Anklage wegen «Beihilfe zur Sabotage» erhoben.

Endlich ein klarer Fall! Die Presse frohlockt: auf frischer Tat ertappt, jetzt kann man schwerere Geschütze auffahren. Die Regierung ermuntert dazu: zu Prozeßbeginn sorgt sie für eine so «spektakuläre» Inszenierung, daß es sogar dem Berichterstatter von L'Aurore *den Atem verschlägt.*

«Die moralische Lehre dieses Monsterprozesses (es wurde alles getan, um ihn aufzubauschen) ...»[13]

Die vornehmste Pflicht: die Angeklagten zu verunglimpfen. Es ist unbedingt erforderlich, daß sie Abscheu erregen. Also lauten die riesigen Schlagzeilen:

DIE SABOTEURE DER «DIXMUDE»

Ein ausgezeichnetes Mittel, das Publikum gegen die Angeklagten einzunehmen: dieser Henri Martin mißbilligt den Indochinakrieg, nun: er ist ein elender Saboteur. Man muß demnach ein Saboteur sein, um den Krieg zu verurteilen. Der Berichterstatter von L'Aurore *leistet gute Arbeit:*

«Gestern sagte mir jemand: ‹Also, nein! Daß ein Matrose ein Schiff sabotiert, das glaubt hier in Toulon doch kein Mensch.› Daher diese Pleite mit dem Appell an die Massen im ganzen Departement.»

Mit anderen Worten: ihr Matrosen seid zwar Hitzköpfe, aber ihr

13 L'Aurore, *20. Oktober 1950.*

habt ein goldenes Herz; im Innern schimpft ihr vielleicht auf diesen Krieg, aber im Grunde habt ihr viel zu große Ehrfurcht vor eurem Beruf: ein Schiff ist etwas Heiliges. Und welche Strafe das Gericht auch immer über die Schuldigen verhängt, innerlich habt ihr sie bereits verurteilt: zum Vergessenwerden.

Soviel zu den Arbeitern. Was die Konsumenten betrifft, so rechnet man damit, daß sie nicht weichherzig sein werden: meistenteils sind sie es, die die Folgen der Sabotage zu tragen haben. Diesem sehr natürlichen Widerwillen wollte man nun noch die rhetorische Entrüstung hinzufügen: reife Herren mit scharfem Blick – dieselben, die die französische Kultur und die Orthographie verteidigen – setzen all ihren Eifer daran, zwei jugendliche Gefangene zu entehren. Im vorigen Jahrhundert, vor der Gründung der ersten Gewerkschaftsorganisationen, hat die Unmöglichkeit, eine gemeinsame Aktion zu unternehmen, den Arbeiter manchmal zu individuellen Terrorakten getrieben; die Presse der damaligen Zeit ist voll von blumigen Gemeinplätzen über Sabotage: ihr haben unsere Journalisten sie entlehnt. Von allen Verbrechern ist der Saboteur der gefährlichste, da er kaltblütig eine Tat begeht, deren Folgen er nicht abmessen kann; der feigste, da er Todesurteile verhängt und es blinden Kräften überläßt, sie zu vollstrecken; der unentschuldbarste, da nichts die Tatsache rechtfertigen kann, daß er seine Arbeitskollegen oder seine Waffenbrüder wie Feinde behandelt. Heimburger und Martin sollen offen die Politik der Regierung verurteilen? Ach was! Wie soll man ihnen ihren tugendhaften Abscheu vor dem Blutvergießen glauben, wenn sie, um angebliche Massaker zu vereiteln, gleich zu Anfang die sechshundert Mann Besatzung der Dixmude *dem Tode weihen? Oder sollten sie das Blut der Gelben für kostbarer halten als das französische? Wahrhaftig, das Ziel ist klar: Moskau hält die Fäden in der Hand, denn das Flugblatt vom 11. März trägt ja die Unterschrift der Kommunistischen Partei. Die beiden Schurken wollen ganz Asien an Mao Tsetung und infolgedessen ganz Europa an Stalin ausliefern. Dann sind sie also Kommunisten? Was denn sonst! Erst kürzlich schrieb der anonyme Autor einer Schmähschrift unverblümt, daß sie derselben Parteizelle angehörten.*

Die Anklage wegen «Beihilfe zur Sabotage» ist, wie wir noch sehen werden, vom Gericht in Toulon hastig zurückgezogen worden. Es bestünde also kein Anlaß, sich weiter mit ihr zu beschäftigen, wenn die große Presse sie ebenso schnell hätte fallenlassen.

Widerruft Heimburger seine Geständnisse? Gibt er zu, daß er der Alleinschuldige ist? L'Aurore *überschreibt den Artikel ihres Sonderberichterstatters wie folgt:*

Heimburger, der allein die Verantwortung für die Sabotage auf der «Dixmude» auf sich nimmt, führt die Weisung der Partei aus, um seinen Mitangeklagten, Henri Martin, zu retten, der inzwischen fanatische *kommunistische* Reden hält.

Widerruft der Elsässer seine Tat genau in dem Augenblick, da Martin sich zu der seinen bekennt?

Sie haben eben verschiedene Aufträge, belehrt uns Herr Bernard-Derosne, weiter nichts.

Am 19. Oktober verkündet das Gericht sein Urteil. Die Anklage wegen «Beihilfe zur Sabotage» wird nicht aufrechterhalten? Gleichviel: am 20. Oktober schreibt L'Aurore *auf der zehnten Seite:*

Fünf Jahre Zuchthaus und Degradierung für Martin und Heimburger, die Marinesaboteure.

Wenn einer des Diebstahls angeklagt und dann vom Gericht freigesprochen wird, hüten sich die Zeitungen wohlweislich, ihn einen Dieb zu nennen: solche Einfälle kommen teuer zu stehen. Wenn aber der Angeklagte als Kommunist gilt, gibt es keinen Freispruch, der stichhaltig ist: Verleumdung empfiehlt sich. Aus diesem Grunde fahren unsere reaktionären Blätter unbeirrt fort, Martin ein Verbrechen anzulasten, das er nicht begangen hat. Gewiß spricht man es nicht mehr ganz so offen aus, aber nicht umsonst hat unsere Epoche die Technik der Andeutung perfektioniert. Blättern wir ein wenig in der kleinen Schrift, die ich vorhin erwähnte. Das Prinzip, von dem sie sich inspirieren läßt, besagt, daß ein Angeklagter der Definition nach das Verbrechen begangen haben muß, das ihm zur Last gelegt wird. Freispruch und Verurteilung sind die beiden hauptsächlichen Mittel, ihn für schuldig zu erklären. Infolgedessen übernimmt der Verfasser die doppelte Aufgabe, diesen partiellen Freispruch zu verkünden und ihm gleichzeitig jede Bedeutung zu nehmen. Wie wird ihm dieser Streich gelingen?

Wunderbar, wie wir gleich sehen werden. Zunächst erwähnt er sehr korrekt, daß Heimburger seine ersten Erklärungen widerrufen hat. Nur läßt er durchblicken, daß ihm dieser Widerruf mit Gewalt entlockt worden sei. Und von wem, großer Gott? Etwa von der Polizei? Weit gefehlt: von seinen Anwälten. Wir kannten die Brigade der spontanen Geständnisse, hier haben wir nun den folternden Advokaten. Man glaube im übrigen nur nicht, daß diese Widerrufe dem Freispruch zugrunde liegen. Sie sind so unwichtig, daß sie nicht einmal herangezogen werden, wenn es darum geht, die Entscheidung der Richter zu erklären. Vielleicht ist man versucht zu glauben, das Gericht habe mangels Beweisen auf Freispruch erkannt? Gott bewahre! Beweise gab es in Hülle und Fülle. Wenn es gezögert hat, dann ganz einfach vor dem «überhohen Strafmaß». Kurz, Henri Martin war so kriminell, daß man ihn nicht zu bestrafen wagte.

Unterdessen nimmt die große Presse zu anderen Mitteln Zuflucht, alle gleichermaßen ausgezeichnet. Ich möchte nur eines nennen: die «falsche Nachricht in Form der Frage». Im Juni 1952, als die Regierung sich in eine Verschwörungs- und Brieftaubenaffäre verstrickt hatte, die sie vor aller Welt lächerlich machte, verlor sie den Kopf und ließ, um Zeit zu gewinnen, Haussuchungen vornehmen. Der Zufall wollte es, daß auch in Toulon eine solche Durchsuchung vorgenommen wurde. Das war die Gelegenheit, wieder einmal an Henri Martin zu erinnern. Und unsere Herren von der Presse fragten sich in fetten Lettern auf der Titelseite: «Wird die Affäre Henri Martin ein Nachspiel haben?» Ein Nachspiel, ihr Schweine! Wie denn? Während alle politischen Machenschaften wie Kuhmist auf dem Boden zertreten wurden? Nein, die Affäre Henri Martin hatte kein Nachspiel, und sollte es eines Tages dazu kommen, dürfte es kaum geeignet sein, euch zufriedenzustellen.

Gleichviel: der Schaden war angerichtet. Durch eine winzige Schurkerei, eine einfache Frage, die gestellt wurde und unbeantwortet blieb, suggerierte man einem Teil der Öffentlichkeit, daß die Behörden mehr wüßten, als sie sagen wollten. Voriges Jahr veröffentlichte der Observateur *einen Briefwechsel zwischen einem Kommunisten und einem Gaullisten über allgemeine politische Fragen. Der Gaullist war gewiß ein sehr aufrichtiger Mann und vielleicht sogar guten Willens: trotzdem fragte er mit der größten Treuherzigkeit der Welt, warum die Kommunistische Partei die Sache des Saboteurs Henri Martin unterstütze.*

Die amtlichen Kreise sind mitschuldig: durch absichtliche Übergehungen gaben die Verantwortlichen zu verstehen, daß die Seekriegsgerichte über diese Affäre Kenntnisse hätten, die dem gemeinen Sterblichen versagt seien. Ein hoher Würdenträger hat mir folgende überraschende Rede gehalten: «Ja, gewiß, man hat ihm zuviel aufgebrummt. Aber was wollen Sie? Die Richter von Brest waren der mo-

ralischen Überzeugung, daß ihre Kollegen in Toulon sich geirrt hatten und daß Martin der Komplize Heimburgers war. Aber da man ein einmal ergangenes Urteil ja nicht zurücknehmen kann und da es glücklicherweise diese Geschichte mit den Flugblättern gab, haben sie die Strafe ein wenig erhöht, um mit ihrem Gewissen ins reine zu kommen.»

Eine merkwürdige Auffassung von Gerechtigkeit, und ich kann nicht glauben, daß die Richter sie teilen: daher überlasse ich die Verantwortung dafür meinem Würdenträger. Es fällt einem wirklich schwer, zu glauben, daß die Richter von Brest nach Ablauf eines Jahres die Schlußfolgerungen eines Gerichts in Zweifel ziehen können, das am Tatort selbst tagte. Was ist eine moralische Überzeugung anderes als eine Überzeugung ohne Beweise? Jedenfalls ist es ein Witz, aus dem Munde einer hochgestellten Persönlichkeit unserer Republik zu hören, daß französische Gerichte, die einen Angeklagten wegen eines bestimmten Vergehens verurteilen, ihn in Wirklichkeit für ein Verbrechen bestrafen wollen, von dem nicht bewiesen werden konnte, daß er es begangen hat.

Henri Martin ist also ein Saboteur. Und wenn die Richter von Toulon ihn für nichtschuldig erklären, dann ade, Achtung vor dem Richterstand und der Armee! Statt ihnen aufs Wort zu glauben, läßt man lieber durchblicken, daß sie ihrer Aufgabe nicht nachgekommen sind! Im Grunde ist mir das lieber: nehmen wir uns diese Anklage wegen Sabotage noch einmal vor, und sehen wir sie uns genau an. Sollte sie unglücklicherweise der Prüfung nicht standhalten, dann werden wir den Herren von der Presse ganz ruhig sagen können: «Wer von euch in Zukunft diese Anklage, sei es offen oder andeutungsweise, aufrechtzuerhalten wagt, den betrachten wir als Verleumder.»

Sie gehörten der gleichen Parteizelle an? Das bezweifle ich sehr. Heimburger hat auf der Dixmude angemustert: seine Zelle müßte also an seinem Arbeitsplatz sein; und Martin, der seit über einem Jahr der Versuchsstation zugeteilt ist, dürfte die seine im Arsenal haben. Nehmen wir trotzdem einmal an, daß sie derselben kommunistischen Grundeinheit angehörten: wenn die Verantwortlichen sie mit einer gemeinsamen Aktion betraut haben, konnten dann Heimburgers Absichten Martin unbekannt sein? Und wenn er sie kannte, welchen Grund hatten sie dann, vor Liebert diese Komödie zu spielen? War etwa Heimburgers Mission so geheim, daß nicht einmal seine

Genossen etwas davon wußten? Weshalb hat Heimburger es dann für nötig gehalten, Martin in Gegenwart eines Dritten zu informieren, obwohl sie sehr häufig Gelegenheit hatten, ohne Zeugen miteinander zu sprechen? Und Martin? Hat er ihm etwa kein Schweigen auferlegt?

Schlimmer noch: wie konnte er es wagen, jenen geheimnisvollen Zivilisten zu erwähnen, der eigens für die Saboteure-Kandidaten «Teufelspillen» in der Tasche trug? Liebert mußte ihnen also blindes Vertrauen einflößen! War er Mitglied der Kommunistischen Partei? Hatte er Flugblätter verfaßt, Plakate geklebt? Keineswegs: er wußte von nichts, der Ärmste; er war über die umstürzlerischen Anschläge sogar so wenig im Bilde, daß er Heimburgers vertrauliche Mitteilungen für einen Witz hielt: «Ich glaubte, er würde bloß angeben, sonst hätte ich ihm in die Fresse gehauen.» Dennoch mußte Heimburgers Verhalten ziemlich vielsagend gewesen sein, da Henri Martin sich nicht darin getäuscht hat. Die Szene, die man uns vorspielt, sieht also etwa so aus: Zuerst das rührende Paar, die beiden Landsleute, zwei brave Elsässer, die miteinander plaudern. «Geht's dir nicht gut, Kleiner?» – «Überhaupt nicht, ich hab den Katzenjammer. Weißt du, es ist stärker als ich, wenn ich so bin: ich muß sabotieren.» Und Liebert lacht sich tot: «Sabotieren! Du bist ja nicht bei Trost!» sagt er feixend. «Gib doch nicht so an, das paßt nicht zu dir!» Aber Henri Martin, der plötzlich wie aus dem Erdboden aufgetaucht ist, blickt Heimburger in die Augen und sagt mit ernster und etwas pedantischer Stimme: «Ich werde dir helfen, Matrose. Ich kenne einen Zivilisten, der höllische Pillen hat. Ich werde ihn bitten, daß er dir welche gibt.» Doch was ist aus diesen Pillen geworden? Hat Heimburger abgelehnt, sie anzunehmen, oder hat der Zivilist sich geweigert, sie ihm zu geben? Darüber sagt die Geschichte nichts. Und weiter: wenn Heimburger von einer kriminellen Organisation beauftragt war, die Dixmude zu sabotieren, wozu brauchte er dann die Hilfe von Martins Zivilisten? Hat er nicht seinen eigenen Zivilisten – jeder hat irgendeinen – und seine eigenen Pillen? Merkwürdige Kämpfer! Zur Zeit der deutschen Besatzung waren die Kommunisten weniger harmlos.

Auch Liebert verhält sich komisch! Er hat gesehen, wie Martin Heimburger zublinzelte, er hat gehört, daß er in einem bestimmten Ton mit ihm sprach, und doch fährt er fort, sich auf die Schenkel zu hauen und seine Kumpel für kleine Witzbolde zu halten. Um ihm die Augen zu öffnen, mußte die Sabotage erst entdeckt und Heimburger verhaftet werden. Ein Dummkopf also? Keineswegs: er ist ganz im

Gegenteil als gerissener Bursche bekannt. Spaß beiseite: entweder hat Liebert seine Kameraden vor *ihrer Verhaftung verpfiffen, dann ist er ein Denunziant, und die ganze Affäre läuft auf ein abgekartetes Spiel hinaus. Oder er hat sie* hinterher *verpfiffen, wie man uns einreden möchte: dann gehört er neben sie auf die Anklagebank. Noch etwas: nehmen wir einmal an, Martin hätte zugegeben, Heimburgers vertrauliche Mitteilungen gehört zu haben, nehmen wir ferner an, er hätte, um sich zu entschuldigen, daß er ihn nicht angezeigt hatte, gesagt: «Ich glaubte, er würde bloß angeben!» Welch schallendes Gelächter. Sogar die Richter würden dem Angeklagten erklären: «Ist das Ihre Verteidigungstaktik? Wenn Sie sie nicht ändern, sind Sie verloren.» Aber Liebert hat gar keine Verteidigungstaktik: er braucht keine, weil er der Ankläger ist. Schlußfolgerung? Man kann sie selbst ziehen.*

Schön. Wir haben es also mit einem Propagandisten und einem Saboteur zu tun, die sozusagen ein Herz und eine Seele sind. Sie gehören derselben Parteizelle an und gehorchen den Befehlen derselben Führer. Dann erwischt es sie: sie werden verhaftet. Und was macht nun der Saboteur? Auf der Stelle denunziert er den Propagandisten. Findet man nicht, daß die Sache stinkt?

Ja, wird man mir entgegnen, die Polizei hat ihm eben einen Denkzettel verpaßt. Das will ich gern glauben. Nur ist es ein zweischneidiges Argument: es ist gut möglich, daß einer unter Schlägen die Wahrheit sagt; aber ebensogut ist es möglich, daß er lügt. Und außerdem müssen die Kommunisten sich verdammt geändert haben. Erinnert man sich noch an diejenigen, die von den Deutschen gefoltert wurden und gestorben sind, ohne zu sprechen? Natürlich fällt die Schwäche eines einzelnen nicht auf die ganze Gruppe zurück. Aber trotzdem, die Partei hätte sich vorsehen müssen. Man sehe sich nur an, wie naiv dieser Heimburger ist: er braucht nur einen Landsmann zu treffen, und schon fängt er an, zu quatschen. Und wie impulsiv er ist: Fahnenflucht, Sabotage, Geständnis, Widerruf. Glaubt man wirklich, daß erfahrene Parteigenossen ausgerechnet ihn für eine vertrauliche Mission ausgewählt haben? Man sehe ihn sich an! Durch seine eigenen Reden und Taten liefert er uns den Beweis, den wir suchen. Was für ein Durcheinander von widersprüchlichen Ideen und entgegengesetzten Werten muß in diesem Kopf herrschen, wenn ein und derselbe Mensch zu den Richtern sagen kann: «Ich bereue, was ich getan habe», und zu Martins Vater: «Ich bin stolz darauf, meine Strafe an der Seite Ihres Sohnes zu verbüßen»; wenn ein und derselbe Mensch seine Kameraden durch seinen krankhaften Abscheu vor dem Krieg erstaunen und die Militärrichter durch die offenbare Aufrichtigkeit seiner Gewissensbisse bewegen kann! Sind wir nicht alle so, wird man antworten, schwanken wir nicht alle von einer Moral zur anderen, je nach den Umständen? Ja, außer wenn wir einer autoritären Organisation angehören, die unseren Charakter und unseren Geist durch strenge Disziplin formt. Heimburger bleibt von Anfang bis Ende dieser Geschichte ganz allein, *ohne Führer und ohne Prinzipien: er schlägt sich im dunkeln herum; noch der einfachste Parteigenosse denkt folgerichtiger und zeigt mehr Festigkeit in seinem Verhalten als er! Oh, damit ich es nicht vergesse: ich muß darauf aufmerksam machen, daß er dem Gericht in Brest selbst erklärt hat, niemals der Kommunistischen Partei angehört zu haben: «Ich teile nicht alle Ansichten von Henri Martin. Seine Partei geht mir zu weit. Mir graut nur vor dem Krieg.»*[14] *Warum ich das nicht gleich gesagt habe? Weil es niemanden überzeugt hätte. Man hat uns so gründlich verdorben, daß wir eine Erklärung nur dann für aufrichtig halten, wenn sie dem, der sie abgibt, schadet.*

Und da schließlich die Kommunistische Partei im Verdacht steht, diese Saboteure zu inspirieren, wäre es vielleicht nicht unangebracht, uns zu fragen, wie denn die Partei über Sabotage denkt. Der Antikommunist hat seine Antwort selbstverständlich schon parat: «Sabotage? Natürlich billigt die KP sie voll und ganz. Da es doch ein Verbrechen ist!» *Ein einleuchtendes Argument: wenn es ausgemacht ist, daß der Kommunismus das Böse und die französische Armee das Gute verkörpert, begreift man ohne weiteres, daß der eine die andere mit allen Mitteln zu vernichten sucht. Leider ist aber nicht zu leugnen, daß die Partei noch niemals wegen Mordes vor Gericht gestanden hat, daß die Anklagen wegen Spionage, die gestern noch hinausposaunt worden sind, heute nur noch ganz leise geflüstert werden und daß schließlich in dem den Mitgliedern der Nationalversammlung vorliegenden offiziellen Bericht über die Verhaftungen vom Oktober und die Anträge auf Aufhebung der parlamentarischen Immunität auf Seite 78 zu lesen ist:*

«Anstiftung zur Sabotage: Anstiftung zur Sabotage an Sachwerten liegt nur dann vor, wenn Anstiftung zu einer bestimmten Tat vorliegt. Doch die KP macht keine solchen Provokationen*: das Niveau der konkreten Aktion muß so hoch sein, daß die Massen spontan*

14 L'Aurore, *18. Juli 1951.*

handeln.» Man kann es nicht besser ausdrücken: für die Kommunisten zählt nur die Massenaktion. Sabotageakte, terroristische Attentate usw. sind in ihren Augen bloße anarchistische Demonstrationen, die lediglich die Bevölkerung aufbringen. Die Arglosigkeit unserer Regierung bringt ein leises Lächeln auf die Lippen des Antikommunisten: «Die KP verurteilt die Sabotage? Was denn? Glauben Sie etwa immer noch, daß ihre Handlungen mit ihren Worten übereinstimmen?» Lassen wir ihn bei seiner Wahnidee; er haßt die Kommunisten so sehr, daß er sie gar nicht mehr sieht; seiner Ansicht nach sagen sie nicht, was sie tun, tun nicht, was sie sagen, sagen nicht, was sie sagen, und tun nicht, was sie tun: mit einem Wort, sie sind anders, als sie sind. Unfähig, etwas anderes vorauszusehen als das, was er für das Schlimmste hält, mit seiner Weigerung zu begreifen, um besser verurteilen zu können, mißtraut der Antikommunist seinen Feinden so sehr, daß er sich aller Mittel beraubt, sie zu bekämpfen, und sich schließlich in ihre Hände begibt. Ich wende mich an alle vernünftigen Menschen und fordere sie auf, mir irgendwelche militärischen Sabotageakte zu nennen, die sich vor oder nach der Affäre Dixmude ereignet haben.[15] Heimburgers Versuch bleibt eine vollkommen individuelle Tat, und nichts erlaubt es, diesen Einzelfall mit der allgemeinen Politik einer Partei in Verbindung zu bringen.

Trotz alldem, erweisen wir dem Antikommunismus noch einen letzten Gefallen und stellen wir uns eine dämonische und sadistische Partei vor, die nur deshalb existiert, um überall Leid und Tod zu säen. Da ihre Absicht darin besteht, soviel Übel wie nur möglich anzurichten, wird sie, wenn sie den Befehl zur Sabotage der Dixmude gegeben hat, darauf achten, daß ganze Arbeit geleistet wird: schwere Havarie auf hoher See und Untergang des Schiffes mit Mann und Maus. Die Presse hat uns diese verbrecherischen Absichten übrigens nicht verhehlt: «Die gesamte Mannschaft in Gefahr!» schreibt L'Aurore. «Heimburger hat genügend Schleifstaub (in das Wellenlager) gestreut, um es heißlaufen zu lassen und das Schiff auf offener See manövrierunfähig zu machen, womit er den Tod von sechshundert Mann Besatzung in Kauf nahm.» Natürlich kann es sein, daß sich diese blutrünstige Partei gezwungen sah, ihre Ansprüche herunter-

15 Natürlich nehme ich die Sabotageakte aus, die während der Besatzungszeit verübt wurden. Damals war Krieg, und die gesamte Bevölkerung verteidigte sich mit allen Mitteln gegen die Deutschen. Im übrigen haben alle Widerstandsorganisationen auf den Terrorismus zurückgegriffen.

zuschrauben: zumindest aber erwartete sie von der Operation, daß sie den Flugzeugträger am Auslaufen hinderte.

Nun hat sich Heimburger nach dem Urteil der Sachverständigen so ungeschickt angestellt, daß er es nicht einmal fertigbrachte, die Schraubenwelle zu beschädigen. Auch wenn der Schleifstaub nicht vor dem Auslaufen entdeckt worden wäre, hätte die Dixmude trotzdem, vielleicht mit leichter Verzögerung, alles gut überstanden. Wird man einwenden, daß Heimburger seinen Plan schlecht überlegt hat? Ja, natürlich. Nur ist er Maat und Mechaniker und kennt das Schiff, das er sabotieren will, sehr genau. Außerdem hat man ihm, wenn man Lieberts Bericht Glauben schenken darf, wirksamere Sabotagemittel angeboten; aber er wollte sich lieber selbst Schleifstaub besorgen: er wußte also genau, was er tat.

Doch es wird noch merkwürdiger: die Sabotage ist nicht nur harmlos, wird nicht nur rechtzeitig entdeckt, sondern sie hat überhaupt keinen Sinn, da die Dixmude gar nicht nach Indochina fährt. Gewiß waren die verschiedensten Gerüchte über ihren Bestimmungsort in Umlauf: Matrosen und Soldaten sind ganz versessen auf falsche Nachrichten, das vertreibt die Zeit. Aber bilden wir uns nicht ein, daß sie daran glauben: sie jammern oder fluchen, verbreiten diese aus der Luft gegriffenen Meldungen überall, aber sie hüten sich, ihr Verhalten danach zu richten. Heimburger hat sein ganzes Vorhaben also auf ein bloßes Gerücht gegründet und die härteste Strafe in Kauf genommen? Komische Kommunisten, wirklich, und eine komische Sabotage ohne Folgen und ohne Grund und so schlecht den Verhältnissen angepaßt, daß man sie für die Tat eines Wahnsinnigen halten könnte, so sichtbar, daß es den Anschein hat, als sei sie ausdrücklich begangen worden, um ihren Urheber zu verraten. Sie haben wirklich Glück, diese Herrschaften, die hier die Hand Moskaus sehen können. Ich dagegen versuche vergeblich, diese einsame und verstohlene Operation, die keine gesellschaftliche Tragweite hatte und von vornherein zum Scheitern verurteilt war, mit einer Weltorganisation in Verbindung zu bringen, deren ständige Sorge die Massenaktion, die wirksame Aktion ist. Alles wird dagegen klar, wenn ich sie für sich und ohne vorgefaßte Meinung betrachte: es liegt auf der Hand, daß sie niemandem schaden kann außer dem Unglücklichen, der sich ihrer schuldig gemacht hat, daß sie niemandem dient außer den Schweinen, die sie dazu benutzen, Henri Martin ins Verderben zu stürzen. Es heißt, daß unsere Taten uns ähnlich sehen, und das ist mir niemals so wahr erschienen wie hier: kommen wir auf Heimburger zurück und *sehen wir ihn uns näher an; wir werden feststellen, daß er sich durch dieses nächtliche Unternehmen ganz und gar selbst geschildert hat.*

«ICH BEREUE AUFRICHTIG MEINE TATEN.»

(Heimburger am 19. Juli 1951)

Martin weiß, was er will: er sucht seine Ziele außerhalb seiner selbst, in der Gesellschaft. Er definiert sich durch seine berufliche und gesellschaftliche Tätigkeit, durch seine Klasse und nicht durch seine Launen oder seine Neigungen: wenn er sich einmal auf sich selbst besinnt, so nur deshalb, um zu prüfen, ob er seine Aufgaben erfüllt hat. Für ihn deckt sich die «Persönlichkeit» mit dem praktischen *Bewußtsein der Rolle, die man in der Geschichte spielt: sie ist im Objekt in Form von Anregungen und Forderungen vorgezeichnet: jedem einzelnen ist es aufgegeben, die seine durch Taten darzustellen.*

Heimburger kennt sich schlecht, und dennoch hat er es immer nur mit sich selbst zu tun. Von schrecklichen Erinnerungen heimgesucht, von seinem romantischen Haß auf den Krieg verzehrt, begreift er nichts von den absurden Kräften, die ihn treiben oder mit sich reißen: alles Unheil kommt daher, daß er sein Schicksal erlitten hat, ohne es zu machen. Er war fast noch ein Kind, als die Deutschen ihn gefaßt und mit Gewalt in das Gemetzel geworfen haben: nichts kam aus ihm selbst; die Welt und die Ereignisse bleiben unentzifferbar für ihn, weil er niemals Einfluß auf sie gehabt hat: man handelte durch ihn. Er wäre glücklich, wenn der Zwang stark genug gewesen wäre, ihn von der Verantwortung zu befreien! Aber der Mensch bewahrt sich oft noch in der Ohnmacht das merkwürdige Gefühl, dem, was ihm aufgezwungen wird, zuzustimmen. *Als geborenes Opfer fühlt Heimburger sich schuldig. Man hat gesehen, mit welcher Bereitschaft er sich selbst anklagte. Er schleppt ein Schuldgefühl mit sich, immer dasselbe, das zahllose Formen annimmt, um ihn zu quälen. Wir kennen dieses Schuldgefühl: Heimburger haßt den Krieg; da er ihn mitgemacht hat, muß er auch sich selbst hassen. Andere haben sich für nichtverantwortlich erklärt: wer hindert ihn daran, das gleiche zu tun? Schließlich hat man ihn mit Gewalt eingezogen, nicht anders als die Elsässer von Oradour. Aber sein anspruchsvolleres Gewissen hält ihn für den Komplizen seiner Tyrannen. Wir, die wir ihn von außen sehen, haben ihm nichts vorzuwerfen: am Ende ist er desertiert, hat also getan, was er konnte. Doch für ihn, der sich von innen sieht, ist diese Flucht keine Entschuldigung: man desertiert immer zu spät; diese pathetische Seele ist hin- und hergerissen zwischen Schuldge-*

fühlen und Rachegelüsten; sie unterwirft sich ihren Leidenschaften, da sie ihre Taten nicht lenken kann, und ihr innerer Aufruhr ist das Bild der Stürme, die sie geformt haben. Unfähig, sich gänzlich anzuklagen oder sich gänzlich freizusprechen, hat sie die ruhige innere Sicherheit verloren, die es ermöglicht, die anderen zu richten. Seit einigen Monaten wird Heimburger vom Indochinakrieg verfolgt; er hat sich in den Kopf gesetzt, daß man ihn zwingen will, ihn mitzumachen, und daß sich sein Schicksal wiederholen würde. Aber glaubt man, daß er ihn verurteilt? Keineswegs: sein allgemeiner Pessimismus nimmt ihm die Möglichkeit, sich zu empören; in dieser verrotteten Welt gibt es keine gerechte Sache, die eine ist so schlimm wie die andere, alles ist sich gleich; und außerdem, wenn er die Schuld derer teilt, die den gestrigen Konflikt entfesselt haben, woher soll er das Recht nehmen, den heutigen anzuprangern? Steht es dem Schuldigen an, den Unschuldigen die Leviten zu lesen? Seine Gewalt dreht sich im Kreis, er gerät in Panik und tadelt nur sich selbst: er vermag in den Gefahren, die ihn bedrohen, nicht die Folgen einer bestimmten Politik zu erkennen; nein, der Alptraum von 1940 beginnt von neuem, das ist alles. Er hat Angst, Angst zu haben, ein zweites Mal von jener grausamen Panik befallen zu werden, in der sich die Furcht vor dem Tod mit dem Grauen vor dem Töten verbindet, mit einem Wort, wieder der zu werden, der er war.

In dem Bewußtsein, betrogen worden zu sein, beschließt Martin, seinen Kameraden die Augen zu öffnen: ein klarer Fall. Aber Heimburger? Zunächst ist er nicht betrogen worden, er hat sich selbst betrogen. Martin meldete sich freiwillig; die Unstimmigkeit bezog sich lediglich auf die Wahl des Feindes. Heimburger meldet sich in der Hoffnung, daß man nicht kämpfen wird; kurz, er tritt als Zivilist in die Armee ein: der Friede würde von langer Dauer sein, Heimburger würde zur See fahren und arbeiten. In der Folgezeit zerstört das bloße Wort Vietnam seine Illusionen und macht ihn zu jenem gehetzten Wesen, das nächtliche Gespenster verfolgt: dennoch liegt kein Betrug vor; wer in der Armee dient, muß darauf gefaßt sein, in den Krieg geschickt zu werden. Was sollte er seinen Kameraden sagen? In wessen Namen sollte er sie zur Revolte aufrufen? Sie sind weniger einfältig als er und haben sich in Kenntnis der Dinge gemeldet. Allenfalls könnte er sie mit seinem panischen Schrecken anstecken, nicht aber über ihre Lage aufklären. Doch er hat nichts anderes im Sinn, als zu schweigen: in dem Krieg, den er mitgemacht hat, mißtraute jeder jedem, die Nazis hatten ein Auge auf ihn. Wie vorauszusehen, fühlt sich der ehemalige Soldat der deutschen Wehrmacht gar nicht wohl im Kreise seiner Kameraden: sein Name, seine Aussprache, sein Aussehen erscheinen ihm wie Symbole seiner Vergangenheit: wenn er mit den Franzosen gegen ihren Krieg spräche, würde er dann nicht Gefahr laufen, als Deutscher betrachtet zu werden? Dennoch ist es wahrscheinlich, daß er zu der «Gruppe Matrosen» gehört und einige Flugblätter verteilt hat: vielleicht einfach deshalb, weil er sich der Illusion hingab, ihre Gefühle zu teilen, vielleicht um der Einsamkeit zu entkommen. L'Aurore folgert daraus: «Hätte er ohne Martins Flugblätter Sabotage begangen? Ach was! Das eine hängt mit dem anderen zusammen.» Ein bißchen voreilig, wie? Ihre Beziehungen beruhen auf einem Mißverständnis: Martins Freunde wollen den Frieden, während Heimburger keinen anderen Wunsch hat, als dem Krieg zu entrinnen. Als er sie trifft, hat er nach eigenem Eingeständnis einen «großen Katzenjammer»: «Ich bin nie glücklich gewesen. Als ich den Sabotageakt verübte, sollte ich nach Indochina fahren, ohne meine Familie wiedergesehen zu haben. In meiner Heimat hatte ich eine Freundin, die ich sehr liebte und die mich verlassen hatte. Auch meine Gesundheit war nicht gut ...» Melancholie, enttäuschte Liebe, Kopfschmerzen oder Magenkrämpfe: welche Verbindung läßt sich herstellen zwischen diesen ganz persönlichen Beweggründen und den sehr allgemeinen Motiven, auf die sich die Verfasser der Flugblätter berufen? Ehre, Volksarmee, internationaler Kapitalismus, diese Worte sagen ihm nichts: «Ich teile nicht alle Ansichten von Martin. Seine Partei geht mir zu weit. Mir graut nur vor dem Krieg.» Zu weit: Heimburger will nur denken, wie man es von ihm erwartet, und die bestehenden Werte achten. Sein Abscheu vor dem Krieg hat nichts «Subversives»: es ist die nackte Angst, eine seelische und körperliche Erschütterung; er will nicht in den Krieg, das ist alles. Und das ist in seinen Augen kein Grund, die Gesellschaft zu verändern. Er hat die Flugblätter verteilt, ohne an ihren Inhalt zu glauben, so wie ein von den Ärzten aufgegebener Patient zu seiner Beruhigung die Heilmittel eines Quacksalbers versucht. Sein Irrtum wird ihm sehr schnell klar: falls Martins Unternehmen überhaupt gelingen sollte, würden die Resultate sehr lange auf sich warten lassen. Der Krieg aber muß sofort beendet werden; sofort: vor dem Auslaufen der Dixmude.

Was also tun? Desertieren? Aber nein, er ist Franzose. Ein mit Gewalt in die deutsche Wehrmacht eingezogener Franzose darf fliehen, doch als Freiwilliger in der Armee seines eigenen Landes kann er *nicht desertieren, ohne seine französische Nationalität zu verleugnen. Alle Auswege sind versperrt.*

Genau deshalb bricht die Krise aus: die Sabotage ist eine Ersatzhandlung für die unmögliche Fahnenflucht; sie bringt die heftige, negative, anarchische Reaktion eines Gefangenen zum Ausdruck, der mit dem Kopf gegen die Wand rennt. Für eine Arbeit, die langen Atem erfordert, hat Heimburger weder die Geduld noch die geistigen Fähigkeiten, noch die Zeit: gehetzt, an der Gurgel gepackt, träumt er von einer Blitzaktion, die im wilden Augenblick der Zerstörung abläuft. Eine Sekunde muß genügen: eine Sekunde genügt ja auch, um zu töten, um getötet zu werden, um zu desertieren. Die Sabotage, die er ausheckt, wird ein Attentat und ein Selbstmord zugleich sein: wie seine Kameraden wird er dabei sein Leben lassen.

Aber das Verbrechen ist zum Symbol geworden: es ist eine Ersatzhandlung, eine Handlung zweiten Grades, die die Revolte ausdrükken, einen Traum von Zerstörung wiedergeben soll. Wenn Heimburger sie begeht, will er damit ein Fest feiern. Er weiß bereits, daß er nachgeben, daß er nach Indochina fahren wird, und er will jene Weigerung, die ihm mit jedem Tag mehr entgeht, in die Materie einschreiben. Aber wird er es wirklich tun? Wenn er Liebert seinen Plan enthüllt, hofft er dann nicht, daß dieser ihn davon abbringt? Vielleicht würde ein einziges Wort genügen, aber Liebert spricht es nicht aus: ganz im Gegenteil; im Grunde ist er *der Verbrecher. Heimburger kann nicht mehr zurück. Den Tod im Herzen geht er hin und streut seinen Schleifsand in das Wellenlager der Schiffsschraube.*

HEIMBURGER: Hinterher hatte ich die ganze Nacht Gewissensbisse. Ich schwöre Ihnen, niemals hätte ich das Schiff auslaufen lassen, ohne meinen Vorgesetzten alles zu gestehen. Wenn Sie wüßten, wie froh ich war, als ich erfuhr, daß ein Offizier meine Sabotage entdeckt hatte.

DER STAATSANWALT: Dann haben Sie also die *Dixmude* sabotiert und zugleich den Himmel angefleht, daß man es rechtzeitig entdeckt.

HEIMBURGER: Genau das, Herr Kommandant. (Zu einem Zeugen) Ich werde Ihnen ewig dankbar sein, daß Sie die Sabotage vor dem Auslaufen des Schiffes entdeckt haben. Ich schwöre Ihnen, daß ich aufrichtig bin. (Brest, 17. Juli 1951)

Kurz, er führt sein Vorhaben aus und wünscht zugleich inständig, daß es scheitert. Was kann aus solchen widersprüchlichen Impulsen entstehen? Vielleicht eine jener harmlosen und entsetzlichen Taten, die die Psychiater «Mißerfolgsverhalten» nennen. Vielleicht eines je-

ner Verbrechen, die man «Selbstbestrafung» nennt und die nur dem Täter schaden. Der Wille zum Mißerfolg kennzeichnet diesen Sabotageakt, sei es, daß Heimburger den Erfolg nicht wollte, sei es, daß er sich ertappen lassen wollte. Im ersten Fall handelt es sich um eine rein symbolische Tat; im zweiten Fall um eine zwar wirksame Tat, deren Ziel jedoch verborgen bleibt: Heimburger scheint hocherfreut zu sein, als man den Anschlag entdeckt; wünscht er nicht dunkel, daß die Strafe ihn von seinen alten Schuldgefühlen befreit? Oder zieht er vielleicht nach allem den Kerker dem Krieg vor? Oder aber es ist alles zusammen: der Wille zum Mißerfolg, Schuldgefühle, Wunsch, sich zu strafen, und Versuch, sich durch ein fingiertes Vergehen aus der Affäre zu ziehen.

In der Nacht des Herzens und in der Einsamkeit geboren, widerspricht Heimburgers Tat in allen Zügen der Tat Martins. Armer Heimburger, Sündenbock ganz Europas: die Verbrechen der Nazis haben ihn in den Gewissenskonflikt gestürzt, die französischen Verbrechen haben ihn der öffentlichen Schande preisgegeben. Er büßt für Oradour und für Haiphong. Und das ist die Frucht der deutsch-französischen Zusammenarbeit: ein Ungeheuer. Ein sanftmütiges und jammervolles Ungeheuer, das sich bei der kleinsten Bewegung, bei jedem Herzschlag zerfleischt. «Ich bin nie glücklich gewesen.» Wahrhaftig, man hat ihm sein Unglück und seine Schuldgefühle aufgezwungen. Hitler hat die Arbeit begonnen, und unsere Herrschaften haben sie vollendet: jetzt wird er für alle büßen. Einen Augenblick lehnt sich das Opfer gegen seine Henker auf: um sich der universellen Gewalt zu widersetzen, verfällt es auf den Gedanken, einem Stück Materie Gewalt anzutun. Und sofort erhebt sich ein großes Geschrei: die Minister, die Admirale, die Generale, die Zeitungsherausgeber, die Piasterschieber, alle pestkranken Tiere stehen auf und schreien Zeter und Mordio. Das Opfer bekommt Angst vor dem Skandal, es bittet seine Henker um Verzeihung. Die Ordnung ist wieder hergestellt. Allein dastehend wiederholt er unaufhörlich: «Es ist idiotisch, was ich getan habe.» Indem er sich selbst anklagt, rechtfertigt er implizit den Indochinakrieg: «Es ist idiotisch, was ich getan habe, ich bitte tausendmal um Entschuldigung. Natürlich muß gekämpft werden, das Vaterland ist in Gefahr.» Wie kann man noch daran zweifeln, daß dieser Krieg gerecht ist, wenn die Wahrheit in die Tiefe des Abgrunds hinabgestiegen ist, um das finstere Herz eines Verbrechers zu erleuchten? Kurz, Heimburger ist ein guter Schuldiger: er hat Anspruch auf fünf Jahre Knast und auf ein Lächeln.

Fünf Jahre. Fünf Jahre seines Lebens für ein bißchen Staub! Fünf Jahre und Degradierung; Heimburger ist erledigt, liquidiert. Man sagt, das sei nicht zu teuer, der übliche Preis für Sabotage. Gut. Aber nach dieser Rechnung wird man alle, die seit zehn Jahren hartnäckig die Moral dieses Menschen sabotieren, zu lebenslänglicher Haft verurteilen müssen.

«ICH VERTEIDIGE MEINE MATROSENEHRE.»
(Henri Martin)

Heimburger ist kein Kommunist. Ist Martin Kommunist? Ich weiß es nicht. Man hat alles mögliche behauptet: daß er während der Résistance, beim Abmustern von der Chevreuil, *nach seiner Verurteilung in die Partei eingetreten sei, daß er es nach seiner Entlassung tun werde. Sogar die reaktionäre Presse ist gespalten: wir haben bereits gehört, was* L'Aurore *dazu meint.* Le Figaro *ist weit weniger sicher: am 21. November 1952 schreibt er: «Es ist ungewiß, ob Martin schon vor dem Fall* Dixmude *der Kommunistischen Partei angehört hat.»*[16]

Soll man trotzdem eine Meinung haben? Also werde ich sagen, welche Hypothese ich für die wahrscheinlichste halte: Martin gehört nicht der Kommunistischen Partei an, oder er ist ihr nach 1950 beige-

16 Man beachte dieses schöne Beispiel für die «Technik der Insinuation». Warum schreibt man: vor dem Fall Dixmude? *Natürlich kann man ein individuelles Faktum immer durch Bezug auf irgendein gesellschaftliches Faktum datieren, auch wenn sie nichts miteinander zu tun haben. Ich kann zum Beispiel schreiben, daß ich diesen oder jenen meiner Freunde seit dem Fest vom 14. Juli nicht mehr gesehen habe. Doch wenn man an den Fall* Dixmude *erinnert, will man Martins Eintritt in die Partei durch ein bestimmtes Ereignis in seinem Leben erklären. Da Martin aber freigesprochen worden ist, besteht* keinerlei Veranlassung, *den Fall* Dixmude *zu erwähnen. Dieser Fall betrifft Heimburger, und nur ihn. Martin wurde festgenommen, weil er im Marinearsenal Flugblätter verteilt hatte; und dafür wurde er schließlich verurteilt. Der Fall* Dixmude *war für einige Tage auf Grund einer falschen Zeugenaussage mit dem seinen verknüpft; doch dann haben sie sich für immer voneinander getrennt. Aber dadurch, daß man immer wieder die Namen «Martin» und «*Dixmude*» zusammen nennt, will man beim Leser des* Figaro *einen bedingten Reflex hervorrufen, wie bei den Pawlowschen Hunden, die beim Anblick von Nahrung Speichel absondern. Man ersetzt das Wort* Sabotage *(das den Leser den Speichel des Hasses absondern läßt) durch das Wort* Dixmude *und dann* Dixmude *durch* Martin; *von nun an wird das Wort* Martin *allein genügen, die Speichelabsonderung zu bewirken.*

treten: entweder zu dem Zeitpunkt, als er das mit «Kommunistische Partei Frankreichs» unterzeichnete Flugblatt verteilt hat, oder später im Gefängnis. Aber vielleicht täusche ich mich völlig: ich muß gestehen, daß mir das egal ist. Wir wissen, daß Martin den Kommunisten sehr nahesteht. Erinnern wir uns an seine Kindheit in Rosières, an seinen Eintritt in die FTP, an seine Dienstzeit im Krieg: seine Sympathien für die Kommunistische Partei haben sehr tiefe Wurzeln und decken sich letztlich mit seinem Bewußtsein, der Arbeiterklasse anzugehören. Deshalb spielt es keine Rolle, ob er in die Partei eingetreten ist oder nicht. Um so weniger, als an seinen starken Unabhängigkeitswillen zu erinnern ist: Kommunist oder nicht, er hat sich seinen Weg selbst vorgezeichnet; immer hat er zugleich *kämpfen und arbeiten wollen. Er hat seine Lehre abgebrochen, um sich der Résistance anzuschließen; wenn er sich dagegen später für die Marine entscheidet, so deshalb, weil sie ihm die Möglichkeit bietet, den Kampf fortzusetzen und gleichzeitig seinen Beruf auszuüben. Im übrigen hat nie jemand behauptet, er habe auf Anordnung der Partei seine Verpflichtung unterschrieben. Fest steht, daß die Kommunistische Partei damals ihre Mitglieder nicht davon abhielt, eine militärische Laufbahn einzuschlagen, wenn sie sich dazu berufen fühlten; aber sie zwang sie auch nicht dazu. Außerdem hat Martin in der Zeit zwischen seinen ersten Schritten zur Aufnahme in die Marine und seiner endgültigen Verpflichtung nie aufgehört, Arbeit zu suchen: da er fast sicher war, genommen zu werden, kann man daraus schließen, daß er noch zögerte. Kurz, er hat in völliger Unabhängigkeit über seine Laufbahn entschieden, und eben diese Unabhängigkeit werden ihm die Ereignisse bewahren: als er anmustert, sind die Informationen aus Indochina spärlich und unvollständig; niemand in Frankreich* – nicht einmal die Kommunistische Partei – *ahnt etwas von den wahren Problemen. Kommunist oder nicht, Martin konnte keine politischen Instruktionen erhalten, weil niemand in der Lage war, sie ihm zu geben. Er macht seine Erfahrung* allein, allein *zieht er seine Schlüsse daraus, und seine Briefe beweisen, daß er schon im März oder April 1946, das heißt* vor den Franzosen der «Metropole», *die Situation begriffen hatte. Es stimmt, daß sie auch den Einfluß der kommunistischen Kultur verraten: seine Lektüre oder früheren Gespräche liefern ihm den Schlüssel, seine Erfahrungen zu interpretieren und zu verarbeiten. Na und? Wie soll er denn sonst denken? Wie denken wir denn alle? Jede menschliche Erfahrung entwickelt sich notwendig über eine bestimmte Kultur und im Rahmen einer bestimmten Ideologie. Vor al-*

lem aber enthüllt seine Korrespondenz eine tiefe moralische Einsamkeit: wenn er seine Eltern so leidenschaftlich überzeugen will, wenn er seine Anklagen mit solcher Kraft an sie richtet, selbst auf die Gefahr hin, sie zu beunruhigen, so deshalb, weil er in Frankreich niemand anderen kennt, dem er seine Gedanken mitteilen könnte. Sein Gewissen empört sich, aber er fühlt noch nicht, daß diese persönliche Wut in einem Volkszorn Widerhall findet. Die Wahrheit erscheint ihm in der tiefsten Einsamkeit; bald wird sie ihn den Massen näherbringen, doch zunächst schneidet sie ihn von allen ab, außer von einigen Matrosen, die ebenfalls sehen, was er sieht. Und in dieser Isolierung wird er sich seiner Verantwortung bewußt.

Deshalb ist es unwichtig, ob Martin an jenem Julitag 1949, an dem er seine Flugblätter zu verteilen beginnt, Kommunist ist oder nicht. Die Motive seines Handelns ergeben sich aus seiner Situation, und er hat sie in der Einsamkeit entdeckt. Martin ist ein Mensch, der von dem, was er gesehen hat, Zeugnis ablegen will.

Eine menschliche Erfahrung, gerade das ist unerträglich. Unsere Blätter haben sich beeilt, Zeugnis und Zeugen zu disqualifizieren. Man höre sich das an:

«*Martin* hält fanatische kommunistische Reden ... Er wirft dem Gericht alle Schlagworte des quasi offiziellen Unternehmens zur Demoralisierung der Armee an den Kopf.» (*L'Aurore*, 18. Oktober 1950)

«Henri Martin bombardiert seine Richter mit kommunistischen Schlagworten ... Er ist ein recht hübscher, aufgeweckter Junge mit dem schlecht verdauten Wissen eines Grundschülers, der seinen Katechismus aufsagt.»[17] *(L'Aurore*, 18. Juli 1951)

17 Wenn Martin ein Grundschüler ist, wie sollen wir dann den Verfasser dieser groben Ungehörigkeit nennen? Einen Primaten? Für diese dreiste Unverfrorenheit kenne ich nur eine Strafe: Herr Bernard-Derosne müßte verurteilt werden, seine Artikel wiederzulesen und dann Henri Martins Briefe. Doch Scherz beiseite. Diese schulische Unterscheidung hat einen ganz präzisen Sinn: selbst wenn einer wie Chateaubriand schreiben würde, bliebe er doch ein Grundschüler, wenn er den Krieg in Indochina mißbilligt; würde er wie ein Redakteuer von L'Aurore *schreiben, wäre er ein Oberschüler, sofern er den Krieg gutheißt. Lassen wir also Herrn Bernard-Derosne in der Oberschule, um die er so besorgt ist. Nur noch ein Wort. Sie schreiben, Herr Bernard-Derosne: «Die Verantwortlichen der weltweiten Sabotage an dem armen, armen Frankreich sind Abgeordnete, Staatsbeamte, Admirale oder Pro-*

«Wir haben von Martin nichts anderes mehr zu erwarten als kommunistische Leitartikel.» (Ebenda)

«Er ist ein Wiederkäuer von Parteischlagworten.» (Ebenda)

Das Ergebnis: da dieser Mann behauptet, die Tatsachen, die er berichtet, mit eigenen Augen gesehen zu haben, ist er ein Blindgeborener; da er denkt und seine Gedanken mitteilen will, hat er an Stelle des Gehirns eine Schallplatte; da er uns einzureden versucht, daß unsere Feinde Menschen sind, ist er ein von Moskau ferngesteuerter Roboter. Die Methode hat sich bewährt: um eine Zeugenaussage für unglaubwürdig zu erklären, beginnt man damit, den Zeugen zu verleumden. Martin ist gegen den Indochinakrieg? Natürlich, da er doch Kommunist ist*!*

Doch um ihn der Verachtung preisgeben zu können, muß man zunächst feststellen, daß er Kommunist ist. Deshalb haben sich die Schnüffler der Presse mit soviel Eifer auf die Suche begeben. Mögen sie alle Zimmer und Schränke durchwühlen und unter die Betten kriechen, mögen sie überall nach seinem Parteiausweis suchen, mögen sie ihn fälschen, wenn sie ihn finden, oder ihn selbst anfertigen, wenn sie ihn nicht finden: das ist ihr *Problem. Aber sie sollen aufpassen, daß sie sich nicht selbst in Lügen verstricken, wenn sie Henri Martins Porträt zeichnen:*

«Henri Martin, dieser kluge, intelligente, überall gut angeschriebene Junge und tapfere Kämpfer in allen Kämpfen wird zum Aufrührer gegen die Ordnung ...» (*L'Aurore*, 18. Oktober 1950)

«Hätte Henri Martin, dieser tüchtige Soldat und gute Kämpfer, ohne diese Propaganda getan, was er getan hat?» (*L'Aurore*, 19. Oktober 1950)

fessoren.» Ich spreche Ihnen das Recht ab, darüber zu urteilen, denn Sie *sind ein Saboteur der französischen Sprache, und* Sie *vergewaltigen die Syntax auf jeder Zeile. Lernen Sie schreiben, oder halten Sie den Mund. Und ich glaube, daß man diesen Vorwurf gegen alle Herren von* L'Aurore *erheben kann, die die Ausstrahlung unserer Kultur im schlimmsten Kauderwelsch feiern. Ihr Ärmsten, die ihr so hoffnungslose Oberschüler seid, ich verstehe euren Haß auf die Grundschule: denn nur hier lernt man die französische Sprache.*

«Dieser Henri Martin, der keinen Schritt zurückweicht und dem Gericht alle diese Schlagworte an den Kopf wirft . . .» usw. (Ebenda)

Wie hätte dieser «kluge und intelligente Junge» sich von abgedroschenen Schlagworten verführen lassen, die die Leser von L'Aurore *spielend widerlegen? Wie hätte sich dieser Kämpfer, der aus Indochina zurückkehrt, von Parteifunktionären, die nicht aus Frankreich herausgekommen sind, den Krieg erklären lassen, den er selbst mitgemacht hat? Wie sollen wir uns vorstellen, daß dieser «tüchtige, überall gut angeschriebene Soldat» sich durch die schlechten Ratschläge eines Zivilisten zur offenen Meuterei, ja zur Rebellion hat treiben lassen? In Toulon schien der Gerichtspräsident sehr überrascht zu sein von Henri Martins «Gesinnungswandel», wie er es nannte. Tatsache ist, daß man, wenn man ihn bis zu dem Augenblick seines Verbrechens zu einem «guten Franzosen» und danach zu einem «schlechten Franzosen» erklärt,*[18] *sich im voraus dazu verurteilt, nichts von seinem Fall zu verstehen. Bis zu einem bestimmten Julitag 1949 war er ein mutiger, intelligenter, tatkräftiger, patriotischer und pflichteifriger junger Soldat mit einer vielversprechenden Zukunft; und dann soll er in einem einzigen Augenblick zu einem erbärmlichen Schwachkopf, zum Komplizen und Opfer einer antifranzösischen Propaganda geworden sein? In diesem Fall dürfte keiner mehr ruhig schlafen: wenn der Feind mit einem einzigen Wort unsere besten Soldaten in Verräter verwandeln kann, dann ist niemand mehr sicher, nicht einmal unsere Minister.*

Was für alberne Geschichten! Dabei ist alles sonnenklar! Ein Mann vom Schlage Martins, hellsichtig, hart im Nehmen, starrköpfig wie ein Maulesel, läßt sich nicht von Parolen, nicht einmal von Ideen umkrempeln: damit sich eine so radikale Wandlung in ihm vollzieht, müßte schon die Welt untergehen. Er hat es selbst gesagt; bei jeder Gerichtsverhandlung hat er es laut verkündet, aber niemand hat es hören wollen: «Nicht ich habe mich geändert, sondern Sie, die Politik der Regierung, die Armee. Eines Tages bin ich aus einem künstlichen Schlaf erwacht und habe verstanden, daß man mich betrogen hatte.» Man bildet sich ein, daß er fremde Ziele und fremde Prinzipien übernommen hat: das stimmt nicht; er weiß, was er tun will und wohin er gehen will, aber die Wege haben sich verloren, und die Werkzeuge

18 *Wie es in Brest der Staatsanwalt tat.*

sind unbrauchbar geworden: er muß andere erfinden. Nicht er ist seiner Aufgabe nicht nachgekommen, sondern die Aufgabe ist ihm unter den Fingern zerronnen; die ganze Gesellschaft um ihn herum ist umgekippt. Er ist derselbe Henri Martin, und dennoch ist er ein anderer: er hat nicht aufgehört, die Freiheit zu wollen, und dennoch unterdrückt er andere oder ist Komplize der Unterdrücker; er ist in eine nationale Verteidigungsarmee eingetreten, und doch macht er sich zum «Söldner» einer internationalen Aggressionsarmee; er hat gegen die Nazibesatzer gekämpft, und auf einmal ist er selbst ein Besatzer und ein Nazi. Bevor Martin seinen Entschluß, zu gehorchen und zu kämpfen, rückgängig macht, bevor sein Vertrauen in die Armee schwindet, muß er zwei eng miteinander verknüpfte Erfahrungen machen: die Erfahrung der Welt und die seiner selbst. Nun verteilt er Flugblätter? Ja, und zwar mit der gleichen Ruhe, der gleichen Umsicht, dem gleichen Verantwortungsbewußtsein und vor allem mit dem gleichen Willen, dem Volk zu dienen. Denn er hat in Indochina begriffen, daß man in einer sich ändernden Welt sich selbst ändern muß, um derselbe zu bleiben.

Und weiter? Sollen wir den parteiischen Lügen widersprechen? Das wäre nicht schwierig: «Martin geht in Marseille an Land, von einer unerträglichen Gewißheit bedrückt; überall sucht er nach Menschen, die sie mit ihm teilen können, und er erkennt rasch, daß allein die Kommunistische Partei den Krieg offen verurteilt. Aus diesem Grunde nähert er sich ihr oder tritt ihr bei.»

Nein, ich werde mich nicht erdreisten, etwas zu behaupten, was ich nicht weiß; und so will ich mich darauf beschränken, das Zusammentreffen einer individuellen und einer kollektiven Erfahrung zu unterstreichen. Als Martin von Bord geht, ist er entschlossen: *er wird den Krieg in Vietnam anprangern; nur in der Wahl der Mittel zögert er noch. Mit großer Freude findet er eine ganz andere Partei vor als die, die er verlassen hatte, eine Partei, die jetzt vorbehaltlos die Kolonialpolitik der Regierung verurteilt. Dieser* Volkswille *wird seinen individuellen Willen stützen. Ist er der Partei beigetreten? Hat er es vorgezogen, ein «Sympathisant» zu bleiben? Das ist mir egal. Aber nehmen wir einen Moment den an sich unmöglichen Fall an, daß die Kommunistische Partei ihre Haltung von 1945 beibehalten hätte: ich bin überzeugt, daß Martin dann zunächst versucht hätte, seine kommunistischen Freunde zu überzeugen; aber wenn ihm das nicht gelungen wäre, hätte er schließlich allein gehandelt. Es bedarf außergewöhnlicher Umstände, einen stolzen und bescheidenen jungen*

Menschen erkennen zu lassen, daß sein Zeugnis für seine Klasse und sein Land notwendig ist; aber sobald er eines Tages davon überzeugt ist, wird er Zeugnis ablegen. Für alle, allein oder mit wenigen anderen, am Anfang mitunter sogar gegen alle. Es gibt einen Fall *Henri Martin,* eine Erfahrung *Henri Martin,* ein Unternehmen *Henri Martin: Kommunist oder nicht, die Affäre von Toulon ist* seine *Affäre.*

Gut. Was aber hat die Sabotage der Dixmude *mit der Sache zu tun? Welchen Platz soll sie in seinen Plänen haben? Ziehen wir den Schlußstrich: der Versuch von Heimburger und der von Martin schließen einander aus; den ersten kennen wir bereits, und es genügt, nun den* zweiten *zu prüfen, um die letzten Fäden zu zerschneiden, die man beharrlich zwischen ihnen knüpft.*

Um den Fall eines Saboteurs mit dem eines Propagandisten zu «amalgamieren», geht man am besten so vor, daß man dem zweiten die negativen *Absichten des ersten unterstellt. In der Nacht sind alle Katzen grau: im Schutz einer künstlichen Dunkelheit beschuldigt man alle beide des* Antimilitarismus*; wenn sie ihre Kameraden aufhetzen zu demonstrieren, wenn sie das Material beschädigen, so deshalb, um die Armee zu zersetzen. Diese Interpretation hat nur einen Fehler: bei Licht besehen löst sie sich auf.*

Martin des Antimilitarismus bezichtigen heißt durch das Jahr 1900 das Jahr 1950 erklären: nur der wird den Krieg schlechthin verurteilen können, der nicht unmittelbar von einem Krieg bedroht ist; aber unsere traurige Erfahrung – zwei hinter uns liegende Kriege und ein vor uns liegender – diktiert uns unsere Pflichten: es bleibt so wenig Zeit, den nächsten Konflikt zu verhindern, daß wir kein Recht haben, sie damit zu vergeuden, die Armee in Frage zu stellen. Die Armee ist kein Unglücksfall, der die menschlichen Beziehungen zerstört, sie ist kein verfaultes Organ, das man nur herauszuschneiden braucht, um die Welt zu heilen: sie ist nur der Ausdruck des gesellschaftlichen und politischen Systems; wie die Gesellschaft, so die Armee. Wenn wir diese ändern wollen, müssen wir zuerst jene ändern. Wir haben uns nicht zu fragen, ob unsere Enkel einmal vom Militärdienst verschont bleiben werden, sondern wie wir unsere gegenwärtigen Streitkräfte am nützlichsten verwenden können. Sollen wir alle Armeen der Welt gleichzeitig abschaffen? Das ist ein Jungmädchentraum. Das konkrete Problem besteht darin, die Abrüstung zu regeln.

Martin weiß aus eigener Erfahrung, daß Verteidigungsarmeen notwendig sind. In den Texten, die er verfaßt und verteilt, findet man keine Spur von Antimilitarismus. Es stimmt, daß er vom internationalen Kapitalismus spricht und den Krieg mit dem Imperialismus der Banken erklärt; es stimmt auch, daß er seine Kameraden zum Ungehorsam auffordert, so wie es einst, vor 1914, die Kameraden seines Großvaters oder vielleicht auch seine alte Nachbarin in Rosières getan hatten, als sie ihre Aufrufe an die Kasernenmauern klebten. Aber jene Aufrufe wandten sich an Zwangsrekrutierte, die zwischen Militärdienst und Zuchthaus kaum einen Unterschied machten; jene jungen Leute, die gezwungen wurden, ihre Zeit zu vergeuden und manchmal zur Verteidigung fremder Interessen ihr Leben zu riskieren, sahen es nicht ungern, daß man ihre Offiziere als Säbelraßler und die Armee als Schule des Verbrechens bezeichnete. Der Antimilitarismus brachte einen der tiefsten Widersprüche unserer Gesellschaft zum Ausdruck: die Massenproduktion gestattet und verlangt die Mobilisierung der Massen, die allein durch die wirkliche *Einheit der Nation zu rechtfertigen ist; doch solange die Nation in feindliche Klassen gespalten ist, bleibt ihre Einheit ein Köder. Für den Antimilitaristen der «guten alten Zeit» entstehen die bewaffneten Konflikte aus dem kapitalistischen Imperialismus; es kann keinen Verteidigungskrieg geben, da das Volk nichts zu verteidigen hat; die Armee ist nur das Zeichen und das Mittel der Unterdrückung.*

Ist das denn so falsch? wird man fragen. Hat sich die Welt so sehr verändert, daß die Wahrheiten von gestern die Irrtümer von heute sind? Nein, gewiß nicht. In Friedenszeiten wird ein junger Städter unweigerlich von den zahllosen Anspielungen, Andeutungen und Anekdoten berührt, die in Umlauf sind und ihm nach und nach den Dünkel der Offiziere, die grausame Dummheit der Unteroffiziere, das verderbliche Leben in der Kaserne enthüllen. Lange bevor sein Jahrgang einberufen wird, hat er sich einen heilsamen chronischen Antimilitarismus zugezogen, der ihm als Impfstoff dient. Aber als Martin ins wehrfähige Alter kommt, ist die bürgerliche Armee bereits seit vier Jahren zusammengebrochen und hat den Antimilitarismus in ihren Untergang mitgenommen. Sicherlich hat man ihm erzählt, daß sie ein Instrument der Unterdrückung in den Händen der Kapitalisten war: aber jetzt ist sie tot; gegen die Deutschen, unsere Besieger und offensichtlichsten Tyrannen, wird das Bedürfnis nach einer neuen Armee spürbar. Für Millionen junger Franzosen ist die französische Armee erst zu schaffen; *es war eine verstaubte Institu-*

tion, die auf die Zwanzigjährigen wartete; nun wird sie zur Forderung eines am Boden zerstörten Volkes. Diese stillschweigende Forderung richtete sich nur an diese jungen Menschen, denn von ihnen allein hing es ab, sie zu erfüllen; und als sie beschlossen, in die Freikorps einzutreten, hatte keiner von ihnen das Gefühl, sich einer anonymen und traditionellen Kollektivität anzuschließen; alle hatten vielmehr den Eindruck, die französische Armee zu schaffen. Durch sie tauchte sie aus der Tiefe des Volkes auf, aus dem Volk rekrutierte sie ihre Soldaten und ihre Offiziere. Die Arbeiter strömten herbei, denn sie hatten etwas zu verteidigen: zuerst sich selbst, ihre Kinder und ihre Frauen – gegen die Zwangsarbeit, gegen die Deportation, gegen den Hunger –, dann das System: der Faschismus war unerträglich, und wenn die Republik auch morsch war, so galt es doch, die Errungenschaften der Arbeiter zu retten. Im übrigen hatte die Welt sich verändert: das Auftauchen der UdSSR als Vaterland der Arbeiter ließ erneut die Möglichkeit eines Verteidigungskrieges entstehen. Der ihrem Wesen nach pazifistischen UdSSR geht es vor allem um den Aufbau des Sozialismus: sie wird nur kämpfen, um sich zu verteidigen, niemals aber, um anzugreifen. Man ist anderer Meinung? Das ist jedermanns Recht, und wir werden nicht darüber streiten: was zählt, ist die Tatsache, daß jedes Mitglied der FTP die Dinge immer so empfunden hat; der Krieg erscheint ihm als eine Fortsetzung des Klassenkampfs. Und wer könnte leugnen, daß die Armee eine Verteidigungsarmee ist, da sie doch auf dem Boden eines überfallenen Landes entstanden ist?

Eine Armee also, die ihren Soldaten gehört. Ihre unsichtbaren Bataillone haben etwas von Geheimgesellschaften an sich: es ist nicht leicht, ihnen beizutreten; man muß ihnen nachlaufen, sich Zutritt verschaffen, eine Bewährungszeit durchmachen. Keiner war empfänglicher als Martin für diese Freiheit der Verpflichtung, die seinem Stolz und seinem Verantwortungsgefühl entsprach; obwohl er seine Lehrstelle für den Maquis aufgibt, spiegelt sein Entschluß die Forderung seines Mandats wider: «Als wir im Maquis waren, hatten wir keine Verpflichtung unterschrieben, sondern nur den Ehrenkodex der FTP. Wir hielten es für normal, an die Front zu gehen, da der Krieg noch nicht zu Ende war.» Er hält es auch weiterhin für «normal», sich einer strengen Disziplin zu unterwerfen – die oft noch härter war als die der «regulären» Armeen – und größere Gefahren auf sich zu nehmen als die regulär eingezogenen Soldaten. Was ihm den Gehorsam erleichtert, ist die Tatsache, daß die Offiziere aus dem Volk stammen, *daß sie die gleichen Gefahren auf sich nehmen und das gleiche Leben führen wie ihre Männer: ihre Autorität entspringt der Souveränität des Volkes und der Zustimmung jedes einzelnen Soldaten.*

Henri Martin liebt die Armee*; er liebt sie, weil er sich für sie verantwortlich fühlt, er liebt sie wegen ihrer Disziplin, die die Freiheit mit der Notwendigkeit verbindet. Um dieser Volksarmee beizutreten, unterschreibt er 1945 seine Verpflichtung für die Marine. «Natürlich!» schrieben die Zeitungen. «Er wollte eben seine Mechanikerlehre abschließen.» Vielleicht auch das, na und? Er wollte sich in seinem Beruf vervollkommnen und war dafür bereit, sein Leben zu riskieren: kein unehrenhafter Handel. Zumal er glaubt, in einer Volksarmee zu kämpfen, um ein besetztes Land zu befreien. Endlich würden Beruf und Menschenwürde miteinander verschmelzen: der künftige Arbeiter würde vom Volk lernen, von der Klasse, aus der er hervorgegangen ist, und nicht von irgendeiner Arbeitgeberorganisation; der Arbeiter würde seine beruflichen Fähigkeiten dem Mut des Bürger-Soldaten verdanken. Schon mit zwölf Jahren wollte er seinen Lebensunterhalt selbst verdienen, um ein Mann zu werden; später opferte er die Lehrzeit und ging in den Maquis, um ein Mann zu werden: im Jahre 1945 finden wir bei ihm den erweiterten Willen wieder, die menschliche Existenz in ihrer Totalität auf sich zu nehmen.*

Natürlich ist es nicht mehr dieselbe Armee. Die Anhänger Pétains kehren zurück, die Offiziere belügen die Soldaten. Nach und nach kommt die Wahrheit an den Tag: die Volksarmee hat aufgehört zu existieren. Unnötig, nach den «subjektiven» Ursachen für diese jähe Gewißheit zu suchen: Martin sträubt sich dagegen; mit welcher Ungeduld antwortet er nicht seinen besorgten Eltern: «Nur weil ich offen meine Gedanken äußere, schreibt Ihr, daß ich demoralisiert sei. Ich erzähle Euch, was sich hier abspielt, und schildere Euch meine Eindrücke. Deshalb ist die Moral noch lange nicht schlecht, aber es gibt Grund genug, angewidert zu sein.» Damit will er den streng objektiven *Charakter seiner Entdeckung unterstreichen. Persönliche Launen, Trauer, «Moral» sind nebensächlich. Der Ekel, den er empfindet, rührt von den Dingen her. Wenn «persönliche Faktoren» hinzugekommen sind, so haben sie nur eine negative Wirkung gehabt: er war zu hellsichtig, um sich die Augen zu verschließen; zu intelligent, um den Ablauf der Dinge nicht bis zum Schluß zu verfolgen; zu anspruchsvoll, um sich nicht selbst in Frage zu stellen.*

«Als Gregor Samsa», schreibt Kafka in einer seiner Erzählungen,

«eines Morgens aus unruhigen Träumen erwachte, fand er sich in seinem Bett zu einem ungeheueren Ungeziefer verwandelt.» Man stelle sich Martins Entsetzen vor, als er, das Opfer einer ähnlichen Verwandlung, die Entdeckung macht, daß die Volksarmee im Begriff ist, sich in einen schrecklichen Unterdrückungsapparat zu verwandeln. Kann er nur einen Augenblick glauben, daß dieser Krieg, den Frankreich tausend Meilen von seinen Grenzen entfernt führt, ein «Verteidigungskrieg» ist? Können diese Flugzeuge, die Fischerdschunken beschießen, noch einer Volksarmee angehören? Wer wird behaupten, daß diese Erschießungskommandos «die Vietminh zu Dutzenden erschießen», um die Freiheit der eingeborenen Bevölkerung zu verteidigen? Wer kann den Widerstand der Vietnamesen besser verstehen als ein Widerstandskämpfer, wer den Abscheu vor der Besatzung besser nachempfinden als ein Franzose? In jedem seiner Feinde findet Martin das Bild desjenigen wieder, der er selbst gewesen ist; in jedem seiner Kameraden fürchtet er, einen Deutschen wiederzufinden. Und er selbst? Wenn auch er im Begriff wäre, sich allmählich zu verwandeln? Wenn er eines Tages entdecken müßte, daß er denen ähnelt, die er am meisten gehaßt hat? Später sollte er den Zorn, den ihm diese ungeheuerliche Umkehrung einflößt, in einem Satz zusammenfassen: «Wir benehmen uns in Indochina wie früher die Boches bei uns.»

Viele Soldaten denken wie er, aber sie wagen nicht, etwas zu sagen: weil das Gefühl ihrer Ohnmacht sie vor der Schmach schützt. Sie haben sich guten Glaubens gemeldet, und es ist nicht ihre Schuld, wenn die Armee sich grundlegend geändert hat. Sie haben ihre Entlassung beantragt, man hat abgelehnt. Was können sie sonst noch tun? Jeder Protest könnte ihr Verderben bedeuten. So sind diese Freiwilligen durch ein einzigartiges Täuschungsmanöver zu Zwangsrekrutierten geworden; es bleibt ihnen nichts anderes übrig, als zu resignieren.

Henri Martin wird niemals resignieren. Niemals wird er sich als Zwangsrekrutierten betrachten. Niemals wird er die Ohnmacht als Entschuldigungsgrund gelten lassen: bei dem Gedanken, daß man seinen Willen brechen und ihn dazu abrichten könnte, ohne Murren ungerechten Befehlen zu gehorchen, flößt ihm die Armee plötzlich Abscheu ein: «Ich kenne den Charakter derer, die in der Armee geblieben sind. Sie haben sich daran gewöhnt, sich ständig zu ducken. Am Ende kriechen sie vor ihren Vorgesetzten. Dagegen springen sie mit ihren Untergebenen hart um. Pfui! Ich möchte nicht so werden wie sie: eine Maschine, die kein Gewissen mehr hat; das heißt seine Persönlichkeit verlieren ... Ich möchte dem entgehen, bevor ihr Geist auf mich abfärbt.» Wir wissen, was er unter «Gewissen» und «Persönlichkeit» versteht: einen Willen, der in Kenntnis der Dinge entscheidet. Dieser Soldat will den Befehlen gehorchen, unter der Bedingung, daß er die Verantwortung mit denen teilt, die sie gegeben haben: das ist seine Ehre. Eine weit anspruchsvollere Ehre als die seiner Vorgesetzten. Der Offizier opfert sich auf, gibt notfalls sein Leben: Rechenschaft schuldet er nur den Militärbehörden. Gleich ihm hält sich Martin der Armee gegenüber *für verantwortlich, das heißt seinen Vorgesetzten gegenüber. Doch als Soldat einer Volksarmee ist er darüber hinaus* dem Volk gegenüber für diese Armee *verantwortlich; er ist ganz Frankreich Rechenschaft schuldig, das sie jedem einzelnen Freiwilligen anvertraut hat; wenn Usurpatoren auftreten, die sie bestehlen oder ihrem Zweck entfremden, muß er den Diebstahl anzeigen, will er sich nicht mitschuldig machen. Die Presse hatte ihn uns als Antimilitaristen gezeigt, der einen unpopulären Krieg dazu benutzt, die «nationale Verteidigung» zu zersetzen; aber er ist ein* Soldat, *der die Ehre der Armee und zugleich seine eigene Ehre verteidigt; ein Freiwilliger, der den Mitunterzeichnern der Verpflichtung Vertrauensmißbrauch vorwirft; ein Kämpfer, der die Minister fragt: Was habt ihr aus der Armee gemacht, die man euch anvertraut hat?*

Glaubt man, daß er allein dasteht? Glaubt man, daß seine ehemaligen Kameraden in Indochina seinen Kampf mißbilligen? Man höre, was Jean-Henri Roy, ein Soldat der Armee Leclerc, der weder Kommunist noch Sympathisant ist und der das gleiche erlebt hat wie Martin, über diese Affäre zu sagen hat.

Jean-Henri Roy
Ein Vertrauensmißbrauch

Dieses Zeugnis hat kein anderes Ziel, als die geistige Verfassung der Soldaten dieses Krieges zu verdeutlichen, die Ende 1945 mit dem 1. Expeditionskorps nach Indochina geschickt worden sind.

Als ehemaliges Mitglied der FTP habe ich mich nach den Kämpfen um Le Bourget zur Division Leclerc gemeldet. Ich wurde einem Kolonialregiment zugeteilt und in eine aus Mitgliedern der FFI neu aufgestellte Kompanie gesteckt, die zum größten Teil nach der Befreiung von Paris rekrutiert worden war. Fast alle meine Kameraden waren Pariser Arbeiter, viele kamen aus Boulogne-Billancourt und Sèvres. Keiner von uns ahnte, daß die Feldzüge im Elsaß und in Deutschland eine Fortsetzung in den Kämpfen in Vietnam finden sollten. Keiner von denen, die sich wie ich im Oktober 1945 nach Saigon einschifften, hatten also eine Verpflichtung für die Kolonien unterschrieben. Wir hatten uns lediglich für die Dauer der Feindseligkeiten zum Kampf gegen Deutschland und Japan verpflichtet. Und im Namen dieser Verpflichtung beschloß man nach Einstellung der Feindseligkeiten, uns nach Indochina statt nach Japan zu schicken. Rechtlich bindet ein Vertrag beide Partner. Nach dem Gesetz waren wir also nicht verpflichtet.

Dieses Vorgehen wäre unmöglich gewesen, hätten wir nicht unbedingtes Vertrauen zu unseren Führern gehabt. Wir hatten mit ihnen begeisternde Stunden erlebt, wie die Befreiung von Straßburg, und wir konnten uns nicht vorstellen, einen anderen Kampf als einen Freiheitskampf zu führen. Außerdem muß man zugeben, daß im Oktober 1945 niemand in Frankreich wußte, was in Vietnam vor sich ging.

Die einzelnen Etappen dieses Täuschungsmanövers waren folgende: Vor der japanischen Kapitulation war den Freiwilligen gesagt worden, daß man sie in die Vereinigten Staaten, nach Kalifornien zu schicken beabsichtigte. Dort sollten sie eine Spezialausbildung erhalten und mit Amphibienfahrzeugen ausgerüstet werden. Dann sollten wir an der Seite der berühmten *mariners* am Endkampf gegen die japanischen Inseln teilnehmen. Nach der japanischen Kapitulation hofften manche, daß wir demobilisiert würden, da unser Vertrag nun gegenstandslos war. Andere träumten von einer schönen Reise in den Fernen Osten, wo wir Frankreich an der Seite der Alliierten bei der Besetzung Japans vertreten würden.

Als man uns über unseren wahren Bestimmungsort aufklärte,

wurde uns gesagt, daß es sich um einen vorübergehenden Einsatz handelte, der bestimmt nicht länger als sechs Monate dauern würde. Das wesentliche Ziel sei die Entwaffnung Japans südlich des 15. Breitengrads, während die Chinesen die gleiche Aufgabe im Norden übernehmen sollten. Die einzigen Kämpfe, die wir zu erwarten hätten, seien Guerillakämpfe mit japanischen Soldaten, die sich in den Busch zurückgezogen hätten und es ablehnten, sich zu ergeben.

Unsere Fahrt dauerte neunundvierzig Tage, und in dieser Zeit erhielten wir fast keine Nachrichten. Hin und wieder wurde auf dem Achterdeck in der Nähe der Schiffsküche, wo wir vor den Mahlzeiten mit unserem Kochgeschirr Schlange standen, ein Telegramm angeschlagen. Eines dieser Telegramme hat uns tief bestürzt. Es teilte uns mit, daß die japanischen Truppen die Ordnung in Saigon wiederhergestellt hatten. Wir befanden uns damals in der Straße von Malakka. Kurz zuvor, in Colombo, hatte mich Kommandant D., der wußte, daß ich Student war, gebeten, etwa zehn Minuten im englischen Rundfunk zu sprechen, der damals noch ein französisches Programm nach Indochina sendete. In den Vorgesprächen hatte mir der Kommandant nahegelegt, nichts über die Japaner zu sagen, was mich sehr wunderte.

Als wir in Saigon eintrafen, erwartete uns eine weitere Überraschung. Ein bewaffneter japanischer Soldat empfing uns an Land und grüßte uns sehr ehrerbietig. Die japanischen Offiziere trugen ihre Samuraisäbel in den Straßen von Saigon spazieren. Die Eingeborenenviertel waren weiterhin von kleinen japanischen Wachposten durchsetzt. Die wenigen Weißen, die mit uns zu sprechen geruhten, versicherten, daß sie ihr Leben den japanischen Truppen verdankten. Die Engländer erklärten diese paradoxe Situation mit dem Hinweis auf ihre schwachen Mittel (nur wenige Gurkha-Divisionen) angesichts einer völlig intakten japanischen Armee, die alle Schlüsselpositionen des Landes innehatte. Man mußte einen Vergleich schließen. Tatsächlich herrschte dank den tapferen Truppen des Mikado in Saigon Ruhe und Ordnung. Von nun an waren alle Bedingungen unserer Verpflichtung hinfällig. Die Feindseligkeiten waren beendet, wir waren nicht in Japan, wir hüteten uns wohlweislich, die Japaner, die unsere Verbündeten waren, zu entwaffnen. Gewiß, manche von ihnen waren in den Busch gegangen. Aber der Hauptfeind war nicht da. Der Feind war ganz einfach das vietnamesische Volk in seiner Gesamtheit. Es hatte unter der japanischen Besatzung gelitten. Die Japaner lebten unangefochten im Land, und sie gingen nicht zimperlich mit der Bevölkerung um. Man stelle sich folgendes Schauspiel vor: die amerikanischen Truppen im befreiten Paris, entschlossen, die Nazis nicht zu entwaffnen, und Seite an Seite mit den deutschen Soldaten auf Wache ziehend! Was die Franzosen betrifft, die sich an die japanischen Konzentrationslager erinnerten, so standen sie dieser unwahrscheinlichen Situation fassungslos gegenüber; sie hatten nur noch den einen Wunsch: nach Frankreich zurückzukehren.

Angesichts einer solchen Situation gab es zwei mögliche Haltungen: die passive Hinnahme des im Räderwerk von Gehorsam und Krieg steckenden Soldaten. Diese Haltung wurde durch eine allzu lange Gewöhnung an militärische Zucht und vor allem an den Krieg und seinen Rattenschwanz von Absurditäten erleichtert. Schon Joseph de Maistre bemerkte mit bissiger Genugtuung, daß Gehorsamsverweigerung auf dem Schlachtfeld eine höchst seltene Erscheinung ist. Die ersten Kameraden, die in der Nähe des Lazaretts Drouet von einer Granate zerfetzt wurden, befanden sich – mit nacktem Oberkörper und unbewaffnet – gerade auf der Suche nach etwas Waschwasser. Wenn irgendein Soldat des 1. Expeditionskorps, der mich kennt, diese Zeilen liest und mir nach der Lektüre vorwirft, ich hielte den Kampf Vietnams für seine Unabhängigkeit für weitaus berechtigter als den unseren, dann weiß ich, daß er noch immer an diese Opfer denkt. Denn sobald wir begriffen hatten, daß ein Urlauber in der Stadt sein Leben riskierte, und sobald wir erkannten, daß ein Guerillakämpfer fast nie direkt verwundbar ist, fanden die Anhänger der harten Methode, für die die Grausamkeit eine Art Notwehr ist, nur allzu oft stillschweigende Zustimmung.

Doch neben dieser Haltung war auch eine andere möglich: man konnte laut die Wahrheit verkünden. Man konnte sagen, daß die Soldaten, die in den Fernen Osten zogen, betrogen worden waren. Sie glaubten, einen Kampf fortzusetzen, der mit der Résistance begonnen hatte und nach der deutschen Kapitulation mit der japanischen Niederlage einen Abschluß finden sollte. Henri Martin hat diese zweite Lösung gewählt, und er muß diese Wahl teuer bezahlen. Als ich Soldat war, habe ich die Flugblätter nicht gelesen. Ich kenne ihren Wortlaut nur durch Presseauszüge. Und auch der Prozeß ist mir nur aus den Zeitungen bekannt.

Ich möchte hier lediglich feststellen, daß sehr viele Teilnehmer an diesem Krieg, die wie ich nach Vietnam geschickt worden sind, weil sie eine Verpflichtung bis zum Ende der Feindseligkeiten eingegangen waren, Martins Standpunkt und seine Reaktion vollkommen verstehen. Dafür zwei Beispiele unter vielen, die mir gerade einfallen.

Das erste betrifft einen Kameraden, der in Vietnam schwer verwundet worden war und den ich in Frankreich wiedergesehen habe. Vorher hatte er sich glanzvoll gegen die Deutschen geschlagen und dabei eine erste Verwundung davongetragen. Er war noch in Uniform. Ich beglückwünschte ihn zu seiner Uniform und zu seinen Auszeichnungen. Er antwortete: «Sprich nicht davon, ich schäme mich.» Und dann erzählte er mir, daß er eine Gruppe begleitet hatte, die ein aufständisches Dorf für seinen Widerstand bestrafen sollte. Er hatte gehört, wie ein Offizier den Befehl gab, alle Bewohner zu erschießen, was auch geschah. Erschüttert über dieses Gemetzel, hatte er, obwohl er kein Kirchgänger war, mit dem Feldgeistlichen seines Regiments darüber gesprochen. Dieser versprach, bei der vorgesetzten Dienststelle eine Untersuchung des Vorfalls zu fordern. Die Untersuchung fand statt: sie kam zu dem Schluß, daß der betreffende Offizier seine Pflicht getan und den Befehl zu diesem Blutbad nicht erteilt hatte, sondern außerstande gewesen sei, seine Männer zurückzuhalten.

Das andere Beispiel betrifft einen aus der Armee Entlassenen, der zur selben Zeit da unten war wie ich. Ich habe ihn zufällig wiedergetroffen, er war Verkäufer in einem Warenhaus. Seit seiner Rückkehr hatte ich ihn aus den Augen verloren. Ich fragte ihn, wie es ihm inzwischen ergangen sei. Er antwortete mir, daß er zwei Jahre lang am Rande des Wahnsinns gelebt habe, weil er nicht vergessen konnte, was er gesehen hatte.

Die französischen Zeitungen, die uns auffordern, den Krieg in Vietnam fortzusetzen, schmeicheln sich, bei den Eliten des Landes und bei allen vernünftigen Vietnamesen Unterstützung zu finden. Jeder Soldat, der dort gewesen ist, weiß aus eigener Anschauung, daß das Gegenteil der Fall ist. Die überwältigende Mehrheit der Bevölkerung steht auf Seiten Ho Tschi Minhs. Ich erinnere mich noch deutlich an die Worte eines vietnamesischen Priesters, der nach Frankreich gekommen war, um sein Studium abzuschließen: «Ich bin kein Kommunist, aber ich bin für Ho Tschi Minh.» Wir warten noch immer auf eine klare Definition unserer Kriegsziele in Vietnam. Dagegen liegen uns eindeutige Zeugenaussagen über die grauenvollen Bedingungen vor, unter denen dieser Kampf geführt wird, so zum Beispiel das Zeugnis von Paul Mus. Unseres Wissens ist es nicht widerlegt worden, wir wissen nur, daß Paul Mus seines Amtes enthoben wurde, was ja eine sehr beredte Antwort ist.

Jahr für Jahr melden sich junge Menschen, die nicht im Krieg gewesen sind, weil sie noch nicht das Alter dazu hatten, nach Indochina in der Hoffnung, in diesem Kampf ein Ideal zu finden, für das es sich lohnt, sein Leben zu opfern. Und man erzieht sie zu Mördern. Man braucht sie nur zu befragen, wenn sie von dort zurückkommen, um sich davon zu überzeugen. Hier ein zufälliges Gespräch zwischen zwei Offizieren der Fallschirmtruppe bei einem Treffen: «Unser Feldgeistlicher war ein toller Kerl, er hatte nur einen Tick: die Verwundeten abzumurksen.» Diese beiden Offiziere waren Katholiken. Sie sprachen mit lauter Stimme, für die Galerie. Wir wagen zu hoffen, daß sie diese Geschichte von Anfang bis Ende erfunden hatten und daß das zur Haltung gehört, die D. O. Mannoni in seinem Buch *Psychologie de la colonisation* [Paris 1950] den «fabulierenden Sadismus» genannt hat. Aber die jungen Menschen, die an den Lippen dieser Senioren hingen, haben ihre Worte seelenruhig und ohne sichtliche Verdauungsstörungen geschluckt.

Es gibt auch noch jene, die zu derselben Zeit nach Indochina gegangen sind wie ich und die, da sie keinen Beruf hatten, nach vier Kriegsjahren erneut eine dreijährige Verpflichtung unterschrieben. Man erklärte ihnen, daß sich diese drei Jahre im Hinblick auf ihre bereits abgeleistete Dienstzeit auf knapp anderthalb Jahre verkürzen würden. Sie ließen sich verlocken, da sie nicht ins bürgerliche Leben zurückfinden konnten und nicht wußten, wovon sie leben sollten. Wiederum wurde der Vertrag nicht eingehalten. Einige sind noch heute da unten, andere sind nach mehr als drei Jahren, die sie meist auf den Reisfeldern verbrachten, in die Heimat zurückgekehrt. Wieder andere haben sich «angepaßt»; sie haben in diesem Dasein die Gelegenheit für tägliche Abenteuer gefunden, deren schmutzige Seiten sie im übrigen nicht abstreiten. Es ist zwecklos, sie verstehen zu wollen. Wenn man ihnen präzise Fälle von Grausamkeiten nennt, sagen sie achselzuckend, daß ein *boukak* kein Mensch sei, sondern eine Art Affe.

Henri Martin war bemüht, dagegen zu kämpfen. Er hat eine Frage gestellt, die immer nur mit Beleidigungen, Lügen oder, noch radikaler, mit seiner Verhaftung beantwortet wurde. Er hat gesagt, was er dachte. Viele andere haben ebenso gedacht wie er; aber sie haben niemals gewagt, es zu sagen. Er verdient unsere Achtung.

*

Während des ganzen Feldzugs – und vor allem im Kampf – hat Martin die strengste Disziplin gewahrt. Er geht in Marseille an Land und läßt vierzehn Monate verstreichen, ohne zu handeln: offenbar hat er ungefähr ein Jahr vor Ende seiner Dienstzeit mit seiner Propagandatätigkeit begonnen. Das «Verbrechen» ist also von langer Hand vorbereitet worden; ausgeschlossen, es mit der Meuterei eines Frontsoldaten oder eines in die Heimat zurückkehrenden Urlaubers zu vergleichen. Was aber hinderte ihn daran, noch ein weiteres Jahr zu warten, nachdem er vier Jahre in Geduld verbracht hatte? Ins Zivilleben zurückgekehrt, hätte er seine Erlebnisse ohne Gefahr in den Zeitungen veröffentlichen oder auf öffentlichen Versammlungen darüber sprechen können; ohne Zweifel wäre das Echo auf sein unmittelbares Zeugnis sehr groß gewesen. Nein, wir kennen Henri Martin: in seinen Augen muß man, um die Schandflecken der Armee zu brandmarken, noch zu ihr gehören. Es widerstrebt ihm, als Zivilist und vor Zivilisten einen Krieg zu verurteilen, den sie nicht mitgemacht haben und den er nicht mehr mitmacht.

Dennoch zögert er, und die Monate verstreichen. Zum erstenmal spürt man, daß er unruhig und desorientiert ist: er kennt seine Pflicht, aber es gelingt ihm nicht, sie zu lieben. Er, der Ordnung und Disziplin so hochhält, soll seine Kameraden zum Ungehorsam anstiften? Er, der seine Handlungen niemals verleugnet hat und die volle Verantwortung für sie auf sich nimmt, soll heimlich anonyme Flugblätter verteilen? Schon bei dem Gedanken daran fühlt er eine unüberwindliche Abneigung in sich aufsteigen. Vielleicht wird er der Ehre die Ehrenhaftigkeit opfern und sich aus seinem Milieu *herausreißen müssen, um zu seiner* Klasse *zurückzufinden. Bisher war er stets von kollektiven Strömungen getragen: im Kampf gegen die Deutschen fühlte er sich mit ganz Frankreich in Übereinstimmung; es hat ihm weder an Ermutigungen noch an Lobsprüchen gefehlt, und ohne sich etwas darauf einzubilden, schöpfte er seine ruhige Kraft aus der Zustimmung aller. Mitten in einem Krieg, den er verabscheute, durfte er stolz sein, trotz allem ein guter Soldat zu bleiben; sogar als er einigen seiner Vorgesetzten die Achtung versagte, tat er sein Bestes, um die ihre zu gewinnen; denn er mißbilligte ihr Verhalten, ohne ihre Autorität zu bestreiten. Alles in allem hatte er bis Mitte 1945 aus jenem unsicheren Burgfrieden, der sich Résistance nannte, Nutzen gezogen; er hatte sich voll und ganz seiner Klasse verschreiben können, ohne mit der herrschenden Klasse brechen zu müssen. Und dann zerbrach auf einmal diese falsche Einheit: Klasse stand wieder gegen Klasse; man mußte sich entscheiden.* Für *die eine und* gegen *die andere. Im Grunde hat Martin in Indochina seine Erfahrung des Klassenkampfes gemacht. Die Wahl, vor der er steht, fiele ihm leicht, wenn er unter Arbeitern im Vorort einer Großstadt lebte: aber die Bourgeoisie hat sich erneut der Armee bemächtigt, nach und nach wird sie aus ihr ein Instrument der Eroberung und der Unterdrückung machen; Martin aber will den bürgerlichen Imperialismus innerhalb der Armee brandmarken: eine voreingenommenere und ungünstigere Umgebung läßt sich gar nicht denken; er muß damit rechnen, daß seine Propaganda in diesen durch Vorurteile oder Angst vernebelten Gehirnen zunächst nur Mißtrauen und Wut erweckt. Er weiß also, daß er alles verlieren kann, daß seine Vorgesetzten ihn anzeigen, festnehmen, vielleicht ins Gefängnis stecken und öffentlich anklagen werden.*

Plötzlich entscheidet er sich, denn die Stunde seiner Entlassung rückt näher: er muß unverzüglich handeln oder die Armee verlassen, ohne etwas getan zu haben. Ich kann mir vorstellen, daß er Angst gehabt hat, Angst, sich sein Leben lang diese Untätigkeit vorwerfen zu müssen. Das erklärt jenen etwas langsamen Start, dann die allmähliche Steigerung des Tempos und den wilden Endspurt; hinter Martins ruhiger Pünktlichkeit ahnt man so etwas wie Raserei: er kämpft gegen die Zeit. Denn es geht ja nicht nur darum, ein paar Handzettel an die Mauern zu kleben: sie sollen auch gelesen werden, täglich sollen an derselben Stelle neue erscheinen, sie sollen aufrütteln und gerade durch ihre Vielzahl wirken. Im Februar hat er noch fünf Monate vor sich, daher seine fieberhafte Tätigkeit: von nun an verteilt er die Flugblätter in so kurzen Abständen, daß man sich fragt, wo er die Zeit hernimmt, sie zu verfassen. Vielleicht hat er ganz einfach deshalb am 8. März ein Flugblatt der KP übernommen: in Ermangelung einer Kopie. Unterdessen ist die Marinepolizei seit dem Herbst der Affäre auf der Spur, und Martin weiß es: ein Grund mehr, schnell zu arbeiten. In vier Monaten wird er entlassen, das steht fest; aber vielleicht sperrt man ihn schon morgen ein: also beeilt er sich. Doch als er seine Propaganda intensiviert, vergrößert er die Möglichkeit, festgenommen zu werden. Trotzdem arbeitet er noch schneller. Trotzdem? *Oder gerade* deswegen? *Es ist nicht einmal ausgeschlossen, daß dieser Wille, das Äußerste zu wagen und sogar Gefängnis und Skandal auf sich zu nehmen, eine noch geheimere Anforderung einschließt: da er an diesem Krieg teilgenommen hat, muß er büßen.*

Wenn ihm einige Aspekte dieses Unternehmens vermutlich mißfallen, so rufen ihm andere die schönste Zeit seines Lebens in Erinnerung: Flugblätter hatte er auch im Jahre 1943 transportiert; wer außer den Verrätern, die das Land regierten, hätte damals gewagt, ihn der Sabotage zu bezichtigen? Damals war das Flugblatt das sicherste Mittel, die Wahrheit zu verkünden; die Untergrundpresse wandte sich mehr an den Verstand als an die Leidenschaften, sie gab Informationen, enthüllte die spitzfindigen Lügen der gelenkten Zeitungen, stellte die wesentlichen Fragen; kurz, sie appellierte an das Freiheitsgefühl freier Menschen, die man zu knechten versuchte: vier Jahre lang war sie der Spiegel des französischen Gewissens. Als Martin seine Handzettel verteilt, bezieht er sich ausdrücklich auf seine Erfahrung aus dem Jahre 1943: er will den Matrosen die Wahrheit verkünden, so wie er sie erlebt hat, mit den gleichen Forderungen und der gleichen strengen Klarheit. Jeder einzelne soll die Erfahrung, die Martin an Bord der Chevreuil *gemacht hat, gleichsam im Zeitraffer machen; jeder Soldat, der durch die Gassen des Arsenals geht, soll sich von den Anschlägen, die er auf den Mauern liest,* persönlich *angesprochen fühlen:* an ihn *wendet sich die «Gruppe Matrosen»,* ihm *zeigt sich das Leben «in seinem wahren Licht»; aber man appelliert weniger an sein Herz als an seinen Verstand und an sein Gewissen: was sich ihm* persönlich *offenbart, ist die Unpersönlichkeit der Vernunft und die Allgemeingültigkeit der moralischen Forderung.*

Wir haben also einen Matrosen vor uns, der seinen Kameraden eine Wahrheit verkünden will, an der er erstickt und die sie nur unter Aufbietung all ihrer Fähigkeiten verstehen können. Will man das demoralisieren *nennen? Auf diesen Gedanken der* Demoralisierung, *auf ihre traurige Ungereimtheit werde ich noch zurückkommen. Noch ungereimter erscheint mir allerdings, daß sich Leute finden, die Martin die* Absicht *der Demoralisierung unterstellen.*

Angenommen, jemand hätte uns bestochen, einen Fallschirmjäger zu demoralisieren? Wie werden wir vorgehen? Werden wir ihm sagen, daß die Ehre der Armee auf dem Spiel steht, daß die Vietnamesen unsere Brüder sind, daß die Arbeitersöhne kein Interesse daran haben, sich für den internationalen Kapitalismus zu schlagen? Ich glaube deutlich zu hören, was er uns antworten wird: «Mein eigener Ruhm interessiert mich mehr als die Soldatenehre; ich weiß nicht, wie die Arbeitersöhne über diesen Krieg denken, und es ist mir auch gleichgültig: mein Vater ist Geschäftsmann; außer der Freude an Abenteuer und Schlägerei gilt mein Interesse den Geldgeschäften und dem Devisenhandel. Ihr sagt, die Vietnamesen sind Menschen wie wir? Das will ich hoffen, sonst würde es keinen Spaß machen, gegen sie zu kämpfen.»

Was müssen wir ihm also sagen? Nun, wir müssen Lügen und Falschmeldungen erfinden, um seine Entschlußkraft an der Quelle anzugreifen: der Kurs der Piasters wird fallen, der Staat steht vor dem Bankrott und wird seine Soldaten nicht mehr bezahlen können, alle Frauen Indochinas – die gelben wie die weißen – sind geschlechtskrank, die Chinesen und die Russen werden sich auf die französische Armee werfen und sie vernichten, und die Vietnamesen pflegen gefangene Fallschirmjäger zu kastrieren. Ich bin zwar nicht ganz sicher, ihn damit zu überzeugen, aber wenigstens haben wir getan, was wir konnten.

Hat Martin sich über die laufenden Operationen geäußert? Hat er die Heeresleitung angeschwärzt? Hat er die Niederlage vorausgesagt? Nein, er spricht über die Ursachen des Konflikts und nicht über seinen Ausgang, er geißelt die Verbrechen und nicht die strategischen Fehler oder die politischen Irrtümer. Und unsere Minister haben ihn ins Gefängnis geworfen, weil er Dinge gesagt hat, die wir später aus ihrem eigenen Munde gehört haben. Die Behauptung, daß die französische Armee im Dienst des internationalen Kapitalismus steht, ist demoralisierend? Dann verhaftet auf der Stelle jenen hohen Würdenträger, der mir sagte: «Frankreich, mein Freund, verteidigt an der chinesischen Grenze die Menschheit gegen die Sowjets» – mit anderen Worten: die eine Hälfte der Menschheit gegen die andere. Verhaftet alle, die eine internationale Ausweitung des Konflikts verlangen, weil, wie sie sagen, «Frankreich in Vietnam feindliche Truppen bindet und es damit den Amerikanern ermöglicht, in Korea eine gute Figur zu machen». Fordert die Auslieferung der Herren Eisenhower und Foster Dulles, die liebenswürdigerweise erklärt haben, der Krieg in Vietnam sei kein *Kolonialkrieg. Die Behauptung, daß die Arbeitersöhne sich für Devisenschieber schlagen, ist demoralisierend? Dann verhaftet die Journalisten und Parlamentarier, die seit sieben Jahren diesen verbrecherischen Handel unablässig brandmarken: weiß nicht* alle Welt, *daß* namhafte *Franzosen dadurch zu Vermögen gekommen sind, daß sie den Piaster in Saigon für sieben Francs kauften und ihn in Paris für siebzehn weiterverkauften? Verhaftet Herrn René Mayer, der unlängst diesen skandalösen Handel offiziell anerkannt hat, indem er den Wechselkurs des Piasters auf zehn Francs festsetzte. Die Behauptung, daß die Vietnamesen für ihre Freiheit kämpfen, ist ein Angriff auf unsere Kampfmoral? Dann verhaftet die Mitglieder des parlamentarischen Ausschusses, die uns kürzlich erklärt haben, Bao-Dai sei nur ein Strohmann und die Unabhängigkeit Vietnams leeres Gerede. Die Behauptung, daß eine Kolonialexpedition kein Verteidigungskrieg sei, ist demoralisierend? Dann verhaftet Paul Reynaud, der erklärt hat: «Frankreich, ein wesentlicher Faktor der Verteidigung Europas, sieht am anderen Ende der Welt einen großen Teil der Führungskräfte gelähmt, die für die Schaffung der mächtigen Armee zur Verteidigung Europas notwendig sind. Gelähmt und geschwächt durch einen fortgesetzten Aderlaß. Wir sind in die Falle gegangen. Wir müssen aus ihr herausfinden. Eine solche Situation beizubehalten wäre gegenüber Frankreich und der Zivilisation, die unser Daseinszweck ist, ein erschreckender Mangel an Verantwortungsbewußtsein.»*

Ja, warum lassen unsere Minister Paul Reynaud nicht verhaften? Nun, werden sie antworten, weil Reynaud zu intelligenten, aufgeklärten Menschen spricht, die sich auskennen und es nicht so genau nehmen. Da haben wir's: Martin ist ein Verbrecher, weil er sich an Schwachsinnige wendet, nicht wahr? Welche Menschenverachtung spricht nicht aus dieser Idee der «Demoralisierung»! Ein Abgeordneter läßt sich selbstverständlich nicht demoralisieren. Aber ein Soldat! Um Henri Martin bestrafen zu können, müßt ihr ihm euren eigenen schwachsinnigen Dünkel, euren ungerechtfertigten Hochmut unterstellen. Natürlich, wer zur Erreichung seines Ziels – heiße es nun regieren oder Panik hervorrufen – weder vor Heucheleien noch vor Lügen zurückschreckt, muß sich über die anderen erheben oder jedermann und sich selbst einer abstrakten Sache opfern. Martin hält sich niemandem für überlegen, und seine Sache fordert keine Menschenopfer; diese Sache ist der Mensch selbst. Er will nichts anderes sein als ein Mensch unter freien und verantwortlichen Menschen. Das ist der Sinn seines Verantwortungsgefühls, das ihn dazu treibt, sich zu engagieren; und mit einem Schlag fühlt er sich für die ganze Armee verantwortlich; wenn er den Mißbrauch, der mit ihr getrieben wird, nicht anprangert, macht er sich mitschuldig. Aber vor wem soll er ihn anprangern, wenn nicht vor anderen ebenso verantwortlichen Menschen, an deren Verantwortungsbewußtsein er appelliert? Ein freier Mensch legt vor anderen freien Menschen, vor seinesgleichen, Zeugnis ab, und ihr behauptet, das sei Demoralisierung? Woher nur kommt eure Menschenverachtung? Etwa aus Selbsterkenntnis? Denn immerhin bedürfen jene Flugblätter unserer Zustimmung: es steht uns frei, sie zu billigen, sie zu diskutieren oder sie ungelesen zu zerreißen. Euer beharrlicher Glaube, daß sie mechanische Wirkungen in den Gemütern hervorrufen, beweist, daß ihr eure Mitbürger für Automaten haltet. Man erwidert mir, daß es nicht darum gehe, Martin für das zu verurteilen, was er zu tun beabsichtigte, sondern für das, was er getan hat. Ach, wirklich? Was hat er eigentlich getan? Hat man irgendwelche Stürme im Schädel der Matrosen feststellen können? Und selbst wenn solche festgestellt worden wären, wird man ihn also für Absichten bestrafen müssen, die er nicht gehabt hat? Nein, ihr könnt euch nicht aus der Affäre ziehen, ohne ein neues Delikt zu erfinden. Ich schlage vor, es «fahrlässige moralische Sabotage» zu nennen.

Was die andere Sabotage betrifft, so sind wir uns im klaren: Martin hatte von nichts eine Ahnung. Wie bitte? Da ermahnt ein Mann die Soldaten, von sich aus dem Krieg ein Ende zu bereiten, nicht nur, weil er diesen Krieg für ein Verbrechen hält, sondern weil ihr kollektiver Protest den Geist der Volksarmee zu neuem Leben erwecken soll, und ihr möchtet, daß er eine Havarie verursachen will, um ein Kriegsschiff am Auslaufen zu hindern? Zwischen dem Ziel, das er verfolgt, und der Wahl der Mittel, die ihr ihm zur Last legt, kann demnach keinerlei Zusammenhang bestehen. Sechshundert Soldaten sollen mit Gewalt daran gehindert werden, nach Indochina zu fahren? Na und? Ein Unfall, ein unbeabsichtigter Brand würde das gleiche Resultat haben. Vierzehn Tage, höchstens einen Monat später würden die Soldaten und Matrosen doch abfahren. Gewiß, auch die Demonstrationen, zu denen Martin in Toulon aufruft, könnten nur episodischen Charakter haben: aber es liegt in ihrer Natur, daß sie immer wieder andere hervorbringen; Martin weiß, daß der Kampf gegen die Unterdrückung eine befreiende Kraft in sich trägt: ein kollektiver Protest kann, auch wenn er unterdrückt wird, neue Kämpfer heranbilden; dagegen wird selbst eine geglückte Sabotage nur Terroristen erzeugen. Außerdem mögen es die Leute nicht, daß die Maschinen beschädigt werden. In diesem Punkt hat Herr Bernard-Derosne recht: in Toulon sieht man das nicht gern. Warum zieht man dann nicht die gebotene Schlußfolgerung: da Martin sich an die Vernunft wendet, da er die niederträchtige Gewalt des Krieges anprangert, da er um das Vertrauen seiner Kameraden wirbt, weshalb sollte er seine Propaganda ausgerechnet dadurch aufs Spiel setzen, daß er eine so sinnlose und unpopuläre Tat fördert? Zumal ein Sabotageakt eine Untersuchung nach sich zieht: es wurden Flugblätter an Bord der Dixmude *verteilt; wer weiß, ob die Polizei diese Fährte nicht aufnehmen wird? Wer weiß, ob die «Gruppe Matrosen» nicht gezwungen sein wird, für einige Zeit jegliche Tätigkeit einzustellen? Martin hat es eilig: es liegen nur noch fünf Monate vor ihm; er wird diese kurze Zeit nicht mit Torheiten vergeuden. Das ist so einleuchtend, daß sogar die Regierung es begriffen zu haben scheint: anfangs verfügte sie über einen* guten *Angeklagten und über einen* sehr guten *Zeugen; dennoch begnügte sie sich, statt Martin wegen aktiver Teilnahme an der Sabotage zu beschuldigen, mit einer* relativ *harmlosen Anklage: Martin sei mitschuldig an einer Tat, die er nicht verhindert hat. Zwar hat Liebert die «Pillen des vollkommenen Saboteurs» erwähnt, die den Matrosen am Tor des Arsenals von Zivilisten angeboten werden, vermutlich zusammen mit Fotos von nackten Frauen und Bordelladressen; aber Liebert ist ein Schwätzer, und das Gericht hat seine faulen Geschichten ziemlich kühl aufgenommen: so viele waren gar nicht gefragt. Was man Martin vorwirft, ist nicht irgendeine Tat, sondern mangelnde Tatkraft; nicht die Worte, die er zu Heimburger gesagt hat, sondern die, die er seinen Vorgesetzten zu sagen versäumt hat: Spitzel oder Komplize, das ist das Gesetz der Armee. Martin ist mitschuldig, weil er keine positiven Schritte unternommen hat, weil er sich, obwohl er die Absichten seines Kameraden kannte, so verhalten hat, als kenne er sie nicht; kurz, er hat versucht, aller Welt weiszumachen, daß er* nichts mit der Sache zu tun hatte. *Ich gebe zu, daß das ein sehr schweres Verbrechen ist. Aber wenn er nun die Wahrheit gesagt hätte? Wenn Heimburger ihn wirklich nicht unterrichtet hätte? Wie hätte er sich verhalten? Ich höre schon die Antwort: Genauso natürlich, was denn sonst! Denn* das *wirft man ihm ja gerade vor. Seine Schuld besteht darin, daß er Unschuld geheuchelt hat.*

Ich verstehe: ob schuldig oder unschuldig, Martin verhält sich in jedem Fall gleich; die Untersuchung hat zwischen den beiden Affären keinen Zusammenhang entdeckt. Aber Lieberts Aussage und Heimburgers gesteuerte Geständnisse genügen, dieses Fehlen jedes Zusammenhangs Mittäterschaft zu nennen. Man scheint wirklich bemüht gewesen zu sein, dem Gericht jenes Mindestmaß an Zusammenhang zu liefern, das es ihm ermöglichen würde, diese beiden grundverschiedenen Fälle für einen Augenblick miteinander zu verbinden. Und diese Beziehung ist die räumliche Nähe: Martin und Heimburger arbeiteten beide im Arsenal, beide atmeten die Luft von Toulon. Weshalb gibt man sich solche Mühe? Das werden wir noch erfahren.

Plötzlich widerruft Heimburger seine ersten Erklärungen: «Ich ha-

be nichts gesagt.» Seht nur, wie schwach das Band war, das die beiden Männer zusammenhielt: kaum ist es zerrissen, bleibt von jener «Verkettung», die Herrn Bernard-Derosne so beeindruckt hatte, keine Spur mehr übrig. Die Affäre Heimburger und die Affäre Martin streben auseinander, und jede nimmt ihren eigenen Lauf. Heimburger und Martin haben beide am Krieg teilgenommen, beide haben unter den Widersprüchen unserer Welt gelitten. Aber während der eine ihr ewiges Opfer bleibt, ist der andere ihr unversöhnlicher Gegner; der eine empfindet Schmach, der andere Stolz über das Erlebte; ihre Erfahrungen, ihr Verhalten, ihre Charaktere, ihre Beweggründe und ihre Ziele lassen sich nicht vergleichen. Und die Affäre der «Saboteure der Dixmude*»? Die gibt es nicht, es gibt nur zwei verschiedene Geschichten, die ein schlechter Erzähler miteinander verknüpft hat. Von nun an ist es möglich und notwendig, Martins Prozeß einzuleiten, ohne Heimburgers Namen noch ein einziges Mal zu erwähnen; es ist möglich und notwendig, ihn für das abzuurteilen, was er getan hat, und nicht für das, was er angeblich hat geschehen lassen.*

Was hat er getan? Nun, so sagt man, er hat Flugblätter verteilt, in denen er Matrosen aufforderte, nicht an Bord zu gehen. Sehr gut, damit haben wir das Vergehen. Denn es ist ein Vergehen, *für das das Pressegesetz vom 29. Juli 1881 eine* Gefängnisstrafe *zwischen einem und fünf Jahren vorsieht, abgesehen natürlich von den Disziplinarstrafen. Die Tatsache, daß er Soldat ist, ändert in strafrechtlicher Hinsicht nichts an diesem Sachverhalt, denn «die Verfassung von 1946 gibt den Militärpersonen die völlige bürgerliche Gleichberechtigung mit den Zivilpersonen wieder».*

Was wird man ihm geben? Fünf Jahre? Ein Jahr? Sogar Herr Bernard-Derosne hält ein Jahr für zu hart. Ja, man hat richtig gelesen: err Bernard-Derosne, der Sonderberichterstatter von L'Aurore. *In Toulon, im Jahre 1950, war er noch nicht davon überzeugt: wir erinnern uns, daß er damals Heimburgers plötzlichen Gesinnungswandel mit den Anweisungen der KP erklärte; aber auf dem Weg nach Brest hat er sein Damaskus gefunden, und so lesen wir in* L'Aurore *vom 18. Juli 1952:*

«Martin, der in den Augen der Justiz nur noch ein kleiner Flugblattverteiler ist, muß nach dem für alle Franzosen und auch alle Militärpersonen geltenden Recht bestraft werden. Täglich verurteilen die Polizeigerichte Verteiler von Flugblättern zu drei bis sechs Monaten, meistens sogar mit Bewährung. Bei einem Obermaat der Marine wiegt die Tat freilich schwerer. Dennoch möchte ich in aller Ehrlichkeit feststellen, daß die fünf Jahre Zuchthaus in Toulon etwas zuviel waren, trotz dem Einfluß, den Martin auf Heimburger ausgeübt hat und der den Elsässer zu seiner Tat bestimmte. Im übrigen hat Martin schon eine lange und harte Haftzeit hinter sich. Die Richter von Brest stehen jetzt vor der Aufgabe, ein Urteil zu finden, das gerecht und zugleich der Bedeutung der Strafe angemessen ist.»

Er hat die Nase voll, der Berichterstatter von L'Aurore*; diese Affäre stinkt ihm langsam. Zuviel hochtrabende Worte, zuviel Polizei, zuviel Lärm:* wer *versucht denn, ihr diese Bedeutung zu geben? Herr Bernard-Derosne hat Zweifel – vielleicht zum erstenmal in seinem Leben –, und er beginnt sich zu fragen, ob alles mit rechten Dingen zugeht; in diesem ganzen Apparat und diesem Kräfteaufwand sieht er etwas unheilvoll Lächerliches, das ihm angst macht. Kehren wir schnell auf festen Boden zurück, zum Beispiel zu dem Gesetz von 1881. Das Strafmaß? Herr Bernard-Derosne ist kein böser Mensch, er hält nicht einmal an dem Delikt der Anstiftung zum Ungehorsam fest. Martin hat Flugblätter verteilt, weiter nichts: im allgemeinen stehen auf solche Scherze sechs Monate, und sogar mit Bewährung. Herr Bernard-Derosne hat zwar nichts dagegen, daß man Martin weiter durch den Dreck zieht, aber er weist auf die Tatsache hin, daß der Angeklagte bereits «eine lange und harte Haftzeit hinter sich hat». Was will er also? Er spricht es nicht aus, aber im Grunde würde er, wenn er Richter wäre, Martin zu einem Jahr oder achtzehn Monaten* Gefängnis *verknacken, was es ermöglichen würde, den Verurteilten nach dem zweiten Prozeß sofort auf freien Fuß zu setzen.*

Man kann also die Anklage wegen «Anstiftung zum Ungehorsam» fallenlassen? Man kann, wie wir gleich sehen werden. Doch im Augenblick wollen wir, um dem Gegner sein schönes Spiel nicht zu verderben, nicht so weit gehen wie L'Aurore *und das Schlimmste einräumen: Martin hat Soldaten zum Ungehorsam angestiftet; er gibt zu, Flugblätter verteilt zu haben, und bekennt sich zu ihrem Inhalt.* Folglich *muß man ihn bestrafen: ihn bestrafen, das heißt das Gesetz auf ihn anwenden.*

Aber stellen wir zunächst einmal fest, daß die vorgesehene Höchststrafe fünf Jahre Gefängnis *ist. Wird man ihn zur Höchststrafe verurteilen? Das wäre Wahnsinn. Ihr wollt ihn für die gleichen Tugenden bestrafen, die ihr im Jahre 1944 bewundert habt? Dieser Freiwillige, dieser hervorragende Soldat hat sich ein für allemal einer gro-*

ßen Sache verschrieben; 1944 wie 1950 dient er ihr mit dem gleichen Willen, dem gleichen Mut, der gleichen Selbstverleugnung. Er glaubt, daß diese Sache die Sache Frankreichs ist; mag sein, daß er sich irrt, darum geht es uns nicht. Nicht die Wahrheit seiner Ansichten steht zur Debatte, sondern ihre Aufrichtigkeit. Wäre es zulässig, daß die Richter seine Vergangenheit, die Hochherzigkeit seiner Anschauungen, die Reinheit seiner Absichten nicht berücksichtigen? Dieser Mensch, der wie wir alle in die gewaltsamen Widersprüche unserer Zeit verstrickt ist, hat einen Entschluß gefaßt und hält an ihm fest. Mag sein, daß die Richter einen anderen gefaßt haben: keiner hat das Recht, an der Ehrlichkeit ihrer Überzeugungen zu zweifeln. Aber je höher wir sie achten, desto eindringlicher müssen wir fordern, daß sie die Überzeugungen Henri Martins achten. Wenn ein Bergsteiger den Annapurna bezwingt, wenn ein Pilot die Schallmauer durchbricht, dann seid ihr stolz, und mit Recht, denn mit ihnen schlägt die ganze Menschheit ihre eigenen Rekorde. Weshalb empfindet ihr nicht den gleichen Stolz, ihr, die ihr vielleicht niemals Gelegenheit hattet, für eure Ideen zu leiden, wenn ein Mensch die seinen bis zum Äußersten vertritt und für das, was er für wahr hält, Schande und Gefangenschaft auf sich nimmt? In ihm beweist die Menschheit ihre Fähigkeiten und behauptet ihren Wert. Natürlich muß er bestraft werden: das verlangt das Gesetz, und wir geben zu, daß kein Soldat berechtigt ist, seine Kameraden zu Meutereien anzustiften. Aber wenn der Angeklagte unsere Achtung verdient und wenn seine Absichten uns die Wertschätzung seiner Person abverlangen, muß man dann nicht durch die Zumessung der Strafe deutlich zu verstehen geben, daß man allein die Tat und auch sie mit Bedacht ahndet? Wenn man einem Soldaten, der mit illegalen Mitteln die Armee retten will, zur Höchststrafe verurteilt, zu welcher Strafe will man dann einen Antimilitaristen verurteilen, der sie zu zerstören sucht? Indem wir also zugeben, daß eine Anstiftung zum Ungehorsam vorgelegen hat, «verdient» Martin ein Jahr Gefängnis mit Bewährung. Will man Nachahmer entmutigen oder abschrecken, gebe man ihm ein Jahr ohne Bewährung. Ein Jahr ohne Bewährung, verhängt im Juli 1951, das hätte seine sofortige Freilassung bedeutet.

Soweit der Traum. Sehen wir uns nun die Wirklichkeit an.

Der Prozeß von Toulon

Am 17. Oktober 1950 begann vor dem Seekriegsgericht von Toulon der Prozeß gegen den Obermaat Henri Martin (von der Versuchsstation) und den Maat Charles Heimburger (von der Dixmude*).*

Das Gericht setzte sich wie folgt zusammen:

Vorsitzender: Gerichtsrat Espanet vom Gerichtshof in Aix.

Richter: Fregattenkapitän Bourragué, Korvettenkapitän Farcy, die Kapitänleutnante Lesty und Houot, Fähnrich zur See Dupont, Proviantmeister Harscoet. (Der erste Beisitzer, Fregattenkapitän Bourragué, hatte in der Admiralität von Vichy als Darlans Spionageabwehrchef gedient.)

Staatsanwalt war Seegerichtsoffizier Burgat. Die Verteidigung Henri Martins lag bei Herrn Vienney, Anwalt am Appellationsgerichtshof in Paris, und Herrn Scarbonchi von der Anwaltschaft in Toulon, während Heimburger von Herrn Sénès, ebenfalls von der Anwaltschaft in Toulon, vertreten wurde.

Auf Antrag der Verteidiger Henri Martins war eine verhältnismäßig große Zahl von Entlastungszeugen geladen worden: mehrere Matrosen, die über die in Indochina begangenen Greueltaten berichteten; einige Mütter, deren Söhne in diesem Krieg gefallen waren; Frau Pernier, die Mutter eines in der Deportation umgekommenen Widerstandskämpfers und ehemaligen Waffengefährten Henri Martins; Konteradmiral Moullec, ehemaliger Stabschef der Freien Französischen Seestreitkräfte; Louis Héron de Villefosse, Kapitän a. D.; Lyon-Caen, Professor der Rechtswissenschaft; Paul Lévy, ehemaliger Direktor der Französischen Schule für den Fernen Osten; Frau Mathilde Péri; die Herren Lautissier und Jacques Mitterand, Staatsräte der Französischen Union, usw.

Die Staatsanwaltschaft hatte nur wenige Belastungszeugen geladen. Ein einziger von ihnen sollte Henri Martin belasten: Liebert.

Eine Tatsache ergibt sich daraus von selbst: Henri Martin, der immer geleugnet hat, über den Sabotageplan an Bord der *Dixmude* Bescheid gewußt zu haben, wird der «Mitwisserschaft bei einem Sabotageversuch» angeklagt.

Liebert dagegen, der im Laufe der Voruntersuchung versichert hat, von Heimburger von diesem Plan unterrichtet worden zu sein – und der nichts unternommen hat, ihn zu verhindern, da der Sabotageakt ja tatsächlich verübt worden ist –, Liebert, der sich folglich mitschuldig gemacht hat, wird nicht angeklagt, im Gegenteil, er genießt das Vertrauen der Staatsanwaltschaft und wird aufgefordert, gegen Henri Martin auszusagen.

Eine Anklage also, die sich nur auf die von Heimburger vor dem Untersuchungsrichter gemachte Aussage stützen kann, der zufolge Henri Martin an der geheimen Zusammenkunft von Liebert und Heimburger teilgenommen hat. Doch dann, ein Vorfall, der in den Annalen der Justiz keineswegs ohne Beispiel ist, tut sich zwischen seiner Aussage vor dem Untersuchungsrichter und seiner Antwort auf eine Frage in der öffentlichen Verhandlung ein eklatanter Widerspruch auf. Unmittelbar nach dem Verhör Henri Martins und kaum daß Heimburgers Vernehmung begonnen hat, erklärt dieser mit fester Stimme: «*Ich habe Martin belastet, um die Schuld von mir abzuwälzen. Ich gestehe ein, daß ich für diesen Sabotageakt allein schuldig bin. Ich bereue, was ich getan habe, aber ich will nicht, daß ein Unschuldiger die Strafe erleidet, die ich verbüßen muß, wenn ich verurteilt werde.*» Und auch kurz darauf, als der Staatsanwalt ihm seine Aussage vor dem Untersuchungsrichter vorhält, bleibt Heimburger unerschütterlich: «*Ich wollte die Schuld von mir abwälzen, das ist wahr, aber ich will nicht, daß ein Unschuldiger verurteilt wird, nein, das nicht!*»

Heimburgers Erklärung ruft großes Aufsehen im Saal hervor, in dem eine gedrückte Stimmung herrscht, als die Verteidigung den auf seiner Beschuldigung beharrenden Liebert ihrerseits beschuldigt, ein Provokateur und Spitzel zu sein.

Die Hauptverhandlung dauerte drei Tage. Henri Martin, der weiterhin jede Mitwisserschaft bei dem Sabotagefall bestreitet, übernimmt dagegen in der Flugblattaffäre stolz die volle Verantwortung. Ohne die Stimme zu erheben, ohne Nervosität, aber mit erstaunlicher Festigkeit und Sprachbeherrschung, strammstehend und mit aufrechtem Kopf, lehnt er es ab, auch nur die geringste Reue über seine Tat zu zeigen, und tritt gegen den Krieg in Vietnam auf, den er für verbrecherisch, verfassungswidrig und den Interessen Frankreichs zuwider erklärt.

Der Vorsitzende erinnert an Martins glänzende militärische Vergangenheit und fragt ihn: «Können Sie mir die Gründe für diesen Gesinnungswandel erklären?» Henri antwortete: «*Ich habe meine Gesinnung nicht gewandelt. Nicht ich bin meiner Verpflichtung untreu geworden, sondern die Regierung. Man hat mich getäuscht ...*»

Und zu seiner Tätigkeit in der Widerstandsbewegung erklärte er: *«Nachdem ich mit den Waffen in der Hand im Maquis vom Cher gekämpft habe, hätte ich nach Hause gehen können. Ich habe es nicht getan. Ich bin an die Front von Royan gefahren. Dort hatte ich einen vierundzwanzigjährigen Hauptmann zum Vorgesetzten, der seine Männer zu führen verstand. Er ist am 3. Dezember 1944 vor dem Feind gefallen. Bevor er starb, sagte er zu uns: ‹Jungens, ihr müßt bis zum Ende für die Gerechtigkeit und für die Freiheit weiterkämpfen.› An diese Verpflichtung fühle ich mich noch heute im Kampf gegen den ungerechten Krieg in Vietnam gebunden. So verteidige ich meine Matrosenehre.»*

«Warum haben Sie dann nicht um Ihre Entlassung nachgesucht?» wandte der Kommandant Bourragué ein. *«Ich habe dreimal darum nachgesucht»*, erwiderte der Angeklagte, *«und dreimal hat man sie abgelehnt.»*

Am 19. Oktober beantragte der Staatsanwalt «die Höchststrafe, das heißt Zuchthaus».

Nach den Plädoyers der Anwälte zog sich das Gericht zur Beratung zurück, die über zwei Stunden dauerte. Um 18 Uhr 15 verkündete der Vorsitzende das Urteil:

«Auf die erste Frage: ‹Ist Charles Heimburger der Sabotage schuldig?› antwortete das Gericht einstimmig mit Ja.

Auf die zweite Frage: ‹Ist Henri Martin eines Unternehmens zur Demoralisierung der Armee schuldig?› hat das Gericht mit fünf gegen zwei Stimmen mit Ja geantwortet.

Auf die dritte Frage: ‹Ist Henri Martin der Mitwisserschaft bei einem Sabotageversuch schuldig?› hat das Gericht mit vier gegen drei Stimmen auf Freispruch erkannt.»

Die beiden Angeklagten wurden zu je fünf Jahren Zuchthaus und Degradierung verurteilt.

Henri Martins Vater sowie seine Verlobte hatten die Verhandlungen im Zuhörerraum verfolgt. Nach der Urteilsverkündung näherte er sich natürlich seinem Sohn, aber auch Heimburger, um ihm die Hand zu schütteln. Und der Maat antwortete ihm mit Tränen in den Augen: «Ich bin stolz, daß ich zusammen mit einem Mann wie Ihrem Sohn verurteilt worden bin.»

Mancher, der ein Buch liest, murrt …

... wenn er Werbung findet, wo er Literatur suchte. Reklame in Büchern!!!? Warum nicht auch zwischen den Akten in Bayreuth oder neben den Gemälden in der Pinakothek?

«Rowohlts Idee mit der Zigarettenreklame im Buch (finde ich) gar nicht anfechtbar, vielmehr sehr modern. Hauptsache, es hat Erfolg und nützt dem Buch, was die deutsche Innerlichkeit dazu sagt, ist allmählich völlig gleichgültig, die will ihren Schlafrock und ihre Ruh und will ihre Kinder dußlig halten und verkriecht sich hinter Salbadern und Gepflegtheit und möchte das Geistige in den Formen eines Bridgeclubs halten – dagegen muß man angehen ...»

Das schrieb Ende 1950 – Gottfried Benn.

An Stelle der «Zigarettenreklame» findet man nun in diesen Taschenbüchern Werbung für Pfandbriefe und Kommunalobligationen. «Hauptsache, es hat Erfolg und nützt dem Buch.» Und es nützt auch dem Leser. (Für die Jahreszinsen eines einzigen 100-Mark-Pfandbriefs kann man sich beispielsweise zwei Taschenbücher kaufen.)

Der Prozeß von Brest

Nachdem Henri Martins Anwälte Berufung eingelegt hatten, hob der Kassationsgerichtshof das Urteil wegen Formfehler auf. Martin und Heimburger mußten erneut vor einem Seekriegsgericht erscheinen. Dieser zweite Prozeß fand vom 17. bis 19. Juli 1951 in dem sieben Kilometer von Brest entfernten, auf militärischem Gelände gelegenen und von CRS bewachten Gebäude der ehemaligen Seemannsschule statt. Die Behörden erschwerten die Zulassung des Publikums, das in Anbetracht des weiten Weges ohnehin nicht groß sein konnte.

Das Gericht setzte sich wie folgt zusammen:

Vorsitzender: Gerichtsrat Gallant vom Gerichtshof in Rennes.

Richter: Fregattenkapitän Richard, Korvettenkapitän Grison, Kapitänleutnant Bizot-Espiard, die Fähnriche zur See Radius und Brusson, Obersteuermann Le Sann.

Staatsanwalt: Seegerichtsoffizier Broutot.

Der erste Beisitzer, Fregattenkapitän Richard, hatte während des Krieges im Antillengeschwader gedient, das bis Ende 1943 der Vichy-Regierung treu ergeben war; durch seine Strenge gegen alle Seeleute, die im Verdacht standen, mit den Alliierten zu sympathisieren, hatte er sich den Ruf eines verstockten Pétainisten erworben. Kommandant Broutot, damals Untersuchungsrichter in Bizerta, war der direkte Gehilfe von Riché de Forges, der die tunesischen Widerstandskämpfer erbarmungslos verfolgte. So wurden zum Beispiel am 25. September 1941 auf Antrag des Kommandanten Broutot, der die Untersuchung geführt hatte, zehn Flieger wegen «Verrats» verurteilt, weil sie versucht hatten, zu den Freien Französischen Streitkräften zu stoßen.

Fast alle Entlastungszeugen Henri Martins erschienen auch in Brest, um wie in Toulon zu seinen Gunsten auszusagen. Darüber hinaus wurde dem Gericht eine schriftliche Erklärung übergeben: das Zeugnis des Vizeadmirals Muselier, Mitglied des Befreiungskomitees und ehemaliger Oberkommandierender der FNFL. Ohne Henri Martins Tat zu billigen, beschwor der Admiral das Gericht, ihn eingedenk seiner heldenhaften Haltung während der Besatzungszeit freizusprechen; seiner Meinung nach sei das Gericht für den Fall Martin nicht zuständig, und sein Vergehen hätte ihm normalerweise eine schwere Disziplinarstrafe eingetragen, mehr nicht.

Der Verfasser dieses Briefes fügte hinzu, daß dieser Fall ohne allen Zweifel einen solchen Abschluß gefunden hätte, wenn der Generalstabschef der Marine, Admiral Battet, noch am Leben wäre.

Auch Liebert trat wieder als Belastungszeuge auf, doch als er seine Aussage beendet hatte, erhob sich Henri Martin und fragte ihn in ruhigem und verächtlichem Ton: *«Hat die deutsche Kriegsmarine eigentlich Freiwillige oder Zwangsrekrutierte aufgenommen?»* Herr Vienney, der die Frage sofort aufgriff, zwang Liebert zu dem Geständnis, daß er sich freiwillig zur deutschen Kriegsmarine gemeldet hatte. Sichtlich verlegen, mußte die Anklagevertretung auf die weitere Vernehmung des Zeugen Liebert verzichten.

Obwohl bleich und abgemagert infolge der siebzehn Monate Haft, legte Martin die gleiche ruhige Festigkeit an den Tag wie in Toulon. Hier einige der Antworten, die er am 17. Juli auf die Fragen des Staatsanwalts gab:

«Man spricht von Nationaler Verteidigung: aber die Nationale Verteidigung wird auf dem Boden der Nation und nicht in zwanzigtausend Kilometer Entfernung organisiert. In Indochina verteidigt man lediglich die Profite der Kapitalisten und hält unsere Stützpunkte nur für die Amerikaner. Es ist also ein für das französische Volk sinnloser Krieg: er kostet uns Milliarden von Francs und Tausende von Menschenleben. Wäre ich untätig geblieben, dann hätte ich meine Pflicht als Franzose nicht erfüllt ... Solange man es ablehnt, mit Ho Tschi Minh über den Frieden zu verhandeln, wird der Krieg weitergehen, und ich werde immer wieder verkünden, daß dieser schmutzige Krieg beendet werden muß.»

«Wie vereinbaren Sie Ihren Wunsch nach einem unabhängigen Vietnam mit Ihrem Wunsch, es Frankreich zu erhalten?»

«In der Schule habe ich gelernt, daß Frankreich keine Eroberungskriege, sondern Befreiungskriege führt. Als ich in Vietnam angekommen bin, habe ich gesehen, daß das überhaupt nicht stimmt.»

«Wie kommen Sie zu dieser Behauptung? Sie haben gesagt, daß jene, die Befehle erteilen, die Verfassung verletzen.»

«Die Verfassung sagt, daß die Armee der Republik niemals dazu dienen wird, ein anderes Volk zu unterdrücken ... Die Abkommen vom 6. März beantworten Ihre Frage, sie stehen in der Tradition der Verfassung. Wir hatten Gelegenheit, uns mit dem vietnamesischen Volk zu verständigen. Vietnam war unabhängig. Es hatte eine eigene Regierung, die Finanzhoheit, sein Parlament, obwohl es Bestandteil der Französichen Union blieb und bereit war, Frankreich zu verteidi-

gen, wenn es angegriffen werden sollte, in der Gewißheit, daß auch Frankreich ihm im Fall eines Angriffs beistehen würde. Wer aber greift Vietnam heute an? Niemand anderes als Frankreich, folglich verletzt man die Verfassung ... Das vietnamesische Volk führt heute den gleichen Kampf, den wir gegen die Deutschen geführt haben.»

Im Gegensatz zu Henri Martin gab Heimburger, der sehr niedergeschlagen wirkte, seiner Reue Ausdruck. Doch diesmal lag sein Fall ganz anders als der Henri Martins, seines Mitangeklagten. Die Anklageschrift gegen Henri Martin enthielt nicht mehr die Beschuldigung wegen «Mitwisserschaft bei einem Sabotageversuch», und Herr Vienney ersuchte den Vorsitzenden um eine klare Bestätigung dieses Punktes. Dennoch bemühte sich der Staatsanwalt in seinem Plädoyer weiterhin, die beiden Affären zu koppeln und einen ursächlichen Zusammenhang zwischen der Kampagne zur Anprangerung des Krieges in Vietnam und der Tat des Maats Heimburger herzustellen: «Die beiden Angeklagten waren bis zu ihrem Vergehen gute Franzosen. Doch von diesem Augenblick an vertieft sich der Graben zwischen ihnen. Henri Martin sündigte wider den Geist, und die Wunden, die er geschlagen hat, sind unheilbar. Heimburger sündigte wider die Materie, und sein Verbrechen konnte wiedergutgemacht werden. Henri Martin hat zehn Monate lang Schuld auf sich geladen, er hat seine Ansichten mit einer Stetigkeit vertreten, die einer besseren Sache würdig wäre. Heimburger hat in einem Augenblick der Verirrung impulsiv gehandelt. Henri Martin hat seine Tat nicht nur nicht bereut, sondern er rühmt sich ihrer. Heimburger hatte unmittelbar nach seiner Tat Gewissensbisse ... Henri Martin scheint auf die Zukunft zu bauen ...»

Im Laufe derselben Anklagerede warf Kommandant Broutot Henri Martin vor, die ruhmreiche Tradition der Armee zu verunglimpfen und ihre Moral zu untergraben. Bei seiner Verherrlichung des Indochinakrieges erklärte er, daß dieser Krieg notwendig sei, um den Fortbestand unserer militärischen Errungenschaften zu sichern und «Frankreich die schönste Perle seines Kolonialreichs zu erhalten».

Immerhin hatte er, bevor er Martin belastete, sein patriotisches Verhalten auf französischem Boden gewürdigt, und am Schluß seines Vortrags forderte er das Gericht diskret auf, die in Toulon verhängte Strafe etwas zu mildern.

Nachdem die Anklage wegen Beihilfe zur Sabotage, zumindest offiziell, von vornherein fallengelassen worden war und der Hauptbelastungszeuge sich als unbrauchbar erwiesen hatte, herrschte während der Verhandlungen eine verhältnismäßig entspannte Stimmung im Gerichtssaal. Gewisse Indiskretionen in den Wandelgängen ließen, wenn auch nicht einen Freispruch, so doch eine fühlbare Herabsetzung des Strafmaßes erhoffen. Doch anders als in Toulon hatten die Richter weder dem Angeklagten noch den Zeugen irgendeine Frage gestellt; während des ganzen Prozesses hatten sie mit unbeweglichen Gesichtern dagesessen, selbst während der eindringlichen Plädoyers der Herren Vienney und Scarbonchi.

Die Beratung dauerte nur eine Viertelstunde. Henri Martin wurde, diesmal einstimmig, der Demoralisierung der Armee für schuldig befunden und zu fünf Jahren Zuchthaus verurteilt.

Heimburger, der Sabotage für schuldig befunden, wurde nur zu fünf Jahren Gefängnis verurteilt (statt der fünf Jahre Zuchthaus, die das Gericht in Toulon über ihn verhängt hatte).

Herr Vienney verzichtete im Namen seines Mandanten darauf, erneut Berufung einzulegen, weil ein dritter Prozeß diesmal vor einem Seekriegsgericht in Übersee hätte stattfinden müssen.

Louis de Villefosse
Brest

Von einer Anhöhe führt eine Allee zum Horizont. Links ein Standbild, rechts ein Palast.

Der Palast ist die Seemannsschule, das Standbild stellt Colbert dar, der Horizont ist die Reede von Brest, die größte Reede Europas, heute grau und düster, ohne Schiffe, ohne Wind. Aber noch immer herrscht hier etwas Gewaltiges, etwas Ergreifendes, wie das Schweigen eines antiken Theaters.

Finistère – Ende des Festlands ... Vor dreiunddreißig Jahren sah ich bei meiner Ankunft in der Seemannsschule zum erstenmal den Ozean; damals war das Schulgebäude etwas niedriger und lag dicht am Wasser; das grandiose Gebäude, das heute hier steht, wurde wohl erst später gebaut. Sonst ist die Landschaft dieselbe geblieben: die Reede, die enge Hafeneinfahrt, der Ausblick, das Tor zur Welt. In diesem mythischen Gedicht erklang damals ein Wort, das mir heilig war: die Marine.

Heute bin ich hierher zurückgekommen, um einen Matrosen namens Henri Martin zu verteidigen, den die Marine als Rebellen behandelt.

Ist es ein Wink des Schicksals, daß dieser Zielpunkt meines Lebens mit seinem Ausgangspunkt zusammenfällt und daß die erregende Kraft der Jugend mich an der Kehle packt? Nein, es ist keine Illusion, mit weit aufgerissenen Augen blicke ich auf diese Reede, und meine Gedanken gehorchen einer unerbittlichen Logik.

Als ich 1918 in die Marine eintrat, wollte ich mein Land gegen Deutschland verteidigen; später habe ich, ebensosehr wie die Marine, das Kolonialreich geliebt, solange unsere Anwesenheit in den fernen Ländern mir durch die Zustimmung ihrer Bevölkerung und durch die Wohltaten unserer Zivilisation gerechtfertigt erschien.

Heute, hellsichtig geworden durch dreißigjähriges Nachdenken und durch das traurige Dementi der Tatsachen, bekenne ich mit Henri Martin, daß man nicht Patriot sein kann, ohne die Idee des Vaterlandes zu achten, ohne jedem Menschen auf der Erde das Recht auf ein Vaterland zuzugestehen. Man ist nicht zivilisiert, wenn man an den Individuen und Völkern nicht nach dem Gebot des Evangeliums handelt: «Was ihr nicht wollt, daß man euch tu', das fügt auch keinem andern zu.»

Verteidigung der abendländischen Zivilisation, Guderian, Franco ... Haben die Vietnamesen etwa Brest zerstört, haben sie jemals daran gedacht, Marseille zu bombardieren, um die Zivilisation des Fernen Ostens zu verteidigen? Und was heißt Frankreich dienen – es beliebt oder verhaßt machen?

Die geschotterte Allee führt durch unbebautes Gelände, Unkraut, Schrott, Trümmer, Betonierungen, bevor sie bei Colbert endet, im Angesicht des Ozeans. Ungewöhnlich wie die Statuen von Chirico, unverständlich, was hat dieses Standbild hier verloren in diesem Zipfel des entstellten bretonischen Ödlands, in diesem Winkel des verwüsteten Vororts, auf dieser Schutthalde der Besatzungszeit? Es stammt aus dem Ehrenhof des Schlosses von Versailles. Erinnerung an die Erschaffung eines Kolonialreichs, am Rand eines mit Strandgut übersäten Meeres, eines schartigen Wellenbrechers, eines zerbombten Kriegshafens, einer zerstörten Stadt.

Einige Schritte weiter stehen zwei andere Standbilder, die von Suffren und Duquesne (? – gleichviel), auf der baufälligen gewaltigen Freitreppe der Seemannsschule. «Die Marine», pflegte Maurras zu sagen, «ist eine königliche Einrichtung», und auf dem Höhepunkt ihrer maurrasschen Glanzzeit errichtete die Marine dieses Gebäude, zum Ruhm des Ancien régime.

Und gewiß entbehrt dieser massive und rauhe Bau nicht einer gewissen Majestät. Doch der Krieg hat es nicht nur beschädigt und mehr oder weniger ausgeweidet, sondern auch mit den deutschen Farben überzogen, mit dem abscheulichen Anstrich der nazistischen Fallschirmjäger, grün und braun.

Mittwochabend. Die Verhandlung ist beendet. Ich hatte Gelegenheit, Henri Martin, seinem Vater und seiner Verlobten auf einem Flur des verwahrlosten Gebäudes die Hand zu drücken. Der Gerichtssaal hat sich geleert. Ich bleibe einen Augenblick auf der Terrasse stehen, die den Horizont überragt. Am Fuß der Treppe fahren Autos ab, vollgestopft mit Offizieren, Richtern und anderen Personen. Ich steige die Stufen hinunter und gehe bis zu dem Punkt, von dem aus man unten die Kasernen der alten Schule und die beiden großen Panzerkreuzer erkennen kann, die uns verblieben sind: *Richelieu* und *Jean-Bart*. Der *Jean-Bart* ist jetzt wieder flott, nach jahrelangen Arbeiten. Kurz vor dem Waffenstillstand war ihm eine großartige Flucht aus Saint-Nazaire nach Nordafrika geglückt. Aber am 8., 9. und 10. November 1942, als das keuchende Frankreich auf die Nachricht der erfolgreichen Landung wartete, feuerte der *Jean-Bart* aus allen Rohren auf das von Roosevelt entsandte Geschwader und ließ sich außer Gefecht setzen. Wie viele Milliarden mag seine Instandsetzung verschlungen haben? Hatte Frankreich diesen Koloß bezahlt, damit er die Befreiung beschoß? Und erwartet Frankreich, daß die Reste seiner Flotte Hitlers Krieg von neuem beginnen?

Es ist Zeit, den Heimweg anzutreten. Ich gehe auf der Allee zurück, die zum Gittertor führt. Ein letztes Mal drehe ich mich um: die Reede, der Horizont, Colbert. Die einzigen lebenden Schatten neben dem Standbild sind dunkle Silhouetten. Schwarze CRS. Sie überlagern, was einst groß war.

*

Admiral Moullec begleitet mich durch ein unkenntlich gewordenes Brest, und während er die Züge seiner Geburtsstadt wiederzuerkennen sucht, tauschen wir am Ende dieses Verhandlungstages unsere Eindrücke aus. Wir sind zuversichtlich. Der Spruch des Kassationsgerichts, der auf einem letztlich geringfügigen Formfehler gründet, muß vom Seekriegsgericht in Brest zwangsläufig als eine von der höchsten Instanz des Landes gegen das Gericht von Toulon ausgesprochene Mißbilligung ausgelegt werden. Sogar die reaktionäre Presse hat ihren Ton gemäßigt, auch die hitzigsten Journalisten schreiben, daß die Affäre maximal mit drei Monaten Gefängnis enden dürfte. Unsere Aussagen, die sich auf die üblichen Disziplinarverfahren bezogen, müssen den Richtern zu denken gegeben haben. Die Aussage Paul Lévys, des ehemaligen Direktors der Französischen Schule für den Fernen Osten, hat ihnen gewiß ungeahnte Ausblicke und viele erschütternde Einzelheiten über den Ursprung und den Sinn der Ereignisse in Vietnam enthüllt. Sogar der Staatsanwalt war genötigt, an das heldenhafte Verhalten Henri Martins im Kampf gegen Deutschland zu erinnern; und auch wenn er wenig später einige Ungeheuerlichkeiten äußerte, so hat er doch das Gericht in seiner juristischen Sprache aufgefordert, das Strafmaß herabzusetzen. Die Anklage wegen Mitwisserschaft bei einem Sabotageversuch, die die Verhandlungen in Toulon schwer belastet hatte, ist von vornherein fallengelassen worden. Und schließlich war Lieberts Geständnis ein Theatercoup: der Hauptbelastungszeuge, der *deus ex machina* des Prozesses, hat jämmerlich zugegeben, daß er sich freiwillig zur deutschen Kriegsmarine gemeldet hat!

Ja, am Ende dieser Verhandlung am Mittwoch herrschte im Gerichtssaal ein Gefühl der Entspannung, das zuversichtliche Gefühl jener Witwe eines Deportierten, die in den Zeugenstand trat und sagte: «Aber gewiß, meine Herren, Sie werden ihn uns wiedergeben. Ganz bestimmt. Morgen wird er frei sein ... Aber ja ... Weil alle französischen Mütter es fordern.»

Und auch Martin stand lächelnd Hand in Hand mit seiner Verlobten neben seinem Vater, abgemagert, aber entspannt und zuversichtlich. Weil das Urteil von Toulon ganz offensichtlich weder juristisch noch menschlich aufrechtzuerhalten war.

Als ich diesem denkwürdigen Tag den Rücken kehrte, sah ich nur noch ein Bild vor mir: den langen Tisch, an dem irreale Richter saßen, versteinert und eisig, wie in einem Wachsfigurenkabinett, umgeben vom Geflüster der Menschlichkeit im Saal. Unter dieser Maske, die die «Pflicht» ihnen auferlegte, mußten sie fraglos im Grunde ihrer Seele leiden. Welch ein Drama, diesen Helden verurteilen zu müssen und sich damit abermals in Widerspruch zur Nation zu setzen! Ich muß gestehen, ich dachte weniger an die Prüfung, die Henri Martin bereits moralisch bestanden hatte, als an die Prüfung der Richterschaft, die wieder einmal des Irrtums überführt worden war, an die Tragödie der verletzten Eitelkeit inmitten dieses Dekors von Schiffbrüchen und Schutthaufen.

*

Und tags darauf, am Donnerstag, als ich wieder in Paris war, erfuhr ich am Mittag das grausame Urteil: fünf Jahre Zuchthaus!

Peng. Wie ein Pistolenschuß.

Es knallt neben dir. Du schreckst zusammen. Du riechst das Pulver. Du begreifst nicht, kannst es nicht fassen. Aber dann, wenn du erfährst, wer geschossen hat, wer getroffen wurde und warum ...

Dann kommst du wieder zu dir, und langsam, unaufhaltsam packt dich ein Gefühl der Wut, das nicht mehr verebbt.

Über Henri Martin hat man auf die Widerstandsbewegung gezielt. Die Widerstandsbewegung gegen den Feind von gestern, gegen den schmutzigen Krieg von heute, gegen den Völkermord von morgen.

Wer «man»? Das Marinekorps, das dem Geist der Vichy-Marine treu geblieben ist, die Regierung oder, wenn man will, das Regime der Volksbetrüger und schließlich die Regierung in Washington, ihr Herr und Meister, der beschlossen hat, Stützpunkte zu errichten, die in der Lage sind, China zu bombardieren und die Welt in Brand zu stecken.

*

War der Kontrast nicht ungeheuerlich? Auf der Seite der Verteidigung Zeugen wie der Führer des Maquis vom Cher, Witwen und Mütter von Märtyrern, zwei Offiziere der FNFL und eine zwar differenzierte, aber eindeutige Erklärung, die den Freispruch forderte: die Erklärung des einzigen französischen Admirals, der im Jahre 1940 die Ehre Frankreichs gerettet hatte.

Und auf der Seite der Belastungszeugen – abgesehen von denen, die spontan die Verteidigung unterstützten – ein Individuum, den ein anständiger Mensch nur mit der Zange anfassen würde: Liebert. Der Mann, der in Toulon als Spitzel, Lügner und Provokateur, in Brest als Freiwilliger der deutschen Kriegsmarine entlarvt worden ist. Das also war der Zeuge, den die Rue Royale dem Obermaat Henri Martin entgegengesetzt hat, dem Seemann ohne Furcht und Tadel, der sich mit siebzehn Jahren freiwillig meldete, um gegen den Angreifer Frankreichs zu kämpfen! Und doch ist den Wachsfiguren nicht die Röte ins Gesicht gestiegen.

Mich selbst quält und brennt die Empörung, und keine Drohung wird mich davon abhalten können, laut zu sagen, daß die Schamlosigkeit hier ans Obszöne heranreicht.

Vor einigen Monaten wurde Admiral Moullec – unter Verletzung der parlamentarischen Immunität und der Zeugenimmunität – belangt, weil er im Prozeß von Toulon als Zeuge aufgetreten war und daran erinnert hatte, daß er im Jahre 1942 in demselben Gerichtssaal in Toulon zu zwanzig Jahren Haft verurteilt worden war. Er hätte hinzufügen können, daß die Seekriegsgerichte unzählige Urteile dieser Art sowohl gegen Offiziere und Matrosen, die den FNFL beitraten, als auch gegen Patrioten der Résistance ausgesprochen hatten.

Diese Verurteilungen traten zuweilen an die Stelle der von der Vichy-Regierung gefällten Todesurteile, so wie Darlans Polizei an die Stelle der Gestapo trat. Damals schuf die Marine eine Polizeischule; Admiral Bard wurde Polizeipräfekt von Paris, höhere Offiziere und andere verwandelten sich in Intendanten und Kommissare der Polizei, und die Admirale Platon, Abrial, Decoux und viele andere ließen alle Widerstandskämpfer, Soldaten und Zivilisten, in den überseeischen Gebieten durch ihre Polizei und ihre Gerichte verfolgen. Die «Doktrin» der Nationalen Revolution sowie der Kult des «Marschalls» wurden von dieser Marine offiziell anerkannt, die von einem an Raserei grenzenden Fanatismus gegen alles, was den Geist der Demokratie verkörperte, beseelt war: gegen Republikaner, Freimaurer,

Juden, Kommunisten und damalige Gaullisten. Marineoffiziere dienten sogar in Darlans berüchtigter Miliz, und an der Spitze der Mörder des achtzigjährigen Victor Basch und seiner Frau stand ein hoher Marineoffizier und Anhänger der Action Française namens Lécussan.

Diese Wut richtete sich nicht allein gegen die Demokratie, dieser Haß verriet auch Frankreich. Flottenadmiral Darlan wurde in den Augen aller Patrioten zum Symbol dieses Verrats. Der Beweis dafür ist, daß Bonnier de la Chapelle Royalist war.

Admiral Darlan lieferte weite Gebiete Syriens an die Luftwaffe der Nazis aus, er schickte Waffen in den Irak, um hinterrücks den Suezkanal einzunehmen, er nahm Bündnisverhandlungen mit Deutschland auf, er versorgte Rommel mit Proviant, er ließ regelmäßig und bei jeder Gelegenheit das Feuer auf alle Freien Franzosen, auf ihre Verbündeten, auf die Feinde der «Achse» eröffnen. Einer seiner U-Boot-Kommandanten erwähnte in einem Bericht aus dem Indischen Ozean: «Meine Aufgabe wurde wesentlich durch ein deutsches Kaperschiff erleichtert, das in den hiesigen Gewässern operierte.»

Die Entschuldigung, der Vorwand war die «Verteidigung des Kolonialreichs» ... Eine einseitige Verteidigung. So führte Bizerta nicht nur den Befehl Vichys aus, die Deutschen als Verbündete zu empfangen, wodurch diesen dreizehn Kriegsschiffe kampflos in die Hände fielen; so stellten sich nicht nur die Offiziere und Ingenieure der dortigen Marinewerft in den Dienst der deutschen Kriegsmarine, sondern Admiral Esteva organisierte zudem eine Truppe von Freiwilligen zum Kampf gegen die Armee Giraud. Ich habe ihren Stahlhelm gesehen: graugrün, die Franziska auf der einen Seite, das Hakenkreuz auf der anderen.

Es ist wahr, daß der Selbstmord von Toulon zu einem jähen Erwachen vieler Offiziere führte, die endlich ihren unwürdigen Führern den Gehorsam aufkündigten. Doch es bleibt eine Tatsache, daß diese Führer beabsichtigt hatten, Toulon und seine Flotte in den Dienst des Dritten Reichs zu stellen. Ich habe das Protokoll der Sitzung gelesen, auf der Marquis und de Laborde zusammen mit dem von Hitler entsandten Admiral die gemeinsame «Verteidigung» des befestigten Lagers vorbereiteten und sogar einen Angriff auf Algier ins Auge faßten. Und wenn auch nach 1942 die Schiffe aus Übersee mit mehr oder weniger Verspätung und Widerwillen dem verspäteten Befehl Darlans Folge leisteten und auf die Seite des Stärkeren überwechselten und auch wenn sich unter den in Frankreich gebliebenen Offizieren die Zahl der Widerstandskämpfer und der Grenzübertritte nach Spanien erhöhte – arbeiteten die Arsenale des Mutterlandes nicht weiterhin für die Besatzer, war Admiral Bléhaut, der Staatssekretär, nicht offiziell Kollaborateur, wurden die Dienstverpflichtungen für die deutsche Kriegsmarine nicht gefördert, sprang nicht der Sohn des Admirals Platon mit einer Gruppe von Nazis über dem befreiten Frankreich mit dem Fallschirm ab?

Diese Erklärungen oder Fragen richte ich insbesondere an meinen ehemaligen Kameraden Broutot, den Staatsanwalt im Prozeß von Brest: ich frage ihn, ob er es unter diesen Umständen für schicklich hält, Martin mit einem Subjekt wie Liebert zu konfrontieren. Ich frage ihn ferner, ob er, Broutot, in Tunesien nicht der Gehilfe von Riché de Forges war, der nicht als Patriot, sondern als Anwalt des Verrats den Stoff zu einem düsteren Kapitel in der Geschichte des nordafrikanischen Widerstands lieferte.

*

Unter diesen Umständen ist es mir unerklärlich, woher Broutot das Recht nahm, sich auf Frankreichs Ruhmestaten zu berufen, um Henri Martin Lehren über Patriotismus zu erteilen. Nach dem Schurken Liebert hat Broutot sich nicht gescheut, den Schatten Alfred de Vignys vor Gericht zu zitieren, als ob diese hehre Gestalt je bereit gewesen wäre, Gewährsmann für ein so schmutziges Geschäft zu sein! Broutot, der Advokat der Knechtschaft, hat ein edles Buch entwürdigt, er hat seine Größe beschnitten.

«Eines Tages wird man die Dinge wohl oder übel so regeln müssen, daß auch dem Soldaten das Denken erlaubt ist und daß der Gebrauch des Verstandes und damit die Übung des Gewissens und der Gerechtigkeit nicht auf einen bestimmten Rang beschränkt ist ... Eines Tages müssen wir das überwinden ... Nicht der Stand macht den Menschen! Niemals wird man den Kapitän eines Schiffes zwingen können, zum Henker zu werden, es sei denn, daß Mörder und Diebe an die Regierung kommen, die aus der Gewohnheit eines armen Teufels, blindlings und gegen sein Herz zu gehorchen und immer zu gehorchen wie eine erbärmliche Maschine, Gewinn ziehen ... Als ich nach Frankreich zurückkehrte, ersuchte ich mit meinem militärischen Rang zu den Landtruppen versetzt zu werden, *denn das Meer war mir verhaßt; weil ich dort unschuldiges Blut vergossen hatte.*»

Von wem stammen diese Sätze? Von Alfred de Vigny. Es bleibt dem Gerichtsoffizier Broutot vorbehalten, diesen aufsässigen Zeugen wegen Demoralisierung der Armee und wegen Verherrlichung eines Vergehens zu verurteilen, das weit schwerer ist als jenes, das Henri Martin zur Last gelegt wird. Denn Henri Martin hat nicht den Gehorsam verweigert. Aber de Vigny vergibt und ehrt mit der Stimme der Jahrhunderte den Ungehorsam des Vicomtes d'Orte, der sich weigerte, den Befehl Karls IX. auszuführen, in der Stadt Dax eine Bartholomäusnacht anzurichten: «Sire, ich habe nur brave Bürger und tapfere Soldaten, aber keine Henker gefunden.»

Broutot hat sogar Du Guesclin[19] zu Hilfe gerufen, um den Krieg in Indochina zu rechtfertigen. Als ich das dem Abbé Boulier erzählte, sprang er auf und rief: «Aber Du Guesclins letzte Worte waren: ‹Ich habe niemals ein Kind, eine Frau oder einen unbewaffneten Mann angerührt!›»

*

Henri Martin hat unschuldiges Blut ins Meer fließen sehen. Er hat Kinder verbluten sehen, die auf friedlichen Sampans beschossen worden waren; er hat brennende Dörfer gesehen und das Röcheln der Sterbenden und Gefolterten gehört. Wir wissen, daß das keine Ausnahmen waren, sondern daß es die Methode des neuen Kriegs ist; wir wissen von den vielen Bartholomäusnächten in Vietnam, die jetzt Oradour genannt werden; wir wissen, daß inzwischen Napalm die gewöhnlichen Brandbomben ersetzt, daß Kämpfende wie Nichtkämpfende, Greise in ihren Strohhütten, Kinder auf ihren Büffeln verkohlen. Deshalb rufen heute Menschen, die bisher geschwiegen haben, wie Pater Chenu, in die Lautsprecher: «Dieser schmutzige Krieg ist eine Herausforderung an jedes christliche und menschliche Gewissen!»

Die Zeit ist gekommen, daß die Tapferen reden und die Feigen schweigen. Die Zeit ist gekommen, alle jene, die meinen oder gemeint haben, daß dieser Krieg nur Schande und Unheil bringt, aufzufordern, es offen auszusprechen oder aber die Stirn zu haben, uns verfolgen zu lassen.

Admiral Barjot, der du dich geweigert hast, Vichy zu dienen, der du vor vier Jahren das Bildnis von Ho Tschi Minh auf dem Kamin stehen hattest, fühlst du dich wohl, kannst du noch ruhig schlafen bei dem Gedanken, daß das ehemalige Mitglied der FTP Henri Martin hinter Mauern sitzt?

19 Französischer Feldherr (1320–1380). *Anm. d. Übers.*

Was mich betrifft, so unterschreibe ich alles, was in Henri Martins Flugblättern geschrieben steht: «Wir fordern die sofortige Wiederaufnahme der Verhandlungen mit Ho Tschi Minh, dem einzigen berufenen Vertreter des vietnamesischen Volkes ... Wir fordern die Rückkehr des Expeditionskorps ... Friede in Vietnam!»

Ich unterschreibe es mit meiner Verantwortung als ehemaliger Offizier. Mit meiner Verantwortung als Schriftsteller, der ein Buch mit dem Satz beendet hat: «Leben heißt die Wahrheit verteidigen.»

*

Zwei Jahre sind inzwischen vergangen. Mit Heimburger hat das Gericht von Brest Nachsicht gehabt: die fünf Jahre Zuchthaus wurden in fünf Jahre Gefängnis umgewandelt. Im Jahre 1952 erhält er Straferlaß: für ihn jedenfalls ist die Sache erledigt. Der schlechte Akteur, der seine Rolle nicht zu Ende spielen konnte, wird entlassen: das nennt man das Gnadenrecht des Präsidenten. Wir ziehen daraus den Schluß, daß es weniger kostet, einen Flugzeugträger zu sabotieren, als in einer Kaserne Flugblätter zu verteilen. Gleichviel, ich werde nicht gegen Heimburgers Freilassung protestieren: man hat ihn bis ins Mark getroffen, er ist das typische Opfer, dessen Seele so verfälscht wurde, daß es nicht einmal die Möglichkeit hatte, sich aufzulehnen; er hat für uns alle bezahlt, und ich fürchte, daß er es auch jetzt noch tut, da er frei ist. Er verschwindet aus dieser Geschichte, und ich vermute, daß er diese Zeilen niemals lesen wird; im übrigen ist dieses Werk nicht für ihn bestimmt: trotzdem wäre es ungerecht, ihn in seine Einsamkeit zurückkehren zu lassen, ohne ihm einen Gruß zu senden und ihn unserer Achtung zu versichern.

Aber Martin. Wie ergeht es ihm in der Zwischenzeit? Nun, ihm ist eine Sonderbehandlung vorbehalten. Man hatte ihn mit dem Flugzeug von Toulon nach Brest gebracht: weshalb diese übertriebene Ehre? Dagegen zwingt man ihn, die Reise von Brest nach Rennes und von dort nach Melun in Sträflingskleidern zurückzulegen:[20] *weshalb diese unwürdige Behandlung? Und warum hat man ihn in die Abteilung für Schwerverbrecher gebracht? Aber es kommt noch besser: in Gefängnissen geschieht alles mögliche, sogar daß ein Häftling heira-*

20 Normalerweise müssen die Häftlinge nur innerhalb des Gefängnisses Sträflingskleider tragen.

tet; in einem solchen Fall erlaubt ihm der Anstaltsdirektor, sich – natürlich unter strenger Bewachung – in das Rathaus des betreffenden Ortes zu begeben. Warum wurde nur Martin diese Genehmigung nicht erteilt? Warum hat man seine Eltern und seine Braut auf dem Standesamt warten lassen, warum hat man ihnen erst im letzten Augenblick mitgeteilt, daß die Trauung im Zuchthaus stattfinden würde? Zwei Lastwagen mit CRS vor dem Kommissariat, fünfhundert CRS innerhalb des Gefängnisses. Die Leute fragten: Was ist los? Ein Hungermarsch? Ein Aufstand? Eine Gefangenenrevolte? Man gab ihnen zur Antwort: Nein, Henri Martin heiratet. Die Trauung wurde um neun Uhr morgens in der Kanzlei vollzogen. Der Bürgermeister, ein Unabhängiger, war ersucht worden, die Brautleute in dieser «Fiktion von einem Rathaus» zu trauen, wie er es humorvoll nannte. Er begriff das nicht, der brave Mann, und er brummte beim Hinausgehen: «Sehr heiter war das ja nicht.» Dennoch gab es einen Augenblick offener Heiterkeit: als der Bürgermeister den Artikel 215 verlas: «Die Wahl des Wohnsitzes ist Sache des Ehemannes.» Dann gingen Trauzeugen und Eltern wieder fort; man ließ das jungverheiratete Paar allein. Für zehn Minuten. Danach führte man Martin in seine Zelle zurück.

Vierzehn Tage später heiratete Jo Attia, der Leutnant von Pierrot le Fou, im Rathaus von Fresnes und speiste mit seiner Frau und seinen Freunden im Wirtshaus.

Wovor haben sie Angst? Vor einer Entführung? Wirklich, sie halten die Kommunistische Partei für Fantômas. O leichtfertige Henker! In Toulon lebte einmal ein Obermaat, der die Matrosen zu einer gemeinsamen Protestaktion aufrufen wollte; als ihr ihn festnahmt, reichte seine Propaganda nicht über den engen Kreis seiner Kameraden hinaus, und ich kann mir vorstellen, daß er den bitteren Geschmack der Niederlage kennengelernt hat: gewiß war er darauf gefaßt, festgenommen zu werden, aber nicht so bald; nichts war erreicht, keiner hatte sich gerührt, er hinterließ niemanden, der seine Aktion fortsetzen konnte. Tatsächlich hattet ihr in diesem Augenblick gewonnen: es genügte, ihn so lange einzusperren, bis seine Dienstzeit abgelaufen war; vier Monate Untersuchungshaft, danach hätten ihn Zivilrichter zu vier Monaten verurteilt – ob nun mit oder ohne Bewährung –; jedenfalls hätte er damit alles überstanden; ihr hättet die Gefängnis- und Kasernentore geöffnet: er wäre «an den heimischen Herd» zurückgekehrt, und kein Hahn hätte je wieder nach diesem glücklosen Propagandisten gekräht. Täglich werden auf diese Weise

Menschen verurteilt, von denen wir nicht einmal die Namen kennen. Statt dessen habt ihr ihn vor ein Militärgericht geschleppt, ihr habt einen großen und aufwendigen Prozeß veranstaltet, habt ihn zuerst der Sabotage, dann des Verrats angeklagt, ihn degradiert, mit einer durch nichts zu rechtfertigenden Strafe belegt und mit kleinlichen Schikanen verfolgt; ihr habt ihm hundertmal Gelegenheit gegeben, seinen Mut, seine Standhaftigkeit und die Aufrichtigkeit seiner Überzeugungen zu beweisen, und ihr selbst habt ebensooft bewiesen, wie sehr ihr ihn fürchtet; ihr habt ein paar Matrosen seinem Einfluß entzogen und vielleicht ein paar andere durch die Härte der Strafe abgeschreckt; aber dafür habt ihr ihm etwas verschafft, was er nie zu hoffen gewagt hätte: das Gehör eines ganzen Landes. Ihr selbst habt Millionen Menschen auf die Lücke in einer ihrer Familien, auf das Verstummen einer Stimme inmitten des Lärms, auf die unbeugsame Verachtung hinter den Gefängnismauern hingewiesen; ihr selbst habt seinen Mißerfolg in einen Sieg verwandelt; o ihr Einfaltspinsel, ihr habt aus einem unzufriedenen Matrosen Henri Martin gemacht.

Warum? Was verbirgt sich hinter dieser Affäre? Woher kommt es, daß diese Prozesse uns Abscheu einflößen? Woher kommt diese Atmosphäre aus scheinheiliger Bosheit, eingefleischtem Zynismus, seniler Tücke? Martins Geschichte kennen wir nun genau: nichts an ihr ist zweideutig; Unerbittlichkeit und Treue, Freundschaft, Zorn, besonnene Leidenschaft und leidenschaftliche Besonnenheit, Entschlossenheit und Freiheit, Stolz und Bescheidenheit, Mißerfolg und Sieg; es ist die überaus klare Geschichte eines Menschen: man mag sie drehen und wenden, wie man will, sie erklärt weder die üblen Prozesse noch die üblen Verfahren. Die Richter waren, wie ich vermute, anständige Leute, gesund an Körper und Geist, Männer, die ihre Pflicht taten oder zu tun glaubten: in dieser Richtung brauchen wir nicht zu suchen. Sollte Herr Bernard-Derosne vielleicht recht gehabt haben, als er 1950 schrieb: «Was nun den unbekannten Zivilisten betrifft, von dem den ganzen Tag die Rede war ... und den alle Welt kennt ...»? Sollte sich der Schlüssel zu diesem militärischen Drama letztlich in den Händen eines Zivilisten befinden?

Allerdings. Es stecken Zivilisten in dieser Affäre; weder in Toulon noch in Brest sind ihre Namen ausgesprochen worden, aber alle Welt kennt sie: sie heißen Bidault und Mayer, der eine war damals Ministerpräsident, der andere Justizminister. Es gibt auch noch andere, weniger hochgestellte Herren, kurz: ein ganzes Unternehmen. Ich glaube nicht, daß einer von ihnen Martin irgendwelche Flugblätter oder Heimburger Wunderpillen zugesteckt hat, sie haben weit Schlimmeres getan.

Gegen Ende des Winters 1949/50, als die Marinepolizei in den Gassen des Arsenals den Flugblattverteilern auflauerte und als Liebert Heimburger sanft zur Verzweiflung trieb, ereigneten sich in der Nationalversammlung mehrere verdächtige Vorfälle, die fast unbemerkt blieben: an einem trüben Tag streuten die Regierungsmitglieder und die Abgeordneten der Mehrheit Sand in das Strafgesetzbuch und setzten, auf den Geschmack gekommen, ihr Werk an den folgenden Tagen fort. Der Schaden, der im Laufe des 11. März entdeckt wurde, heißt «Gesetz über nationale Demoralisierung». Kein Wunder, daß die Justiz in Toulon und in Brest so verstümmelt wirkte: sie verwendete ein beschädigtes Strafgesetzbuch. Wir werden die Affäre des Arsenals nicht begreifen, bevor wir die Affäre des Palais Bourbon geklärt haben. Bisher hatten wir es nur mit Matrosen und Indochinesen zu tun: mit kleinen Leuten; nun aber springen wir auf die höchste Stufe der Gesellschaft, mitten hinein in dieses muntere Völkchen, das anmutig von Baum zu Baum hüpft und sich mit all ihren Schwänzen an den Ästen festhält. Der Berichterstatter von L'Aurore hatte nur zur Hälfte recht: der Schlüssel zu dieser Matrosengeschichte liegt in den Händen von Zivilisten, das stimmt; aber bei einer höheren Instanz, wo Zivilisten und Matrosen unseren Blicken entschwinden: was übrigbleibt, ist ein Menschenleben in den Händen von Affen.

Am 8. März, als Martin zum vorletztenmal seine Flugblätter verteilt, kennt er die Art seines Vergehens noch nicht: die Nationalversammlung hat das Gesetz noch nicht verabschiedet, das es gestatten wird, das Delikt beim Namen zu nennen. Dagegen ist die Regierung über den Fall Martin bestens informiert: sie hat alles in Händen, die Flugblätter, die Beweisstücke, die Berichte Lieberts und einiger anderer. Kennt sie den Täter? Ich bin davon überzeugt; aber das ist unwichtig: auf jeden Fall weiß sie bereits, daß es sich um einen Matrosen, einen politischen Gegner handelt, der mit der Kommunistischen Partei sympathisiert und den Krieg in Indochina mitgemacht hat, um einen Sohn der Arbeiterklasse; ob er nun Martin oder anders heißt, tut nichts weiter zur Sache: vom Wipfel einer Kokospalme sehen sich ohnehin alle Obermaate gleich. Während also der Täter sich immer tiefer ins Verbrechen verstrickt, beäugen ihn unsere Minister verstohlen, während sie das Gesetz ausarbeiten, das es ermöglichen wird, ihn zu bestrafen. Was? Eigens für Martin soll ein Gesetz ge-

schneidert worden sein? Sein Gesetz, nach Maß? Nein, das behaupte ich nicht, und ich gebe zu, daß unseren führenden Männern herzlich wenig an seiner Person gelegen ist: man hat ihn ganz einfach dazu ausersehen, das neue Gesetz einzuweihen; ihn hat man nach Maß gemacht *für dieses Gesetz. In der Tat gibt es in dieser Geschichte einen höchst verwirrenden Zufall: was wäre, wenn man Martin bereits am 8. März verhaftet hätte? Was für eine Blamage! Es wäre unmöglich gewesen, ihn der «Demoralisierung» zu beschuldigen. Die Regierung hatte Glück: da er erst am 13. März erwischt wurde, hat er* mindestens einmal *nach Inkrafttreten des Gesetzes Flugblätter verteilt. Bis zum 11. März stachelt er zum Ungehorsam auf; ab dem 11. März ist er an einem kriminellen Unternehmen beteiligt. Ihr haltet diese Finessen für kaum annehmbar?*

Ich verstehe euch. Und ich will euch nicht verhehlen, daß es Leute gibt, für die sie ganz und gar unannehmbar sind. So weisen die Herren Maillard, Amado, Bécourt, Jouffa, Roland Weyl, Jean Lagrange, Fabien Dreyfus und Frau Brodu, alles Strafverteidiger, in einem Rundschreiben an ihre Kollegen auf folgendes hin:

«Das Gesetz ..., am 19. März 1950 nach Toulon gelangt, ist auf Henri Martin nicht anwendbar; der Standpunkt der Anklage, das Gesetz vom 11. März habe insofern rückwirkende Kraft, als es mildere Strafen als die früher vorgesehenen verhängt,[21] *ist unzulässig.»*

Wir sind nicht qualifiziert, in dieser Rechtsfrage zu urteilen. Wir wollen lediglich anmerken, daß diese Eile verdächtig und, um es ganz deutlich zu sagen, unlauter erscheint. Aber noch ist der Zeitpunkt nicht gekommen, Anklage zu erheben; was uns beschäftigt, ist das außergewöhnliche Glück der Regierung. Wie denn? Sie verfolgte die Affäre seit sechs Monaten, seit vier Monaten war Liebert am Werk, und erst am 13. März, weder früher[22] *noch später, wird alles entdeckt? Meine Meinung ist: man war seit Wochen über alles orientiert, und man setzte alle Hebel in Bewegung, um die Polizisten an der Ausübung ihres Berufs zu hindern. Jeden Morgen fragten sie ver-*

21 Es handelt sich um die Notverordnung von 1940, die die Todesstrafe vorsah. Wir werden später auf sie zurückkommen. Für die Argumentation dieser Anwälte vgl. den Anhang.

22 Die Anklage betont ausdrücklich, daß das letzte Flugblatt (von der Kommunistischen Partei unterschrieben und am 13. von der Marinegendarmerie beschlagnahmt) am 11. März ins Arsenal eingeschmuggelt worden ist. Schuldig mit knapper Not!

mutlich ihre Vorgesetzten: «Na, schlagen wir heute zu?» – «Nein, nein! Das Gesetz wird erst heute abend beschlossen, warten wir noch bis morgen.» Und am nächsten Tag: «Kann es losgehen?» – «Nein, noch nicht: da ist dieser verdammte Änderungsantrag von Herrn Menthon, der kompliziert alles.» Und schließlich am 13. März: «Los jetzt! Das Gesetz ist durch.» Zwei Stunden später war alles erledigt. Da haben wir den wahren Sinn des Prozesses: man will ein Gesetz an einem Menschen ausprobieren. Es geht um seine Inkraftsetzung, um seine Anpassung, um seine Bewährungsprobe. Die Luftwaffe hat seit langem ihre Versuchspiloten, nun braucht die Justiz Versuchsschuldige! Henri Martin hat die Moral der Marine untergraben? Ach was! Kein Mensch hat je daran geglaubt: um Henri Martin scherte man sich einen Dreck. Nein, es ging nur darum, so schnell wie möglich festzustellen, ob sich das Gesetz über die Demoralisierung auf einen Unschuldigen anwenden ließ. Der Gebrauch, der seither von diesem Gesetz gemacht wurde, beweist, daß das Experiment geglückt ist. Aber, wird man naiv fragen, warum gerade mit Unschuldigen?

Warum? Weil das Verbrechen der Demoralisierung so konstruiert wurde, daß es völlig ausgeschlossen ist, es zu begehen. Das wundert euch? Einen Augenblick: verlassen wir Henri Martin für kurze Zeit, und machen wir einen Abstecher zu den Bandar Log.

II

Die Saboteure des Palais Bourbon

Roger Pinto
[Rechtsgutachten]

Der unterzeichnende Professor der juristischen Fakultät hat auf die Frage nach der Rechtsgültigkeit der rechtlichen Qualifizierung des von dem Ständigen Seekriegsgericht in Brest in seinem Urteil vom 19. Juli 1951 gegen Henri Martin festgestellten Sachverhalts folgendes Gutachten erstellt:

Sachverhalt und gerichtliches Verfahren

I. Der Obermaat zweiter Klasse Henri Martin, der Marineversuchsstation von Toulon zugeteilt, ist auf Beschluß der Anklageerhebungskammer des Appellationsgerichtshofs in Aix-en-Provence vom 27. Juli 1950 vor das Ständige Seekriegsgericht in Brest gestellt worden; er wird beschuldigt, in das Arsenal der Kriegsmarine in Toulon und an Bord des Flugzeugträgers *Dixmude* Flugblätter und Klebezettel eingeschmuggelt, dort angeschlagen oder zum Anschlagen weitergegeben zu haben, in denen die Matrosen aufgefordert wurden, ihren Vorgesetzten den Gehorsam zu verweigern und insbesondere die Ausreise nach Indochina abzulehnen.

II. In dem Beschluß sind folgende Einzelheiten des Sachverhalts niedergelegt. [Siehe oben, S. 87ff.]

III. Der Verweisungsbeschluß qualifiziert diesen Sachverhalt als vorsätzliche Teilnahme an einem Unternehmen zur Demoralisierung der Armee mit dem Ziel, die Nationale Verteidigung in Friedenszeiten zu gefährden.

Er entscheidet, daß der so qualifizierte Sachverhalt den Tatbestand des Verbrechens erfüllt, dessen Bestrafung in Art. 76 Abs. 4 Buchstaben *b* und *d* des Strafgesetzbuchs in der Fassung des Gesetzes vom 11. März 1950 vorgesehen ist.

IV. Das erste Urteil des Ständigen Seekriegsgerichts in Toulon wurde am 19. Mai 1951 durch Beschluß des Kassationsgerichtshofs wegen Verletzung der Rechte der Verteidigung aufgehoben.

V. Das Ständige Seekriegsgericht in Brest, an das der Fall nun überwiesen wurde, hat weder die Natur der als strafbar erachteten Tatsachen noch ihre rechtliche Qualifizierung, wie sie aus der Anklageschrift hervorgeht, geändert. Es hat die ungewöhnlichen Anträge des Staatsanwalts gehört, «die darauf abzielen, die vom Seekriegsgericht in Toulon ausgesprochene Verurteilung als moralisch rechtskräftig anzusehen, wobei er das Gericht freilich darauf hinweist, daß es sie ändern könne» (S. 8 des Urteils, *sic!*).

Dem Gericht ist von seinem Vorsitzenden die folgende Frage zur Entscheidung vorgelegt worden:

«*Zweite Frage:* Ist der Angeklagte Henri-Ursin-Clément Martin, Obermaat zweiter Klasse, Mechaniker, schuldig, als Franzose in Toulon in der Zeit von Anfang Juli 1949 bis zum 15. März 1950, jedenfalls aber seit einer nicht näher zu bestimmenden Zeit, in Friedenszeiten vorsätzlich an einem Unternehmen zur Demoralisierung der Armee mit dem Ziel teilgenommen zu haben, die Nationale Verteidigung zu gefährden, indem er in das Marinearsenal von Toulon und an Bord des Flugzeugträgers *Dixmude* Flugblätter und Klebezettel eingeschmuggelt, dort angeschlagen hat oder hat anschlagen lassen, die die Matrosen aufforderten, ihren Vorgesetzten den Gehorsam zu verweigern und insbesondere die Ausreise nach Indochina abzulehnen?»

Das Gericht hat diese Frage einstimmig mit Ja beantwortet. Daraufhin ist Henri Martin mit Stimmenmehrheit zu fünf Jahren Zuchthaus und Degradierung verurteilt worden.

Gegenstand des Gutachtens

VI. In der Frage, die sich hier erhebt, geht es nicht darum, den vom Gericht als erwiesen erklärten Sachverhalt zu prüfen. Die Beurteilung der Tatsachen obliegt unanfechtbar dem Gericht und ist (unter Vorbehalt der Revisionsfälle) indiskutabel. Dagegen kann die Rechtmäßigkeit der auf die beigebrachten Tatsachen angewandten rechtlichen Qualifizierung im Lichte der geltenden Bestimmungen und der die Materie beherrschenden Rechtsprinzipien untersucht werden.

Die Rechtsbestimmungen und die Parlamentsdebatten

VII. Art. 76 des Strafgesetzbuchs in der Fassung des Gesetzes vom 11. März 1950 lautet:

«Mit Zuchthaus wird jeder Franzose oder Ausländer in Friedenszeiten bestraft, der sich schuldig gemacht hat:

...

d) der vorsätzlichen Teilnahme an einem Unternehmen zur Demoralisierung der Armee mit dem Ziel, die Nationale Verteidigung zu gefährden.»

VIII. Dieser neuen Bestimmung liegt ein von der Regierung am 23. Februar 1950 vorgelegter Gesetzentwurf (Nr. 9295) zugrunde. Dieser Entwurf enthielt folgende Fassung, die jedoch von der Nationalversammlung nicht angenommen wurde:

«Ebenso wird bestraft, wer vorsätzlich eine Tat begangen hat, die geeignet ist, die Moral der Armee oder der Nation zu untergraben mit dem Ziel, die Nationale Verteidigung zu gefährden.»

IX. In dem Bericht über die Begründung des Entwurfs wurde diese Fassung wie folgt gerechtfertigt:

«... Gemäß Art. 76 des Strafgesetzbuchs in der Fassung der ‹Notverordnung› vom 9. April 1940 ... wird jeder Franzose bestraft, der vorsätzlich an einem Unternehmen zur Demoralisierung der Armee oder der Nation teilnimmt, das das Ziel hat, die Nationale Verteidigung zu gefährden. Dieses Verbrechen setzt zu seiner Qualifizierung eine Organisation voraus, die zur Erreichung der Demoralisierung gemeinsame Anstrengungen unternimmt.

Nicht weniger gefährlich und strafbar ... ist die auf die Demoralisierung der Armee oder der Nation abzielende Handlung, auch wenn ihr Zusammenhang mit einem organisierten Unternehmen nicht erwiesen ist.»

X. Der Urheber der Notverordnung vom 9. April 1940, der den Begriff des «Unternehmens zur Demoralisierung» eingeführt hat, definiert ihn in der Tat sehr genau als das «*Vorhandensein einer mehr oder weniger geheimen Organisation*, die zur Erreichung eines bestimmten Ziels gemeinsame Anstrengungen unternimmt».

XI. Der Regierungsentwurf beseitigte eindeutig den Begriff des «Unternehmens zur Demoralisierung», der in der Notverordnung vom 9. April 1940 zur Qualifizierung der strafbaren Handlung gefordert war. In diesem Punkt folgte ihm die Nationalversammlung nicht.

Der schließlich angenommene Wortlaut fordert zur Qualifizierung des Verbrechens das Vorhandensein einer «vorsätzlichen Teilnahme an einem Unternehmen zur Demoralisierung». Es ist also weiterhin notwendig, gemäß der trefflichen Formulierung in dem Bericht über die Begründung des Regierungsentwurfs, das Vorhandensein «*einer Organisation*» festzustellen und zu beweisen, «*die gemeinsame Anstrengungen unternimmt*».

XII. Diese Änderung des ursprünglichen Regierungsentwurfs geht auf einen von Lucien Caffin im Namen der sozialistischen Parlamentsgruppe (SFIO) eingebrachten Änderungsantrag zurück.

Die von der sozialistischen Gruppe vorgeschlagene Fassung lautet:

«Des Angriffs auf die äußere Sicherheit des Staates macht sich schuldig ...

II. jeder Franzose, der vorsätzlich an einem Unternehmen zur Demoralisierung der Armee oder der Nation teilnimmt, das das Ziel hat, die Nationale Verteidigung zu gefährden.» (*J. O.* Déb. A. N., Sitzung vom 3. März 1950, S. 1803)

Herr Caffin legte dar, daß es sich hier um einen echten Gegenentwurf handele, da die sozialistische Gruppe den Regierungsentwurf nicht akzeptieren könne.

«Wir sind der Ansicht, daß der dritte Absatz des Art. 76 des Strafgesetzbuchs in der Fassung der Verordnung vom 9. April 1940, die jeden Franzosen des Verrats für schuldig erklärt und mit dem Tode bestraft, der vorsätzlich an einem Unternehmen zur Demoralisierung der Armee oder der Nation mit dem Ziel der Gefährdung der Nationalen Verteidigung teilnimmt, durch den vorliegenden Text außerordentlich verschärft wird.

Ohne Zweifel wäre dieser Text gerade wegen seiner Schärfe den Urhebern des Entwurfs in Friedenszeiten als unannehmbar erschienen. Sie schlagen uns also eine Strafmilderung vor, aber *sie haben seinen Geltungsbereich durch eine Personalisierung der strafbaren Handlung außerordentlich erweitert.*

Es wäre von nun an nicht mehr notwendig, die Tat der Demoralisierung der Armee oder der Nation *mit einem organisierten Unternehmen* zu verknüpfen, worin nach Ansicht der Urheber, die ich in meiner Unwissenheit zu Rate gezogen habe, eine Maßnahme zu sehen ist, die in besonderer Weise *die persönliche Meinungsfreiheit bedroht.*» (Ibid., S. 1805)

Mit seiner Erklärung, daß der Regierungsentwurf die strafbare Handlung *personalisiert,* will der ehrenwerte Parlamentarier unterstreichen, daß der Entwurf die individuelle Tat und nicht mehr allein *das organisierte Unternehmen* unter Strafe stellt.

XIII. Trotz den Einwänden des Justizministers schloß sich die Regierung schließlich der von der sozialistischen Gruppe vorgeschlagenen Fassung an. Diese Fassung wurde in dem von Herrn de Menthon mit Unterstützung der sozialistischen Gruppe eingebrachten Änderungsantrag aufgenommen und von der Regierung akzeptiert. (Ibid., S. 1891)

Die strafbare Handlung war von nun an als «vorsätzliche Teilnahme an einem *Unternehmen* zur Demoralisierung der Armee» qualifiziert.

XIV. Im Rat der Republik wurde der von der Nationalversammlung angenommene Text nicht abgeändert. (Vgl. die Rede von Herrn Pubert. – *J. O.* Déb. C. P., 10. März 1950, S. 773)

Der Justizminister versicherte selbst:

«Das Gesetz bestraft nicht eine Ideologie; es wurde nicht geschaffen, um in den Gefängnissen die Gedanken derer zu ersticken, die für eine bessere Welt kämpfen wollen.» (Ibid., S. 789)

Die Besorgnis der öffentlichen Meinung

XV. Selbst in seiner endgültigen Form ruft der neue Wortlaut des Art. 76 Buchstabe *d* des Strafgesetzbuchs eine gewisse Besorgnis unter den Verteidigern der Meinungsfreiheit hervor. So äußerte sich das Zentralkomitee der Liga für Menschen- und Bürgerrechte am 8. Mai 1951 wie folgt:

«Das Zentralkomitee der Liga für Menschenrechte stellt nach Kenntnisnahme des Gesetzes vom 11. März 1950 fest, daß seine Bestimmungen bezüglich der Moral der Armee (Buchstabe *d*) auf Grund ihres unklaren Wortlauts die Befürchtung haben aufkommen lassen, daß sie dazu benutzt werden könnten, die Meinungsfreiheit zu beschneiden. Das Zentralkomitee drückt den Wunsch aus, daß diese Bestimmungen mit der gebotenen Sorgfalt angewendet werden mögen, um jede Verletzung des Rechts auf Kritik, eines der Grundprinzipien der Demokratie, zu vermeiden.»

XVI. In einem Bericht über den Schutz der Grundfreiheiten, insbesondere der Meinungsfreiheit, erklärt Herr René-Georges Étienne, Anwalt beim Appellationsgerichtshof:

«Schließlich liegt es auf der Hand, daß selbst auf dem Territorium des Mutterlandes verschiedene Bestimmungen des Gesetzes vom 11. März 1950 zur Abwehr bestimmter Angriffe auf die äußere Sicherheit des Staates, *insbesondere die Bestimmung bezüglich der Moral der Armee*, wegen ihres ungenauen Wortlauts die Befürchtung geweckt haben, daß sie dazu benutzt werden können, die Meinungsfreiheit zu beschneiden ... Es ist anzuerkennen, daß die äußerst liberale Anwendung dieses Gesetzes durch die Gerichte aller Instanzen», fügt der angesehene Anwalt hinzu, «*zumindest bis jetzt diese Besorgnis hat beschwichtigen können*. Dennoch war der vom Zentralkomitee (der

Liga für Menschenrechte) geäußerte Wunsch keineswegs überflüssig, jene Resolution, die das Zentralkomitee im Hinblick auf dieses Gesetz angenommen hat und in der es fordert, daß diese Bestimmungen mit der gebotenen Sorgfalt angewendet werden mögen, um jede Verletzung des Rechts auf Kritik, eines der Grundrechte der Demokratie, zu vermeiden.» (*Les Cahiers des Droits de l'Homme*, 1951, Nr. 5 bis 7, S. 71)

Die Rechtsprechung der Gerichte aller Instanzen

XVII. Seither haben die ordentlichen Gerichte, die für die Strafgerichtsbarkeit zuständig sind, Gelegenheit gehabt, den rechtlichen Begriff des «*Unternehmens zur Demoralisierung*» zu präzisieren, als sie über das Delikt der Provokation zur «Teilnahme an einem Unternehmen zur Demoralisierung der Armee» erkannten.

Sie haben die von der Regierung in dem Bericht über die Begründung des Entwurfs zum Gesetz vom 11. März 1950 gegebene Definition angewandt: «Organisation, die gemeinsame Anstrengungen unternimmt».

In diesem Zusammenhang kann man die Urteile der Strafkammer von Château-Thierry vom 21. April 1950 und von Montpellier vom 28. März 1950 (G. P. 1950–1370) sowie das Urteil des Appellationsgerichtshofs in Aix vom 19. Oktober 1950 (G. P. 1951, 121) im Prozeß gegen die Zeitung *La Provence Nouvelle* heranziehen. In seinem Beschluß stellt der Appellationsgerichtshof fest, daß der Zeitungsartikel, der die Franzosen aufforderte, sich zusammenzuschließen, um die *Einstellung* des «schmutzigen, sehr schmutzigen Krieges» in Indochina zu *erzwingen*,

«dem Leser weder die Anwendung irgendeines Mittels oder irgendeiner Methode nahelegte noch ihm den Beitritt zu oder die Teilnahme an irgendeiner Organisation empfahl, deren Tätigkeit als ein Unternehmen im Sinne des Gesetzes angesehen werden könnte, das in Strafsachen restriktiv auszulegen ist».

Die gleichen Motive, gestützt auf eine sorgfältige Prüfung der Notverordnung vom 9. April 1940 und der vorbereitenden Arbeiten zum Gesetz vom 11. März 1950, findet man in einem Urteil der Strafkammer von Beauvais vom 20. Dezember 1950 (mitgeteilt im *Recueil de Droit pénal*, Juni 1951, S. 257) im Prozeß gegen die Zeitung *Le Patriote de l'Oise*:

«In Erwägung, daß der Bericht über die Notverordnung vom 9. April 1940, die den Begriff des ‹Unternehmens zur Demoralisierung› in den Art. 76 Abs. 3 des Strafgesetzbuchs eingeführt hat, die Voraussetzungen der Strafverfolgung mit den Worten festlegt: Die Anklage muß das Vorhandensein dreier Tatbestandsmerkmale nachweisen: 1. Das Vorhandensein eines Unternehmens zur Demoralisierung ..., das heißt einer mehr oder weniger geheimen Organisation, die zur Erreichung eines bestimmten Ziels gemeinsame Anstrengungen unternimmt; 2. das von dem Unternehmen verfolgte Ziel; 3. einen Akt vorsätzlicher Teilnahme an der Organisation oder der Durchführung des kriminellen Unternehmens;

In Erwägung, daß die von der Regierung am 23. Februar 1950 vorgelegte Begründung des Gesetzentwurfs, der am 11. März 1950 nach vorhergehender Debatte Gesetzeskraft erlangt hat und auf Grund dessen die Klage erhoben worden ist, festlegte: ‹... Nicht weniger gefährlich und strafbar wie jeder Angriff auf die Einrichtungen der Nationalen Verteidigung ist die auf die Demoralisierung der Armee oder der Nation abzielende Handlung, auch wenn ihr Zusammenhang mit einem organisierten Unternehmen nicht erwiesen ist›;

In Erwägung demzufolge, daß der Entwurf darauf hinauslief, einen Art. 77 *bis* des Strafgesetzbuchs zu schaffen, dessen Abs. 2 wie folgt lautete: ‹Ebenso wird (mit Zuchthaus) bestraft, wer vorsätzlich eine Tat begeht, die geeignet ist, die Moral der Armee oder der Nation zu untergraben mit dem Ziel, die Nationale Verteidigung zu gefährden›;

In Erwägung, daß daraus folgt, daß der Gesetzgeber von 1950 für die Ahndung einer demoralisierenden Handlung den Begriff des Unternehmens, wie er durch das Gesetz vom 9. April 1940 vorgesehen war, formal beibehalten wollte, um zur Rechtfertigung der strafrechtlichen Verfolgung beweisen zu können, daß die demoralisierende *Tat* mit einem mehr oder weniger ‹geheimen› organisierten *Unternehmen* zusammenhängt.»

In allen diesen Prozessen hatten die Angeklagten mit heftigen Worten ihre Meinung über den Krieg in Indochina geäußert.

XVIII. Eine gegenteilige Rechtsprechung ist nicht zu finden. Dennoch verurteilte der Appellationsgerichtshof in Nancy am 11. Oktober 1950 die Verfasser eines Flugblattes, in dem es unter anderem heißt, daß Frankreich und seine Regierung einen ungerechten Krieg in Indochina führen, und das die Staatsbürger aufruft, sich diesem Krieg durch die Forderung nach dem Abzug der französischen Truppen zu widersetzen. (Mitgeteilt in *G. P.* 1951, S. 1151)

Allerdings hat der Gerichtshof die rechtliche Qualifizierung des Begriffs «Unternehmen» ganz beiseite gelassen. Es bringt also keine Aufklärung unseres Problems.

Merken wir jedoch an, daß er den Angeklagten zu vier Monaten Gefängnis verurteilte, während die vom Gesetz vorgesehene Höchststrafe für das Vergehen der Anstiftung zur Teilnahme an einem Unternehmen zur Demoralisierung fünf Jahre Gefängnis beträgt.

XIX. Wir erwähnen ferner die kritische Stellungnahme unseres Kollegen Louis Hugueney in seiner Chronik der *Revue de Science criminelle et de Droit comparé* (Januar-März 1951, S. 86). Zu dem Urteil des Gerichtshofs in Aix bemerkt Hugueney, daß das Wort «Unternehmen nicht unbedingt eine technische Organisation beinhaltet, daß es, nach der Definition des Wörterbuchs, lediglich die Ausführung eines Plans bedeutet».

Freilich sieht diese Definition von der genauen Bedeutung ab, die der Gesetzgeber dem Begriff «Unternehmen» in der Notverordnung von 1940 gegeben und im Gesetz vom 11. März 1950 bestätigt hat. Die Regierung hat sich dieser Interpretation des Begriffs «Unternehmen» im übrigen angeschlossen, nachdem sie ihn, wie wir sahen, zu beseitigen versuchte, um den Geltungsbereich des Delikts zu erweitern. Unternehmen im Sinne des Strafgesetzbuchs (Art. 76*d* in der Fassung des Gesetzes vom 11. März 1950) ist nicht die Ausführung einer Tat, die geeignet ist, die Moral der Armee zu untergraben. Es setzt eine «Organisation» voraus, «die gemeinsame Anstrengungen unternimmt». Der Urheber der Notverordnung vom 9. April 1940 hat dafür Sorge getragen, diesen Begriff in seinem Bericht zu präzisieren, die Regierung hat diese Position in der Begründung ihrer Vorlage von 1950 beibehalten, und das Parlament hat diese Definition in dem Gesetz vom 11. März rechtskräftig gemacht. Diese eindeutigen Texte und Dokumente scheinen Herrn Hugueneys Aufmerksamkeit entgangen zu sein.

Die Qualifizierung der Straftat in dem Beschluß der Anklagekammer des Appellationsgerichtshofs in Aix und das Urteil des Ständigen Seekriegsgerichts in Brest

XX. Wenn man die von der Anklage beigebrachten und oben unter Punkt II wiedergegebenen Tatsachen prüft, stellt man fest, daß sie mit keinem Wort ein *Unternehmen* zur Demoralisierung erwähnen. Sie beziehen sich auf keine Organisation, deren Elemente aufgedeckt und dargestellt werden. In allen Fällen geht es um das Einschmuggeln und Verteilen von Flugblättern durch eine einzelne Person namens Henri Martin.

XXI. Eine Analyse des Beschlusses der Anklagekammer des Appellationsgerichtshofs von Aix zeigt, daß dieses Gericht die Teilnahme Henri Martins an einem «*Unternehmen* zur Demoralisierung» weder nachzuweisen gesucht noch festgestellt hat.

Aus dem Wortlaut der Anklage geht eindeutig hervor, daß für den Gerichtshof das *Unternehmen* in dem *Einschmuggeln oder Anschlagen von Flugblättern* bestand. Nun stellt aber das Einschmuggeln oder Anschlagen von Flugblättern rechtlich kein Unternehmen dar, keine «Organisation, die gemeinsame Anstrengungen unternimmt».

Der Beweis oder die Feststellung, daß Flugblätter eingeschmuggelt, angeschlagen oder verteilt worden sind, bedeutet keineswegs, daß ein Unternehmen im Sinne des Gesetzes vorliegt.

XXII. Auch das Urteil des Seekriegsgerichts stellt das Vorhandensein eines *Unternehmens* nicht fest, das zur Qualifizierung des Verbrechens notwendig gewesen wäre, dessen Henri Martin angeklagt war.

Das Gericht war aufgefordert worden, eine Frage zu beantworten, die keineswegs das Vorhandensein eines *Unternehmens* beinhaltet. Die gestellte Frage definiert das Unternehmen allein mit dem Einschmuggeln oder Verteilen von Flugblättern. Nun bedeutet aber die bloße Feststellung des Einschmuggelns und Anschlagens von Flugblättern kein Unternehmen im Sinne des Gesetzes.

Sie stellt nicht das Vorhandensein eines der konstitutiven Merkmale des behaupteten Verbrechens fest – nämlich «einer mehr oder weniger geheimen Organisation, die zur Erreichung eines bestimmten Ziels gemeinsame Anstrengungen unternimmt».

XXIII. Somit ist Henri Martin eines Verbrechens für schuldig erklärt worden, während aus den einzelnen Punkten des Urteils einwandfrei hervorgeht, daß das Vorhandensein eines der konstitutiven Merkmale dieses Verbrechens weder gesucht noch festgestellt worden ist.

Es sieht ganz danach aus, als habe der Appellationsgerichtshof und das Seekriegsgericht den vom Parlament abgelehnten Gesetzentwurf von 1950 angewandt und – um die Analyse des Abgeordneten Caffin aufzugreifen (siehe oben XII) – «den Geltungsbereich (der Gesetzestexte) durch eine Personalisierung der strafbaren Handlung außerordentlich erweitert».

Die rechtliche Qualifizierung des vom Gericht als erwiesen erklärten Tatbestandes entbehrt folglich jeder rechtlichen Grundlage. Das Urteil des Seekriegsgerichts in Brest stellt also in dieser Hinsicht einen Rechtsbruch dar; die Frage, die der Vorsitzende dem Gericht stellte, konnte das behauptete Verbrechen nicht qualifizieren.

Aus diesen Gründen kommt der unterzeichnende Professor der juristischen Fakultät zu dem Schluß:

1. daß das in Art. 76 Buchstabe *d* des Strafgesetzbuchs in der Fassung des Gesetzes vom 11. März 1950 unter Strafe gestellte Verbrechen zu seiner Qualifizierung das Vorhandensein eines *Unternehmens* voraussetzt, das heißt einer Organisation, die gemeinsame Anstrengungen unternimmt;

2. daß das Unternehmen eines der konstitutiven Merkmale des Verbrechens ist, dessen Vorhandensein die Anklage aufzudecken und nachzuweisen hat;

3. daß das Urteil des Ständigen Seekriegsgerichts in Brest das Vorhandensein dieses konstitutiven Merkmals nicht nur nicht feststellt, sondern es durch die Antwort auf die vom Vorsitzenden gestellte Frage ausschließt;

4. daß infolgedessen das Verbrechen, dessen Henri Martin angeklagt worden ist, rechtlich nicht qualifiziert wurde.

Ausgefertigt in Paris, 10. Januar 1952.

Bisher konnten wir noch an einen Justizirrtum glauben und der Meinung sein, man habe die Tatsachen falsch interpretiert. Wenn es sich jedoch um einen schlichten Rechtsbruch handelt, ändert sich alles: wer das Gesetz anwendet, *kann sich irren; wer es* bricht, *handelt vorsätzlich. Also hat die Affäre Martin einen Sinn, der uns entgeht? Wem nützt das Urteil von Toulon? Und was hat man beabsichtigt?*

Die Untersuchung des Falles Henri Martin ist abgeschlossen; nun ist es an uns, die Untersuchung seiner Untersuchungsrichter zu eröffnen: ein anderer Prozeß beginnt.

Im Herbst 1949 machte die Regierung Bidault eine peinliche Feststellung: der Krieg in Indochina war unpopulär, die Kommunisten hatten die öffentliche Meinung gegen ihn aufgebracht; wenn man dieser Offensive nicht unverzüglich Einhalt gebot, würde man sich viel-

leicht gezwungen sehen, Frieden zu schließen. Wie aber mit der Opposition fertigwerden, ohne die Tore der Zuchthäuser zu öffnen? Das Gesetz bot kaum eine Handhabe dazu.

Freilich gab es die Notverordnung vom 9. April 1940: sie würde Schuldige am laufenden Band liefern; mißlich war nur, daß sie dann dazu zwang, diese Schuldigen zu töten:

«Jeder Franzose, der vorsätzlich an einem Unternehmen zur Demoralisierung der Armee oder der Nation teilnimmt, das das Ziel hat, die Nationale Verteidigung zu gefährden, macht sich des Verrats schuldig und wird mit dem Tode bestraft.»

Die Todesstrafe, schön und gut; aber man muß sie auch verhängen können: wenn man es nicht kann, fällt die Strenge des Gesetzes auf den Staatsanwalt zurück, und das bedeutet zwangsläufig Freispruch. Im Jahre 1950 konnte man es nicht. *Nein, wirklich nicht. Noch nicht: die öffentliche Meinung war nicht dazu bereit. Das hinderte zwar nicht, sie behutsam auf künftige Bartholomäusnächte vorzubereiten, aber in der Zwischenzeit mußte regiert werden. Und wie soll man regieren, ohne strafen zu können?*

Unsere Minister sind kleine Leute, die von der Hand in den Mund leben und nur über bescheidene Mittel verfügen. Einziehen, sich einrichten, ausziehen: das ist ihr Lebensinhalt. Sie richteten sich ein: ein Gesetzentwurf wurde vorgelegt, der den Artikel 76 um einige Bestimmungen bereichern sollte, um ihn handlicher zu machen. Man rührte nicht an seinen Kern, man präzisierte nur einige Details: zum Beispiel führte man eine sehr bedeutsame und sehr feine Unterscheidung zwischen Frieden und Krieg ein. Wenn jemand versucht, die Nation zu demoralisieren, wird nicht lange gefackelt: ob Krieg oder Frieden, man macht ihn einen Kopf kürzer. Doch wenn es sich nur um die Armee handelt, warum dann nicht Nachsicht üben: in Friedenszeiten soll man nicht töten, da muß das Zuchthaus genügen. Die Nationalversammlung konnte sich dieser schlagenden Erkenntnis nicht verschließen: «Das stimmt», sagte man in den Wandelgängen, «es stimmt wirklich: wir leben im Frieden. Man kann uns gar nicht oft genug daran erinnern.» Auch schien es ihr, daß man sie zu einer schönen Geste aufforderte, gewissermaßen zur Demobilisierung des Strafgesetzbuchs. Sie glaubte, im voraus einige künftige Schuldige dadurch zu amnestieren, daß sie dem Richter das Recht entzog, sie zum Tode zu verurteilen, und ihm dafür das Recht gab, künftige Unschuldige zu lebenslänglicher Haft zu verurteilen.

Doch diese Änderung genügte nicht: die Notverordnung blieb weiterhin eine schwere Kriegsmaschine, die sich nur mühsam in Gang setzen ließ; überdies hatten unvorsichtige Kommentatoren die Aufgabe der Untersuchungsrichter nach Belieben erschwert. Insbesondere hatte sich Paul Reynaud hervorgetan, sie der Mittel zu berauben, das Delikt zu beweisen. Im April 1940 sagte er:

«Die Anklage wird das Vorhandensein von drei Tatbestandsmerkmalen beweisen müssen:

1. Das Vorhandensein eines Unternehmens zur Demoralisierung ..., das heißt einer mehr oder weniger geheimen Organisation, die zur Erreichung eines bestimmten Ziels gemeinsame Anstrengungen unternimmt. Die gelegentliche Tat einer Einzelperson würde also zu einer strafrechtlichen Verfolgung nicht ausreichen ...

2. Das von dem Unternehmen verfolgte Ziel der Gefährdung der Nationalen Verteidigung, das heißt die Minderung der Widerstandskraft des Vaterlandes gegenüber dem Angreifer, indem es die Kampfkraft der Armee und der Zivilbevölkerung untergräbt. Auf eine bloße Kritik oder Meinungsäußerung, die dieses Ziel nicht verfolgt, ist das Gesetz folglich nicht anwendbar.

3. Die vorsätzliche Teilnahme an der Organisation oder der Ausführung des kriminellen Unternehmens. Ein zufälliger und ohne Vorsatz mitwirkender Statist wird durch den Artikel also nicht betroffen.»

Wenn man diesen Erklärungen glauben darf, hätte der Gesetzgeber unser Recht auf freie Meinungsäußerung bis zum letzten schützen wollen, und die Notverordnung würde nicht einmal defätistische Reden verbieten. Die Unheilspropheten möchte man nur bitten, selbst an ihre Prophezeiungen zu glauben: oder lieber nicht, man möchte sie um gar nichts bitten, es sei denn, uns Grund zu der Vermutung zu geben, daß sie daran glauben. Da sich jedoch nichts schwerer nachweisen läßt als die Aufrichtigkeit, zieht jeder Nutzen aus einem günstigen Präzedenzfall; und um den Franzosen das Recht zu bewahren, alles sagen zu dürfen, was sie denken, zieht es die Regierung von 1940 vor, zu erwägen, daß sie denken, was sie sagen.

Ein Franzose sollte denken, was er sagt? Wie will man das im Jahre *1950 unseren Ministern weismachen, die sich Tag für Tag reden hören? Und wer soll denn bei diesem Luxus an Vorsichtsmaßnahmen noch verhaftet werden? Da verbreitet zum Beispiel ein Privatmann offensichtlich gefälschte Nachrichten; nun, die Polizei ist nicht be-*

fugt, ihn beim Schlafittchen zu packen: man braucht einen Beweis. Aber woher ihn nehmen? Aus seinen Reden? Gewiß nicht: die Meinungen sind frei, und jeder hat das Recht, zu wiederholen, daß unsere Generale Trottel und unsere Abgeordneten gekaufte Subjekte sind, auch wenn es nicht stimmt. Dann aus den Wirkungen seiner Reden? Auch nicht: selbst wenn sie Panik oder Meuterei verursacht hätten, so wäre derjenige, der sie verbreitet hat, deshalb nicht mehr und nicht weniger schuldig. Man muß den Beweis erbringen, daß er der Komplize eines kriminellen Unternehmens ist, weiter nichts. Und wenn unsere Abgeordneten oder unsere Generale auch wirklich das wären, was ihr von ihnen behauptet, so würde man euch an dem Tag erschießen, da man feststellt, daß ihr bezahlt worden seid, es zu behaupten. Die Untersuchung sieht also von den Gedanken und Gefühlen ab, sie hält sich an die objektiven Tatsachen: an eure Taten, eure Bekannten und eure Mittel, an die Taten und Mittel eurer Bekannten. Was euch am Ende das Genick bricht, ist das Bankkonto, das euer Schwager in der Schweiz eröffnet hat.

All das ist nicht dazu angetan, der Regierung Bidault zu gefallen. Das Ergebnis dieser archaischen Bestimmungen ist, daß die Franzosen alles werden sagen können, was ihnen gerade einfällt. Das Gericht wird alle freisprechen, die von der Sprache Gebrauch gemacht haben, und nur in den Fällen strafen, in denen sie mißbraucht worden ist. Zwischen den Zeilen kann man im Artikel 76 sogar eine Definition des Verräters finden: der Verräter verwandelt Wörter in Waffen; obwohl er sich den Anschein gibt, die Wörter zu wählen, die am geeignetsten sind, seine Ansicht mitzuteilen, bemüht er sich um solche, die die blindesten Leidenschaften wecken; er manipuliert seine Sätze, ohne sich um ihren Sinn zu kümmern, und macht aus ihnen Zeitzünderbomben, die in den Herzen explodieren. Man wird ihn einen Demoralisierer nennen, weil er den Verstand dem Empfindungsvermögen unterwirft, blind auf die Vernunft einschlägt und einen Schreckenstraum an ihre Stelle setzt; er verübt «psychische Notzucht» an der Nation durch falsche Nachrichten, falsche Voraussagen, falsche Drohungen und falsche Beweisführungen.[23]

Im Jahre 1950 kann die Notverordnung nicht mehr benutzt werden: der Gesetzgeber von 1940 hat sie unanwendbar gemacht, weil er

23 Da sich diese Definition Wort für Wort auf die Tätigkeit der Herren Bidault und Martinaud-Déplat anwenden läßt, muß sie offensichtlich falsch sein. Der Beweis: diese Minister befinden sich noch immer auf freiem Fuß.

sie allzu vollkommen gewollt hat; vor allem wird die Regierung Bidault sich vornehmen, zu einem gesunden Realismus zurückzukehren. Was will man? Reden und Taten vorbeugen, die demoralisieren könnten? Gut. Was aber hat das Unternehmen damit zu tun? Jeder weiß, es existiert nicht: warum also so tun, als suchte man nach ihm? Wenn man will, daß die Justiz wie ein Blitz niederfährt, dann muß auch die demoralisierende Rede im Nu zu erkennen sein. Darüber hat sich die Regierung mit großer Entschlossenheit ausgesprochen:

«Nicht weniger gefährlich und strafbar wie jeder Angriff auf die Einrichtungen der Nationalen Verteidigung ist die demoralisierende Handlung, auch wenn ihr Zusammenhang mit einem organisierten Unternehmen nicht erwiesen ist.»

Infolgedessen schlägt der Justizminister die Zuchthausstrafe vor für jeden,

«der vorsätzlich eine Tat begeht, die geeignet ist, die Moral der Armee und der Nation zu untergraben».

Es war eine ganz kleine Veränderung: man fügte das Wort «Frieden» ein, strich das Wort «Unternehmen» und ersetzte «Tod» durch «Zuchthaus». Eine Bagatelle, nichts von Belang: die Zahl der Wörter blieb dieselbe.

Nichts von Belang. Nur eben ein Mord: ein sadistischer Chirurg hat sich des Textes von Herrn Reynaud bemächtigt und unter dem Vorwand, seine Haut zu straffen, klammheimlich die lebenswichtigen Organe herausgeschnitten. Die Überreste der Notverordnung verwesen unter der Schminke, sie stinken schon; die Regierung zeigt von weitem auf diesen Haufen faulen Fleisches und gibt ihn für ein verjüngtes Gesetz aus. Vor der Operation war die Rede von einem Unternehmen zur Demoralisierung in Zusammenhang mit einer Kriegshandlung[24] und dem Vorhandensein eines Feindes. Was hat man herausgeschnitten? Nun, den Krieg, den Feind und das Unternehmen: die Nieren, die Lungen und das Herz. Jetzt sind die Wörter geplatzt, und das wollte man doch, nicht wahr? Nun, da sie nichtssagend geworden sind, wird man sie sagen lassen, was man will. Diese

24 *Man muß anerkennen – und das wird die Operation Bidault erlauben –, daß die Notverordnung den Kriegszustand nicht erwähnt. Das ist ein Fehler, aber das Datum der Verordnung zeigt deutlich genug, daß sie sich einzig auf die* Demoralisierung in Kriegszeiten *bezieht.*

Regierungsvorlage erlaubt es, ohne Begründung zu verhaften und ohne Beweise zu verurteilen.

Um gerecht zu sein, muß man anerkennen, daß die Nationalversammlung sich erregt hat. Sie fand, daß die Gesetzesvorlage zu deutlich sagte, was sie sagen wollte. Durch die Stimme von Herrn de Menthon führte sie den Ministern die Gefahren der Änderung vor Augen und verlangte, daß man in diesem Punkt die Entscheidungen von 1940 beibehalten sollte. Folglich stimmte man schließlich am 11. März 1950 für ein Gesetz, das die «vorsätzliche Teilnahme an einem Unternehmen zur Demoralisierung der Armee ...» unter Strafe stellte.

Man war wieder auf dem Nullpunkt; das März-Gesetz war nicht weniger unanwendbar als die April-Verordnung. Schlimmer noch: vor der Verabschiedung konnte man noch die Hoffnung hegen, die Texte zu ändern; hinterher war alle Hoffnung dahin: die Nationalversammlung hatte dargelegt, wie weit sie zu gehen gewillt war.

Was tat die Regierung? Sie verbeugte sich, dankte den Abgeordneten für ihre guten Ratschläge und beschloß, sie in den Wind zu schlagen. Nun gut, sie sollten ihr Unternehmen haben, da sie darauf bestanden: jeder Demoralisierer würde wegen Teilnahme an einer kriminellen Organisation verurteilt werden. Aber da eine solche Organisation nicht existierte, würde man seine Zeit nicht damit verlieren, sie zu suchen. Man würde den Versuch der Demoralisierung einfach aus den gehaltenen Reden beweisen; und dieser Versuch würde ipso facto *als etwas angesehen werden, was die Zugehörigkeit zu einem Unternehmen nach sich zieht.*

Aber würde die Nationalversammlung mitmachen? Würde sie durch ihr Schweigen der Exekutive helfen, die Gesetze zu übertreten, die sie geschaffen hatte? Es gab eine ausgezeichnete Gelegenheit, es in Erfahrung zu bringen: seit einiger Zeit verteilte ein Matrose in Toulon Flugblätter gegen den Krieg in Indochina. Man kannte seinen Namen, aber man ließ ihn gewähren: man hatte ihn sozusagen unter Beobachtung gestellt. Im rechten Zeitpunkt verhaftet, könnte er als Versuchskaninchen dienen. Man würde seinem Prozeß die gebührende Publizität verschaffen, die Öffentlichkeit alarmieren, indem man an alte Vorkommnisse erinnerte, und die ganze Geschichte in einen beunruhigenden Nebel hüllen. Wenn die Nationalversammlung nicht aufmuckte, wenn man Martin ohne Beweise wegen Teilnahme an einer imaginären Organisation verurteilen könnte, dann wäre die Partie gewonnen, und die Regierung brauchte nur von vorn anzufangen.

Das Ergebnis? Wir haben ein wunderbares Mittel, es zu beurtei-

len: am 20. Oktober 1950 stellte der Gerichtsvorsitzende den Richtern die Frage, ob Martin schuldig sei. Diese Frage ist die erste Anwendung des Gesetzes vom 11. März auf einen bestimmten Fall. Wir wollen sie gemeinsam prüfen.

«Ist der Angeklagte Henri Martin ... schuldig, als Franzose ... in Friedenszeiten vorsätzlich an einem Unternehmen zur Demoralisierung der Armee mit dem Ziel teilgenommen zu haben, die Nationale Verteidigung zu gefährden, indem er in das Marinearsenal von Toulon und an Bord des Flugzeugträgers *Dixmude* Flugblätter ... einschmuggelte, dort angeschlagen hat oder hat anschlagen lassen, die die Matrosen aufforderten, ihren Vorgesetzten den Gehorsam zu verweigern und insbesondere die Ausreise nach Indochina abzulehnen?»

Wer das begreift, hat Glück: ich jedenfalls blicke überhaupt nicht durch. Es wird gefragt, ob sich Martin der Teilnahme an einem bestimmten Unternehmen schuldig gemacht hat, indem *er Flugblätter anschlug. Was soll das wohl heißen? Bezeichnet das Wörtchen* «indem» *einen erschwerenden Umstand? Dann muß man die Satzteile umdrehen und fragen, ob er sich des Anschlagens von Flugblättern schuldig gemacht hat,* indem *er an dem Unternehmen teilnahm, denn man wirft ihm ja nicht vor, an einem Unternehmen teilgenommen zu haben, während er seine Flugblätter und Handzettel verteilte, sondern sie verteilt zu haben, insofern er an dem Unternehmen teilnahm. Oder ist die Sache so zu verstehen, daß er an dem Unternehmen teilgenommen* und *Flugblätter verteilt hat, so daß es sich also um zwei Delikte handelt? Doch das Anschlagen von Plakaten ist nichts Zusätzliches: das Verbrechen besteht in der Teilnahme an der Organisation; hätte er das Propagandamaterial lediglich weitergegeben, dann hätte er trotzdem die gleiche Strafe verwirkt. Nein, es gibt nur einen möglichen Sinn: man fragt, ob Martin sich* durch *das Verteilen der Flugblätter als Mitglied des Unternehmens zu erkennen gegeben hat. Dann müßte die Frage wie folgt lauten: Genügt die Tatsache, daß Martin Flugblätter verteilt, angeschlagen hat oder hat anschlagen lassen, die die Matrosen zum Ungehorsam aufforderten, zu dem Beweis, daß er vorsätzlich an einem Unternehmen zur Demoralisierung teilgenommen hat?*

Ja, das ist die einzig annehmbare Hypothese, zumal das Gericht keinen anderen Beweis erbracht hat als die Tatsachen, die das Verteilen und Anschlagen von Flugblättern betreffen. In Toulon beklagte Herr Bernard-Derosne, daß man die Identität des «Zivilisten mit den

Pillen» nicht enthüllt hatte; in Brest fordert der Staatsanwalt Martin erneut auf, seine Komplizen zu nennen. Kurz, von der Verhaftung bis zum ersten Urteil hat die Untersuchung keine Fortschritte gemacht; dann schlummerte sie von Oktober bis Juli, und in Brest wurde nichts gesagt, was man nicht schon in Toulon gehört hätte. Alles, was man weiß, steht in dem Polizeibericht vom 13. März 1950, der die Festnahme Martins und einiger anderer Matrosen meldet und den die Anklageschrift einfach übernommen hat. Der Vorsitzende will also wissen, ob die festgestellten Tatsachen die Anschuldigung rechtfertigen.

Aber schauen wir näher hin: wir werden sehen, daß die den Richtern vorgelegte Frage mit großer Genauigkeit zwei verschiedene Anklagepunkte definiert:

«Martin hat Flugblätter angeschlagen ..., die die Matrosen zum Ungehorsam aufforderten ...» Das ist ein Vergehen, *das nach dem Pressegesetz geahndet wird, und der Täter untersteht den Zivilgerichten.*

«Martin hat vorsätzlich an einem Unternehmen ... teilgenommen ...» Das ist ein Verbrechen, *das gemäß Artikel 76 des Strafgesetzbuchs bestraft wird, und der Täter untersteht den Militärgerichten.*

Mit einemmal beginnen wir zu verstehen, und die Frage erscheint uns in ihrem wahren Licht. Wir könnten sie folgendermaßen formulieren: «Hat Martin durch die bloße Tatsache, daß er sich eines im Gesetz von 1881 genannten Vergehens schuldig machte, das ihn den Zivilgerichten unterstellte, ein im Gesetz von 1950 genanntes Verbrechen begangen, und untersteht er somit den Militärgerichten?»

Was aber ist andererseits dieses Vergehen, wenn nicht der Tatbestand selbst? Die Taten und Worte des Angeklagten sind in einem einzigen Satzteil zusammengefaßt, der zugleich die Anklage bildet: das Vergehen ist im Grunde nichts anderes als die Gesamtheit der festgestellten Tatsachen, nichts anderes als die unmittelbare Bedeutung, die sie miteinander verbindet. Das Verbrechen dagegen hängt majestätisch abstrakt in der Luft: der Vorsitzende hat sich darauf beschränkt, den Text des Gesetzes abzuschreiben. Es könnte also der Eindruck entstehen, als ließen sich die erwiesenen Tatsachen als Vergehen und Verbrechen zugleich *auslegen. Der Vorsitzende fragt sich, ob bestimmte Vergehen nicht die Eigenschaft eines Verbrechens besitzen, ob bestimmte, scheinbar lässige Verfehlungen nicht insgeheim Todsünden sind.*

Kommen wir auf Martins Tat zurück, wie die Anklage sie definiert hat, und prüfen wir, ob sie vielleicht zwei Bedeutungen und zwei Ei-

genschaften erkennen läßt. Nehmen wir einmal an, wir wären die Richter: man legt uns einige strafbare Handlungen vor und deutet an, daß sie den geheimen Beweis für ein Verbrechen enthalten: dann wäre es an uns, ihn zu finden. Nun, suchen wir ihn und sehen wir zu, durch welches merkwürdige Zeichen ein Vergehen sein doppeltes Gesicht verraten kann.

Eine Tat läßt sich unter drei verschiedenen Gesichtspunkten betrachten: ihren objektiven Merkmalen (Anwendung bestimmter Mittel zur Erreichung bestimmter Zwecke), ihren realen Wirkungen (die nicht unbedingt den erwarteten *Resultaten entsprechen) und ihrer Absicht. Wir wollen Martins Tat unter diesen drei Gesichtspunkten prüfen.*

1. Die objektiven Merkmale

Auf den ersten Blick ist die Sache sehr einfach: Martin verteilte seine Flugblätter hinter dem Rücken seiner Vorgesetzten; also handelt es sich um ein vorsätzlich begangenes Vergehen. Über die Art des Vergehens geben uns die Flugblätter Auskunft: er hat die Matrosen zum Ungehorsam aufgefordert. Es handelt sich um einen Verstoß gegen das gemeine Recht, den das Gesetz von 1881 unter Strafe stellt; Martin untersteht den Zivilgerichten.

Doch mir kommt ein Zweifel: wenn nun die Tat kein Vergehen wäre?

Die jungen Rekruten haben nicht zu diskutieren; wenn man ihnen sagt: «Im Namen des Gesetzes müßt ihr die Befehle eurer Vorgesetzten ausführen; im Namen eures Gewissens aber dürft ihr sie nicht ausführen», dann fordert man sie gewiß zum Ungehorsam auf: man veranlaßt sie, das bürgerliche Gesetz im Namen des Gesetzes des Herzens zu übertreten. Aber Martin wendet sich an Freiwillige. Er ruft sie auf, nicht an Bord zu gehen. Machen sich Freiwillige, die die Ausreise nach Indochina verweigern, im Jahre 1950 der Gehorsamsverweigerung schuldig? Das ist die Frage. Für Martin steht die Antwort außer Zweifel: da die Befehle, die man ihnen erteilt, nicht den eingegangenen Verpflichtungen entsprechen, ist der Vertrag gebrochen worden; wenn die Matrosen ihren Tornister an den Nagel hängen, verweigern sie ihren Vorgesetzten nicht den Gehorsam: sie geben lediglich zu erkennen, daß ihre Befehle sie nicht betreffen. Martins Propaganda ist demnach kein Vergehen.

Die Behörden sind anderer Meinung, denn sie lassen ihn einsperren. In ihren Augen, vermute ich, ist der Vertrag eingehalten worden. Von ihrem Standpunkt aus mögen sie recht haben; aber wenn dem so ist, warum haben sich die Richter und der Staatsanwalt immer wieder geweigert, sich mit dem Problem zu befassen? Sobald Martin darauf anspielt, stellt das gesamte Gericht sich taub. Wenn im bürgerlichen Leben zwei Partner sich über die Erfüllung eines Vertrags nicht einig sind, wird zunächst ein Schiedsgericht angerufen. Wo sind hier die Schiedsrichter? Solange man uns nicht davon überzeugt, daß die französische Regierung bis zum Schluß ihr Wort gehalten hat, so lange wird es uns unmöglich sein, an ein erwiesenes Vergehen zu glauben.

Aber lassen wir das: nehmen wir an, das Marinegericht habe gute Gründe, an die Gültigkeit des Vertrags zu glauben, und noch bessere, nicht davon zu sprechen. In diesem Fall wird Martins Tat automatisch zu einem Vergehen. Gut. Aber das Unternehmen*? Wo ist es abgeblieben? Wenn es wirklich existiert, müßte Martins Tat seine Spuren zeigen. Doch man kann die Flugblätter lesen, sooft man will, sie enthalten nicht die geringste Anspielung darauf.*

Niemals ist Martin so weit gegangen, ein besonderes Aktionsmittel zu empfehlen; niemals hat er geraten, einer politischen Organisation beizutreten: er fordert die Franzosen lediglich auf, sich gegen den «schmutzigen Krieg» zusammenzuschließen. Selbst die Matrosen, die ihm bei seiner Propagandatätigkeit halfen, hat er niemals zu indoktrinieren versucht. Er hat sie nur gefragt, ob sie «etwas für den Frieden tun wollen».[25]

Im übrigen hat nie jemand ernsthaft geglaubt, daß man die kleine Gruppe Matrosen einem Unternehmen zur Demoralisierung gleichsetzen könne: die Tatsache, daß sie nur zu Disziplinarstrafen verurteilt wurden, beweist, daß nicht einmal ihre Vorgesetzten sie für Kommunisten halten. Bleibt das von der Kommunistischen Partei unterzeichnete Flugblatt. Welches Ziel verfolgte Martin, als er es anschlagen ließ? Wollte er damit seine Sympathien kundtun? Meinte er, seine Kameraden zu ermutigen, wenn er sie daran erinnerte, daß sie nicht allein waren, daß eine große Partei sie unterstützte? Das ist sehr gut möglich; jedenfalls ist er deshalb nicht mehr und nicht weniger schuldig. Man sagt mir, damit habe er die Matrosen aufgefordert, der Partei ihre Stimme zu geben oder ihr beizutreten. Und wenn

25 *Das geht aus den Aussagen seiner Kameraden hervor.*

schon! Die Soldaten haben die gleichen Rechte wie die Zivilisten, sie wählen, sie kaufen Zeitungen: sollte es ein Verbrechen sein, ihnen durch ein Plakat zu sagen, was sie täglich in der Humanité *lesen können? Solange die Kommunistische Partei nicht gezwungen ist, in den Untergrund zu gehen, solange sie die größte Partei Frankreichs bleibt, wird es schwerfallen, sie für eine Geheimorganisation auszugeben: ein kommunistisches Flugblatt innerhalb des Arsenals anzuschlagen ist eine Sache; für die Schwarze Hand oder den Ku-Klux-Klan Reklame zu machen eine andere. Zwar werden wir niemals erfahren, ob das für kurze Zeit angeschlagene letzte Flugblatt irgendwelche Neigungen geweckt hat, aber selbst wenn es ein paar Matrosen zum Eintritt in die Partei bewogen haben sollte, so deutet doch nichts darauf hin, daß es zu diesem Zweck angeschlagen worden ist. Mit einem Wort: wir mögen die Tat unter allen Gesichtspunkten untersuchen, wir werden nicht die geringste Spur des Unternehmens darin entdecken.*

Können wir, in Ermangelung dieser kriminellen Organisation, wenigstens von einem «Versuch der Demoralisierung» sprechen? Wenn er existiert und wenn die Tat selbst ihn verraten soll, werden wir ihn an den verwendeten Mitteln oder an dem Zweck erkennen. Aber die Mittel sind rein: hätte Martin doch zumindest an den Neid, an die Angst, an die niederen Instinkte appelliert! Nein, er appelliert an die Ehre der Soldaten, an ihren Patriotismus. Der Zweck berechtigt schon zu etwas mehr Hoffnung: Martin rechnet mit den Soldaten selbst, um einem Kolonialkrieg ein Ende zu bereiten. Heißt das demoralisieren? Vielleicht. Doch das geht aus der isoliert betrachteten Tat nicht hervor: man muß die internationale Lage kennen, die Einsätze, die Gegner, die sich gegenüberstehen; man muß berechnen, vorausschauen; wir können von Glück sagen, wenn es uns nach all diesen Bemühungen gelingt, zu Vermutungen zu kommen. Das reicht nicht aus? Nein. Um einen Angeklagten für schuldig zu erklären, begnügt sich ein Gericht, das diesen Namen verdient, nicht mit Vermutungen und Wahrscheinlichkeiten. Wenn man beweisen will, daß die Tat des Angeklagten ein Verbrechen ist, muß man zunächst beweisen, daß der Krieg in Indochina kein Verbrechen ist. Und auch das genügt noch nicht: um ihm das Recht abzusprechen, eine andere Meinung zu haben als ihr, müßt ihr uns davon überzeugen, daß eure Meinung die einzig möglich*e ist. Nun hat aber Herr Bidault niemals die absolute Überlegenheit seiner politischen Ansichten bewiesen.*

Zum Schutz unserer Grenzen hält er es für angebracht, unsere

Elitetruppen auf dem asiatischen Kontinent zu lähmen. Er mag recht haben: es wäre nicht das erste Mal, daß die Geschichte Ansichten bestätigt, die den Zeitgenossen schwachsinnig erschienen. Aber man kann nicht von uns verlangen, im voraus die Meinung unserer Großneffen zu teilen: das mindeste, was sich heute sagen läßt, ist, daß das Programm der Regierung sich weder durch Weitblick noch durch Klarheit auszeichnet. Im Jahre 1940 mußte man kämpfen, das war völlig klar, weil der Feind uns vernichten wollte. Im Jahre 1950 dagegen hat die Regierung volle Freiheit, unseren vietnamesischen Gegnern einen Waffenstillstand vorzuschlagen. Ho Tschi Minh würde ablehnen? Woher wißt ihr das? Wann habt ihr angeboten, die Verhandlungen, die ihr abgebrochen habt, wiederaufzunehmen? Unsere dortige Lage ist prekär, aber noch halten wir einige Trümpfe in der Hand: folglich kann man verhandeln, und solange man es kann, werden wir den Krieg aus Vorliebe, nicht aus Notwendigkeit fortsetzen. Hat man etwa nicht das Recht, eine Vorliebe zu haben? Gewiß. Aber man hat nicht das Recht, diejenigen Verräter zu nennen, die eine andere Vorliebe gewählt haben.

Ihr sagt, daß Martin Verrat übe, weil er will, daß ihr Frieden schließt. Ich folgere daraus, daß sich Frankreichs Schicksal in Indochina entscheidet und daß man entweder Saigon behalten oder Paris verlieren muß. Aber habt ihr das jemals gesagt? Welcher Minister hat im Jahre 1950 öffentlich erklärt, daß die Regierung angesichts der ernsten Gefahr Verhandlungen prinzipiell ablehnt? «Verhandlungen sind nicht opportun; wir werden sie zu gegebener Zeit wiederaufnehmen.» So lautete es in «wohlunterrichteten Kreisen» vor dem schicksalhaften Sommer 1950. Bald heißt es, daß wir am Vortag einen Erfolg errungen hätten und daß es unverzeihlich wäre, auf halbem Wege stehenzubleiben; bald heißt es, daß wir eine Niederlage erlitten hätten und daß der Zeitpunkt schlecht gewählt sei, einen siegestrunkenen Gegner anzusprechen. Von Rückschlag zu Erfolg und von Erfolg zu Rückschlag schleppt sich der Krieg weiter, weil unsere Minister nach eigenem Geständnis noch keine Gelegenheit gefunden haben, ihn zu beenden.

Sollte die Regierung ihre Politik auf die Gründe stützen, die sie angibt – welch Armutszeugnis! Sollte sie andere Gründe haben, die sie geheimhält, so rechtfertigt uns unsere Unkenntnis, ihr jedes Vertrauen zu entziehen: wenn man sich so wenig Mühe macht, uns zu überzeugen, verliert man das Recht, diejenigen zu verurteilen, die man nicht überzeugt hat. Und wenn die Wahrheit auf seiten Martins *wäre? In diesem Fall würde der Artikel 76 jeden Franzosen zum Verräter erklären, den man dabei überrascht, die Wahrheit zu sagen.*

Ihr behauptet, daß wir in unser Verderben rennen, falls wir diesen Krieg nicht fortsetzen: darf man daraus schließen, daß Martin ihn beenden will, um uns zu verderben? Kann er sich nicht täuschen, wenn er glaubt, das Beste zu tun? Es kann auch sein, daß er lügt. Aber wenn er geschickt lügt, wie soll ich es merken? Es ist schwierig, die Wahrheit von der Lüge zu unterscheiden, und noch schwieriger, Lüge und Irrtum auseinanderzuhalten. Jedenfalls bedarf es dazu bestimmter Kennzeichen oder Prüfsteine, und die werden wir außerhalb *finden. Was hat man gemacht? Hat man beispielsweise nachgeforscht, ob Martin verdächtige Reden über sein eigenes Treiben gehalten hat? Keinen Augenblick: man liefert uns die nackte Tat, ohne Hinweise und ohne Kommentare; und nun sollen wir über die Aufrichtigkeit des Angeklagten urteilen! Das Gericht hat es vorgezogen, sie von vornherein zuzugeben; es hat sie niemals in Frage gestellt.*

Denn diese Aufrichtigkeit ist ein objektives Tatmerkmal. Ob Martin Frankreich verderben oder retten will, er wird nur dann überzeugen, wenn er selbst überzeugt scheint. Woher soll man wissen, ob das um sich greifende Feuer seiner Reden ein Propagandatrick oder eine Kraft des Propagandisten ist? Wenn ich ihnen glaube, sei ich ein Dummkopf, sagt ihr? Vielleicht; aber das berechtigt euch noch nicht, ihnen den Glauben zu versagen; höchstens dazu, euer Urteil auszusetzen. An einer Mauer entdeckt und unvoreingenommen gelesen, erweckt ein Plakat von Martin beim Leser spontanes Vertrauen, wie jeder Aufruf, der sich an die Freiheit richtet. Natürlich kann sich jeder empört abwenden und sagen, daß diese Worte trügerisch sind, daß sie das Gute in den Dienst des Bösen stellen und uns nur deshalb so hoch über uns selbst erheben, um uns desto tiefer fallen zu lassen. Aber ihr weigert euch, die Tat so zu sehen, wie sie sich darstellt, ihr zerreißt alle Bindungen und lehnt die Kommunikation ab; ihr haltet Distanz und beschließt, die Botschaft, die man an euch richtet, für ein rätselhaftes Dokument zu halten. Ich sage nicht, daß ihr unrecht habt, und ich gebe zu, daß das Mißtrauen ein notwendiges Übel ist; aber versucht doch nicht, uns weiszumachen, daß die Tat als solche Grund zum Zweifeln gibt. Ihr sagt, diese Sätze stünden in allen kommunistischen Zeitungen? Schon möglich. Doch wer beweist, daß Martin sie nicht selbst wiederentdeckt hat? Wer beweist, daß sie nicht seine eigene Überzeugung wiedergeben? Was für den Leser ein Gemeinplatz ist, das hat der Verfasser vielleicht als eine leidenschaftliche Entdekkung der Wahrheit erlebt. Aber ihr, die ihr soviel Mißtrauen an den Tag legt, wer seid ihr? Was sind eure Rechte und eure Titel? Ihr behauptet, daß Martin nicht aufrichtig ist? Doch wer beweist mir, daß eure Behauptung aufrichtig ist? Und wenn das Verbrechen nun gerade *darin bestünde, Mißtrauen zu hegen? Damit sind wir auf das verwiesen, was ihr seid («Ich bin 1938 aus der Partei ausgetreten, ich kenne die Melodie»), auf das, was ihr wißt («Ich habe selbst solche Flugblätter hergestellt, ich weiß, wie so was gemacht wird»), auf das, was ihr glaubt («Nach reiflicher Überlegung scheue ich mich nicht zu sagen, daß mit dem Krieg in Vietnam dem sowjetischen Imperialismus ein erster Riegel vorgeschoben wird»). Wir haben Henri Martin verlassen, und wenn ihr mich überzeugen wollt, ihn mit euren Augen zu sehen, werden wir nicht so bald zu ihm zurückkehren – nicht bevor wir die Frage entschieden haben, ob die amerikanische Wirtschaft eine Kriegswirtschaft ist oder nicht, ob die russische Bürokratie eine privilegierte Klasse ist oder nicht, und so weiter und so fort. Nicht die Tat entscheidet über die Haltung, die ich in dieser Frage einnehme, sondern die Welt und mein Platz in der Welt und die Ideen, die diesem Platz entsprechen. In ihrer objektiven Realität betrachtet, belehrt uns die Tat* bis zu einem bestimmten Punkt: *in Frankreich und im Jahre 1950 ist sie ein Verstoß gegen das gemeine Recht. Darüber hinaus herrscht völlige Ungewißheit, und ihr könnt nicht über sie urteilen, ohne sie auf die Welt zu beziehen.*

2. Die Wirkungen

«Martin hat uns schlicht und einfach demoralisieren wollen. Der Beweis: man hat ihn beim Verteilen von demoralisierenden Flugblättern erwischt.» Und wenn wir fragen, woher man weiß, daß die Flugblätter demoralisierend sind, antwortet man uns, das sei doch klar, da sie demoralisiert haben. Ja, es scheint tatsächlich, als hätten sie auf alle, die sie gelesen haben, einen sehr schlechten Einfluß ausgeübt. Bleibt nur noch, eine Spur davon zu finden. Was hätten wir für ein Glück, wenn das Unkraut, das er gesät hat, während seines Prozesses aufginge! Wenn an Bord der Dixmude *eine Meuterei ausbräche, dann könnte man alle Verstöße gegen die Disziplin, alle Schläge, alle Wunden, all das zerschlagene Geschirr auf sein Konto schreiben. Im Licht der Folgen würde sein früherer Wille uns seinen verbrecheri-*

schen Charakter enthüllen; um seinen verhängnisvollen Einfluß zu ermessen, brauchte man nur von den Resultaten auf die Absichten zu schließen: ein Unternehmen, das mit Aufruhr beginnt, wird zwangsläufig mit noch schlimmerem Aufruhr enden. Wenn dabei gar – welch ein Glücksfall! – ein Mensch ums Leben käme, dann könnte dieser Tod als Bindeglied zwischen der Vergangenheit und der Zukunft dienen: er würde den Mörder von gestern – den schlechten Hirten, der seine Kameraden durch verderbliche Ratschläge in den Tod getrieben hat – wie den Verantwortlichen der Hekatomben von morgen bezeichnen.

Aber die Matrosen haben nicht gemeutert: sie sind brav an Bord der Dixmude *gegangen, und Henri Martins Flugblätter sind wirkungslos geblieben. Zwar hat der Staatsanwalt in seiner Anklagerede von irreparablen Schäden gesprochen, aber damit meinte er jene unkontrollierbaren Verheerungen, die ein böser Gedanke in den Seelen anrichtet; was beweist, daß er seine Ansprüche erheblich heruntergeschraubt hat. Freilich, Matrosen sind zarte Geschöpfe; mag sein, daß ihre Herzen einen Sprung bekommen haben, daß eine geheime Verletzung sich langsam in ihnen ausbreitet. Doch wenn die Wunde unsichtbar ist, wie sollen wir dann wissen, ob sie verwundet sind? Nehmen wir trotzdem an, wir hätten die am schwersten Getroffenen gefaßt und könnten in ihnen lesen. Was werden wir finden? Nicht mehr und nicht weniger als Martins Flugblätter. Alles beginnt wieder von vorn: diese Flugblätter sind demoralisierend, sagt ihr, weil sie die Leser auffordern, den Krieg in Indochina zu verurteilen: an euch ist es also, zu beweisen, daß er nicht verurteilenswert ist.*

3. Die Absicht

Über die Absicht äußert sich das Gesetz vom 11. März mit aller nur wünschenswerten Heuchelei. Mit Zuchthaus wird bestraft, wer «vorsätzlich» an einem Unternehmen zur Demoralisierung teilnimmt. Von dem Unternehmen wollen wir lieber nicht mehr sprechen: wir haben keine Spur davon gefunden. Man möchte meinen, das Gericht lege das Gesetz falsch aus: die Teilnahme an dem Unternehmen sollte den verbrecherischen Willen beweisen; aber den Militärrichtern genügt es, den Willen zur Demoralisierung bei dem Angeklagten festzustellen, um ihn sofort der Teilnahme an einem anonymen und unbekannten Unternehmen zu beschuldigen. Die Demoralisierung, sagte Reynaud, ist ein gemeinsames Werk, ein einzelner demoralisiert nicht. Das Gericht dreht den Satz um: da Henri Martin demoralisieren will, handelt er nicht allein. Aber woher weiß man, ob er demoralisieren will? Oh, die Regierung zeigt sich in diesem Punkt wie in den anderen nicht anspruchsvoll: man unternimmt nicht einmal mehr den Versuch, den Willen zur Demoralisierung nachzuweisen. Es genügt, daß der Schuldige «vorsätzlich» gehandelt hat, kurz, daß sich Martin, als er seine Flugblätter verteilte, der Demoralisierung bewußt war. Und es ist nicht einmal unbedingt nötig, daß er sich ihrer völlig bewußt war. Man wäre schon zufrieden, wenn er nicht ganz unbewußt gehandelt hätte. Nein, das Gericht ist gar nicht heikel: wenn Martin beim Verteilen der Flugblätter sich der Gefahr der Demoralisierung nicht ganz unbewußt war, sind die Richter gern bereit, ihn zu verurteilen. Das heißt: wenn er nicht die absolute *Gewißheit hat, daß der Krieg in Indochina ein Verbrechen ist, wenn er nur ein klein wenig zögert, wenn er zuweilen von Unruhe gepackt wird, dann triumphiert die «Gerechtigkeit»: der Angeklagte sitzt in der Falle.*

Aber wie die Absicht ergründen? Da die Tat als solche stumm ist und da sie keine Folgen gehabt hat, bleibt nur noch der Weg, auf die Geständnisse des Beschuldigten zurückzugreifen.

Ja, genau! ruft man, wir haben Glück: der Angeklagte gibt die Tatsachen zu und nimmt alle Schuld auf sich: er bekennt sich zu seiner Tat. Ist das ganz sicher? Glaubt ihr wirklich, daß die Tat, zu der er sich bekennt, mit der identisch ist, deren ihr ihn bezichtigt? Dem Angeklagten fehlt es nicht an gutem Willen, er sieht die Verlegenheit seiner Richter und will ihnen gerne helfen: aber er kann nicht die Erklärung abgeben, die sie von ihm erwarten. Wie könnt ihr euch einbilden, daß er seine Absicht jemals in dem Zerrspiegel wiedererkennen wird, den die Anklage ihm vorhält? Ihr habt überall laut verkündet, daß er Kommunist sei, und nicht einmal das ist sicher. Aber selbst wenn ihr recht hättet, wäre das nur ein weiterer Grund für ihn, sich dagegen zu verwahren, daß man seine politische Arbeit einem Demoralisierungsversuch gleichsetzt. Wie! Ihr wollt einen politischen Kämpfer und «Arbeitersohn» zu dem Geständnis bewegen, daß er seine eigene Klasse, die Dockarbeiter und Matrosen, ebenfalls «Arbeitersöhne», angegriffen habe? Glaubt ihr wirklich, daß er über seine Tätigkeit, über die Partei und die UdSSR so denken *wird, wie ihr es ihm vorschreibt? Was tut denn der Demoralisierer? Er stiftet überall Verwirrung, um unsere Nationale Verteidigung zu schwächen. Und was tut der politische Kämpfer? Genau das Gegenteil: er mobilisiert das Proletariat, um ihm an die Macht zu verhelfen. Der eine findet Eintracht vor und sät Zwietracht; der andere findet Zwietracht vor und predigt Eintracht. Der eine bereitet uns allen ohne Ausnahme eine furchtbare Niederlage; der andere ist überzeugt, daß der Sieg seiner Klasse den Interessen des ganzen Volkes dienen wird; der eine will uns an das Ausland ausliefern, der andere möchte uns von den Unterdrückern befreien. Der politische Kämpfer legt auf das, was er zuweilen die Dynamik der Massen nennt, nicht weniger Wert als ein Offizier auf die Kampfmoral der Truppen, und der Optimismus, den er bei schweren Schlägen an den Tag legt, ist jenem sehr ähnlich, den der Offizier bei einem Rückzug zeigt. Der Demoralisierer dagegen lähmt uns durch die Enthüllung unseres unentrinnbaren «Schicksals»; er sagt: «Es ist alles aus», wo der politische Kämpfer sagt: «Alles beginnt»; er will uns einreden, unser Schicksal liege in den Händen eines anderen, des Feindes, des unbesiegbaren Eroberers, der die Geschichte* macht, *deren passive Objekte wir sein werden, während der Kommunist seinen Kameraden den Weg in die Zukunft weist, sie ihre eigene Kraft sehen und spüren läßt und ihnen sagt: «Euer Schicksal liegt in euren Händen.» Und ihr wollt, daß der eine bereit ist, sich für den anderen auszugeben? Daß der Baumeister uns sagt: «Ich habe zerstört», der Organisator: «Ich habe desorganisiert», der Doktrinär: «Ich habe den Zweifel propagiert»?*

Was werdet ihr noch alles sagen? Daß man ihn täuscht? Daß er zynischen Führern in die Hände gefallen ist? Damit würdet ihr alles zugeben, was ich fordere: je mehr man ihn täuscht, desto aufrichtiger ist er; wenn er über das Unternehmen getäuscht worden ist, wie könnte er dann «vorsätzlich» an ihm teilnehmen? Wirklich ein merkwürdiges Vergehen, das die Anklage nicht beweisen und der Angeklagte nicht gestehen kann.

Über alle Tatsachen hat sich Martin mit den Richtern in Übereinstimmung befunden: doch zu dem Geständnis, daß er demoralisieren wollte, wird man ihn nicht bewegen. Die Demoralisierung ist also keine Tatsache? Nein, wie man sieht. Eher eine Halluzination, eine Fata Morgana: sie spiegelt von fern etwas vor, aber wenn man näher kommt, findet man nur Steine. Werdet ihr sagen, daß darin die Bedeutung *der Tat liegt? Aber wir sahen soeben, daß sie nicht aus der Tat als solcher hervorgeht: es scheint, als ob sie sich unter bestimmten Bedingungen und in den Augen gewisser Personen auf ihr niederläßt. Um zu demoralisieren, genügt es nicht, Flugblätter zu verteilen, die Soldaten zum Ungehorsam anzustiften oder sich einem Kolonial-*

krieg zu widersetzen: die Tat muß obendrein böse sein. Und um des «Demoralisierungsversuchs» schuldig zu sein, muß man wissen, daß er böse ist. Man fordert Martin nicht auf, seine Tat zu schildern, sondern sie zu bewerten. Er hat letztlich nur zwei Möglichkeiten, ein Geständnis abzulegen. Entweder muß er sagen: «Die Tat war schädlich, und ich wußte es. Aber ich hatte mich von diesem kriminellen Unternehmen kaufen lassen, weil ich dringend Geld brauchte, und sagte mir: schade um Frankreich.» Oder aber: «Ich wußte, daß der Krieg in Indochina unsere Rettung bedeutet, und deshalb wollte ich, daß wir ihn verlieren.»

Jedenfalls muß er, um schuldig zu sein, das Böse «vorsätzlich» getan haben. Doch wie sollte er das Böse erkennen, ohne zu wissen, was das Gute ist? Wenn Martin sich über die Politik der Regierung täuschte, wäre seine Propaganda nur schädlich. Damit sie zu einem Verbrechen wird, muß er klar sehen: er demoralisiert, wenn er weiß, daß die Politik der Regierung die einzig mögliche ist.

Alles in allem hat die Regierung gewonnenes Spiel: ob Demoralisierer oder nicht, Martin gibt ihr immer recht, wenn er gesteht; er verurteilt seine Handlungsweise im Namen der Grundsätze der Regierung. Ist er also gezwungen, sich fortgesetzt mit den Augen der anderen zu sehen? Darf er sich nicht mit seinen eigenen sehen?

Man beachte, was geschieht: Martin hat seine verbrecherischen Absichten nicht nur nicht gestanden, der Richter hat ein solches Geständnis nicht einmal verlangt. Man höre, wie sie im Gerichtssaal diskutieren: Martin sagt, was er tun wollte; man antwortet ihm, daß die Offiziere bald keine Soldaten mehr haben würden, wenn jeder so handelte wie er. Er sagt, daß man ihn betrogen habe; man antwortet, daß ein Franzose seinen Vorgesetzten gehorchen muß. Er beschuldigt die Franzosen, sich in Indochina wie Nazis aufzuführen; man antwortet, daß auch die Indochinesen keine Engel seien, und so weiter und so fort. Man hat den Eindruck, einer politischen Kontroverse beizuwohnen. Würde ein Mörder vor Gericht erklären, er habe seine alte Tante umgebracht, um ihr weitere Leiden zu ersparen, dann würde der Staatsanwalt sofort aufspringen und ihn anschreien, er lüge, er habe sie wegen ihrer Erbschaft erwürgt. Wie kommt es, daß der Staatsanwalt weder in Toulon noch in Brest Martin angeschrien hat: « Sie wollen uns doch nur etwas weismachen mit ihren guten Absichten! Sie lügen, wenn Sie behaupten, daß dieser Krieg Ihnen Abscheu einflößte! Sie lügen, wenn Sie behaupten, Frankreich zu lieben. In Wahrheit sind Sie ein Agent des Feindes, und Sie wollen uns ins Ver-

derben stürzen.» Wenn man die Richter hört, scheinen sie an Martins Aufrichtigkeit zu glauben; ihre Fragen, ihre Bemerkungen beweisen es. Hat sich nicht in Toulon, als Martin seine Gedanken entwickelt («Die Militärkredite sind eine zu schwere Belastung, statt in Indochina Krieg zu führen, sollten wir für den Frieden kämpfen»), der Vorsitzende zu dem Satz hinreißen lassen: «Ich kann Ihnen daraus keinen Vorwurf machen, aber wenn man Matrose ist, hat man gewisse Pflichten.» Kurz, es sieht ganz so aus, als ob sich diese Offiziere an einen Menschen wenden, der sich geirrt hat, der seine Pflicht falsch verstanden hat, dessen Aufrichtigkeit sie jedoch nicht bezweifeln. Und trotzdem erklärt das Gericht nach kurzer Beratung einstimmig, daß dieser Mann vorsätzlich *an einem Unternehmen zur Demoralisierung teilgenommen hat.*

Als Martin erläutert, was er beabsichtigte, nimmt man seine Erklärungen widerspruchslos hin und ist bereit, sie für aufrichtig zu halten; aber dann, als es das Urteil zu fällen gilt, bestraft man ihn so, als hätte er während des ganzen Prozesses gelogen. Man könnte meinen, er habe zwei Gewissen, zwei Wahrheiten, zwei Absichten, von denen die eine – jene, die jedermann erkennen kann und die er selbst zugibt – keinerlei Bedeutung hat und die andere, die allein zählt, verborgen ist. Wir fragten vorhin, ob Martin noch das Recht habe, seine Taten im Namen seiner eigenen Grundsätze zu beurteilen und sich mit eigenen Augen zu sehen. Nun, hier die Antwort: er mag denken, was er will, sein Gewissen ist nur ein Trugbild, und die Aussagen, die es über sich macht, sind Gaukeleien. Es steht ihm frei, uns zu erzählen, daß er nicht demoralisieren wollte. Man wird ihn reden lassen, da man nicht beweisen kann, daß er lügt; man wird ihm vielleicht zugestehen, daß er sich seiner verbrecherischen Absicht nicht bewußt war. Trotzdem war sie vorhanden, ihm allein unsichtbar, allen anderen aber deutlich erkennbar, und sie mußte sogar vorhanden sein, da es einen Verrat ohne Verräter nicht gibt und da seine Tat ein Verrat ist.

Die Opposition und die Regierungsmehrheit haben beide ihre Grundsätze, ihre Ziele und ihre Taktik, ihre Ideologie und ihre Werte; daher findet jedes bedeutsame Ereignis seinen Niederschlag mindestens in zwei Systemen gleichzeitig, die einander ausschließen. Die Regierung, die die Opposition ausschalten will, ohne den Boden der Demokratie zu verlassen, läßt sich im Namen ihres Systems das Recht geben, alle jene ihrer Gegner einzusperren, die sich erdreisten sollten, im Namen ihres eigenen Systems über sie zu richten. Da aber die Demokratie gerade die Koexistenz der Systeme verlangt, bemüht sich die Regierung um den Nachweis, daß das System der Opposition nicht existiert. Genau das bedeutet das Gesetz vom 11. März 1950: der Gegner schadet zwar, aber er denkt nicht. Ob einer in böser Absicht sagt: «Zwei und zwei ist fünf» oder «Die Europaarmee ist eine Kriegsgefahr», das Resultat ist das gleiche: er hat Wörter auf der Zunge und Leere im Kopf. Wenn er Begriffe wie französische Kolonie und Unterdrückung, Frankreich und Angriffskrieg zusammenbringen will, dann streben sie heftig auseinander und entgleiten ihm: übrig bleiben Wörter, die sich zu absurden Gebilden formen. Und diese klangvolle Sinnlosigkeit sollte eine Meinung sein? Sind etwa Sätze wie «Die Mauer sitzt auf dem Huhn» oder «Die Zunge liegt mir auf dem Wort» Meinungen? Der Gegner denkt nicht, was er sagt: er spricht, um uns zu verwirren, er wählt die gefährlichsten Wörter und vergnügt sich damit, sie mit vollen Händen wie Sand in die Seelen zu streuen; vergeblich hofft *er, daß die Regierung sich täusche: seine vom Tageslicht geblendeten Augen suchen Dunkelheit, aber die Strahlen der Sonne sind überall. Besser gesagt: um das Böse zu tun, muß er sich zu jeder Stunde über das Gute informieren; er wird die anderen nur dann in den Schatten stellen können, wenn er sich selbst zwingt, im Licht zu leben. Oh, der wunderbare Verräter! Und was braucht er, um zu existieren? Eine einzige Voraussetzung: die Unfehlbarkeit der Regierung. Ja, wenn die Anschauungen der Regierung für jeden Staatsbürger in die Augen springende Gewißheiten sind, wenn jeder Ministerpräsident bei der Amtsübernahme von seinem Vorgänger mit den Möbeln des Amtssitzes auch die absolute Wahrheit empfängt, dann steht der Gegner zu dem Minister in der gleichen Beziehung wie der Sünder zu seinem Gott: aus Bosheit zieht er den Schein der Wirklichkeit vor, das Wort dem Gedanken, die Agitation dem Befehl, kurz, das Nichts dem Sein. Oder vielmehr: die Opposition ist tot, es gibt nur rechtschaffene Geister und Demoralisierer.*

So viel ist klar: Martin ist genau in dem Maße demoralisierend, wie die Regierung unfehlbar ist. Wer das Prinzip der Unfehlbarkeit anerkennt, braucht den Beweis für die demoralisierende Absicht nicht mehr zu erbringen: da die Regierung uns allen das gleiche Licht spendet, mußte auch der Angeklagte die Wahrheit erkennen; folglich ist es an ihm, seine Unschuld zu beweisen. Und wie soll ihm das gelingen, wenn er nicht auf Schwachsinn plädiert? Vielleicht ist dies der größte Vorteil des Gesetzes Bidault: den schuldigen Angeklagten steckt man ins Kittchen, den unschuldigen ins Irrenhaus; liquidiert wird er auf jeden Fall. Seine Hauptschwächen sind die Minister selbst: um sie für unfehlbar zu halten, darf man sie nicht anschauen. Oh, sie sind keine Mörder, nein, nicht einmal Faschisten im eigentlichen Sinn: es sind arme Kerle, weder besonders intelligent noch besonders gut, weder sehr gebildet noch sehr mutig, noch sehr anständig, und sie scheinen sich weniger um die Regierung des Landes als um die Liquidierung der Konkursmasse zu kümmern. Repräsentieren sie Frankreich? Das wäre schlimm. Im Frühjahr 1950, als man die Untersuchung einleitete, durften Martins Freunde optimistisch sein: um Martin schuldig zu sprechen, mußte die Indochinapolitik des MRP eine geoffenbarte Wahrheit sein. Also würde man Martin freisprechen.

Am 20. Oktober 1950 wandte sich der Vorsitzende des Seekriegsgerichts in Toulon mit der Frage an die Richter, ob die französische Regierung unfehlbar sei. Die Richter antworteten einstimmig mit Ja.

Wie ist das möglich? Wie kommt es, daß nicht ganz Frankreich, Europa und Amerika schallend gelacht haben?

Weil die Welt sich zwischen Frühjahr und Herbst verändert hatte: in dem Augenblick, da ihre Machenschaften in Gelächter unterzugehen drohten, wurde die Regierung durch ein Wunder gerettet.

In der Tat konnte nur noch ein Wunder unsere «Polizeioperation» in einen Kreuzzug verwandeln, und unsere allerchristlichsten Minister beteten es täglich herbei. Das Wunder geschah in Korea: sobald die Amerikaner begonnen hatten, auf eigene Rechnung den Asiaten abzuschlachten, ersetzte ihre Presse die bisherigen Beschimpfungen durch Loblieder, und unser Krieg war wie durch einen Zauberschlag kein Kolonialkrieg mehr: als Vorkämpfer nahm Frankreich seinen Platz im Vorfeld der Kreuzfahrer für die Freiheit ein; man versorgte es mit Gold, Waffen und einem guten Gewissen; ein gemeinsamer Aggressor verbindet: der Aggressor war selbstverständlich die UdSSR; um das einzusehen, braucht man nur ein paar simple Vergleiche zu ziehen. Wer ist dieser Ho Tschi Minh? Ein Gehilfe Chinas. Und China? Ein Handlanger der UdSSR. Folglich ist Ho Tschi Minh ein sowjetischer Agent. Nicht die Indochinesen haben sich gegen die französische Herrschaft aufgelehnt, sondern die Sowjets haben mittels der Eingeborenen die westlichen Demokratien angegrif-

fen: der Ausgang des dritten Weltkriegs wird auf den Reisfeldern Tonkins entschieden.

Denn er ist bereits da, *der dritte Weltkrieg; er ist überall: rings um uns, in uns; das ist die Wahrheit unserer Zeit. Alle seine Phasen sind festgelegt; die auflagenstarken Zeitschriften haben die Operationen schon in allen Einzelheiten veröffentlicht: die Ursachen des Konflikts, die näheren Umstände der Aggression, die Niederlage der westlichen Armeen, die Besetzung Europas, den Roten Terror und schließlich die Befreiung – das alles kennen wir auswendig. Ja, wir kennen diesen Krieg, als hätten wir ihn schon hinter uns, und dabei steht er uns doch erst bevor; das, was man – immer seltener – Frieden nennt, ist lediglich die kurze Zeit, die uns verbleibt, um die moralische und materielle Schlacht zu gewinnen, bevor wir uns auf das eigentliche militärische Terrain begeben. Ja, die Zukunft ist festgelegt, und da die UdSSR eine schändliche Rolle in ihr spielt, ist diese räuberische Nation durch ihre künftigen Verbrechen schon jetzt mit Blut besudelt, und wir erblicken ihr Gorgonenhaupt im Schein der Feuersbrünste, die sie noch nicht entfacht hat.*

Also greift die UdSSR uns in jeder Minute an, soviel steht fest, und wir werden uns unser Leben lang mit diesen blutrünstigen Horden herumschlagen müssen. Aber gleichzeitig *ist sie ein fernes Land, mit dem wir durch einen Nichtangriffspakt verbunden sind. Schon ergießt sich ihre Soldateska, die Brandfackel in der Hand, über unsere Felder und versengt unsere künftigen Ernten; aber* gleichzeitig *hat sie noch immer einen Botschafter in unserer Hauptstadt. Das beweist nur, daß unsere Epoche eine Schublade mit doppeltem Boden ist, daß sie zwei Wahrheiten enthält, von denen die eine an der Oberfläche, die andere tief verborgen liegt; die Ereignisse unseres Lebens zeigen ein ruhiges oder ein fratzenhaftes Gesicht, je nachdem, ob wir so verrückt sind, sie so zu nehmen, wie sie auf uns zukommen, oder ob wir sie in die Perspektive eines verhängnisvollen Konflikts rücken; daher werden wir ein und denselben Menschen für unschuldig oder für schuldig halten, je nachdem, ob wir uns Europa als Stätte der Arbeit, der Geduld, der Vernunft und der Hoffnung oder, wie die anderen sagen, als Schlachtfeld der Schicksalsmächte vorstellen.*

Um die Geheimnisse dieser Zeit zu verkünden, bedarf es nur weniger Propheten, und um zu prophezeien, genügt es, Angst zu haben. Das Schlimmste ist immer sicher: *das ist das Gesetz der geheimen Welt; man wird die Absichten der UdSSR niemals begreifen, wenn man sie nicht* in jedem Fall *durch den Willen zum Schlimmsten erklärt. Und wenn die UdSSR gute Absichten hätte? Oder wenn nicht alle ihre Absichten schlecht wären? Wenn sie von unseren Absichten abhingen wie die unseren von den ihren? Wenn sie den Frieden wollte? Oder wenn sie den Krieg nicht wollte? Sollte sie etwa ein Mittel haben, uns zu beruhigen? Oh, seien wir unbesorgt: wie könnten die Absichten, die sie in der sichtbaren Welt äußert, uns über das aufklären, was sie in der anderen plant? Was immer ihre Diplomaten tun mögen, wir werden ihren Worten einen Sinn unterstellen, der dem widerspricht, den sie ihnen zu geben meinen. Sie schlägt einen Waffenstillstand vor? Ja, weil sie die Aufrüstung der westlichen Nationen verhindern will. Sie liebäugelt mit England? Weil sie die Bande des Nordatlantikpakts, unserer einzigen Rettung, zerreißen will. Sie macht konkrete Vorschläge, die beweisen sollen, daß sie den Frieden bewahren will? Dann muß dieser Frieden die schrecklichste ihrer Geheimwaffen sein. Herr Chauveau nimmt in der Mai-Nummer 1953 der Zeitschrift* Liberté d'Esprit *kein Blatt vor den Mund: «... Ebensosehr, wenn nicht noch mehr als die Kriegsdrohungen (die erschrecken), könnte der Frieden (der beruhigt) tödliche Gefahren bergen.» Grausames Rußland! Sollte es uns auch beide Arme entgegenstrecken, es würde uns doch nur erwürgen; die bloße Feststellung, daß die Sowjetunion das Böse will, genügt nicht: bei allem, was sie will, will sie einzig das Böse. Wer wagt, die heimlichen Greuel der unsicheren Ruhe zu nennen, in der wir scheinbar leben? Diese Ruhe ist entweder das Vorzimmer eines Krieges, der uns alle ausrotten, oder die Vorhalle eines Friedens, der uns alle vernichten wird. Die französische Regierung wird die außergewöhnlichen Möglichkeiten dieser Situation für ihre Innenpolitik zu nutzen wissen.*

Zunächst ist die Unfehlbarkeit wiederhergestellt. Angesichts des Feindes ist der Irrtum weniger gefährlich als die Verwirrung: jene, die die schreckliche Ehre haben, uns auf das künftige Blutbad vorzubereiten, können zu Recht als Gegenleistung fordern, daß man ihnen ohne Widerrede gehorcht. So wie sie uns entgegentritt, ist ihre Politik schlaff, schwankend, dumm und zynisch; aber wir haben kein Recht, nach dem äußeren Schein zu urteilen: im Kern ist diese Politik so starr wie ein Schwert: da die UdSSR Europa in Indochina angreift, sind die französischen Fallschirmjäger Soldaten der Freiheit; da Frankreich von Millionen künftiger Kriegsopfer bevölkert ist, gewinnt man Zeit, wenn man sie schon heute rächt; da die UdSSR die Gnadenfrist, die sie uns läßt, dazu nutzt, strategische Positionen zu erobern, die ihr die Eroberung der Welt erleichtern werden, ist es unsere Aufgabe, ihr den Weg dorthin zu versperren, indem wir überall Luft- und Marinestützpunkte errichten, die für den Triumph der Gerechtigkeit notwendig sind; da uns allein die Vereinigten Staaten von dem sowjetischen Joch befreien werden, ist es ratsam, daß wir uns schon jetzt ihren Befehlen unterwerfen; da uns die UdSSR auf jeden Fall die nationale Unabhängigkeit rauben und Amerika sie uns zurückgeben wird, ist es ratsam, sie schon jetzt bei einer Bank in Washington zu deponieren: die französische Regierung weiß genau, daß sie die Kriegserklärung und die Besetzung unseres Landes beschleunigt, aber sie tut es ja nur, um die Stunde der Befreiung schneller herbeizuführen. Im Namen dieser künftigen Befreiung ist es durchaus legitim, wenn unsere Freunde ein paar kleine Dienste von uns verlangen; im Namen des langen Martyriums, das uns bevorsteht, wird uns nicht verboten, sie um Geld zu bitten. Die französische Regierung hat ihren Entschluß gefaßt: sie wird ja sagen, unerschütterlich ja sagen zu ihren amerikanischen Verbündeten, vorausgesetzt, daß sie zahlen, und wenn es sein muß, wird sie ihnen bis in den Präventivkrieg folgen. Was? Wir würden angreifen? Keine Sorge: wenn Frankreich sich schlägt, dann nur, um sich zu verteidigen. Doch angesichts der ständig wachsenden Gefahren behält es sich das Recht vor, seinen Verteidigungskrieg zu beginnen, bevor die Sowjets ihren Angriffskrieg unternommen haben.

In diesem neuen Klima bekommt das Gesetz vom 11. März ein ganz anderes Gesicht. Was wollte man eigentlich damit: den Militärs die Möglichkeit geben, die Zivilisten in Friedenszeiten für Kriegsvergehen zu verurteilen? Also befänden wir uns im Krieg und im Frieden zugleich. Im Frieden, wenn man sich an den äußeren Schein hält; im Krieg, wenn man den Dingen auf den Grund geht. Das Anschlagen von Flugblättern in einem Arsenal ist in Friedenszeiten ein einfaches Vergehen. Aber dieses Vergehen wird zu einem Verbrechen, wenn der Frieden nur die Umhüllung des Krieges ist. Diejenigen, die man nach dem Gesetz des Friedens aburteilen will, wird man gerechterweise vor ein Zivilgericht stellen; doch die anderen, die man nach dem Gesetz des Krieges bestrafen will, wird man vor ein Militärgericht bringen. Für die Berufssoldaten befinden wir uns seit Beginn der Welt im Krieg und werden es bis zu ihrem Ende bleiben: das ist normal, denn der Feind ist ihr Broterwerb. Man übergebe ihnen also getrost die Elenden, die sich erlauben, die Armee zu kritisieren; sie werden sie zum Tode verurteilen, wenn man sie gewähren läßt. Nichts hat sich geän-

dert seit der Zeit, da General de Pellieux im Prozeß gegen Zola erklärte: «Ich sage, daß jeder, der versucht, der Armee das Vertrauen zu ihren Führern zu nehmen, sich schuldig macht und ein Verbrecher ist.» Die Affäre Henri Martin hat der Regierung gestattet, die Rechtsprechung um ein neues Prinzip zu bereichern: jede Tat kann nach freiem Ermessen unserer Minister ein Verbrechen oder ein Vergehen sein; sie allein entscheiden über den Charakter der Tat, je nachdem, welches Gericht sie mit der Urteilsfindung beauftragen.

Ich übertreibe? Nun gut, verlassen wir Henri Martin einen Augenblick, und betrachten wir den Fall Vigne: es handelt sich um eine Affäre der gleichen Art, die wir nur kurz zu prüfen brauchen, um uns Klarheit zu verschaffen.

Herr Vigne, Generalsekretär der Friedenskämpfer, schreibt einen Artikel mit der Überschrift: «Die Freiheit zu sagen, daß wir den Frieden wollen.» Man klagt ihn auf Grund des Gesetzes über Pressevergehen an, und das Gericht in Beauvais spricht ihn im Jahre 1950 frei, ein Urteil, das 1951 vom Appellationsgerichtshof in Amiens bestätigt wird. Begründung des Freispruchs: der inkriminierte Artikel stellt lediglich eine Meinungsäußerung dar. Herr Vigne hat Glück: es ist nicht immer leicht zu wissen, wo unsere Rechte beginnen und wo sie aufhören; aber glücklicherweise bescheinigen ihm zwei zuständige Gerichte in feierlicher Form, daß er die seinen nicht überschritten hat. Nur sind es natürlich Zivilgerichte, und ihr Urteil hat lediglich in der Welt des äußeren Scheins und des Friedens einen Wert.

Achtzehn Monate später bringt die Regierung, ohne daß sich inzwischen ein neuer Tatbestand ergeben hätte, den Fall vor ein Militärgericht und klagt Herrn Vigne wegen desselben Zeitungsartikels auf Grund des Gesetzes vom 11. März des Verrats an. Jetzt sind wir in der Welt des Krieges. Dank Herrn Bidault ist ein und derselbe Mensch wegen ein und desselben Artikels nach bürgerlichem Recht unschuldig und nach dem Militärrecht ein Verbrecher. Den in unserer oberflächlichen Alltagswelt unbescholtenen Bürger durchdringt das Auge des Militärs: im Licht künftiger Bombardierungen erscheint Herr Vigne als Verräter. In dem Augenblick, da ich diese Zeilen schreibe, ist das Urteil noch nicht gefällt, und ich bin gespannt, wie der Vorsitzende diesmal den Richtern die Frage stellen wird. Wenn das Urteil von Toulon Schule macht, wird er sie zweifellos so formulieren: «Ist Herr Vigne des Landesverrats schuldig, indem er die Rechte ausübte, die das Gesetz allen französischen Staatsbürgern zuerkennt?» Und ich bin sicher, daß die Richter mit Ja antworten werden.

Und das Unternehmen? Oh, man braucht sich nicht mehr zu bemühen: der Beweis für sein Vorhandensein liegt nicht in den Tatsachen, sondern in unserer Kunst, sie zu befragen. Um es zu erkennen, genügt es, den militärischen Scharfblick zu bekommen: das geht ganz plötzlich und grundlos vor sich, wie jeder Gesinnungswechsel. Brecht mit der halben Welt, befleißigt euch, die Bürger der Sowjetrepubliken, Chinas und der Volksdemokratien und die Kommunisten in eurem eigenen Land so zu betrachten, als wärt ihr durch eine Feuerlinie von ihnen getrennt; ihre Ziele werden euch um so befremdlicher erscheinen, je hartnäckiger ihr euch weigert, sie zu teilen, und ihre Taten um so geheimnisvoller, je mehr ihr euch hütet, sie für das zu nehmen, was sie sind. In dem Augenblick, da es euch gelungen sein wird, jede Verständigung völlig unmöglich zu machen, werdet ihr feststellen, daß unter den zwei Milliarden Menschen, die die Erde bevölkern, eine Milliarde Falschspieler sind. Das «Unternehmen» ist nichts anderes als diese Milliarde Falschspieler, die sich unter die ehrlichen Menschen mischen, um sie zu vernichten. Schon Herr Burnham war auf die geniale Idee gekommen, den Kommunismus als «eine Weltverschwörung zum Zwecke der Eroberung eines Machtmonopols im Zeitalter des ausgehenden Kapitalismus» zu definieren. Als unsere Regierung von dieser Definition Kenntnis erhielt, erschien sie ihr so einfach, daß sie sie auf der Stelle übernahm. In wenigen Monaten war ganz Frankreich von kleinen Burnhams überschwemmt: in diesem Gewimmel ist ein gewisser Jules Monnerot zu erkennen, der in einer zu Beginn des Jahres 1950 erschienenen Kompilation den überaus glücklichen Einfall hatte, den Kommunismus gerade in dem Augenblick, da die Regierung den Gesetzentwurf Bidault zur Diskussion stellte, als ein UNTERNEHMEN zu bezeichnen. Selbstverständlich ist dieses UNTERNEHMEN Burnhams Weltverschwörung; dennoch gibt es eine Neuerung, deren Verdienst allein Herrn Monnerot gebührt, nämlich das Wort mit großen Buchstaben geschrieben zu haben. Das UNTERNEHMEN: es gibt nur ein einziges, und das erstreckt sich über den ganzen Erdball. Dunkel, vielgestaltig, nicht faßbar, widerspruchsvoll, quälend, unsichtbar, ist es doch überall: «Die Struktur ... und die Anatomie des UNTERNEHMENS liefern uns seine Bedeutung, denn man erkennt, wie die herrschende und privilegierte Oligarchie des russischen Überstaats den Enterbten jenseits der sowjetischen Grenzen im Prinzip ihre Befehle erteilt.» Es «vereitelte die Integration des Proletariats in den westlichen Gesellschaften». Und seine obersten Führer stehen «außerhalb unserer Ge-

sellschaft». Der Vorteil dieser Beschreibung besteht darin, daß sie eine Verwendung dessen ermöglicht, was die heutigen Soziologen die «Reziprozität der Perspektiven» nennen: alles, was die französischen UNTERNEHMER tun, muß im Hinblick auf die Außenpolitik der UdSSR verstanden werden; und um die Absichten der sowjetischen Oligarchie zu ergründen, wird es genügen, sich auf die Tätigkeit der Kommunistischen Partei zu berufen. Wenn das UNTERNEHMEN in der UdSSR von Frieden spricht, dann besinnt euch augenblicklich auf die sozialen Konflikte, die ES in Frankreich schürt, auf die Propaganda, die ES gegen den Indochinakrieg treibt, und ihr werdet deutlich erkennen, daß ES nur Böses im Schilde führt. Wenn umgekehrt die französischen UNTERNEHMER die streikenden Bergarbeiter unterstützen, dann begeht bitte nicht den Fehler, den Forderungen der Arbeiter allzu große Bedeutung beizumessen, nehmt euch Molotows letzte Rede vor: dort werdet ihr den Beweis finden, daß diese obskuren Geschichten von «Lohnerhöhungen» das wahre Ziel verschleiern, nämlich den Wiederaufbau Europas zu verhindern. Sucht die Wahrheit der UdSSR in Frankreich und die französische Wahrheit in der UdSSR; sucht die Wahrheit der Gegenwart in den Katastrophen der Zukunft und die Wahrheit des Friedens im Krieg; erhebt die These zum Prinzip, daß das WAHRE immer woanders ist, und ihr werdet Herrn Monnerot recht geben können, wenn er schreibt: «Die Originalität des Kommunismus, so könnte man sagen, besteht darin, daß er eine mehrdimensionale soziale Tatsache ist, daß er auf mehreren Ebenen existiert ... Wenn er das eine ist, hört er trotzdem nicht auf, das andere zu sein. Er betrügt immer, da er immer auch *ein anderes Spiel spielt als jenes, das zu spielen er vorgibt.» Der Kommunist ist immer anders: anders als seine Worte, anders als seine Taten, anders als der Mensch. Und da die UdSSR die Weltgeschichte mit Beschlag belegt, ist das ganze Universum anders, als es ist.*

Diese Art, die Dinge zu sehen, bietet große Vorteile: zum einen ist sie uns vertraut; Frankreich hat es nie an Schwachköpfen gefehlt, die die Geschichte durch den verbrecherischen Willen eines UNTERNEHMENS erklärten, möge es nun Gesellschaft Jesu, Freimaurerei oder Internationales Judentum heißen. Zum anderen ist es nunmehr möglich, die Teilnahme des Angeklagten an dem UNTERNEHMEN auf die bloße Durchsicht der Reden zu gründen, die er gehalten hat: dieselbe Geisteshaltung, die die andere *Bedeutung seiner Worte sucht, stellt ihn in der* anderen *Welt als* anders *als der Mensch hin. Mehr noch. Wenn es genügt, Kommunist zu sein, um Verrat zu begehen,* dann hat die Regierung die Pflicht, die Partei aufzulösen. Doch dazu hat Herr Bidault, wie ihr mühelos erratet, nicht die geringste Lust: die Arbeiterklasse könnte ernstlich böse werden und die Regierung hinwegpusten; außerdem ist das Land noch nicht reif, diese Roßkur hinzunehmen. Mit der neuen WAHRHEIT hat man es gar nicht mehr nötig, diese radikale und gefährliche Maßnahme zu ergreifen: das UNTERNEHMEN und die Partei sind jetzt zwei Dinge. Nein, nicht ganz zwei; wenn man will, handelt es sich um dieselbe Sache, aber um dieselbe Sache, die unter zwei sehr verschiedenen Blickwinkeln betrachtet wird. Wie es Herr Monnerot so brillant erklärt: das UNTERNEHMEN ist «Massenorganisation und Geheimgesellschaft ..., parlamentarische Partei und Bund, der in der Underworld operiert.»[26] Also kann man, ohne die Kommunistische Partei anzurühren, alle politischen Kämpfer verhaften, die ihren Anweisungen folgen: in ihnen achten wir die Mitglieder der großen parlamentarischen Partei, und wir bestrafen die Mitglieder der Geheimgesellschaft.

Die Nationalversammlung, von diesen apokalyptischen Perspektiven in Schrecken versetzt, ließ Martin verurteilen, ohne mit der Wimper zu zucken. Nun mußte man sich nur noch der öffentlichen Meinung versichern. Diese Arbeit hat die Presse übernommen; sie packte uns bei unseren Gefühlen. Was öffnet die Augen besser als die Angst? Also hat man sich dahin geeinigt, uns angst zu machen, und die Zeitungen haben die beunruhigendsten Fragen gestellt: Woher kommt die seltsame Feierlichkeit dieses Prozesses? Warum alle diese bewaffneten Soldaten? Was befürchtet man? Was wird geschehen? Tagt das Gericht unter Druck? Was bedeuten diese Rufe auf der Straße? Und was bedeutet das ungewöhnliche Schweigen im Zuhörerraum? Alle Welt lügt oder scheint zu lügen: wen betrügt man? Warum nennt man nicht den Namen des Zivilisten, da ihn doch jeder kennt? Ist er eine so hoch gestellte Persönlichkeit? Wen schont man? Was verbirgt man vor uns? Weshalb beleidigen diese Admirale, diese Abgeordneten und Professoren öffentlich unsere Mutter Frankreich? Und weshalb läßt der Vorsitzende sie gewähren? Dabei sieht er doch so anständig aus. Auf welchen geheimen Druck hat Heimburger widerrufen? Wovor hat er Angst? Es sieht so aus, als säßen die wahren Schuldigen woanders: warum werden sie nicht festgenommen? Warum flüstert man uns zu, daß dieser Prozeß der Prozeß Frankreichs ist?

26 *Jules Monnerot,* Sociologie du communisme, *135.*

Man lehrt uns, den äußeren Schein zu durchschauen und überall die ungeheuerliche Gegenwart des Feindes zu entdecken: in Wirklichkeit *sind wir Flüchtlinge des künftigen Krieges, und das Gericht tagt inmitten von Ruinen, während die Kosaken über die französische Ebene galoppieren; man sitzt über den Urheber dieser Katastrophe zu Gericht, über Henri Martin, den Mann, der Paris atomisieren ließ, weil er durch seine unüberlegten Reden unsere Niederlage in Indochina heraufbeschwor.*[27] *Das mit dem Tode ringende Frankreich wendet sich an uns, die künftigen Kriegsinvaliden, die künftigen Witwen und Waisen; wir sind die Geschworenen, denen Frankreich die Frage stellt: «Ist Henri Martin schuldig, durch das Verteilen von Flugblättern gegen einen Kolonialkrieg vorsätzlich an einem UNTERNEHMEN teilgenommen zu haben, dessen Ziel die Vernichtung des Menschengeschlechts ist?» Und wir antworten mit unserer Heidenangst, unserem unbändigen Haß und unseren künftigen Erinnerungen an die Greuel des Krieges: Ja, ja! Er ist schuldig! Einstimmig verurteilt!*

Uff! Der Prozeß ist gewonnen.

Jetzt stehen wir vor der Wahl. Entweder wir prangern den Willkürakt öffentlich an, oder wir machen uns mitschuldig. Denn in unserem Namen hält man Martin gefangen, und diese schuldige Justiz behauptet, unsere Justiz zu sein: wenn wir den Urteilsspruch annehmen, heißt das, daß wir ihn selbst gefällt haben; dann bleibt uns nur noch übrig, die Lügen zu erfinden, die ihn in unseren eigenen Augen rechtfertigen sollen. Da man an die Schicksalhaftigkeit des Krieges glauben muß, um auch nur einen Augenblick zuzugeben, daß der Angeklagte schuldig ist, müssen wir uns davon überzeugen, daß der Krieg eine schicksalhafte Notwendigkeit ist, um der Schmach zu entgehen, einen Unschuldigen verurteilen zu lassen. Durch den Haß, die Angst und die Gewissenlosigkeit unserer Minister ist Martin ins Gefängnis geworfen worden; aber durch unsere Gewissenlosigkeit, unsere Angst und unseren Haß wird er dort festgehalten. Jedesmal, wenn unsere Regierung einen Rechtsbruch begeht, prophezeit sie uns neue Katastrophen: und wir wissen, daß sie lügt, und wir wollen betrogen werden. Dieser Mischung aus Wurschtigkeit, Dummheit und Käuflichkeit, die man französische Politik nennt, verleiht unsere

27 *Ich übertreibe? Man erinnere sich an die «Millionen unschuldiger Opfer» – künftiger Opfer, versteht sich –, die Präsident Eisenhower den Rosenbergs zur Last legte.*

Einfalt das Gesicht eines heiligen Mysteriums; durch unsere Angst geschützt, wird die Gaunerei zum Glaubensartikel. Wenn wir erst alle zu Amokläufern geworden sind, wenn jeder von uns in allen anderen Verschwörer sieht, dann werden wir am Vorabend der nächsten Bartholomäusnacht und leider auch am Vorabend des nächsten Krieges stehen.

Wollen wir denn unbedingt wahnsinnig werden? Seit drei Jahren ist Henri Martin ein Gefangener, allein und krank; aber wir sind sehr viel kränker als er. Er hat seinen Willen, seinen Mut und seinen Verstand bewahrt, während wir im Begriff sind, unseren Willen, unseren Mut und unseren Verstand zu verlieren. Reißen wir uns die Scheuklappen des Hasses von den Augen, weisen wir die Angst, die Gewissenlosigkeit und den Fatalismus von uns, setzen wir unsere Hoffnungen in den Frieden: es wird uns mit einem Schlag unerträglich sein, daß ein mutiger junger Mensch, dem der Haß fremd ist, von Hundsfotten verfolgt wird, nur weil er versucht hat, gegen den Krieg zu kämpfen. Denn es ist ein und dieselbe Sache, seine Freilassung, den Frieden und unsere Genesung zu wollen.

III

Geschichte einer Begnadigung

Das Urteil hat in der Öffentlichkeit einen Sturm der Entrüstung hervorgerufen, der sich so bald nicht legen wird. Man sagt, daß die Kommunistische Partei uns den Kopf verdreht und daß es keinen Fall Martin gäbe, wenn sie ihre Pressekampagne einstellen würde? Wie denn! Sowenig es etwa Herrn Monnerot zufolge Arbeiterforderungen gäbe, wenn die KP die bürgerlichen Gesellschaften nicht daran hindern würde, «ihr Proletariat zu integrieren»? Niemand wird bestreiten, daß die öffentliche Meinung über den Fall, der uns beschäftigt, von der Kommunistischen Partei aufgeklärt wird, auch nicht, daß die Entrüstung des Volkes durch die kommunistischen Zeitungen geweckt und durch Kundgebungen, die auf die Initiative der Partei zurückgehen, geschürt worden ist. Na und! So unmöglich es ist, auf Felsen Getreide anzubauen, so unmöglich ist es auch, in einer gleichgültigen Seele Wut zu entfachen. Erfolgreich sind immer nur solche Kampagnen, die unsere eigenen Gefühle widerspiegeln. In gewissen Kreisen hat die Kampagne gegen Martin nur deshalb so großen Erfolg gehabt, weil die Presse diesen Leuten ihren eigenen Manichäismus vor Augen hielt. Und wenn die Kampagne zugunsten Martins euch so große Angst einjagt, so deshalb, weil es in Frankreich Millionen Männer und Frauen gibt, die ihn für unschuldig halten.

Was wollen sie eigentlich? Den Freispruch? Aber dann müßte ein dritter Prozeß stattfinden, diesmal vor einem Seekriegsgericht, das in Übersee tagen würde. Die Prozesse in Übersee stehen in keinem guten Ruf; manche von ihnen stinken sogar. Dann also die Begnadigung? Über diesen Punkt ist einiges zu sagen. Die Regierung hat wiederholt erklärt oder erklären lassen, daß sie Martins Begnadigung ablehne, weil sie einer kommunistischen Erpressung nicht nachgeben wolle. Und worin sollte diese Erpressung bestehen? Nun, alle diese Zeitungsartikel, diese Flugblätter, diese Versammlungen und Massendemonstrationen zielen doch darauf ab, Druck auf die Regierung auszuüben, um sie zu zwingen, Martin zu begnadigen. Das ist eine Lüge. Zwar würde die Kommunistische Partei notfalls auch die Begnadigung akzeptieren, weil sie Martin retten will; aber sie hütet sich wohl, sie zu fordern: weil man nur Schuldige begnadigt. Man erinnere sich: vor etwa einem halben Jahrhundert schlug eine andere Regierung vor, «den wortbrüchigen Offizier» zu begnadigen, da sie es müde war, die Affäre Dreyfus noch länger wie einen Klotz am Bein mit sich herumzuschleppen. Aber die Dreyfus-Anhänger und Dreyfus selbst wiesen diesen Vorschlag zurück: da Dreyfus unschuldig war, konnten sie nur einen Freispruch annehmen. Weit davon entfernt, die

Begnadigung erpressen zu wollen, würde sich die Kommunistische Partei erst dann zufriedengeben, wenn sie Martins Rehabilitierung durchgesetzt hätte. Und wenn der Präsident der Republik bereits im Jahre 1951 einen sogenannten «Gnadenakt» vollzogen hätte, dann hätte er Martins Anhänger in arge Verlegenheit gebracht.

Was also fordern sie? Nun, ganz einfach Martins Freilassung: das Denken des Volkes kennt keine Umwege, es zeigt das zu erreichende Ziel und spricht sich nicht über die Mittel aus: man hat Martin ins Gefängnis geworfen, weil man ihn für schuldig hielt; da er unschuldig ist, muß man ihn freilassen: «Gebt Henri Martin frei.»

Nein, weder die Kommunisten noch die Massen, die sie vertreten, können Herrn Auriol darum ersuchen, von einem Recht Gebrauch zu machen, das sie ihm nicht zuerkennen. Wer also hat von Begnadigung gesprochen? Nun, wir*: wir, die wir weder Kommunisten noch genaugenommen Sympathisanten sind. Unter den Unterzeichnern eines der nachstehenden Texte wird man zum Beispiel den Namen Rémy Roure finden, der nicht gerade als Freund der Kommunistischen Partei gilt. Die Personen, deren Namen weiter unten zu lesen sind und die, aus ganz verschiedenen Lagern kommend und unterschiedlichen Motiven folgend, mehrere vergebliche Schritte beim Präsidenten der Republik unternommen haben, fühlen sich nicht durch die gleichen Verpflichtungen gebunden wie die Partei. Sie wollten Martin aus dem Gefängnis befreien, und obwohl einige von ihnen von seiner Unschuld überzeugt waren, widerstrebte es ihnen nicht, für ihn um Gnade zu bitten. Jacques Madaule hat ihre Gründe sehr klar dargelegt.*

Jacques Madaule
Warum begnadigen?

Formal ist diese Frage falsch gestellt. Man hat sich nicht zu fragen, warum begnadigen. Denn die Begnadigung ist, wie das Wort selbst sagt, eine Gnade. Sie bedarf keiner Rechtfertigung, aber sie stellt auch niemals ein Recht dar. Sie ist das Privileg dessen, der sie gewährt. Dieses Privileg hat bei uns schon immer dem Staatsoberhaupt gehört. In der Verfassung von 1875 verankert, ist es heftigen Angriffen ausgesetzt gewesen, besonders von seiten der extremen Linken, bei der Diskussion über die gegenwärtige Verfassung. Es wurde nur mit gewissen Einschränkungen beibehalten, insofern der Präsident der Republik die Meinungen anderer einholen muß, bevor er sein Wort spricht. Dennoch bleibt die Entscheidung in letzter Instanz ihm überlassen, und die Frage wird allein seinem Gewissen vorgelegt. Er ist niemandem Rechenschaft schuldig über die Gewährung oder Ablehnung der Begnadigung.

Natürlich ist das reine Theorie, sollte jedoch in Erinnerung gerufen werden, bevor wir uns der ernsthaften Erörterung des Falles Henri Martin, wie er Herrn Vincent Auriol vorliegt, zuwenden. Jeder Präsident macht von dem Gnadenrecht den Gebrauch, den er für richtig hält. So begnadigte früher Präsident Fallières, ein Gegner der Todesstrafe, systematisch alle zum Tode Verurteilten, und während seiner siebenjährigen Amtszeit gab es nicht eine einzige Hinrichtung. Man hat nichts davon gehört, daß die Kriminalität in dieser Zeit ernstlich zugenommen hat. Aber das ist eine andere Geschichte.

Welches sind also die Kriterien, die den Präsidenten der Republik bei der Anwendung seines Gnadenrechts leiten könnten? Er ist der höchste Repräsentant des französischen Volkes, und so wie die Urteile der Gerichte «im Namen des Volkes» ergehen, so übt auch der Staatspräsident sein Gnadenrecht im Namen des Volkes aus. Daraus folgt, daß die Begnadigung, auch wenn sie letztlich vom persönlichen Urteil des Präsidenten der Republik abhängt, kein Willkürakt sein kann, sondern vielmehr das Staatsinteresse oder genau das Gemeinwohl der Nation berücksichtigen muß.

Ohne Zweifel haben die gefühlsmäßigen Erwägungen ihr Gewicht, aber dieses Gewicht ist nicht entscheidend. Die unter bestimmten Umständen einem Verurteilten gewährte Begnadigung – einem Verurteilten, der Sympathie weckt oder Achtung verdient – kann dem

Gemeinwohl schaden und muß aus diesem Grunde verweigert werden. Anders darüber denken hieße in der Tat anerkennen, daß die von den Gerichten ausgesprochenen Urteile sich auf den «inneren Richterstuhl», wie die Kanoniker sagen, auf das Gewissen beziehen, was erwiesenermaßen nicht der Fall ist. Die Strafgerichte müssen sich an das Beispiel halten, und nicht die Person des Angeklagten ist in Wirklichkeit ihrem Urteil unterworfen, sondern nur seine Tat, so wie sie in ihrer Motivierung, aber auch in den Folgen, die sie auf andere Menschen in gleicher Lage haben kann, von anderen Menschen beurteilt werden kann.

So läßt sich die bisherige Ablehnung erklären und in gewissem Maße rechtfertigen, die der Präsident der Republik den Verteidigern und sogar den Eltern von Henri Martin entgegengesetzt hat. Dessenungeachtet steht fest, daß sich Henri Martin vor seinen Richtern geäußert hat, so daß wir die Motive seines Handelns, die ihm ein besonders hartes Urteil eingetragen haben, sehr genau kennen. Zunächst war Henri Martin Widerstandskämpfer, wie Vincent Auriol selbst. Im Augenblick unserer Niederlage im Jahre 1940 hat er sich nicht mit den gegebenen Tatsachen abgefunden. Er glaubte, daß die Unabhängigkeit für alle Länder und somit auch für das seine, ein heiliges Recht sei. Trotz seiner Jugend hielt er sich für verpflichtet, den Freien Französischen Streitkräften beizutreten und sein Leben für den Sieg seines Ideals einzusetzen.

Alle französischen Widerstandskämpfer, gleichgültig, welche politischen Ansichten sie heute vertreten, sind mit Henri Martin solidarisch. Als Freiwilliger im Krieg gegen Japan wird er schließlich nach Indochina geschickt, und er muß bald feststellen, daß der Kampf, den wir dort führen, kein Kampf für die Freiheit der Völker ist, sondern ein Kampf gegen diese Freiheit. Dieser Widerstandskämpfer sieht sich anderen Widerstandskämpfern gegenüber, deren Rechte ihm nicht weniger heilig dünken als die des französischen Volkes. Es geht also um die Frage, ob Frankreich zwei Doktrinen hat: eine, die es auf sich anwendet, wenn es selbst der Fremdherrschaft unterworfen ist; und eine andere, die es auf die Kolonialvölker anwendet, die der französischen Herrschaft unterworfen sind. Es fällt uns schwer zuzugeben, daß das, was diesseits der Meere wahr ist, jenseits der Meere falsch sein soll. Darin liegt eine jener tiefen Wahrheiten, aus denen ein Volk lebt und deren hervorragender Hüter der Präsident der Republik ist, unabhängig von allen Schwankungen der Politik.

Jedes Volk verkörpert in der Tat eine gewisse Anzahl von Werten, die ihm eigen sind und ihm sein Gesicht in der Welt und seine Bestimmung in der Geschichte verleihen. Wenn Henri Martin sein Handeln mit deutlichem Hinweis auf die Verfassung von 1946 rechtfertigt, dann betont er formell nur die Implikationen, die ich soeben nannte. Es stellt sich nun folgendes Problem: Soll der Staatschef in Ausübung seines Gnadenrechts der – vielleicht falschen – Politik seiner Regierung oder aber den ewigen Werten Rechnung tragen, die das Erbe des französischen Volkes sind, gleichgültig, welche Regierung ihm die wechselnden Zeitläufe beschert haben?

Die Antwort darauf scheint nicht zweifelhaft zu sein, und es ist sehr wichtig, daß man sich den moralischen Schaden vor Augen hält, den der Staatschef dem französischen Volk zufügen würde, falls er auf seiner Ablehnung bestünde. Er beruft sich auf die Kampagne, die die Kommunisten für Henri Martin führen. Er wolle nicht den Eindruck erwecken, erklärt er, einer politischen Erpressung nachzugeben. Er hat völlig recht. Hauptsache ist in der Tat, daß er der Erpressung nicht nachgibt, sondern einzig und allein nach seinem Gewissen und dem Ermessen der Pflichten seines hohen Amtes handelt. Sollte von seiten der Kommunisten tatsächlich eine Erpressung vorliegen, so könnte man ihr auf zwei Arten nachgeben: man gewährt die Begnadigung entweder aus Furcht vor Volkskundgebungen oder aus Angst vor einer gewissen Erregung der öffentlichen Meinung. Gerade das will Vincent Auriol nicht tun, und man kann ihm darin nur zustimmen. Aber es gibt noch eine dritte Art, der Erpressung nachzugeben: nämlich eine Begnadigung, die man eigentlich für gerechtfertigt hält, nicht zu gewähren, weil gewisse Kreise sie als Schwäche auslegen könnten.

Der Fall Henri Martin ist zweifellos der Öffentlichkeit vorgelegt, aber er ist auch dem Gewissen des Staatschefs vorgelegt. Die Erregung der öffentlichen Meinung darf die höchsten Forderungen der Gerechtigkeit weder aufheben noch verdunkeln. Die Rolle einer Oppositionspartei besteht normalerweise darin, alle Ungerechtigkeiten aufzudecken, die die von ihr bekämpfte Regierung begeht. Würde man dieser Propaganda nicht am besten dadurch begegnen, daß man erst gar keine Ungerechtigkeiten begeht oder, falls man das Pech hat, sie doch zu begehen, sie so schnell wie möglich wiedergutmacht? Aber, wird man einwenden, die Kommunistische Partei wird doch unweigerlich die Gnade, falls sie gewährt wird, als ihren Sieg feiern. Sie wird keinen Augenblick unterstellen, daß die Begnadigung deshalb gewährt wurde, weil sie gerecht und menschlich war, sondern weil ihre Agitation Früchte getragen hat. Wäre man einer solchen möglichen Ausschlachtung eines Gnadenaktes nicht am besten dadurch begegnet, daß man ihn schon sehr viel früher und auf eine Weise vollzogen hätte, daß kein Unbefangener auf den Gedanken gekommen wäre, man habe irgendeinem Druck nachgegeben?

Obwohl der Fall Henri Martin an sich nur wenige Beziehungen zu der Affäre Dreyfus aufweist, ähnelt er ihr doch in diesem Punkt. Es kann sein, daß der Generalstab anfangs aufrichtig von der Schuld des Hauptmanns Dreyfus überzeugt war. Sein Unrecht bestand darin, auf einem Irrtum zu beharren, den aufrechtzuerhalten immer schwieriger wurde. Die Agitation begann. Es konnte gar nicht anders sein, da man auf eine so sture Unnachgiebigkeit stieß. Welch wunderbare Gelegenheit für alle Gegner der Armee, über sie herzufallen, da sie sich ins Unrecht gesetzt hatte und darin verharrte! Doch in dem Maße, wie diese Agitation an Umfang und Tiefe gewann, wuchs auch die Schwierigkeit, nachzugeben, ohne schwach zu erscheinen. So ist die Affäre Dreyfus in eine Revolution ausgeartet, da sie mit einem Wechsel des politischen Personals endete.

Will man im Fall Henri Martin den gleichen Weg einschlagen? Man braucht seine Begnadigung nur weiterhin hartnäckig abzulehnen. Wenn er in seiner Zelle stirbt – was bedauerlicherweise durchaus möglich ist –, wird er augenblicklich zum Märtyrer einer Sache, über die alle anständigen Franzosen sich ihr Urteil bilden werden. Daß kurzlebige Regierungen, die einen politischen Fehler begangen haben und nicht wissen, wie er wiedergutzumachen ist, eine solche Konsequenz leichten Herzens in Kauf nehmen, ist möglich. Aber für das Staatsoberhaupt ziemt es sich, seine Pflicht anders aufzufassen. Es steht über den Parteien und ihrem täglichen Streit. Für es darf Henri Martin nur ein Sohn Frankreichs sein, der glänzende Beweise seiner Vaterlandsliebe gegeben hat, als er zu nichts verpflichtet war. Selbst wenn er sich später geirrt haben sollte, hat er es mit Edelmut und Großherzigkeit getan und die volle Verantwortung für seine Taten beansprucht. Machte etwa sein militärischer Status seine Handlungsweise illegal und damit strafbar? Das ist möglich. Aber das Gnadenrecht hätte keinerlei Sinn, wenn man es nicht anwenden würde, um die übermäßige Härte bestimmter Urteile zu korrigieren. Über das gegen Henri Martin gefällte Urteil herrscht in der Öffentlichkeit, soweit sie informiert ist, eine einhellige Meinung.

Die Schwäche, das muß betont werden, liegt in der Behauptung, daß es wegen der Agitation unmöglich sei, die Begnadigung auszusprechen. Man beschuldigt die Kommunistische Partei, sich Henri Martins zu bedienen. Schon möglich. Aber was immer man tun oder unterlassen mag, die Agitation wird weitergehen. Doch wenn Henri Martin begnadigt wäre, würde sie sofort aufhören, da sie kein Motiv mehr hätte. Sollte er im Gefängnis sterben, dann wird sie Unsterblichkeit erlangen. Vielleicht wird man einwenden, daß die Kommunisten – für den Fall der Begnadigung überzeugt, daß ihre Agitation Früchte trägt und auf die Obrigkeit Eindruck macht – in Zukunft alle ähnlichen Anlässe zur Entfaltung einer derartigen Agitation benutzen werde. Das werden sie ohnehin tun, was immer geschehen mag. Ich gebe zu, daß es jetzt leider schwierig ist, bestimmte Versäumnisse wiedergutzumachen. Ein Gnadenakt gewinnt immer an Überzeugungskraft, wenn er rasch und spontan vollzogen wird.

Wenn das jetzt nicht mehr möglich ist, so ist noch immer Zeit, Vernunft anzunehmen. Die Gerechtigkeit hängt nicht von der Haltung der Kommunistischen Partei ab. Sie hat eine eigene Kraft, und Frankreich wäre nicht länger Frankreich, wenn es aufhörte, das Land zu sein, wo das Recht nicht ungestraft verhöhnt werden kann. Das sollte der Präsident der Republik bedenken. Die Worte, die bei offiziellen Feierlichkeiten gesprochen werden, stehen nur allzu oft in Widerspruch zu den konkreten Taten. Wir haben zahlreiche Freunde im Ausland, für die Frankreich niemals nur eine Nation unter anderen gewesen ist. Frankreich ist die Heimat der Menschenrechte; es ist das Land, dessen Bürger am leidenschaftlichsten das Recht der freien Meinungsäußerung verfechten. Seine Verfassung verbietet ihm, irgendein Volk zu unterdrücken. Es würde dem Präsidenten der Republik gut anstehen, sich alle diese Dinge in Erinnerung zu rufen, wenn er den Fall Henri Martin prüft. Anläßlich des Dreyfusprozesses sagte Péguy, er könne es nicht ertragen, Frankreich im Zustand der Todsünde zu sehen, denn die Ungerechtigkeit sei eine Todsünde.

Gewiß, der Gnadenerlaß des Präsidenten kann ein Unrecht nicht ungeschehen machen; aber er kann zumindest seine materiellen Folgen tilgen. Das ist alles, worum wir den Präsidenten der Republik heute bitten, und wir bitten ihn voller Vertrauen darum, weil er der erste Repräsentant aller Franzosen ist ohne Rücksicht auf eine bestimmte Klasse oder Meinung. Es wäre unerträglich, wenn die Aktion der Kommunistischen Partei, in welchem Sinne sie auch geführt worden ist, einen Akt verhindern sollte, den sowohl das Herz als auch der Verstand gebieten. Henri Martin darf nicht als Geisel betrachtet werden. Das Gesetz der Republik kennt keine Geiseln. Die nichtkommunistischen Franzosen würden jedes Recht verlieren, den Kommunisten die Rechtsauffassung vorzuwerfen, die in den Ländern des Ostens herrscht, wenn die höchste Autorität Frankreichs bestimmte Argumente benutzte. In dem Maße, wie man den Kampf, den man führt, durch die Verteidigung bestimmter Werte rechtfertigt, würde dieser Kampf jeden Sinn verlieren, sobald man beginnt, diese Werte unter dem Vorwand größerer Wirksamkeit zu verhöhnen. Wenn wir es nicht hinnehmen, daß ein Unschuldiger für die Rettung des Volkes sein Leben läßt, dann können wir auch nicht dulden, daß Henri Martin in seiner Zelle sterben muß, weil die Kommunisten aus seiner Begnadigung Kapital schlagen könnten. Frankreich würde weit größeres Kapital daraus schlagen, denn wir glauben nicht, daß man die Sache Frankreichs von der Sache der Gerechtigkeit und der Menschlichkeit trennen kann. Niemals war die Anwendung des Gnadenrechts besser gerechtfertigt; denn wenn dieses Privileg des Staatsoberhaupts in aller Freiheit ausgeübt wird, kann es kein Willkürakt sein.

*

Die Regierung wird also der «Erpressung» nicht nachgeben: «Sollen die Kommunisten zuerst schweigen, dann werde ich weitersehen.» Aber die Kommunisten dürfen nicht schweigen; was man durch ihr Schweigen erreichen will, ist ein öffentliches Bekenntnis: Martin war schuldig, da er unsere Ideen verbreiten wollte. Die Affäre ist auf einem toten Punkt angelangt.

Unter diesen Umständen konnte das Eingreifen einer dritten Partei nicht ganz zwecklos sein. Zumindest schien uns das so. Da wir weder der Regierung noch der Kommunistischen Partei angehörten, waren wir nicht gehalten, auf ihre Gründe einzugehen; wir konnten den politischen Aspekt des Problems vernachlässigen. Wir hatten nur die eine Gewißheit: fünf Jahre Zuchthaus – das war zuviel. *«Zuviel»? fragt man. «Und worauf stützt sich dieses ‹Zuviel›? Auf eure Rechtsauffassung? Auf rein humanitäre Erwägungen?» Ja, unter anderem auch darauf. In Wirklichkeit hatte jeder von uns seine eigenen Gründe, aber da sie nicht alle von den gleichen Prinzipien getragen werden, verzichteten wir darauf, sie aufzuzählen. Wir ließen sowohl das Gesetz vom 11. März wie das Urteil von Toulon außer Betracht. Wir sagten nur: «Vielleicht ist* die Tat *gerecht bestraft worden; aber zwischen der Bestrafung und dem* Menschen *besteht ein Widerspruch: da selbst der Staatsanwalt den Mut, die Intelligenz und die Aufrich-*

tigkeit Martins anerkannt hat, ist es dann nicht unzulässig, daß ein solcher Mensch durch eine schimpfliche Strafe entehrt wird? Daß er vielleicht seinem Land verlorengeht? Und selbst wenn er unter den Artikel 76 fällt, weiß man doch ganz genau, daß er nicht demoralisieren wollte. *Da die Verfassung das Gnadenrecht vorsieht, sollte es dann nicht gerade in Zweifelsfällen angewendet werden, in denen man über den Buchstaben des Gesetzes hinausgehen muß, um wirklich gerecht zu sein?»*

Wir meinten, jeder der beiden Parteien einen ehrenvollen Abgang zu verschaffen: da wir keinen Einfluß auf die Massen, keine Verbindung zur Kommunistischen Partei hatten,[28] konnte man uns nicht beschuldigen, die Vierte Republik zu erpressen; und wenn der Präsident der Republik den Bittgesuchen so vieler Juristen, Rechtsanwälte, Geistlichen, Professoren usw. Gehör geschenkt und den Fall einer erneuten Prüfung unterzogen hätte, dann hätte niemand zu behaupten gewagt, man habe seine Einwilligung erzwungen. Andererseits – und zwar aus den gleichen Gründen – verpflichtete unsere Aktivität die Kommunisten nicht zu einer Stellungnahme; sie konnten nach eigenem Ermessen über sie hinweggehen oder sie in ihren Zeitungen erwähnen, ohne Partei zu ergreifen. Die Begnadigung Martins hätte unter diesen Umständen allen Polemiken ein Ende gesetzt. Die Kommunisten scheinen das verstanden zu haben: während sie uns anfangs mit einigem Mißtrauen begegneten und sogar so weit gingen, einige von uns öffentlich zu beleidigen, nahmen sie sehr bald eine Haltung wohlwollender Neutralität ein, die sie bis heute nicht aufgegeben haben.

Wie anders hat dagegen die Regierung unsere Schritte aufgenommen:

28 Ich will nicht verhehlen, daß einige von uns Sympathien für die KP empfanden. Andere dagegen (darunter auch ich zur damaligen Zeit) standen ihr völlig fern. Ich spreche von der Gruppe in ihrer Gesamtheit und von ihrer Initiative.

Notiz über die Interventionen von Schriftstellern und Universitätsangehörigen sowie verschiedene andere Demarchen beim Präsidenten der Republik

Unabhängig von der Protestkampagne, die vom «Verteidigungskomitee Henri Martin» und von der Kommunistischen Partei organisiert wurde, trat Ende Dezember 1951 eine Gruppe von Schriftstellern und Intellektuellen zusammen, um die Angelegenheit zu diskutieren, und einigte sich über den Wortlaut des folgenden Briefes:

Sehr geehrter Herr Präsident,
wir haben die Ehre, Ihrem hohen Wohlwollen und großen menschlichen Verständnis die Bitte um Begnadigung Henri Martins zu unterbreiten, der gegenwärtig im Zentralzuchthaus von Melun gefangengehalten wird. Henri Martin wurde vom Seekriegsgericht in Brest zu fünf Jahren Zuchthaus verurteilt, weil er Flugblätter gegen den Krieg in Indochina verteilt hat.

Wir meinen, daß er aus folgenden Gründen würdig ist, in den Genuß der Maßnahme zu kommen, die wir von Ihnen erbitten:

Mit siebzehn Jahren als Freiwilliger in den Reihen der Freien Französischen Streitkräfte, ist Henri Martin seit frühester Jugend ein vorbildlicher Patriot, Widerstandskämpfer und Soldat gewesen.

Nachdem er sich im Maquis von Royan tapfer gegen die Deutschen geschlagen hatte, trat er für die Dauer des Krieges freiwillig in die Marine ein, um gegen die Japaner in Indochina zu kämpfen.

Da er in Indochina eine Situation vorfand, die zu der freiwillig eingegangenen Verpflichtung in krassem Gegensatz stand und ihn in einen Gewissenskonflikt stürzte, bat er dreimal vergeblich um seine Entlassung. Dennoch erwies er sich während der Dauer des Feldzugs und bis zu seiner Rückkehr nach Frankreich als untadeliger Matrose, der niemals straffällig wurde.

Es stimmt, daß er nach seiner Heimkehr durch Flugblätter, für deren Inhalt er die volle Verantwortung auf sich genommen hat, gegen den Krieg in Indochina protestierte.

Die Tatsache, daß Henri Martin damals Uniform trug, stellte ihn wegen eines solchen Vergehens unter Disziplinarstrafe. Aber sie rechtfertigt unseres Erachtens nicht die Anwendung einer Kriminalstrafe – um so weniger, wenn man die makellose Vergangenheit des loyalen Kämpfers in Rechnung zieht.

Im Vertrauen auf Ihren Gerechtigkeitssinn bitten wir Sie, sehr geehrter Herr Präsident der Republik, den Ausdruck unserer vorzüglichen Hochachtung entgegenzunehmen.

Gez. Jane Bathori, Simone de Beauvoir, Sylvain Blondin (Chirurg), Dr. Georges Bourguignon (Mitglied der Medizinischen Akademie), Claude Bourdet, Pierre Bost, Jean Cocteau, Jean-Marie Domenach, Dr. Gilbert Dreyfus (Arzt), Maurice Druon, Luc Estang, Edmond Fleg, Justin Godart, Dr. Lamaze, Professor Hartmann, Irène Joachim, Dr. Laborde (Institut für Krebsforschung), Michel Leiris, Louis Martin-Chauffier, Gilles Martinet, Pierre Paraf, Jean Painlevé, Roger Pinto (Professor der Rechtswissenschaft), Claude-André Puget, Jacques Prévert, Pater Rideau S. J., Rémy Roure, Armand Salacrou, Mme. de Saint-Prix, Jean-Paul Sartre, Roger Stéphane, André Spire, Dr. Arnaud Tzanck, M. Zerfuss (Architekt).

Eine aus Professor Hartmann, Jean-Paul Sartre und Pater Rideau bestehende Delegation sollte diesen Brief im Elyséepalast übergeben. Doch auf die Bitte um eine Audienz antwortete die Präsidialkanzlei, daß nur Professor Hartmann empfangen werde. Unglücklicherweise starb der hochbetagte Professor Hartmann plötzlich, und so wurde Jean-Paul Sartre vorgelassen. Vincent Auriol empfing ihn im Januar 1952 und erklärte ihm im wesentlichen, er gebe zu, daß die gegen Henri Martin verhängte Strafe zu hoch sei, aber er könne seine Freilassung nicht ins Auge fassen, solange die kommunistische Kampagne andauere.

Einige Zeit später, am 22. Januar 1952, bildete sich im Anschluß an eine unter Vorsitz von Dr. Georges Bourguignon in der Salle des Sociétés Savantes abgehaltene Versammlung ein Universitätskomitee. Dieses Komitee verfaßte einige Wochen später folgendes Schreiben:

Paris, den 6. März 1952

Sehr geehrter Herr Präsident,
die unterzeichnenden Universitätsangehörigen haben die Ehre, Sie, den Präsidenten und Ersten Beamten der Republik, zu bitten, die Freilassung Henri Martins veranlassen zu wollen, der als Obermaat der Marine wegen Verteilens von Flugblättern gegen den Krieg in Vietnam zu fünf Jahren Zuchthaus verurteilt wurde.

Selbst die Militärrichter haben Henri Martins Vaterlandsliebe, seine Vergangenheit als Widerstandskämpfer und seine Einsatzbereitschaft im Kampf gegen die japanischen Unterdrücker in Indochina hervorgehoben.

Aus diesem Grunde können die Unterzeichner dieses Bittgesuchs, die trotz ihrer verschiedenen politischen Einstellung treu zu den traditionellen Anschauungen von Freiheit und Gerechtigkeit stehen, die die Ehre der französischen Universität sind, nicht ohne Widerspruch eine so schwere Verurteilung für eine Tat hinnehmen, die allenfalls vielleicht eine Disziplinarstrafe rechtfertigen würde.

Mit dem Ausdruck vorzüglicher Hochachtung, Herr Präsident ...

Dieser Brief war unterzeichnet von Dr. Bourguignon, Mitglied der Medizinischen Akademie, ehrenamtlicher Direktor am Laboratorium der École des Hautes Études und Ehrenmitglied des Forschungsrats des CNRS, sowie weiteren neunundzwanzig Universitätsangehörigen: elf Professoren, einem Dozenten und einem wissenschaftlichen Assistenten der naturwissenschaftlichen Fakultät, zwei Professoren der geisteswissenschaftlichen Fakultät, drei Professoren des Collège de France (unter ihnen ein Mitglied der Akademie der Naturwissenschaften), acht Professoren des Museums, zwei Direktoren der École Pratique des Hautes Études und einem Studienrat.

Ende April erhielt Dr. Bourguignon auf seine Bitte um eine Audienz im Elyséepalast folgende Antwort:

Paris, den 25. April 1952

Sehr geehrter Herr Doktor,
in Erwiderung ihres kürzlich hier eingegangenen Schreibens habe ich die Ehre, Ihnen mitzuteilen, daß der Rat des Obersten Verwaltungsgerichts und ich selbst durch einstimmigen Beschluß, der seit zwei Jahren in Kraft ist und auf alle Rechtsfälle Anwendung findet, entschieden haben:

1. Bei Verhängung der Todesstrafe nur die Anwälte zu empfangen, denen die Verurteilten alle zu ihrer Verteidigung notwendigen Unterlagen einreichen können.

2. Bei Gnadengesuchen betreffend alle anderen Strafurteile über die von den Anwälten oder von den Familien der Verurteilten eingereichten Unterlagen zu befinden, die in der Plenarsitzung des Rates in aller Unparteilichkeit und Unvoreingenommenheit geprüft werden. Jeder Person steht das Recht zu, sich zwecks Abfassung von Gesuchen

an die Anwälte zu wenden. Eine Abweichung von dieser Regelung ist auf Grund der Mißbräuche die stattgefunden haben, unzulässig.

3. Kein Gnadengesuch wird geprüft werden, solange Propagandakampagnen andauern, durch die ein Druck auf das Gewissen der mit der Prüfung der Akten Beauftragten ausgeübt wird, um nicht den Verdacht aufkommen zu lassen, daß die Gewährung oder die Ablehnung der Begnadigung von Protektionen und politischen Kundgebungen zugunsten des Verurteilten abhängig gemacht wird.

Die Begnadigung ist ein Gnadenakt. Sie darf nicht als Verherrlichung des Vergehens, mit dem sie zu tun hat, erscheinen.

Angesichts der mit dem Namen eines Verurteilten betriebenen Agitation bleiben daher alle Drohbriefe und Drohtelegramme sowie Protestresolutionen irgendwelcher Propagandakampagnen, die unter dem Vorwand der Begnadigung geführt werden, unbeantwortet.

Dennoch bin ich höflichkeitshalber gerne bereit, Sie persönlich, das heißt als Arzt und Mitglied der Medizinischen Akademie, aber nicht in der Angelegenheit Ihrer Demarche zu empfangen.

Wenn Sie damit einverstanden sind, werde ich Sie am Dienstag, dem 29. April, um 10 Uhr 30 im Elyséepalast empfangen. Jedoch werde ich Ihnen nur die drei oben genannten Punkte näher erläutern können.

Mit dem Ausdruck vorzüglicher Hochachtung ... usw.

Nach Empfang dieses Briefes antwortete Dr. Bourguignon in Übereinstimmung mit dem Universitätskomitee dem Präsidenten in einem kurzen Schreiben, daß sich der geplante Besuch unter diesen Umständen erübrige. Gleichwohl richtete man im Laufe des Mai erneut einen Brief an die Adresse des Präsidenten, damit ihn trotz allem das Schreiben vom 6. März erreiche:

Sehr geehrter Herr Präsident,
im Namen zahlreicher Kollegen der verschiedensten Weltanschauungen hatte Dr. Bourguignon vor kurzem die Ehre, Sie um Audienz für unsere Delegation zu bitten, die Ihnen unseren Standpunkt über den Fall Henri Martin mitzuteilen wünschte. Gleichfalls in ihrem Namen richten wir heute diese Zeilen an Sie.

Wir erlauben uns, Ihnen unser Erstaunen auszudrücken, daß Sie es im Namen der Justiz ablehnen, uns zu empfangen. Den Mitgliedern unseres Komitees lag nichts ferner, als mit ihrer Demarche einen Übergriff auf die Unabhängigkeit des Richterstandes zu unternehmen. Doch scheint es uns den demokratischen Traditionen zu widersprechen, wenn diese Unanhängigkeit oder irgendein anderer Imperativ dem Ausdruck der öffentlichen Meinung entgegengestellt wird.

Die Universität ist stolz darauf, einst zur Verteidigung des Hauptmanns Dreyfus beigetragen zu haben, der von Präsident Loubet begnadigt wurde. In Zukunft wird sie ihre Ehre darein setzen, zur Freilassung Henri Martins beizutragen.

Damit Sie die Auffassung der Universitätskreise kennenlernen, fügen wir diesem Schreiben eine Abschrift des Briefes bei, den unsere Delegation Ihnen im Namen der Mitglieder unseres Komitees zu überreichen beauftragt war.

Selbstverständlich stehen wir Ihnen, Herr Präsident, auch weiterhin zur Verfügung, um Sie über die wachsende Erregung innerhalb der Universität zu informieren.

Wir bitten Sie, Herr Präsident, den Ausdruck unserer vorzüglichen Hochachtung entgegenzunehmen.

Gez. Bourguignon, Dresch, Fraisse, Hadamard, Mathieu

Diesmal kam keine Antwort aus dem Elysée. Ohne sich dadurch entmutigen zu lassen, berief das Universitätskomitee am 4. Juli 1952 in Paris eine neue Versammlung ein, auf der eine Resolution angenommen wurde, die die Freilassung Henri Martins «im Rahmen der üblichen Amnestie zum 14. Juli, dem Symbol der Erringung der demokratischen Freiheiten», forderte. Diese Resolution wandte sich überdies entschieden gegen die These, daß Henri Martins Freilassung durch den Lärm, den man um seinen Namen gemacht habe, verhindert werde: «... Sein Fall wird um so schwieriger, je mehr Franzosen sich für ihn interessieren, behauptet man; während niemand ähnliche Gründe geltend gemacht hat, um die Begnadigung notorischer ‹Kollaborateure› zu verhindern.» Abschließend stellte die Resolution fest, daß «dieses ungerechte Urteil nur der Beginn einer Reihe von Strafverfolgungen wegen des Vergehens der freien Meinungsäußerung gewesen ist», und betonte, daß jede Verlängerung der Haftzeit «ein besorgniserregendes Omen für die Zukunft der republikanischen Freiheiten» darstellen würde.

Wie wir bereits gesehen haben, wurde nur Heimburger aus Anlaß des 14. Juli begnadigt. Um die gleiche Zeit ließ Präsident Vincent Auriol außerdem Frau Mathilde Martin, die schriftlich um die Freilassung ihres Sohnes gebeten hatte, folgenden abschlägigen Bescheid zukommen:

Sehr geehrte Frau Martin,
der Präsident der Republik hat den Brief, den Sie im vorigen Jahr an Frau Vincent Auriol gerichtet haben, dem Justizministerium und danach dem Rat des Obersten Verwaltungsgerichts zugeleitet.

Der Präsident versteht Ihre Gefühle und hat mich beauftragt, Sie seiner wärmsten Anteilnahme zu versichern. Aber der Rat des Obersten Verwaltungsgerichts und der Präsident selbst sind durch einen vor zwei Jahren einstimmig von den Mitgliedern des Rates gefaßten Beschluß gebunden, keine Gnadengesuche zu prüfen, die unter dem Druck der Drohung oder der Verherrlichung des Vergehens von parteiischen Organisationen eingereicht werden.

Das Gnadenrecht ist ein Recht auf Milde für alle, die sich geirrt haben; der Fall Ihres Jungen wird jedoch gegenwärtig zu einer politischen Agitation mißbraucht, die die vom Parlament, der höchsten Vertretung der souveränen Nation, beschlossenen Operationen in Indochina verurteilt.

Ohne Zweifel sind die Ängste und Nöte der Mama eines Gefangenen schmerzlich, aber noch schmerzlicher sind die Ängste und Nöte der Mütter unserer in Indochina kämpfenden Soldaten, deren Versorgung und Leben durch die Aufrufe zur Gehorsamsverweigerung wie die Ihres Sohnes gefährdet sind.

Die Begnadigung stellt weder die Rehabilitierung des Delinquenten noch die Verherrlichung des Vergehens oder des Verbrechens dar. Sagen Sie das denen, die andere Ziele als Henri Martins Freilassung verfolgen.

Wenn nach Einstellung der Propagandakampagne eine angemessene Frist verstrichen ist, werden die Akten nach Recht und Billigkeit einer erneuten Prüfung unterzogen. Ich glaube sagen zu dürfen, daß der Präsident, Herr Vincent Auriol, für jede Not ein offenes Ohr hat.

Ich bitte Sie, Frau Martin, meiner Hochachtung gewiß zu sein.

Gez. Kosciusko
Direktor der Präsidialkanzlei der Republik

Auf diesen Brief, der am 22. Juli über den Rundfunk verbreitet wurde, antwortete Mathilde Martin:

Sehr geehrter Herr Präsident,
ich habe Ihren Brief erhalten. Sie drücken mir darin Ihre Anteilnahme aus. Aber diese Anteilnahme bereitet mir neuen Schmerz, da sie mir meinen Sohn nicht wiedergibt.

Ich konnte nicht ahnen, Herr Präsident, daß Sie sich bemühen würden, mir in so hartherziger Weise mitteilen zu lassen, daß Sie meinen Sohn nicht freilassen werden; deshalb habe ich Ihren Brief dem Verteidigungskomitee übergeben, den Menschen, die für die Befreiung meines Kindes kämpfen. Das war meine Pflicht als Mutter.

Ich hoffte, Sie würden als Staatschef über den Parteien stehen und meinen Sohn freilassen, der seit achtundzwanzig Monaten im Gefängnis schmachtet und dessen Gesundheit heute ernstlich angegriffen ist.

Herr Präsident, mein Sohn ist mit siebzehn Jahren von zu Hause fortgegangen, um für sein Vaterland zu kämpfen. Seitdem habe ich ihn kaum gesehen. Ich wußte, daß er für Frankreich kämpfte, und mein christliches Herz war froh darüber, auch wenn ich als Mutter unter seiner Abwesenheit gelitten habe ...

Obwohl jedes weitere Wort neues Leid bringt, möchte ich diesen Brief nicht schließen, ohne Ihnen zu sagen, daß ich trotz allem mein Vertrauen nicht verliere, sondern auch weiterhin an die Gerechtigkeit Gottes und der Menschen glauben werde.

In schmerzlicher Trauer grüßt Sie, Herr Präsident,

Mathilde Martin

Auch Louis Martin, der Vater des Verurteilten, schrieb dem Präsidenten einen langen Brief, den wir in seinen wesentlichen Teilen wiedergeben:

Sehr geehrter Herr Präsident,
immer wieder muß ich den Brief lesen, den Sie meiner Frau haben zustellen lassen. Um die Wahrheit zu sagen, ich kann kaum glauben, daß er von Ihnen stammt. Ich bin ein alter Metallarbeiter. Ich habe meinen Sohn in der Liebe zum Volk und zur Republik erzogen, und heute kommen Sie und sagen uns, daß er trotz allem, was er für sein Vaterland getan hat, den Kerker verdient.

Sie wollen meinen Sohn wegen der Kampagne nicht freilassen, sagen Sie. Aber als André Marty[29] und die Matrosen der Schwarzmeer-

29 André Marty organisierte 1919 die Revolte der französischen Schwarzmeerflotte gegen die Intervention zum Sturz der Sowjetregierung. Er wurde zu zwanzig Jahren Zwangsarbeit verurteilt und 1923 begnadigt. Seit 1925 war er Mitglied des Zentralkomitees und seit 1931 Mitglied des Politbüros der Kommunistischen Partei Frankreichs. Während des Spanischen Bürgerkriegs organisierte er die Internationale Brigade. 1952 wurde er wegen angeblicher Agententätigkeit aus der KPF ausgeschlossen. *Anm. d. Übers.*

flotte im Gefängnis saßen, haben Sie das Gegenteil von dem gesagt, was Sie heute meiner Frau schreiben. Damals traten auch Sie für Marty ein, Herr Präsident. Und gewiß erinnern Sie sich noch an die Worte, die Martys Bruder der Polizei erwiderte, als diese zu ihm sagte: «Stellt die Kampagne ein, und wir werden ihn freilassen.» Er antwortete: «Laßt ihn frei, und die Kampagne wird von selbst aufhören.» Damals waren Sie damit einverstanden.

Heute werfen Sie Millionen Menschen vor, daß sie Dinge tun, die Sie früher selbst getan haben, als Sie noch nicht Präsident der Republik waren. Dabei wissen Sie doch sehr wohl, daß es heute Menschen gibt, die einen Feldzug führen. Hat nicht der deutsche Nazigeneral Ramcke, der Henker von Brest, in der Zeit zwischen seiner Flucht und dem Urteil, das ihm die Freiheit zurückgeben sollte, in Westdeutschland eine große Propagandatournee gemacht, um die Freilassung von Kriegsverbrechern zu erwirken? Das war wirklich eine Kampagne. Heute tritt man in Westdeutschland für die inhaftierten Nazis ein, und mit dieser Kampagne scheinen Sie einverstanden zu sein, Herr Präsident, denn Sie haben vor kurzem mehrere Naziverbrecher begnadigt.

Sie beschuldigen unseren Henri ferner, er habe durch seine Tat die Versorgung des Expeditionskorps und das Leben der Soldaten gefährdet.

Wenn Zeitungen wie *L'Aurore* meinen Sohn als Saboteur bezeichnen und hinterhältig gegen einen eingekerkerten jungen Mann zu Felde ziehen, so empört mich das zwar, aber es wundert mich nicht. Aber daß Sie, eine offizielle und so hochgestellte Persönlichkeit, meiner Frau ganz ähnliche Dinge schreiben, ist mir unverständlich. Es dürfte Ihnen doch bekannt sein, Herr Präsident, daß die Flugblätter meines Sohnes den Soldaten in Indochina nicht nur keinen Schaden zugefügt, sondern ihnen im Gegenteil den einzigen Weg gezeigt haben, lebendig herauszukommen: «die Rückkehr des Expeditionskorps». Es dürfte Ihnen ferner bekannt sein, daß alles, was er gesagt hat, von vielen Menschen aller Parteirichtungen, wiederholt worden ist.

Ihr Brief, Herr Präsident, hat Henris ohnehin kranker Mutter einen schweren Schlag versetzt. Ich bin nur ein einfacher republikanischer Arbeiter, und ich frage mich, wie man es für abwegig halten kann, daß die Franzosen sich angesichts einer solchen Ungerechtigkeit empören. Im Gegenteil, wie könnten sie schweigen? Wenn es anders wäre, dann wären sie keine Franzosen mehr. Wie sollten wir nicht allen denen danken, die mit uns für die Freiheit unseres lieben Sohnes kämpfen?

Das ist es, was ich Ihnen sagen wollte, Herr Präsident.
Mit republikanischen Grüßen

Louis Martin

Ohne den Anspruch zu erheben, ein Gesamtbild der vielen Demarchen und Initiativen aus den intellektuellen Kreisen der Hauptstadt und der Provinz zu vermitteln, halten wir es für angebracht, neben der vom Universitätskomitee unter Vorsitz von Dr. Bourguignon entfalteten Tätigkeit auf einen Brief hinzuweisen, der im Laufe des Jahres 1952 von einer beträchtlichen Anzahl von Professoren und Lehrbeauftragten der Universität und der Akademie von Lyon zugunsten Henri Martins unterzeichnet und durch eine Delegation im Elysée überreicht wurde. Es unterschrieben: Für die *geisteswissenschaftliche Fakultät*: neun Professoren (darunter der Dekan, Herr Lachieze-Rey), der Studentenpfarrer, vier Lehrbeauftragte und fünf Assistenten. Für die *naturwissenschaftliche Fakultät*: zwei Professoren, zwei Dozenten und ein Assistent. Für die *medizinische Fakultät*: zwei Professoren, zwei Lehrbeauftragte und drei Ärzte. Für den *Lehrkörper der höheren, technischen und Grundschulen*: zweiunddreißig Professoren und der Geistliche des Gymnasiums du Parc, zweiunddreißig Professoren des Gymnasiums Saint-Just, vierzig Professoren und der Geistliche des Gymnasiums Ampère, fünfundzwanzig Professoren des Gymnasiums Edgar-Quinet, zehn Professoren des Gymnasiums Jean-Perrin, zwölf Professoren des Collège Moderne, zehn Professoren des Collège Moderne für junge Mädchen, einhundertsechsundfünfzig Lehrer und sechsundzwanzig Professoren der Gewerbeschule.

Francis Jeanson
Die Kunst, Großvater zu sein

Als Mathilde Martin auf ihren Brief an die Gattin des Präsidenten, in dem sie um Begnadigung ihres Sohnes gebeten hatte, ein Jahr später vom Direktor der Präsidialkanzlei, Herrn Kosciusko, eine Antwort erhielt, drückte sie ihr Befremden aus, daß der Staatschef sich bemüht hatte, ihr «*in so hartherziger Weise mitteilen zu lassen*», daß er ihren Sohn nicht freilassen werde.

Dabei hatte Herr Kosciusko sein Bestes getan, um die großväterlichen Gefühle unseres Präsidenten zu übersetzen. Aber vielleicht gehört er zu jenen Menschen, denen es leichter fällt, dem Bey von Tunis ein Ultimatum zu übermitteln, als einer einfachen Frau seine wohlwollende Anteilnahme auszudrücken ... Jedenfalls steht fest, daß er sich im Ton vergriffen hat – trotz der Zuhilfenahme der rührendsten Worte, die das Protokoll in solchen Fällen zuläßt (die «Ängste und Nöte»), und trotz den Anleihen bei dem geheiligten Wortschatz familiärer Rührseligkeit «Ihr Junge» und das Wort «Mama»).

Bei aller Unparteilichkeit müßte man wohl auch die «Elemente der Antwort» berücksichtigen, die Herrn K. geliefert worden sind und die vielleicht ausreichen, sein bemerkenswertes Unvermögen auf redaktionellem Gebiet zu erklären: denn wer würde von sich behaupten, in mehr oder weniger überzeugender Weise Erpressung und Zuneigung, Rechtsverweigerung und Herzensgüte miteinander vereinbaren zu können? Wer uns mit vorgehaltener Pistole auffordert, zwischen unserer Brieftasche und unserem Leben zu wählen – mögen seine Worte noch so zartfühlend und verständnisvoll sein –, der muß immer damit rechnen, daß wir in seinem gesamten Verhalten einen Akt der Unfreundlichkeit erblicken.

Doch wie sollte man nicht schon bei den ersten Zeilen dieses Briefes empfänglich sein für den finsteren Humor, der sich in ihnen entfaltet? Der Präsident der Republik und der Rat des Obersten Verwaltungsgerichts (dessen Vorsitzender er zufällig ist) haben *vor zwei Jahren* einstimmig einen Beschluß gefaßt, der ihnen verbietet – ausgerechnet im Fall Ihres Sohnes –, das Gnadengesuch zu prüfen. Und deshalb, gnädige Frau, hatte der Präsident *im vorigen Jahr* Ihren Brief dem Rat des Obersten Verwaltungsgerichts zugeleitet, und aus dem gleichen Grunde sieht er sich *heute* gezwungen und so weiter – mit der wärmsten Anteilnahme natürlich.

Was diesen mutigen Beschluß angeht, so sah er vor, «keine Gnadengesuche zu prüfen, die unter dem Druck, der Drohnung oder der Verherrlichung des Vergehens von parteiischen Organisationen eingereicht werden». Übergehen wir hier die Erinnerungen, die sich allzu leicht einstellen, mit Schweigen. Wenn Charles Maurras trotz allem am 19. März 1952 begnadigt wurde, so steht das mit dem Fall Henri Martin in keinem Zusammenhang, denn er wurde aus «Gesundheitsgründen» begnadigt; und wenn er seine Freilassung dazu benutzte, augenblicklich in einem der Organe, die für ihn eingetreten waren, eine Reihe von Artikeln zu schreiben, in denen er «Entschuldigungen, eine Entschädigung und den Kopf von Herrn de Menthon» forderte, so ist das genau der Beweis, daß man ihm, als man ihn begnadigte, nichts von alledem gewährt hatte. Und auch was gewisse Karrieren betrifft, die um das Jahr 1944 durch die Härte des Gesetzes bedroht schienen, so ist leicht einzusehen, daß sich die Lage der Betroffenen völlig von der Henri Martins unterschied. Und zwar so sehr, daß einige von ihnen nicht einmal um Gnade zu bitten brauchten: man hatte vergessen, sie zu behelligen; und wenn die anderen nach und nach begnadigt wurden, so genau deshalb, um jede Kampagne zu ihren Gunsten im Keim zu ersticken. Bis zu dem Tage, als der Rat des Obersten Verwaltungsgerichts, nachdem sich das Klima so weit gebessert hatte, daß eine parlamentarische Mehrheit ohne Gewissensbisse den Gedanken einer allgemeinen Amnestie ins Auge fassen konnte, schließlich einstimmig den bekannten Beschluß faßte. Was könnte es überdies Gemeinsames geben zwischen dem Fall von Ministern, die ihre politische Erfahrung zur Zeit der schwersten Prüfung in der Regierung Pétain gesammelt hatten, von Schriftstellern, die zu einer Zeit, als es vorteilhaft war, Juden und Widerstandskämpfer denunziert hatten, oder von Generalen, die ihre Technik dadurch vervollkommneten, daß sie sie dem Feind zur Verfügung stellten, und dem Fall eines kleinen Obermaats, der im Jahre 1949, das heißt zu einem Zeitpunkt, da alles sich wieder einzurenken begann, das Bedürfnis verspürte, in Toulon Flugblätter zu verteilen?

Es ist besser, nicht darauf zu beharren: sonst käme man womöglich auf den Gedanken, sich zu fragen, ob Henri Martin sich nicht absichtlich in die einzige Lage gebracht hat, in der man entschieden nichts für ihn tun konnte. Nehmen wir den Fall Bernard Petit (ja, die Affäre der J 3): nun, der Präsident hat ihn begnadigt. Und das war bestimmt keine einfache Sache. Man mußte sogar ein klein wenig das Gesetz verletzen, denn seine Verurteilung machte ihn «wehrunwürdig». Aber schließlich war es geschafft: er hat sich für drei Jahre nach Indochina verpflichtet und ist begnadigt worden. Natürlich, im Fall Henri Martins ...

Somit, gnädige Frau, schrieb Herr K. weiter, gestatteten uns die gegenwärtigen Umstände keine Prüfung der Akten Ihres Sohnes. Aber der Präsident müßte ein Herz aus Stein haben (und ich bin in der Lage, das Gegenteil zu bezeugen), um eine Mama mit einer Ablehnung abzuspeisen: das ungeprüfte Aktenstück wird zu einem späteren Zeitpunkt «nach Recht und Billigkeit einer erneuten Prüfung unterzogen». Ich kann Ihnen sogar den genauen Zeitpunkt angeben: «Wenn nach Einstellung der Propagandakampagne eine angemessene Frist verstrichen ist.» Ihre Rolle als Mutter – und das sage ich Ihnen im Auftrag eines Großvaters – ist Ihnen also klar vorgezeichnet. Im Zusammenhang mit dem Fall Ihres Sohnes hat im Land «eine politische Agitation» um sich gegriffen, die darauf abzielt, «die Operationen in Indochina zu verurteilen»: es liegt bei Ihnen, die Einstellung dieser Kampagne zu erwirken, damit Ihr Sohn Ihnen wiedergegeben wird. Bis dahin seien Sie versichert, gnädige Frau, stets mit dem vollen Verständnis des Präsidenten rechnen zu können.

Im Rahmen einer Politik, die sich auf den gesellschaftlichen Status quo stützt – und gelähmt wird durch eine künstliche Parlamentsmehrheit, die sich in rivalisierenden Demissionen erschöpft und einzig darauf bedacht ist, um jeden Preis ihr Gleichgewicht zu erhalten –, stehen solche dilemmatischen Argumentationen fatalerweise sehr hoch im Kurs. Das Dilemma ist die grundlegende Denkstruktur des demokratischen Konservatismus, die einzige Ausdrucksform, die geeignet ist, eine Politik des Immobilismus mit der ständigen Beteuerung der großen Prinzipien in Einklang zu bringen. Einfach zu handhaben und keine geistige Anstrengung erfordernd, läßt es sich auf jede Situation anwenden, die durch eine fortschrittliche Entwicklung bedroht ist, und erlaubt es, augenblicklich die totale Blockade über sie zu verhängen.

Die Marokkaner zum Beispiel fordern ihre innere Autonomie und erinnern daran, daß Frankreich sich verpflichtet hat, ihnen dazu zu verhelfen. Allerdings! gab man ihnen zur Antwort, aber solange Frankreich die vornehme Aufgabe, die ihm durch den Vertrag von 1912 anvertraut wurde, noch nicht erfolgreich beendet hat, fühlt es sich moralisch verpflichtet, Marokko nicht sich selbst zu überlassen. Wenn ihr den Abzug der Franzosen aus Marokko fordert, beweist ihr damit nur, daß ihr nach der Freiheit trachtet, bevor ihr euch ihrer zu bedienen gelernt habt. Wenn ihr dagegen unsere Anwesenheit hinnehmt und die Reformen, die wir euch aufzwingen, freudig begrüßt, dann werdet ihr uns die Möglichkeit geben, eure Entwicklung euren natürlichen Fähigkeiten und euren Fortschritten auf dem Gebiet der Demokratie anzupassen.

Ganz allgemein ist bekannt, daß die wahren Beziehungen zwischen Kolonialvolk und Kolonialherrn bei dem ersten auf Bitte und Dankbarkeit, bei dem zweiten auf das Geschenk zentriert werden müssen. Wenn jedoch das Kolonialvolk der Meinung ist, seine Bitten seien nicht erfüllt worden; wenn es ungeduldig wird und rings um sich andere ungeduldige Völker entdeckt; wenn es dann aufhört zu bitten und sein Protest die Stufe der individuellen Beziehungen überschreitet, um sich in öffentlichen und gemeinsamen Forderungen Gehör zu verschaffen; wenn schließlich zu befürchten ist, daß es im Begriff steht, zu irgendeiner entweder geheimen und heimtückischen oder frech massiven, in jedem Fall aber gewaltsamen Aktionsform Zuflucht zu nehmen, dann beweist das, daß dieses Volk für Cliquen, Agitatoren und Kommunisten noch immer eine zu leichte Beute ist, daß die Lehren des Kolonialherrn noch nicht in der geziemenden Tiefe gewirkt haben, daß es für die Demokratie noch nicht reif ist. (Andererseits ist klar, daß es, wenn es nicht aufbegehrt, mit seinem Los zufrieden ist, woraus man schließen kann, daß es absurd wäre, ihm Rechte aufzubürden, deren Fehlen es gar nicht spürt.)

Wie man sieht, ist die Operation «Dilemma» im Grunde gar nicht so grausam. Weit davon entfernt, in beiden Fällen zum Selbstmord zu führen, zielt die Alternative, die sie schafft, im Gegenteil darauf ab, den Partner vor einer falschen Lösung zu bewahren, die in der Tat die mißlichsten Folgen für ihn hätte; aber auch die andere, die wahre Lösung, die ihm zu wählen übrigbleibt, ist nicht völlig hoffnungslos: es kann sein, daß sie einen Ausweg öffnet. Und wenn der Partner des öfteren geneigt scheint, diesen Ausweg für sich abzulehnen, dann liegt das daran, daß Leidenschaften ihn verblenden, die ihn zu jeder vernünftigen Wahl unfähig machen und jede Möglichkeit eines echten «Dialogs» mit ihm untergraben. Sehen wir von diesem Fall ab, so gibt es einen Ausweg, es muß ja einen geben, und das Dilemma hat die Funktion, augenscheinlich zu machen, *daß der Ausweg in der Geduld zu suchen ist*. Man muß nur *warten* können, nichts anrühren und diejenigen handeln lassen, die dazu da sind. Aber dieses Warten darf nicht mit Resignation verwechselt werden: es ist Klugheit, im Idealfall *vertrauende Klugheit.* Hat nicht selbst Rodrigo, der stolze Cid, der so eifersüchtig über die Begriffe der Ehre wachte, Don Carlos recht gegeben, als dieser eines Tages an sein Vertrauen appellierte: er solle die Zeit, seine Chimène und seinen König nur machen lassen ...

Die Zeit, immer wieder die Zeit; aber man ersetze Chimène durch die französische Zivilisation und den König durch den Generalresidenten, und man hat die Haltung, die die Marokkaner oder die Tunesier einnehmen müssen, falls sie ihre demokratische Zukunft nicht aufs Spiel setzen wollen.

Natürlich kann das Gleichgewicht, dessen Erhaltung das Dilemma zu rechtfertigen bestrebt ist, nicht allein durch den Gebrauch der Rhetorik erhalten werden. Ein gutes Dilemma ist nur dann brauchbar, wenn es konkret begründet ist, das heißt, wenn es sich auf eine reale Kraft stützt, die es unwiderlegbar macht. Denn es kommt vor allem darauf an, jede Aktion zu unterbinden, die Gefahr liefe, eine dritte Möglichkeit aufzuzeigen, einen neuen Weg, der sich sowohl von dem «vernünftigen» als auch von dem «katastrophalen» Weg unterscheidet und bessere Ergebnisse verspricht, ohne ebensoviel Geduld zu verlangen ... Deshalb zählen Polizei und Armee zu den unerläßlichsten Attributen des Dilemmas.

Doch von nun an wird die Erhaltung des Gleichgewichts das Dilemma nicht mehr bestätigen können, ohne es in immer gefährlicherer Weise in Frage zu stellen. Denn die Situationen erhalten sich nur, indem sie sich wandeln, und so sind die Dilemmata ihrem Inhalt und ihrem Wesen nach Funktionen der Zeit. Die Dauer, die sie beweist, stellt sie auch auf die Probe, reißt sie mit, durchdringt und entstellt sie; unmerklich bearbeitet, abgenutzt, infiziert, verkümmern sie bald und verwittern bis zur vollständigen Ohnmacht. Es gibt eine Dynamik der Dilemmata, die ihr Prinzip der Unabänderlichkeit in sich birgt: jedes Dilemma strebt seiner Verwesung zu.

Es gibt ferner eine Dialektik der Dilemmata, und auch ihr Prinzip ist einfach: jedes fiktive Dilemma neigt dazu, sich mit umgekehrtem Vorzeichen in Form eines erlebten Dilemmas gegen seinen Urheber zu wenden. Gerade durch ihren Erfolg wirkt sich die (ideologische und praktische) Ausschaltung jedes dritten Gliedes zugunsten der «guten» Lösung von vornherein dahin aus, daß – an dem Tag, da diese völlig unerträglich geworden sein sollte – die «schlechte» unweigerlich als die einzig mögliche erscheint. Mehr noch: da das erste der beiden Glieder «Klugheit» und das zweite «Verbrechen» hieß, wird ihr Gegensatz durch diese moralischen Bezeichnungen bestimmt bleiben, die sie einfach unter sich ausgetauscht haben. Das Verbrechen wird nun auf seiten des passiven Vertrauens zu suchen sein, und die Klugheit wird in der Weigerung zu dulden, in der bewußten Verantwortung bestehen. Der Umweg über die Gewalt wird umschlagen in Wiederinbesitznahme, in die Zulassung zum Menschlichen ... Hegel hat hierüber wohl alles Nötige gesagt.

Der Präsident unserer Republik läßt also Henri Martins Mutter durch Herrn K. mitteilen, daß er zwar die Absicht habe, zu einem späteren Zeitpunkt Gerechtigkeit zu üben, sich jedoch gegenwärtig infolge eines scheußlichen Dilemmas dazu außerstande sehe: zwischen seinen Pflichten als Hüter der Gerechtigkeit und seinen Pflichten als Wahrer der Autorität hin- und hergerissen, könne der Präsident unmöglich die letzteren opfern.

Freilich, für den ersten Beamten Frankreichs ist es eine hohe und schöne Pflicht, einer Ungerechtigkeit abzuhelfen. Aber dazu ist es erforderlich, daß diese Ungerechtigkeit, besonders wenn sie so offen zutage liegt, nicht schon vorher in aller Öffentlichkeit angeprangert worden ist. Denn sonst würde sich die Großherzigkeit in Schwäche und der Gnadenakt in eine Art Geständnis verwandeln. Wenn man nun aber die schreckliche Aufgabe hat, das allgemeine Interesse zu vertreten, dann hat man nicht das Recht, das Ansehen der Regierungen, an deren Spitze man steht, auch nur im geringsten zu schmälern – noch dazu gegenüber Bürgern, deren Meinung, da sie ja Partei ergreifen, nur parteiisch sein kann. Welche Regierung könnte im übrigen regieren, wenn sie auf die öffentliche Meinung hörte, sobald diese ihr nicht mehr zustimmt oder zumindest ihre Stimme erhebt? Unter allen Umständen ist es wichtig, Bürgern, die sich dazu hinreißen lassen würden, sich *abzusprechen* und sich zu *organisieren*, um ihre Einwände gemeinsam zu erheben, niemals recht zu geben. In einer gesunden Demokratie muß jeder Protest, der auf irgendeine *Wirkung* abzielt, logischerweise für null und nichtig erklärt werden. Seid einen einzigen Augenblick unachtsam, und ihr öffnet jenen Mißständen Tür und Tor, die der Kampf gegen sie unfehlbar hervorruft – sobald die Opfer selbst nur igend daran beteiligt sind.

Wenn diese Mutter allerdings bereit ist, ihren Sohn zu verleugnen und seinen Richtern recht zu geben, dann möge sie hingehen und allen französischen Staatsbürgern, die das Urteil für ungerecht halten, der Kommunistischen Partei, der Liga für Menschenrechte und allen Organisationen und Publikationen, die die Freilassung ihres Sohnes gefordert haben, noch fordern und auch in Zukunft fordern werden, klarmachen, daß sie besser daran täten, die «Operationen in Indochina» nicht länger zu «verurteilen», daß es übrigens darum gar nicht gehe, sondern um einen Jugendirrtum Henris, und daß man künftig darüber schweigen müsse, weil der Präsident, ein im Grunde so gütiger Mensch, nicht mehr so gütig sein könne, wenn alle Welt davon spricht. Möge sie ferner darauf achten, daß in den kommenden Monaten weder der Fall ihres Sohnes noch ein ähnlicher Fall in irgendeiner Rede oder Schrift über den Krieg in Vietnam beschworen wird. Und möge sie warten ...

Es scheint, als habe die Falle schlecht funktioniert. War es überhaupt eine Falle? In Wahrheit geht alles so vor sich, als liege unserer offiziellen Politik gar nichts mehr daran zu überzeugen: ihre «Rechtfertigungen» richten sich an niemanden mehr, sie gehorchen einem Ritus und sind nur noch Formsache. Die Dilemmata sind längst verwest, übrig bleiben nur noch ein paar saubere, sorgfältig abgenagte Knöchelchen, mit denen man spielt; das ganze System hat sich zu guter Letzt in die reine Abstraktion geflüchtet. Und da man in der Demokratie lebt, bleiben die Minister mit ihren Knöchelchen in Händen auf dem Forum stehen und haben weiterhin auf alles eine Antwort parat, und sei es auf Fragen, die ihnen niemand mehr zu stellen gedenkt. Aber sollten ihre Reden allein dadurch, daß sie leer sind, durchsichtig geworden sein? Hin und wieder kommt es vor, daß Gewissen sich regen, die bisher sanft schlummerten, daß Menschen aufzuhorchen beginnen – mit jenem merkwürdig erwartungsvollen Ausdruck, jenem bleichen Gesicht und jenem etwas starren Blick des Ehrenmanns, dem plötzlich der Verdacht kommt, im falschen Zug zu sitzen. Vielleicht, daß der Lärm der Knöchelchen ...

Es ist gewiß nicht ratsam, das mystifizierende Element einer Politik bloßzulegen, indem man allzu leichtfertig und in extremen Fällen darauf hinweist. Daß es unvermeidliche Unglücksfälle gibt und daß auch der gesunde Menschenverstand zuweilen dem Absurden Zugeständnisse machen muß, um Schlimmeres zu verhüten, ist eine so selbstverständliche und alles in allem im Herzen vieler Menschen so hartnäckig verwurzelte Überzeugung, daß ihre Erhaltung im Prinzip auf keine unüberwindbaren Schwierigkeiten stoßen dürfte. Bleibt anzumerken, daß es Darstellungen des Verhängnisses gibt, die dem Fatalismus verhängnisvoll sind. Man kann fast überall lesen, daß Politiker ganz verschiedener Richtungen den Krieg, den wir in Vietnam führen, verurteilen, weil sie erkennen, daß er für unsere nationale Existenz von Tag zu Tag gefährlicher wird; da es außerdem den Anschein hat, daß die Erfordernisse unserer traditionell revolutionären Mission etwas in den Hintergrund getreten sind, daß unsere Soldaten dort unten sinnlos sterben und daß Unsummen dabei draufgehen, die auf unserem Boden weit besser verwendet werden können, mag mancher auf den Gedanken kommen, daß man vielleicht Anstrengungen machen sollte, diesen Krieg zu beenden ... Und da stößt er an das Unvermeidliche. Geduld, sagt man ihm, da sind die Zufälle und alles übrige: wenn die Regierung es nicht besser macht, so deshalb, weil sie es nicht kann. Gut. Nur stellt man fest, daß der Zustand andauert, und die Hindernisse, die man aufzählt, erscheinen einem schließlich etwas schwach, und man sagt sich, daß selbst eine demokratische und französische Regierung nicht der Papst und unfehlbar ist und sich also ganz gehörig irren kann und daß folglich ... Halt! Das ist Blasphemie. Die Regierung tut zwar nicht alles, was sie möchte, aber sie tut, was sie kann, mehr ist nicht drin. Ihr bezweifelt es? Versucht es doch einmal selbst! Dazu fehlen euch die Mittel? Na also, das ist es ja gerade. Kehrt lieber an eure Arbeitsplätze zurück, und stört die Fachleute nicht bei ihrer Suche nach Lösungsvorschlägen. Vielleicht meint ihr nun, daß den Fachleuten bei ihrer Suche erheblich geholfen werden könnte, wenn alle Franzosen, die im stillen so denken wie ihr, sich zusammenschlössen, um ihren Willen laut kundzutun ... Nur zu! Aber wenn die Justiz sich einschaltet ... Nein, die freie Meinungsäußerung wird selbstverständlich nicht unterdrückt, aber ihr wißt ja, in Kriegszeiten ... die Sorge um die Nationale Verteidigung ... Bis zu einem gewissen Punkt hängt das natürlich von den Gerichten ab. Es gibt welche, die sich in ihrer Unbekümmertheit eher einreden, daß die Streitkräfte der Vietminh immerhin unsere Grenzen noch nicht bedrohen. Aber ihr könnt auch Richtern in die Hände fallen, die vielleicht Gewissensbisse haben und sich vorwerfen, daß sie in der Vergangenheit nicht unerbittlich genug gewesen waren ... Jedenfalls müßt ihr euch immer wieder vor Augen halten, daß die Republik sich desto eher *gezwungen* sehen wird, einer Ungerechtigkeit nicht abzuhelfen, je himmelschreiender sie ist. Wenn man eine wirksame Politik wünscht, dürfen die Staatsbürger den Willen der souveränen Nation nicht wieder in Frage stellen können, besonders dann nicht, wenn sie in sehr großer Zahl auftreten. Wenn ihr freilich eine leicht feststellbare Schuld auf euch geladen habt oder wenn euer Strafregister einige Vorstrafen aufweist, dann wird euch zweifellos das Schlimmste erspart bleiben. Aber der, dem man in Wahrheit nichts anderes vorwerfen kann, als daß er eine eigene Meinung hat und sie äußert – der kann, das werdet ihr einsehen, unmöglich mit Nachsicht rechnen ...

Genau das ist die Form von Verhängnis, die Henri Martin trifft. Unerbittlich, in der Tat! Diese dem Land aufgezwungene Politik ist so sehr vom Verhängnis gekennzeichnet, daß sie sich genötigt sieht, den untadeligsten Bürgern die verbrecherischste Opposition nachzusagen ... Anscheinend muß das so sein, um dem Land zu suggerieren, daß diese Politik in eben dem Maße verhängnisvoll ist, wie die Bevölkerung sie sich aufzwingen läßt. Denn um welch seltsames Verhängnis muß es sich handeln, daß es ein so dringendes Bedürfnis hat, die Redlichkeit ins Unrecht zu setzen? Wenn nun jene Menschen, die Kraft genug haben, für ihre Überzeugungen einzutreten, die Politik, die sich auf das Verhängnis beruft, so sehr beunruhigen, könnte es dann nicht sein, daß auch die anderen Menschen, wenn sie ihrem Beispiel folgen, bald entdecken würden, daß diese Politik ohne sie nichts ist und nichts ausrichten kann, sobald sie aufhören, in der Tragödie mitzuwirken, die eine Truppe von Marionetten ihnen aufzwingt?

Aber es stimmt wohl, daß diese reine Fiktion kein Ende finden wird, solange die Menschen in ihr nicht ihre eigene mystifizierte Lust erkannt haben. Welche Hexengeschichte, welches Märchen könnte dieses Verhängnis an Zauberkraft übertreffen, das eine bisher dem Guten geweihte Existenz plötzlich dem Bösen zuwendet? «Vor seinem Vergehen» war der junge Henri Martin «ein guter Franzose»; in der Schule war er fleißig, er lernte aufmerksam die Geschichte Frankreichs und begriff mühelos, daß die Unternehmungen seines Vaterlandes niemals der Eroberung, sondern immer nur der Befreiung dienten; im Jahre 1943, mit knapp siebzehn Jahren, trat er in die Widerstandsbewegung ein; ein Jahr später kämpfte er gegen die Deutschen im Departement Cher und begab sich dann freiwillig an die Front von Royan; im Februar 1945 meldete er sich für die Dauer des Kriegs zur Marine – eines Kriegs, der in Europa zu Ende ging, dessen Ausgang in Asien dagegen ungewiß blieb; sechs Monate später, als die ersten Atombombenversuche überzeugend verlaufen waren, war seine Verpflichtung gegenstandslos: man schickte ihn dennoch im Oktober nach Indochina, wo er zwei Jahre lang im Einsatz stand, obwohl er dreimal um seine Entlassung nachgesucht hatte; nach und nach entdeckte er so manche Dinge, unter denen er täglich stärker litt, und trotzdem fuhr er fort, so untadelig zu dienen, daß er zum Obermaat zweiter Klasse befördert wurde. «Sie haben eine bemerkenswerte Vergangenheit, man hört nur Gutes über Sie. Sie sind mutig, intelligent, diszipliniert. Das haben Sie bewiesen. Und dann ändern Sie plötzlich ihre Gesinnung.»

Wir bewundern den Zauberstab des Zauberpräsidenten vom Seekriegsgericht in Toulon. Sein Kollege, der Zauberstaatsanwalt vom Seekriegsgericht in Brest, zweifellos darauf erpicht, die Schwierigkeit des Kunststücks auf die Spitze zu treiben, entdeckte bei Henri Martin sogar eine Eigenschaft, die sein Vergehen überdauert hatte, an ihm haftengeblieben und ihm bis in das Böse gefolgt war; dennoch vollführte er im Stil ergreifender Bescheidenheit den höchsten Salto: «Er hat seine Ansichten mit einer Beharrlichkeit verfochten, die einer besseren Sache würdig gewesen wäre.»

Trotzdem entfuhr ihm in demselben Augenblick das vollkommenste Eingeständnis der Ohnmacht, die schärfste Verurteilung aller Jongleure der Welt. Als er zwischen Henri Martin und seinem (der Sabotage für schuldig befundenen) Mitangeklagten eine Parallele zog, entschlüpften ihm ein paar Worte – sehr wenige, sehr einfache Worte –, in denen jedoch eine dumpfe Angst mitschwang: «Henri Martin hat zehn Jahre lang Schuld auf sich geladen ... Heimburger dagegen hat impulsiv gehandelt, in einem Augenblick der Verirrung. Henri Martin hat seine Tat nicht nur nicht bereut, sondern sich ihrer gerühmt. Heimburger hat unmittelbar nach der Tat Gewissensbisse empfunden ... Henri Martin scheint auf die Zukunft zu bauen ...»

Der Mensch, der sich bemüht, die Zeit zu leugnen, um mit einer ewigen Vergangenheit zu schachern, vermag nichts gegen den, der durch sinnvolle Taten eine Zukunft projiziert und möglich macht. Hier beginnen die menschlichen Unternehmungen, hier endet die Macht der Zauberer.

Ist der französischen Regierung aufgefallen, daß ihr Anwalt in Brest in seinem Strafantrag gegen Henri Martin unter anderen Argumenten auch die Notwendigkeit hervorgehoben hat, «Frankreich die schönste Perle seines Kolonialreichs zu erhalten»? Offenbar nicht, denn darauf ließen sich gleich mehrere Anschuldigungen erheben: Versuch der Sabotage der Französischen Union, Versuch der Demoralisierung der Armee der Assoziierten Staaten, diffamierende Reden gegen unseren für diese Staaten zuständigen Minister, beleidigende Äußerungen über ein fremdes Staatsoberhaupt, ihren einzigen Kaiser, und – in logischer Konsequenz – Verschwörung gegen die äußere Sicherheit des Staates. Doch alle diese Anklagen und das Nachgehen der amtlichen Uhren um ein paar Jahre scheinen die Schützer unserer Verfassung nicht gestört zu haben.

Dennoch ist der Fall es wert, daß man ein wenig darüber nachdenkt. «Das Gnadenrecht», erklärt Herr K., «ist ein Recht auf Milde für alle, die sich geirrt haben.» In dieser Hinsicht hätte sich seine Anwendung zugunsten des Staatsanwalts selbstverständlich rechtfertigen lassen, aber im Fall Henri Martins war sie völlig sinnlos. Gleichviel. Trotz allem kostet es einige Mühe, sich vorzustellen, daß der einzige Inhaber dieses Rechts ihm niemals eine wesentlichere Funktion, eine echtere Wirksamkeit zuerkannt hat; daß sein außergewöhnlicher Beobachtungsposten ihm niemals gestattet hat, die Gefahren des Immobilismus zu ermessen; daß er niemals versucht war, sich über die absurde Politik des Dilemmas zu erheben und den allerdings immer verhängnisvoller werdenden Bruch zwischen der täglich stärker beunruhigten öffentlichen Meinung und seinen ins Schleudern geratenen Regierungen zu bemänteln ... Sollte der beste und in Krisenzeiten zweifellos auch «rentabelste» Gebrauch des Gnadenrechts nicht vielmehr darin bestehen, die Irrtümer der Justiz an den Punkten zu verringern, wo die Nation in Konflikt mit sich selbst steht und bereits zutiefst gespalten ist? Wenn die offizielle Politik allzu sehr hinter dem Bewußtsein der Staatsbürger herhinkt, läuft die Justiz Gefahr, Taten für Verbrechen zu erklären, in denen das Volk gerade das Werk seiner besten Söhne erblickt und sich seiner eigenen Klarsicht bewußt wird: vielleicht ist der Augenblick daher nicht sehr günstig, den Bürgern beweisen zu wollen, daß das Böse unheilbar sei und daß sie so lange unrecht hätten, wie sie nicht fähig seien, Vernunft anzunehmen.

Dennoch ist dieser Beweis erbracht worden, und die Lehre trägt bereits ihre Früchte. Wir können dem Präsidenten sogar eine Teilwahrheit bescheinigen, die sich an einer Stelle seiner Analyse eingeschlichen hat: Ja, wir verfolgen *auch* «andere Ziele als die Freilassung Henri Martins». Gewiß ist es uns unerträglich, daß ein Mensch, der dort unten sein Leben für ein sinnloses Ziel eingesetzt und zwei Jahre lang die ungeheure («einer besseren Sache würdige») Anstrengung auf sich genommen hat, die lebendigsten und klarsichtigen Revolten seines Gewissens der militärischen Disziplin zu opfern, noch heute die schwerste Last tragen muß, nur weil er in fünfzig Exemplaren die gleichen Ideen verbreitet hat, die wir seit Jahren unaufhörlich allenthalben veröffentlichen. Doch selbst wenn dieser Mensch wieder auf freiem Fuß wäre, würden wir trotzdem fortfahren, «die Operationen in Indochina zu verurteilen», weil sie auch weiterhin absurd und verbrecherisch sind, weil das Schicksal unseres Landes auf dem Spiel steht, weil wir jedes Vertrauen auf die Fähigkeit der «Mehrheit», sich wieder zu fangen, verloren haben und weil wir nicht die Blicke all der jungen Männer auf uns ruhen fühlen möchten, falls es der französischen Regierung morgen einfiele, auf die Wehrpflichtigen zurückzugreifen, um am anderen Ende der Welt ihre Verteidigung zu sichern.

Nicht wir haben den Fall Henri Martin zum Symbol erhoben: sondern eine Politik, von der wir geglaubt hatten, man könne sie durch Diskussionen verbessern, die jedoch das Mittel gefunden hat, sich in diesem Fall so unduldsam und so töricht zu zeigen, daß wir uns kein anderes Ziel mehr stecken können, als sie zu stürzen. Durch die Unnachgiebigkeit seiner Haltung kommt Henri Martin das ungeheure Verdienst zu, diese Entschleierung bewirkt zu haben: an uns ist es, vertrauensvoll das Klima der Menschlichkeit zu schaffen, in dem die Franzosen ihn endlich vor die Schranken der Nation – *ihrer* Nation diesmal – rufen können, um das ihm zugefügte Unrecht wiedergutzumachen und ihm für seine Dienste zu danken.

Unterdessen «zwingt» die andere Nation ihre berufenen Vertreter dazu, sich täglich verhaßter zu machen, weil sie die täglich bewußter werdende öffentliche Meinung negieren; aber es ist ja nur die Meinung eines Volkes, und die Völker sind aus ihren Kategorien verschwunden. Die Republik entschuldigt sich. Und der liebe Opa bedauert ...

Was würde geschehen, wenn Sie Martin begnadigten, Herr Präsident? Was für eine Katastrophe fürchten Sie? Ich weiß, man hat Ihnen gesagt, daß das einen Dolchstoß in den Rücken unserer Soldaten in Indochina wäre: aber ich bin sicher, daß Sie solchen Albernheiten keinen Glauben schenken. Wie denn! Fünf Jahre Zuchthaus für Martin sollte das Urteil sein, das unsere Truppen zur Stärkung ihrer Kampfmoral benötigen? Und wenn er bereits nach drei Jahren aus dem Gefängnis käme, würden dann die Truppen einen Verlassenheitskomplex bekommen? Sie lächeln, Herr Präsident, gewiß lächeln Sie, wenn man Ihnen so etwas erzählt. Und auch wenn es Ihnen passiert, solchen Unsinn zu wiederholen, dann haben Sie sicher Mühe, dabei ernst zu bleiben.

Oder vielleicht sagt man Ihnen, daß ein abschreckendes Beispiel statuiert werden müsse? Aber wen werden Sie damit abschrecken? Für diejenigen, die das Gefängnis, die Degradierung, die «Bank der Ehrlosigkeit» fürchten, bedeuten drei Jahre keinen geringeren Schrecken als fünf. Die anderen aber – jene, die Martin ähneln – werden sich auch durch zehn oder zwanzig Jahre Festungshaft nicht abschrecken lassen, denn sie sind ja vor Folter und Tod nicht zurückgewichen, als die Deutschen Frankreich besetzt hielten.

Wir verlangen Gerechtigkeit, und man antwortet uns, daß Martin erst dann begnadigt werde, wenn die Kommunistische Partei ihre Pressekampagne einstellt. Sind wir schon so tief gesunken? Wenn Sie die Begnadigung in Aussicht stellen, so beweist das, daß Ihnen das Urteil zu hart erscheint; dann haben Sie kein Recht, sie an eine Bedingung zu knüpfen. Ist das Urteil jedoch gerecht, dann sind Sie nicht befugt, das Schweigen der Opposition durch die Freilassung eines Verbrechers zu erkaufen. Und als ein ungeschickter Minister den Kommunisten das überraschende Wort entgegenschleuderte: «Es ist eure Schuld, daß der unglückliche Martin noch immer im Gefängnis ist», hat dieses Geständnis die Ministerbank in eine Anklagebank verwandelt.

Warum eigentlich jagt diese Pressekampagne der Regierung solche Angst ein? Konnte sie sie nicht einfach mit Nichtbeachtung strafen? Nein, sie konnte es nicht. Denn die Kampagne zeigt die Affäre Martin in einem Licht, das für die Minister nicht vorteilhaft ist: «Wenn wir Martin begnadigen würden», sagen sie, «dann werden wir den Anschein erwecken, als hätten wir einer Erpressung nachgegeben.» Ach was! Sie lügen: wenn sie Martin begnadigen, dann werden sie vielmehr den Anschein erwecken, als hätten sie unrecht gehabt, ihn zu verurteilen. Genau das ist es, was sie fürchten. Weil sie tatsächlich unrecht hatten.

Man weigert sich, Martin zu begnadigen, weil man weiß, daß er unschuldig ist.

IV

Zeugnisse

Hervé Bazin

Es ist möglich, daß unsere Nachkommen unsere Zeit einmal als das Atomzeitalter oder als die Zeit der Organisatoren bezeichnen werden. Wahrscheinlich aber werden sie einen schärferen Ausdruck prägen und von dem Zeitalter der Heuchelei sprechen.

In der Tat ist die Kluft zwischen den Tatsachen und den Lehrmeinungen, zwischen den Handlungen und den Grundsätzen, aus denen jene sich angeblich herleiten, zwischen den Worten und den Taten, zwischen den Herzen und den Hirnen in keiner Epoche vollständiger und zynischer zutage getreten. Zu keiner Zeit haben wir diese gleichzeitige Entfaltung zweier paralleler Logiken erlebt, von denen die eine der verbalen Verherrlichung und Demonstration der «unveräußerlichen» Rechte der Menschen vorbehalten ist, während die andere die erworbenen Rechte einiger weniger verteidigt. Gewiß, hier wie anderswo hat die Heuchelei das Verdienst – das einzige Verdienst –, eine Huldigung an die Gerechtigkeit zu sein, und gerade diese Haltung beweist, daß niemand mehr seine Verachtung für bestimmte Gewissensprobleme auszudrücken vermag oder auszudrücken wagt. Aber nachdem man vor den Standbildern – diesen Geiseln – vorschriftsmäßig den Hut gezogen hat, bemüht sich jeder um den Nachweis, daß die Götter auf seiner Seite stehen, daß er der älteste Sohn der neuen Kirche ist und daß der Gegner von diesem moralischen Gewinn ausgeschlossen ist. Die Interpretation wütet. Die Sophistik triumphiert, indem sie jene Politik des Wandschirms einführt, hinter dem man widerwärtiges Planschen vernimmt: das Geräusch des Wassers in der Waschschüssel des Pontius Pilatus, wenn nicht gar in der Badewanne der spontanen Geständnisse.

Man verzeihe mir diese Vorrede. Dabei will ich hier nur über den Fall Henri Martin sprechen. Aber gerade dieser Fall scheint mir völlig klar zu sein. Es geht um einen jungen Mann, der das Nebeneinander der beiden Logiken nicht hingenommen hat, der mit vielen anderen der Meinung war und noch ist, daß es nur eine einzige Logik gibt und daß er, ein Freiwilliger im Kampf gegen einen Unterdrücker, nicht freiwillig gegen ein unterdrücktes Volk kämpfen konnte. Henri Martin ist ein großer Naiver, in dem Sinne, in dem das Wort Naivität zur Kunst wird. (Nebenbei sei gesagt, daß der gegenwärtige Erfolg der Naiven in der Poesie wie in der Malerei wahrscheinlich eine Reaktion auf das Pontifikat des Betrugs darstellt.) Henri Martin ist ein Held der

Aufrichtigkeit. Wie immer der *äußere* Aspekt der Beweggründe, die ihn beseelen und die man zurückweisen kann, geartet sein mag, ist es unmöglich, ihm die *innere* Unschuld seiner Wahrheit abzusprechen, denn seine Haltung erstreckt sich erst in zweiter Linie auf das Feld der Politik und muß auf dem des Gewissens beurteilt werden.

Aber wie kann man erwarten, daß in einer Welt wie der unseren, in der der Mantel wichtiger ist als die Haut und so beschaffen sein muß, daß er jeden Augenblick nach dem Wind gehängt werden kann – vor allem wenn es sich um eine Uniform handelt –, die innere Unschuld in Betracht gezogen wird? Die moderne Unschuld ist kein Selbstzweck, sie ist eine Definition. Wer das nicht glauben will, der gehe hin und kleide sich bei Nessus ein! Weil die Heuchelei ein Kompromiß ist, wird sie jede Unnachgiebigkeit verdammen: es ist ein großes Verbrechen, gegen seinen Clan recht zu haben. Ein noch größeres Verbrechen ist es, die Wandschirme umzustoßen, die den moralischen Komfort der Mitbürger schützen, und sich zur Bekräftigung einer ablehnenden Haltung auf jene Menschenrechte zu berufen, die ihr Privaterbe geworden sind und ihnen als Alibi, Vorwand und Rechtfertigung dienen.

Es liegt mir fern, den Prozeß gegen Henri Martin im einzelnen zu kritisieren. Die Begründungen eines Urteils dieser Art warten immer auf Revision. Erinnern wir uns an die monumentale Institution des römischen Rechts, dessen Geist uns innewohnt und das die kleinsten Streitigkeiten mit Gerechtigkeit regelte, ohne im geringsten von der Tatsache berührt zu sein, daß es den Sklaven, das heißt fünf von sechs Menschen, ihr Recht verweigerte. Henri Martin gehört zu jenen Menschen, die keine Juristen sind und die sich plötzlich vor Gericht wiederfinden.

Henri Martin hat seine Rangabzeichen verloren, aber er hat andere dafür gewonnen. Er hat *die* Freiheit verloren, aber *seine* Freiheit bewahrt. Niemand ist jemals freier gewesen als während der Besatzung, sagte Sartre einmal, und das ist richtig, denn während der Besatzung war die Wahl kristallklar, es gab kein Problem. Auch für Henri Martin gibt es kein Problem, außer dem einen, an der Logik seiner Wahl festzuhalten. Unnötig, endlos darüber zu debattieren, Bataillone von Spitzfindigkeiten ins Feld zu führen! Diese Logik ist von der anderen verurteilt worden. Und deshalb bringt dieser Skandal Menschen der verschiedensten Anschauungen zusammen, alle, die die Unterschiede der Freiheit ablehnen, alle, die sich weigern, den Teil für das Ganze zu halten.

Jean-Marie Domenach

Henri Martin, von einem Kriegsgericht zu fünf Jahren Zuchthaus verurteilt, wirft die zentrale Frage unserer Zeit auf: die Frage nach der Verweigerung aus Gewissensnot angesichts der Ungerechtigkeit – und er wirft sie am empfindlichsten Punkt auf, in den Reihen der Armee, von der man zu sagen pflegt, daß ihre Stärke auf der Disziplin beruht und daß sie ihre Angehörigen zu strengem Gehorsam verpflichtet. Diese Frage müssen wir alle ohne politische Voreingenommenheit prüfen, denn sie geht uns alle an.

Der Obermaat Henri Martin ist kein Rekrut, der sich gegen seinen Feldwebel aufgelehnt hat. Er ist Soldat im besten Sinn des Wortes: ein freiwilliger Widerstandskämpfer gegen die Nazis lange vor dem wehrpflichtigen Alter, dann freiwilliger Matrose gegen die Japaner, sieht er sich plötzlich gegen seinen Willen als Kolonialsoldat in Indochina. Dort beginnt das Drama. Er will sein Dienstverhältnis lösen; dreimal lehnt die Behörde ab. Wenn er die Armee verlassen will, so nicht aus Feigheit. Ein Feigling schreibt nicht von Bord eines unter Maschinenbeschuß liegenden Avisos: «Ich hatte das Vergnügen, mehrere Kugeln zu hören, die ziemlich dicht an meinen Ohren vorbeisausten»: nein, das ist der Stil des französischen Helden. Die gleiche Tonart findet man in den Flugblättern wieder, die er verfaßte, als er, mit Gewalt in jener Armee festgehalten, die er nicht mehr anerkannte, *sich ausdrücken* mußte, um frei zu bleiben – in jenen Flugblättern, die der Grund für seine Verurteilung wurden: «Sind wir denn ein Heer von Söldnern, von Sklavenaufsehern, oder sind wir eine Armee der Republik ...? Dieser Krieg läuft der Ehre der Armee und der Gerechtigkeit zuwider ... Die wahre Ehre der Armee der Republik gebietet, sich nicht länger in diesem Kampf gegen die Freiheit des vietnamesischen Volkes zu besudeln.»

Henri Martin stellt nicht eine bestimmte Politik gegen eine andere, sondern die Ehre gegen die Unehre, die Freiheit gegen die Unterdrükkung. Seine Gewissensnot beginnt bei den einfachen Dingen: bei den mit dem Reis der Bauern beladenen Dschunken, die man zu versenken befiehlt; bei den Dörfern, die von der Legion geplündert und in Brand gesteckt werden; bei den Fischern, die von den Flugzeugen zum Spaß beschossen werden, und besonders bei jenem siebenjährigen Jungen, der in einer Dschunke von einer Feuergarbe getroffen wird und auf der Brücke des Avisos seinen sechs Verwundungen erliegt.

«Es widert mich an, das mit anzusehen zu müssen ... Ist das die Zivilisation?» Henri Martin erlebt die Bombardierung von Haiphong, die die zweite Phase des Indochinakriegs einleitet; aus einem geringfügigen Anlaß gibt der Kommandant, der – wie wir heute wissen – Anweisung hatte, ganze Arbeit zu leisten, den Marinebatterien den Befehl, das Feuer auf die Zivilbevölkerung zu eröffnen, die aus der brennenden Stadt flieht. Das alles hat Henri Martin gesehen. Und seine Reaktion ist die eines einfachen Menschen, der sich nicht vorstellen kann, daß eine andere Hautfarbe solche Schandtaten rechtfertigen kann; denn er ist völlig frei von Rassismus, das geht bereits aus seinem ersten Brief hervor. Und dann tauchen andere Überlegungen auf. Er sieht in Saigon arme Kulis, die fünf Piaster am Tag verdienen, «soviel wie ein Pastis kostet»; es sind die gleichen Menschen, die er ein Jahr zuvor in Tourane bei den Vietminh gesehen hatte, wo sie ihr Leben in der Freude über ihre neue Freiheit aufbauten; da ist jener Schütze, der mit einer Kugel in der Hüfte zwei Tage lang weiterkämpft, ohne sich zu ergeben, was Henri Martin sagen läßt – ein schönes Soldatenwort, das der Tapferkeit des Feindes Anerkennung zollt: «Ich glaube, das ist der beste Beweis, daß es Menschen sind wie wir ... Das ist keine Bande von Piraten, sondern ein ganzes Volk, das seine Freiheit will.»

Kaum zwei Jahre nach der Befreiung haben die Anhänger Pétains an Bord des Avisos schon wieder die Oberhand, und das gibt dem ehemaligen Widerstandskämpfer zu denken. Ist diese Armee, die gegen ein *ganzes* Volk kämpft, wirklich noch dieselbe, zu der er sich gemeldet hat, zuerst um sein Land zu befreien, dann um den japanischen Militarismus niederzuwerfen? Diese Zerstörungen, diese Blutbäder dienen nicht den Interessen Frankreichs; sie besudeln den Namen des Vaterlands; sie verhärten nur ein Volk, das sich von einer langen Unterdrückung befreien will. Der Obermaat Henri Martin hat das alles begriffen. Sein Gewissen lehnt sich auf. Aber auch sein gesunder Menschenverstand protestiert: er hat in den Blicken der Vietnamesen gelesen, daß ihr Kampf dem gleichen Ziel dient wie der, den er selbst zwei Jahre zuvor geführt hatte, und daß sie nicht wanken werden; er hat begriffen, was Minister und Generale nicht begreifen konnten oder wollten. Er kann nicht mehr, er will nicht mehr. Er bittet um seine Entlassung aus der Armee, sie wird abgelehnt. Als er dann wieder nach Toulon zurückgekehrt ist, spricht er, schreibt er seinen Protest auf Flugblätter, weil er, wenn er nicht redet, endgültig eingeschlossen, Komplize sein würde.

Niemand kann die Gründe dieses Gewissens anfechten. Es ist, um die Sprache der Theologen zu verwenden, reiflich erleuchtet. Wir haben gesehen, daß Henri Martin weiß, wovon er spricht, er handelt nicht unter einem äußeren Zwang, unter dem Einfluß einer Propaganda; er entscheidet auch nicht nach einer Laune. Seine Erfahrung und seine Überlegungen haben ihn dahin gebracht. Es ist nützlich, an dieser Stelle einen katholischen Theologen zu hören, Pater Dargent: «Das Gewissen ist in bezug auf die Einrichtungen der menschlichen und irdischen Ordnung unabhängig und souverän. Es hängt allein von Gott, von seiner Erleuchtung und von seinen Befehlen ab. Die Urteile der Menschen vermögen nichts über es: es ist keinem Mehrheitsbeschluß unterworfen. *Es kann und soll erleuchtet werden, aber letztlich macht es sich selbst sein Licht, es ist sich selbst sein Gesetz* (vgl. Brief an die Römer, 2,14).» Daß Henri Martin kein Christ ist, bedeutet für die Christen kein Hindernis, ihm wie jedem Menschen ein autonomes Gewissen zuzuerkennen. Das ist ein so wesentlicher Bestandteil unserer religiösen Tradition, daß unsere Moraltheologen selbst dem «irrenden Gewissen» das Recht auf freie Weigerung einräumen: «Wenn das Gewissen nach reiflicher Überlegung bei seiner Weigerung bleibt, dann kann und muß man ihm folgen; man muß jeden Menschen loben, der tut, was er, und sei es zu Unrecht, für seine Pflicht hält.»[30] So müssen auch diejenigen Christen, die Henri Martins Verhalten für «irrend» halten, dieses Gewissen in der freien Erfüllung dessen, was er für seine Pflicht hält, anerkennen und achten.

Man wird einwenden, daß Henri Martin Soldat war und daß ein Soldat nicht gegen die Disziplin der Armee verstoßen darf ...

Der Soldat ist jedoch durch keinen besonderen Akt, der seine Persönlichkeit verändert, an die Armee gebunden. Die Person bewahrt auch in der Armee ihre Grundrechte. Die Armee wird nicht von einem Tabu gelenkt, sondern von Gesetzen, die den anderen Gesetzen wesensgleich sind. Die militärische Autorität steht nicht über den anderen Autoritäten; in unserer republikanischen Gesellschaft ist sie der zivilen Autorität sogar untergeordnet. Das Recht zur Auflehnung gegen die Autorität bleibt also auch in der Armee in seiner Substanz erhalten, selbst wenn der Ausdruck dieser Revolte hier schwieriger ist und teurer bezahlt wird. Das ist völlig klar für Katholiken, die in bestimmten Fällen sogar den Ungehorsam gegenüber dem Papst billigen, der doch für sie eine unendlich höhere Autorität darstellt als die

30 *R. P. Brouillard.*

weltliche Autorität, sei sie ziviler oder militärischer Natur. Dieses Recht auf Einspruch, das gegenüber religiösen Autoritäten Geltung haben kann, gestehen die Katholiken *a fortiori* auch den Soldaten zu. So haben sie zur Zeit des Investiturstreits mehrfach französische Offiziere geehrt, die sich geweigert hatten, Befehle auszuführen, die ihnen vorschrieben, die Türen der Sakristeien aufzubrechen.

Die Freiheit der Weigerung macht vor den Toren der Kasernen nicht halt. Hätte die Kirche sonst so viele Heilige auf ihre Altäre gestellt, die den Dienst mit der Waffe verweigert haben:[31] Maximilian von Theveste; Victrice, den Bischof von Rouen; Martin, den künftigen Bischof von Tours; und in neuerer Zeit den Pfarrer von Ars, der sich mit den Kriegsdienstverweigerern in den Wäldern verborgen hielt. Diese Männer haben den Eintritt in die Armee *bedingungslos* abgelehnt; wieviel mehr muß man nicht einen Angehörigen der Armee loben, der sich weigert, an einem Krieg teilzunehmen, gegen den sich sein Gewissen empört?

In diesem Punkt stimmt das christliche Denken mit den neuen Sitten und Gesetzen überein. Der Internationale Gerichtshof in Nürnberg hat die Entschuldigung der militärischen Disziplin nicht gelten lassen; er hat grundsätzlich festgestellt, daß niemand einen Befehl ausführen darf, der auf Völkermord oder Verbrechen gegen die Menschlichkeit hinausläuft. Und wenn wir so vielen deutschen Soldaten vorwerfen, passiv verbrecherische Weisungen befolgt zu haben, wenn wir die Brandstifter von Oradour vor Gericht stellen, haben wir dann nicht die Pflicht, einen französischen Soldaten günstig zu beurteilen, der sich weigert, Komplize eines ungerechten Krieges zu sein? Sogar das preußische Militärstrafrecht gestattete die Gehorsamsverweigerung, wenn ein Befehl gegen eins der Zehn Gebote Gottes verstieß. Sollten wir hinter die alte Militärtradition zurückgefallen sein und einem Soldaten jene Gewissensfreiheit versagen, auf die wir uns täglich berufen, um zu erklären, daß sie die Grundlage der Demokratie ist, und die vor zehn Jahren in der Tat der Ausgangspunkt unseres Widerstands gegen die Hitlerherrschaft war, obwohl eine französische Obrigkeit sich für sie verbürgte? Vergessen wir doch nicht so schnell unsere jüngste Geschichte. Im Jahre 1940 hat ein General im Namen der Ehre und des nationalen Interesses den Gehorsam verweigert und ist später dafür ausgezeichnet worden. Gewiß, es war ein

31 Siehe hierzu Pierre Lorson, Un chrétien peut-il être objecteur de conscience?, *Paris 1950.*

General, und man sagt uns, daß ein General über das, was er zu tun hat, besser Bescheid weiß als ein einfacher Soldat. Aber sollte der Kastengeist etwa auch das Privileg der Gehorsamsverweigerung für sich beanspruchen? Es gibt freilich klarsehende Generale; aber es gibt auch Marschälle, die sich irren, und es gibt einfache Soldaten, die klarer sehen als die hohen Offiziere. Nicht selten waren es Männer und Frauen aus dem Volk, die am Ansehen verräterischer Autoritäten rüttelten und den Weg der Ehre wiederfanden. Jeanne d'Arc, gegen den Willen von Generalen und Bischöfen eine Heldin und Heilige geworden, ist in Frankreich die höchste Verkörperung des vaterländischen Soldaten.

Indem wir Henri Martin verteidigen, verteidigen wir die Ehre der französischen Armee. Das muß einmal gesagt werden. Damit beleidigen wir keineswegs die Franzosen, die dort unten kämpfen. Wenige von ihnen sind verantwortlich für die Grausamkeiten, die Henri Martin angewidert haben. Aber alle sind an diesem höchst ungerechten Krieg gegen ein Volk beteiligt, das seine Unabhängigkeit will. Die meisten wissen nichts davon; sie glauben ihre Pflicht als Soldaten zu erfüllen. Unter ihnen befinden sich Kameraden, zuweilen ehemalige Widerstandskämpfer, die vor zehn Jahren an unserer Seite kämpften. Manche glauben an die Gründe, die man ihnen nennt; andere gehorchen einfach; wieder andere sind innerlich zerrissen, glauben jedoch, daß sie nicht fähig sind, Henri Martins Tat guten Gewissens zu wiederholen. Diese Männer gehören zu unserer nationalen Gemeinschaft; sie müssen wissen, daß Henri Martin nicht an einem Sabotageakt teilgenommen hat, der gegen sie gerichtet war. Wir wollen ihren Kampf gewiß nicht rechtfertigen; wir beklagen auch die Toten des Gegners; aber Henri Martins Tat war nicht gegen sie gerichtet; sie war ein Appell an das Gewissen aller Franzosen, in erster Linie an uns, die wir noch die Möglichkeit haben, laut zu verkünden, daß dieser Krieg schädlich ist, ohne deshalb vor ein Militärgericht gestellt zu werden. Der Mut der französischen Soldaten in Indochina darf unseren Ministern nicht als Alibi dienen. Unsere Form des Muts wird darin bestehen, unermüdlich die Wahrheit zu sagen. Seit sechs Jahren wiederholen wir, daß dieser Krieg, der gegen ein ganzes Volk geführt wird, kein Ende finden wird, solange man diesem Volk sein Recht aberkennt. Haben jene, die uns unter dem Vorwand, wir achteten die kämpfenden Soldaten nicht, zum Schweigen bringen wollen, etwa Achtung vor ihnen gehabt, sie, die seit sechs Jahren den Sieg versprechen, die seit sechs Jahren lügen, indem sie öffentlich einen Krieg predigen, den sie insgeheim als ausweglos erkennen, während man einen ehrenvollen Frieden schließen und damit Tausende von Menschenleben retten könnte? Ja, es zerreißt uns das Herz, sooft wir an die französischen Soldaten denken, die in einem mörderischen Bruderkrieg verbluten. Aber nicht wir sind es, von denen dieses Blut dereinst zurückgefordert wird.

Indem wir Henri Martin verteidigen, verteidigen wir auch unser Recht auf Kriegsdienstverweigerung aus Gewissensgründen, das heißt die Freiheit, uns nicht von irgendwem und für irgend etwas zur Schlachtbank führen zu lassen. Ständig hören wir, daß die Kriege ihren nationalen Charakter verlieren; heute mobilisiert die Ideologie, und mitunter gegen die Nation. In Deutschland will man auf diese Weise Männer für den Dienst an einer fremden Sache einziehen; was wird, wenn man uns Franzosen aufruft, an der Seite oder gar unter dem Befehl ehemaliger Hitlergenerale zu marschieren? Wird man dann gegen die Verweigerer dasselbe Argument nationaler Solidarität anführen, das man heute gegen Henri Martin verwendet? Übrigens zu Unrecht, da es jetzt amtlich feststeht, daß dieser Krieg in Indochina nicht gegen einen Feind Frankreichs geführt wird, sondern gegen den «internationalen Kommunismus», der schon deshalb kein Feind aller Franzosen sein kann, weil ein Viertel der Bevölkerung für die Kommunistische Partei gestimmt hat. Es ist Aufgabe der öffentlichen Meinung und der führenden Politiker Frankreichs, dafür zu sorgen, daß solche Fragen nicht gestellt zu werden brauchen, damit sie nicht ebenso exemplarische, aber auch ebenso schwerwiegende und gefährliche Antworten herausfordern. Bedenken wir, daß es hier nicht nur um den Fall eines Menschen, einer Politik, nicht einmal eines Kriegs geht, sondern um die Zukunft unserer nationalen Gemeinschaft und um das Schicksal unserer Zivilisation. Wie ein französischer Hauptmann uns einmal schrieb: «Die kleine Zahl möglicher Gewissenskonflikte wird am Ende ebenso über eine Zivilisation entscheiden wie die möglichst große Zahl derer, die sie heroisch lösen.»

Marc Beigbeder
Ein Held des gesunden Menschenverstands

Gennevillers, 18. Dezember 1952

Henri Martin ist das Opfer einer Rechtsverweigerung jener Militärjustiz geworden, deren sich eine in den letzten Zügen liegende Regierung und Gesellschaft jetzt gegen die gewählten Vertreter und Beauftragten des Volkswillens bedienen möchten. Alle, die diesen Fall aufmerksam verfolgt haben, sind trotz ihrer unterschiedlichen politischen oder religiösen Anschauungen zu der gleichen entrüsteten Feststellung gelangt: selbst wenn man zugibt, daß ein Verstoß gegen das Gesetz vorliegt, kann es sich allenfalls um ein Vergehen handeln, und die Strafe, die man gegen ihn verhängt hat, steht in gar keinem Verhältnis zu der begangenen Straftat, begangen zudem von einem jungen Mann, dessen Aufrichtigkeit und mutige Vergangenheit niemand in Zweifel zu ziehen wagt. Ich füge hinzu, daß ich persönlich der Meinung bin – wie viele andere auch –, daß sich Henri Martin mit der Verbreitung seiner Ideen innerhalb der Armee, deren Autorität er (wider Willen) noch unterstand, auch nicht des geringsten Vergehens schuldig gemacht hat. In meinen Augen hat er vielmehr im höchsten Grade seine Pflicht als Mensch und Staatsbürger erfüllt. Daher fordere ich mit meiner Bitte um eine Begnadigung nicht eine Vergünstigung, sondern einen Akt der Gerechtigkeit. Es geht nur darum, Henri Martin das zurückzugeben, was man ihm ungerechterweise genommen hat: die Freiheit. Ich würde auch sagen: die Ehre, wenn man sie ihm hätte nehmen können. Doch indem die Richter die ihre einbüßten, haben sie die seine nur vergrößert.

Weil Henri Martin gesagt, geschrieben und anderen mitgeteilt hat, wie er über den Krieg in Indochina dachte, ist er so hart bestraft worden. Dabei hat er nichts geäußert, was nicht vollkommen richtig, wahr, notwendig war. Strafbar haben sich jene gemacht, die Frankreich in dieses finstere Abenteuer gestürzt haben, das, wie heute jeder weiß, vermeidbar gewesen wäre und dessen Ende für uns noch schlimmer sein wird als sein Anfang. Strafbar haben sich jene gemacht, die so viele junge Franzosen für fremde und schmutzige Interessen in den Tod geschickt haben. Strafbar haben sich jene gemacht, die unsere Soldaten der Schande preisgaben, als sie sie zu Mördern machten. Strafbar haben sich jene gemacht – und sie werden ihrer gerechten Strafe nicht entgehen, wenn die Justiz erst gereinigt sein wird –, die unsere Fahne der Freiheit und Gerechtigkeit mit Blut befleckt haben und die fortfahren, unser Land für ein so leichtfertiges Unternehmen zu ruinieren, auszubluten und zu entehren, trotz den Warnungen, trotz dem Widerstand vieler hellsichtiger Bürger, trotz den immer noch bestehenden Möglichkeiten einer friedlichen Regelung, die sie jedoch in ihrer sklavischen Unterwerfung nicht zu ergreifen vermögen.

Unter all denen, die das Verdienst haben, den Betrug und das Verbrechen zu brandmarken, erstrahlt Henri Martin in besonderem Glanz. Das liegt einerseits an dem schmachvollen Preis, den er für seine Offenheit zahlen mußte, an der Hartnäckigkeit, mit der man ihn verfolgt hat, an seiner gegenwärtigen Situation als Märtyrer. Aber es liegt auch, ohne daß wir damit das Verdienst der anderen schmälern wollen, an der Tatsache, daß sein Verhalten die spontane Reaktion eines absolut persönlichen Gewissens war. Er hat die Wahrheit selbst gefunden. Pascal entdeckte schon als Kind – es ist viel Aufhebens davon gemacht worden – ohne fremde Hilfe einige Grundsätze der Geometrie. In einem Korps in Indochina auf sich selbst gestellt, entdeckt der Matrose Henri Martin eine weit bedeutsamere Geometrie: die menschliche Geometrie. Um sie zu finden, braucht man in Wahrheit nur die Augen zu öffnen. Freilich muß man gute Augen haben und den Mut, sie zu öffnen. Henri Martins Briefe an seine Angehörigen zeigen deutlich, welch bewundernswerten Blick er besaß. Es genügt, diese Briefe zu lesen, um zu erkennen, daß keine noch so ausgezeichnete vorgefaßte Meinung ihn beeinflußt hat. Nur die harten Tatsachen haben ihn gelehrt, was er später edel den anderen hat mitteilen wollen.

Nach der Feuertaufe im Widerstandskampf kommt Henri Martin nach Indochina, um die Japaner zu vertreiben; aber er findet einen anderen Krieg vor. An alltäglichen, ebenso furchtbaren wie deutlichen Zeichen muß er erkennen, daß die Vietminh, gegen die er kämpfen muß, freie Menschen sind, Patrioten, jenem Kämpfer so ähnlich, der er selbst in Frankreich gewesen war. Er sieht, daß die Methoden, mit denen man versucht, ihren nationalen Widerstand zu brechen, barbarische Methoden sind; daß man in Hitlers Manier über die Zivilbevölkerung herfällt, mit Napalmbomben, mit Massakern wie in Oradour, mit willkürlichen Hinrichtungen. Er begreift außerdem, nur weil er die Augen weit offenhält, daß man durch diese Methoden ein widerwärtiges und nicht zu rechtfertigendes Ausbeutungssystem aufrechterhalten will, das nur einer schamlosen Minderheit nützt. Es ist erstaunlich, wie er aus unmittelbarer Erfahrung nach Marx – wie

Marx! – das eherne Gesetz des Kapitalismus entdeckt. Er stellt fest, daß die Hungersnot, der Tausende von Indochinesen zum Opfer gefallen sind, schlicht und einfach von Großhändlern und Spekulanten hervorgerufen worden ist, die auf einen günstigeren Moment warteten, um den Reis zu Wucherpreisen zu verkaufen. Diese Industriellen, die sich, gedeckt durch die Gesetze und das System, am Elend bereichern, nennt Henri Martin bei ihrem wahren Namen: Mörder.

Man könnte meinen, daß diese Briefe an seine Angehörigen in ihrem schlichten Ton ihn als einen großen Reporter, einen ausgezeichneten Beobachter ausweisen, hätten die Reportage und die Beobachtung nicht jenen hohen Preis erhalten; wäre Henri Martin, nachdem er alles gesehen und seine Schlußfolgerungen gezogen hatte und dennoch ein hervorragender Soldat geblieben war, nicht weiter gegangen; hätte er, nachdem er dreimal die Lösung seines Dienstverhältnisses beantragt hatte, nach seiner Rückkehr nicht einen männlichen Entschluß gefaßt: den Mord anzuprangern.

Und nun möchte man, daß wir uns enthalten, diesen jungen Menschen zu verteidigen, der sich so mutig erhoben und die volle Verantwortung – auch unsere – auf sich genommen hat und dem unsere Bewunderung gilt. Denn hier hat sich ja bekanntlich die Erpressung eingeschlichen. Allerdings beginnt man im Dämmerlicht der Vorzimmer langsam einzusehen, daß seine Strafe ein Skandal ist. Aber, so sagt man uns, und dieses *man* bezeichnet die höchste Persönlichkeit des Staates, den Präsidenten der Republik, in dessen Händen das Gnadenrecht liegt; aber, so sagt dieses *man*, ich kann wegen dieser Kampagne, die zu seinen Gunsten geführt wird, nichts tun. Die Scheinheiligkeit dieses *man* würde uns zum Lachen bringen, wenn sie nicht zum Weinen wäre. Denn, ich bitte Sie, unser *man* hätte wohl bis heute nicht das Gefühl, daß seine Justiz für einen Skandal gesorgt hat, wenn nicht so viele Menschen, an der Spitze die Kommunisten, gewiß, aber nach ihnen auch viele andere, so aufgebracht gewesen wären, wenn sie nicht mit so glühendem Eifer für Henri Martin demonstriert und Bittschriften eingereicht hätten. Erst die Kampagne für Henri Martin hat den Skandal ans Licht gebracht, hat Henri Martin eine Chance gegeben, daß er nicht nur seine Freiheit wiedererlangt, sondern daß seine Tat gebührend gewürdigt wird; denn wir wissen: dank einem abgekarteten Spiel und den Machenschaften einer hörigen Presse hätte man ihn gern zum Saboteur gestempelt! Erst die Kampagne zugunsten Henri Martins hat die Lauterkeit seines Tuns und seines Verhaltens, die man zu trüben hoffte, klar erkennen lassen; und ihr allein ist es zu danken, daß man sich heute höheren Orts gezwungen sieht, sich über die Ungerechtigkeit ein paar Gedanken zu machen. Nur die Fortsetzung dieser Kampagne, ihre Verschärfung wird die volle Gerechtigkeit erzwingen können. Wenn man heute in Frankreich vorankommen will, muß der Wagen die Ochsen schieben.

Zur Zeit des Dreyfusprozesses konnte man vermutlich in offiziellen Kreisen ebenfalls hören: «Ach, wenn nur die Dreyfusanhänger nicht wären!» Aber wenn die Dreyfusanhänger, und allen voran Zola, nicht gewesen wären, dann wäre Dreyfus im Kerker gestorben, denn die Dreyfusgegner, die offiziellen Kreise, hätten ihn bestimmt nicht herausgeholt. Vermutlich hat man damals auch gesagt: «Aber wenn wir Dreyfus begnadigen, wenn wir ihn freilassen, ist das ein Triumph für die Dreyfusanhänger.» Und in der Tat waren die Begnadigung von Dreyfus und die Wiederaufnahme seines Prozesses ein Triumph der Dreyfusanhänger, der Triumph ihrer Sache, der Triumph der Gerechtigkeit und der Wahrheit. Man kann doch nicht erwarten, daß, wenn man eine Ungerechtigkeit begangen hat, am Ende nicht diejenigen, die sie angeprangert hatten, im Recht sind, da doch tatsächlich das Recht auf ihrer Seite stand. Heute haben ganz fraglos jene recht, die Henri Martin verteidigen: man muß ihnen gewähren, was sie verlangen, will man nicht nur diese Menschen, sondern auch das Recht weiterhin gegen sich haben.

Das Gericht hat die Anklage wegen Sabotage gegen Henri Martin fallengelassen. Er ist zu fünf Jahren Zuchthaus verurteilt worden, nur weil er im Marinearsenal von Toulon Flugblätter verteilt hat. Ein Vergehen, für das er zwei Wochen, im Höchstfall einen Monat Gefängnis verdiente. Statt dessen hat er fünf Jahre Einzelhaft erhalten. Es liegt also auf der Hand, daß man ihn, obwohl man sich zu der Einsicht bequemen mußte, daß er mit der Sabotage nichts zu tun hatte, verurteilt hat, *als ob* er moralisch dafür verantwortlich wäre, und auch weil man glauben wollte, er habe bei der Abfassung seiner Flugblätter auf Befehl der Kommunistischen Partei gehandelt.

Doch sein Flugblatt war ein Aufschrei seines Gewissens. Damit stellt sich die Frage nach der Uniform. Muß das Gewissen abdanken, sobald es sie angezogen hat? Muß man immer und ewig gehorchen und schweigen? Was werfen wir den Deutschen denn anderes vor als eben diese grenzenlose Unterwürfigkeit, die gemeine Feigheit eines Kadavergehorsams, der nach Buchenwald und Oradour führt? Henri Martin hat den Mut gehabt, seine Stimme zu erheben, obwohl die Uniform es ihm verbot, um eine Wahrheit zu verkünden, deren Zeuge er gewesen ist, eine Wahrheit, die durch viele andere Zeugnisse bestätigt worden ist. Man kann über sein Zeugnis diskutieren. Man kann es ablehnen. Aber die Tatsache, daß man es als Verbrechen verurteilt, zwingt uns, an der Unparteilichkeit der Richter zu zweifeln und darauf hinzuweisen, daß mit dieser Affäre eine dreifache Frage an das Gewissen der Christen gestellt ist.

Die Frage, die Henri Martin selbst in bezug auf den Krieg in Indochina stellt.

Die Frage, die uns eine durch politische Vorurteile beeinträchtigte Justiz stellt.

Und schließlich die Frage nach der Verantwortung des Menschen in Uniform. Nicht immer hat die militärische Knechtschaft auch ihre Größe. Sie kann auch Schande mit sich bringen. Die Größe des Menschen liegt allein in seinem Gehorsam gegenüber Jesus Christus, gleich welches Gewand er trägt und welches Amt er bekleidet.

V

Vercors antwortet Prévert

Vercors
Die Sümpfe des Schweigens

Der Angeklagte, Oberleutnant Werner von Ebrennac, neigte den Kopf und sagte: «Das ist richtig.»

Oberst von Strapp räusperte sich leise, bevor er fortfuhr:

«Sie haben geschrieben (er zog einen Brief aus dem Aktenbündel): ‹Es geht nicht darum, zusammen mit Frankreich ein glückliches Europa aufzubauen, sondern nur um eine Vernunftehe. Es geht um die Zerstörung einer alten und bewundernswerten Kultur, um die schamlose Unterwerfung eines stolzen Volks. Dazu bin ich nicht in den Krieg gezogen.› Das sind Ihre eigenen Worte.»

«Ja.»

«Sie haben sie nicht nur an einen sehr großen Personenkreis geschrieben, Sie haben sie zu wiederholten Malen auch vor Ihren Kameraden in der Offiziersmesse geäußert.»

«So ist es.»

«Was erhofften Sie sich von dieser ... Propaganda?»

«Das Gewissen der Besten wachzurütteln. Und mit der Zeit vielleicht auch das Gewissen so vieler Menschen, daß wir daran denken könnten, den Lauf der Dinge zu verändern, diesen verbrecherischen Krieg zu beenden.»

Oberst von Strapp schwieg. Er saß hinter seinem Tisch, ein wenig vorgebeugt, ein wenig zusammengesunken, wie ein sehr müder Mann. Schließlich hob er die Augen.

«Und das werden Sie Ihren Richtern sagen?»

«Gewiß.»

«Man wird Sie verurteilen. Vielleicht zum Tode.»

Zum erstenmal seit vielen Tagen lächelte Werner von Ebrennac.

«Wenigstens wird Deutschland dann einen Zeugen gehabt haben», sagte er.

Oberst von Strapp schlug mit der Faust auf den Schreibtisch.

«Das ist eine Unverschämtheit», sagte er.

Er hatte sich wieder aufgerichtet, und sein Gesicht war bleich.

«Sie sind Soldat!» erinnerte er.

«Ich habe es nicht vergessen», sagte Werner. «Auch nicht, daß die alte preußische Armee ...»

«Lassen Sie das!» befahl Oberst von Strapp so erregt, daß sein Mund sich ein wenig verzog.

Werner blickte seinem Inquisitor ruhig ins Gesicht. Der Oberst schlug die Augen nieder.

Er hustete von neuem und sagte:

«Auch ich liebe Frankreich.»

Sein Blick traf auf das noch immer unbewegliche Gesicht Werners, über das für eine Sekunde ein zärtliches und trauriges Leuchten huschte.

«Allerdings», sagte von Strapp. «Zweifellos nicht weniger als Sie. Jeden Urlaub habe ich dort verbracht. Sie können mich nach den Namen aller Felsen der Bretagne, nach jeder Blume der Causses oder der Sevennen fragen.»

Und in verändertem Ton fügte er mit kaum verhohlener Anstrengung hinzu:

«Ich erinnere mich sogar genau an den kleinen Bahnhof von Asq, wo unsere Soldaten ... Ja, Herr Oberleutnant, ja, wo sie alle Männer der Stadt ermordet haben, alle, die jungen wie die alten, und auch die Kinder.»

«Sicher wollen Sie damit sagen: es ist eben Krieg.»

«Nein.»

Oberst von Strapp schüttelte langsam den Kopf, um seine Verneinung zu unterstreichen.

«Auch ich denke darüber wie Sie: der Krieg entschuldigt diese Verbrechen nicht.»

Werner sagte nichts. Er gab lediglich zu erkennen, daß er wartete.

«Aber wir sind Soldaten. Soldaten in einer Armee, die Deutschland verteidigt. Wir haben nicht das Recht, schwach zu werden ...»

«Verzeihung», unterbrach ihn Werner.

Von Strapp verstummte, ein wenig außer Atem. Werner verbeugte sich als Zeichen der Entschuldigung. Doch dann fuhr er fort:

«Verzeihung. Deutschland verteidigt sich nicht. Es wird nicht überfallen. Vielmehr stehen unsere Truppen am Fuß der Pyrenäen.»

«Aber wenn Deutschland den Kampf einstellte ...»

«Auch dann brauchte es sich nicht zu verteidigen, wenn es den anderen wirklich Frieden und Gerechtigkeit brächte. Und Gerechtigkeit, Herr Oberst. Wenn es ihnen Gewalt und Verbrechen bringt, wird es Gewalt und Bestrafung ernten.»

«Eine absurde Vermutung. Wir sind überall die Sieger.»

«Ja ... Amerika zaudert noch.»

«Sie ziehen den Endsieg unserer Waffen in Zweifel?»

«Das tut wenig zur Sache.»

«Wie bitte?»

«Jeder ungerechte Sieg wird eines Tages mit Blut bezahlt. Das wissen Sie sehr genau, Herr Oberst.»

«Sie erklären, daß der deutsche Sieg ungerecht sein wird?»

«Ist es gerecht, Frankreich zu zerstören? Ist es gerecht, es zu versklaven?»

«Wer spricht denn davon? Wir werden Frankreich zu einem Bundesgenossen machen.»

«Herr Oberst!»

Von Strapp errötete heftig, so deutlich drückte Werners Gesicht spöttischen Tadel aus.

«Die Politik des Reichs ist Sache seiner Regierung», brüllte er. «Wir sind Soldaten. Wir haben kein Recht, diese Politik zu kritisieren, noch weniger, sie zu verurteilen. Wer sind Sie, daß Sie es wagen können?»

«Ein Deutscher, Herr Oberst. Ein Deutscher, der sein Vaterland liebt und der es bewundern möchte, statt sich seiner schämen zu müssen.»

«Deutschland ist erhaben über die Scham, die ein Oberleutnant zu empfinden wagt.»

«Nicht, wenn er allein bleibt.»

«Was soll das heißen?»

«Daß die Scham ganz Deutschland überschwemmen wird, die Scham, die die Welt über unsere Frevel empfinden wird, wenn ein kleiner unbekannter Offizier der einzige bleibt, der sie empfindet und sie für sich behält.»

«Wir werden der Welt keine Zeit lassen, darüber zu urteilen.»

«Sie sind sich ihrer Stärke sehr sicher.»

«Sie zeigt sich deutlich genug, scheint mir.»

«Längst nicht genug, Herr Oberst. Die Ungerechtigkeit ist ein lebendiger Samen. Der Stiefel der Armeen tritt ihn in die Erde, aber im Frühjahr wird er aufgehen und das Erdreich mit rächenden Stacheln bedecken.»

«Bei Gott, man könnte meinen, Sie wünschen es!»

«Keineswegs, Herr Oberst! Ich wünsche Frieden und Gerechtigkeit. Ich wünsche, daß Deutschland Frankreich Frieden und Gerechtigkeit bringt. Ich wünsche, daß es seine Verbrechen einstellt, daß es nicht tiefer in dem Morast eines ungerechten Krieges versinkt, in dem es untergehen wird.»

«Es wird untergehen, wenn Menschen wie Sie Unruhe in die Reihen seiner Armee tragen. Der Verbrecher sind Sie. Aber wir werden Ihnen das Handwerk legen.»

«Verurteilen Sie mich und richten Sie Deutschland zugrunde.»

«Wir werden Sie verurteilen, um Deutschland zu retten. Abführen!»

Anhang

An den Präsidenten
der Liga für Menschenrechte

29. Oktober 1951

Sehr geehrter Herr Präsident,
als Verteidiger von Henri Martin, der vom Seekriegsgericht in Brest wegen «Teilnahme an einem Unternehmen zur Demoralisierung der Armee» zu fünf Jahren Zuchthaus verurteilt wurde und gegenwärtig im Zentralgefängnis von Melun seine Strafe verbüßt, halte ich es für meine Pflicht, Ihnen einige Überlegungen rein juristischer Art zu unterbreiten, die mir Ihre Aufmerksamkeit zu verdienen und Ihre Intervention zu rechtfertigen scheinen.

Zweifellos kennen Sie den Sachverhalt: am 13. März 1950 wurde der Obermaat Henri Martin in Toulon verhaftet. Ihm wurde vorgeworfen, er habe in den letzten Monaten vor seiner Verhaftung eine Anzahl von Flugblättern verteilt, die er als sein geistiges Eigentum anerkannte und in denen er den verfassungswidrigen, ungerechten und grausamen Charakter des Kriegs in Indochina anprangerte (ich übergehe einen zweiten Anklagepunkt, die Beschuldigung der Mitwisserschaft bei einem Sabotageversuch an Bord eines Kriegsschiffes, da sie vom Seekriegsgericht in Toulon endgültig fallengelassen worden ist).

Es steht außer Zweifel, daß das Verteilen von Flugblättern, selbst an Bord von Kriegsschiffen, vor dem Krieg dem Täter, abgesehen von möglichen Disziplinarstrafen, nur eine einfache Anklage wegen Anstiftung von Soldaten zum Ungehorsam eingetragen hätte, das heißt wegen eines *Vergehens*, für das der Artikel 25 des Pressegesetzes vom 29. Juli 1881 eine Strafe von einem bis fünf Jahren Gefängnis vorsieht.

Unter den gegebenen Umständen sah sich Henri Martin des Verbrechens der «Teilnahme an einem Unternehmen zur Demoralisierung der Armee mit dem Ziel, die Nationale Verteidigung zu gefährden», beschuldigt, eines Verbrechens, das auf Grund des Art. 76 des Strafgesetzbuchs mit zehn Jahren Zuchthaus bestraft wird.

War eine solche Anklage juristisch möglich?

Um möglich zu sein, hätte in erster Linie der Nachweis eines «Unternehmens» zur Demoralisierung der Armee – eines «Unternehmens», das notwendigerweise eine Anzahl gemeinsamer Anstrengungen mehrerer Personen voraussetzt – erbracht werden müssen. Doch das ist in keiner Weise geschehen, denn diesen Beweis hat die Anklagevertretung nicht nur nicht erbracht, sondern auch niemals zu erbringen versucht, und Martin ist der einzige, der dieses Verbrechens angeklagt wurde. Angenommen, dieser Beweis wäre geführt worden, so hätte das nur in der inneren Überzeugung der Richter durch ihre persönliche Meinung oder durch aktenfremdes Material geschehen können, was offenkundig gesetzwidrig wäre.

Desgleichen hätte der Beweis erbracht werden müssen, daß Henri Martins Tätigkeit das Ziel verfolgte, die Nationale Verteidigung zu gefährden.

Wer aber wagt heute noch ernsthaft zu behaupten, daß der Krieg in Indochina, gegen den Henri Martins Propaganda ausschließlich gerichtet war, irgend etwas mit der Verteidigung unseres Territoriums zu tun hat? Hat nicht Herr Daladier selbst – nach Paul Reynaud, nach General de Lattre de Tassigny und vielen anderen offiziellen Persönlichkeiten – unlängst auf dem Kongreß der Radikalsozialistischen Partei in Lyon verkündet: «Die vietnamesische Nationalarmee muß zum großen Teil das französische Expeditionskorps ablösen, *das für allgemeine Interessen kämpft, aber zu keinem Zeitpunkt die wirtschaftlichen und politischen Interessen Frankreichs vertritt.*» (*Le Monde*, 28./29. Oktober 1951)

Da keine der beiden für die Anwendung des Gesetzes vom 11. März 1950 erforderlichen Grundvoraussetzungen erfüllt war, stand die gegen Henri Martin auf Grund dieses Textes erhobene Anklage also auf schwachen Füßen, wenn sie nicht sogar juristisch unmöglich war.

Aber ich glaube, noch weitergehen und erklären zu können, daß die Bestimmungen des Gesetzes vom 11. März 1950 unter keinen Umständen auf Henri Martin anwendbar waren.

Wie Sie wissen, wird unser Recht von einem großen Prinzip geleitet, dem Prinzip der nicht rückwirkenden Kraft der Strafgesetze. Es erhebt sich also die Frage, ob das Gesetz vom 11. März 1950, das am 14. März nach Toulon gelangte, auf die Henri Martin zur Last gelegten Taten, die vor diesem Zeitpunkt begangen wurden, anwendbar war.

Die Antwort auf diese erste Frage ist einfach: das Gesetz vom 11. März 1950 wäre nur dann anwendbar gewesen, wenn es eine im Vergleich zur älteren Gesetzgebung mildere Strafe angedroht hätte.

Das trifft jedoch in diesem Fall nicht zu, denn das Gesetz vom 11. März 1950 stellt eine Änderung und Ergänzung des Art. 76 des Strafgesetzbuchs dar, der in seiner ursprünglichen Fassung lediglich das Unterhalten von Beziehungen zu ausländischen Mächten mit dem Vorsatz, einen Krieg gegen Frankreich herbeizuführen, unter Strafe stellte. Das Verbrechen der Teilnahme an einem Unternehmen zur Demoralisierung der Armee ist folglich ein ganz neues Verbrechen, das mit neuen Strafen belegt wird, von denen sich unmöglich behaupten läßt, sie seien milder als die früheren.

Es ist richtig, daß die Bestimmungen des Art. 76 des Strafgesetzbuchs – gemäß der These der Anklage – durch die Notverordnungen vom 29. Juli 1939 und 9. April 1940 auf Grund des Gesetzes vom 19. März 1939 verändert und ergänzt worden sind und daß diese Verordnungen das Verbrechen, das Henri Martin zur Last gelegt wird, bereits begründen und mit der Todesstrafe bedrohen.

Aber diese Verordnungen sind heute hinfällig; sie haben keine Gesetzeskraft mehr, und das war schon zu dem Zeitpunkt der Fall, als der Angeklagte die ihm zur Last gelegten Taten beging.

Sicher erinnern Sie sich, unter welchen Bedingungen die Kammern des Parlaments am 19. März 1939 ihr Privileg der Gesetzgebung in die Hände der Exekutive legten. Sie verzichteten auf ihre Vorrechte, um dem Ministerrat die Sorge für die Gesetzgebung zu überlassen. Dennoch knüpfte sie an diesen Verzicht zwei Bedingungen: 1. daß die von der Regierung beschlossenen Gesetzestexte sich einzig auf die Interessen der Nationalen Verteidigung bezögen; 2. daß sie den Kammern vor dem 31. Dezember 1939 zur Unterzeichnung vorgelegt werden sollten.

Wir haben bereits gesehen, was man im Fall Henri Martins von dem Vorwurf zu halten hat, seine Tätigkeit habe die Interessen der Nationalen Verteidigung gefährdet. Hat doch Herr Daladier, der Urheber der Notverordnungen von 1939, am 27. Oktober dieses Jahres selbst erklärt, daß das Expeditionskorps zu keinem Zeitpunkt für die Interessen Frankreichs gekämpft habe.

Bleibt noch die Prüfung der Frage, ob die zweite Bedingung, die das Parlament für die Gültigkeit der Notverordnungen von 1939 gestellt hatte, erfüllt worden sind, das heißt, ob diese Notverordnungen den Kammern vor dem 31. Dezember 1939 zur Ratifizierung vorgelegen haben.

Nun – und das ist eine Tatsache, die niemand bestreitet –, diese Ratifizierung ist niemals erfolgt. Mehr noch, die Verordnung vom 9. April 1940, die das Verbrechen der Teilnahme an einem Unternehmen zur Demoralisierung der Armee begründete, ist erst nach Ablauf der von der Versammlung durch das Gesetz über die Abtretung ihrer Rechte festgesetzten Frist erlassen worden.

Es wäre müßig zu behaupten, wie es der Kassationsgerichtshof in einem Urteil vom 31. Mai 1951 und nach ihm das Seekriegsgericht in Brest getan haben, daß die Notverordnungen so lange in Kraft bleiben, bis der Gesetzgeber sie ausdrücklich aufhebt, denn es war ja gerade der Gesetzgeber, der die Notwendigkeit einer Ratifizierung innerhalb einer bestimmten Frist angeordnet und die dem Ministerrat übertragenen Sondervollmachten zeitlich begrenzt hat.

Die Annahme, daß die Rechtskraft dieser Verordnungen nicht notwendig von der fristgemäßen Erfüllung der «Formalität» der Ratifizierung abhängig gewesen sei und daß man das Schweigen des Parlaments als stillschweigende Ratifizierung betrachten könne, ist eine seit der Verfassung von 1946 nicht mehr aufrechtzuerhaltende These. Diese Verfassung verurteilt nämlich in feierlicher Form «die fehlerhafte Praxis der Notverordnungen», und diese Verurteilung kann nur als Ausdruck des Willens zur Nichtratifizierung der früheren Notverordnungen, einschließlich der vom 20. Juli 1939 und vom 9. April 1940 angesehen werden. So daß diese Verordnungen keine Rechtskraft mehr haben, daß sie hinfällig sind und daß es das Verbrechen der Teilnahme an einem Unternehmen zur Demoralisierung der Armee erst seit dem Gesetz vom 11. März 1950 gibt, das heißt seit einem Zeitpunkt, der später liegt als die Henri Martin zur Last gelegte Tat.

Ich hielt es für meine Pflicht, Ihnen, Herr Präsident, diese Überlegungen mitzuteilen, und ich hoffe, daß sie der Aufmerksamkeit der Liga für Menschenrechte nicht entgehen und somit zur Freilassung eines Menschen beitragen werden, der nach meiner Meinung zu Unrecht bestraft worden ist.

Mit vorzüglicher Hochachtung ...

An den Präsidenten der Republik
Herrn Vincent Auriol

Sehr geehrter Herr Präsident,
als Juristen, denen die Wahrung von Recht und Gesetz obliegt, sind wir erschüttert über die vom Seekriegsgericht in Brest am 19. Juli 1951 gegen den Obermaat Henri Martin verhängte fünfjährige Zuchthausstrafe.

Nach sorgfältiger Prüfung des Sachverhalts, wie er aus dem Wortlaut des Strafurteils hervorgeht, wenden wir uns an Sie, den ersten Beamten der Republik und – woran zu erinnern wir nicht versäumen möchten – unseren Amtskollegen von der Anwaltschaft in Paris.

Ursprünglich der Mitwisserschaft bei einem Sabotageversuch angeklagt, wurde Henri Martin vom Seekriegsgericht in Toulon von dieser Anklage freigesprochen.

Nach Aufhebung des Urteils von Toulon ließ der Staatsanwalt beim Seekriegsgericht in Brest diesen Anklagepunkt endgültig fallen.

Die einzige Henri Martin zur Last gelegte Straftat bestand in dem Verteilen von Flugblättern, eine Tat, für die er mit einer ungewöhnlich schweren Strafe belegt worden ist.

Im allgemeinen wenden die Strafkammern und Berufungsgerichte in Übereinstimmung mit der ständigen Rechtsprechung in solchen Fällen das Gesetz «über die Pressefreiheit» vom 29. Juli 1881 an und verhängen Strafen, die wenige Wochen Gefängnis nicht überschreiten, und gewähren häufig sogar Strafaufschub oder Straferlaß, die sich auf das Prinzip der Denk- und Meinungsfreiheit gründen.

Dreißig französische Universitätsangehörige haben es daher als ihre Pflicht angesehen, in einem von ihnen unterzeichneten Appell zu erklären, daß diese Verurteilung zumindest in einem Mißverhältnis zu der erhobenen Anklage steht und daß dieses Mißverhältnis auf jeden Fall eine Ungerechtigkeit darstellt, die niemanden gleichgültig lassen kann.

Während Tausende von Kollaborateuren auf freien Fuß gesetzt worden sind, befindet sich Henri Martin, dieser vorbildliche Kämpfer, der sich schon als Siebzehnjähriger freiwillig den Freien Französischen Streitkräften angeschlossen hat, seit dem 14. März 1950 in verschärfter Haft, nachdem er bereits fast die Hälfte seiner Strafe verbüßt hat.

Sein Gesundheitszustand gibt zu ernster Besorgnis Anlaß.

Daher wollen wir, sehr geehrter Herr Präsident, den Nationalfeiertag der Freiheit nicht verstreichen lassen, ohne Sie zu bitten, mit der Freilassung von Henri Martin einen Akt der Menschlichkeit und der Gerechtigkeit zu vollziehen.

Mit diesem Schritt machen wir uns zu den Dolmetschern derjenigen unserer Kollegen, die sich, alarmiert durch die eingehende Studie, die wir diesem Brief beifügen, bereits zugunsten einer solchen Maßnahme ausgesprochen haben.

Paris, den 11. Juli 1952

Dieser Brief ist von den nachstehenden Anwälten beim Appellationsgerichtshof in Paris unterschrieben worden:

Aaron, Rolande Athuly, Blavier, G. André Blum, Josette Broder, Étienne Bloch, André Blumel, Craissac, Cevaer, M. L. Cachin-Jacquier, Dumonteil, Nicole Dreyfus, Sasia Ehilich, Edelman, Marcel Fourrier, Yves Jouffa, Marc Jacquier, Éd. Kelidjian, Lederman, Maillard, Mme. Plasson-Stibbe, Œillet, Plas, Richier, Raymond Sarraute, Schlissinger, Pierre Stibbe, Scharzemberg, Paul Tager, Vanikoff, Vimard, Simone Weiler, J. Victor Meunier.

Für die Freilassung Henri Martins haben sich ferner ausgesprochen: Alfonsi, Amado, Amblard, Attal, Ayache, Aynaud, Beautier, Daniel Bécourt, Boitel, Borker, Brandon, Brault, Braun, Bruguier, Jac, Buineau, Simone Cahen, Pierre Cahen, Cauly, Choub, Antonio Cohen, Colombe, Dechezelles, Didner, Dosse, Douzon, Nicole Dreyfus, Fabien Dreyfus, Ducros, Ferrucci, S. Freiwillig-Topcha, Gistucci, Guilbert, Guillemot, Gros-Desormeaux, Grinspan, Claire Haas, Marc Henry, Horrybafoil, Israel, Nicole Jeramec, Kaldor, Kanapa, Jean Lagrange, Le Bailly, Raya Lederman, Lenoble, Letrange, Denise Lescat, Claude F. Lévy, Lootgieter, Louisia, Ginette Maillou, Manville, Marmor, Gaston Maurice, Mirande-Thomas, Solange Morin, Yvonne Netter, Joe Nordman, Prompt, Robert Remond Rosenzweig, Schotte, Sero-Guillaume, Andrée Sitri-Vaz, Stern, André Ullmo, Léopold Weill, Monique Weyl, Roland Weyl, Marcel Willard, R. Woliner, Paul Willard, Paullette Wolf, Zabraney, Zavaro.

Wortlaut des Aufrufs der Anwälte A. Maillart, Amado, Mlle. Brodu, Daniel Bécourt, Yves Jouffa, Roland Weyl, Jean Lagrange, Fabien Dreyfus

Wohl niemand hat sich dem Echo der gewaltigen Protestbewegung entziehen können, die die Freilassung des Mechanikers und Obermaats der Marine Henri Martin fordert, der gegenwärtig im Zentralzuchthaus von Melun eine vom Seekriegsgericht in Brest am 19. Juli 1951 gegen ihn verhängte fünfjährige Zuchthausstrafe verbüßt.

Neben Tausenden von Delegationen, die unablässig bei den staatlichen Behörden vorstellig werden, erheben die hervorragendsten Vertreter des französischen Geisteslebens trotz der Verschiedenheit ihrer Anschauungen ihre Stimme gegen diese Ungerechtigkeit: so lasen wir vor wenigen Wochen die Erklärung des volksrepublikanischen

Abgeordneten des Departements Gard, Herrn Thibault, den Artikel von Charles Estienne in *L'Observateur*, die Erklärungen von Herrn Beigbeider, von Professor Labrousse, dem Herausgeber der Zeitschrift *La Revue Socialiste*, von Herrn Sicard de Plauzolles und vielen anderen, ganz zu schweigen von den zahllosen Stellungnahmen von Gemeinderäten aller politischen Richtungen; und heute die von Herrn Domenach in der Zeitschrift *Esprit* eröffnete Kampagne, den Appell der Pariser Universitätsprofessoren, die gemeinsame Erklärung der Pastorenschaft, den Artikel im *Témoignage Chrétien*, den Aufruf von dreißig Anwälten aus Toulouse sowie das Schreiben, das dreißig bedeutende Vertreter des Geisteslebens an den Präsidenten der Republik gerichtet haben und das wir im Wortlaut mitteilen.

Die Juristen, deren Platz an der Spitze jedes großen Kampfes für die Erhaltung von Recht und Gerechtigkeit ist, können nicht abseits stehen bei diesem Protest, dem sich alle aufrechten Menschen anschließen; viele von ihnen hätten zweifellos schon früher ihre Stimme erhoben, um Henri Martins Freilassung zu fordern, wenn sie über die Umstände, unter denen das Urteil gefällt wurde, hinreichend informiert gewesen wären. Aber ursprünglich wurde Henri Martin auf Grund einer Reihe von Polizeimanövern der Mitwisserschaft bei einem Sabotageakt angeklagt, der von einem gewissen Heimburger an Bord der *Dixmude* verübt worden war, und eine subtil abgestimmte Pressekampagne stellte den Prozeß gegen Henri Martin vor dem Seekriegsgericht in Toulon als den Prozeß «der Saboteure der *Dixmude*» hin.

Obwohl die Anklage schon während dieses ersten Prozesses zusammengebrochen ist, obwohl Henri Martin von der Anklage der Sabotage freigesprochen worden ist, obwohl nach Aufhebung des Urteils des Seekriegsgerichts von Toulon und nach Verweisung der Strafsache an das Seekriegsgericht in Brest der Staatsanwalt in öffentlicher Sitzung die Anklage der Sabotage gegen Henri Martin fallengelassen hat, stellt dieselbe Presse ihn weiterhin als den «Saboteur der *Dixmude*» hin, und durch diese verbrecherische Lüge irregeführt, war mancher Kollege vielleicht der Meinung, daß der Fall seine Aufmerksamkeit nicht verdiene.

Daher halten wir es für unerläßlich, der Wahrheit wieder zu ihrem Recht zu verhelfen, indem wir noch einmal die erforderlichen Einzelheiten über die Umstände darlegen, unter denen Henri Martin allein wegen des Verteilens von Flugblättern zu fünf Jahren Zuchthaus verurteilt wurde.

I. *Das Vergehen gegen das Pressegesetz – einzige Begründung der Verurteilung*

Die Anklage wegen Mitwisserschaft bei einem Sabotageversuch an Bord der *Dixmude* war eine Ungeheuerlichkeit, und ihre gegenwärtige Wiederholung durch gewisse Zeitungen ist eine Unverschämtheit; Henri Martin befand sich nicht auf der *Dixmude*, sondern in den Werkstätten der Marinewerft, und die Anklage wegen Mitwisserschaft bei einem Sabotageakt war so unhaltbar, daß er am 19. Oktober 1950 vor dem Seekriegsgericht in Toulon in diesem Punkt freigesprochen wurde. Einzig und allein, weil er Flugblätter gegen die militärische Intervention in Vietnam «verfaßt und verteilt» hatte, wurde er wegen «Teilnahme an einem Unternehmen zur Demoralisierung der Armee mit dem Ziel, die Nationale Verteidigung zu gefährden», *zu fünf Jahren Zuchthaus* verurteilt. (Art. 76 des Strafgesetzbuchs in der Fassung des Gesetzes vom 11. März 1950, Buchstabe *d*)

Der Prozeß in Toulon verlief jedoch unter solchen Bedingungen, daß der Oberste Gerichtshof das Urteil durch Beschluß vom 19. Mai 1951 aufhob und die Sache an das Seekriegsgericht in Brest verwies.

Trotzdem wurde Henri Martin, der seit dem 14. Mai 1950 in Haft war und nun erneut unter Anklage gestellt wurde, nicht einmal vorübergehend auf freien Fuß gesetzt. Der neue Prozeß begann am 17. Juli 1951 (wenige Tage nach der Revision der Zusammensetzung des Seekriegsgerichts) in der Marineschule in Brest, zu der das Publikum, obwohl nicht unter Ausschluß der Öffentlichkeit verhandelt wurde, nur unter Vorzeigen eines Passierscheins Zutritt hatte, unter dem Vorwand, die Schule befinde sich auf militärischem Gelände.

Gleich zu Beginn der Verhandlung konnte der Staatsanwalt, Kommandant Broutot, nicht umhin, die Anklage wegen Sabotage endgültig *fallenzulassen*, und im Urteil befindet sich darüber folgender Passus:

«Vor Verlesen der Anklageschrift bittet der Staatsanwalt um das Wort und erklärt, daß diese so verlesen wird, wie sie vom Seekriegsgericht in Toulon verfaßt worden ist, ersucht jedoch das Gericht, den Teil unberücksichtigt zu lassen, der Martins Mitwisserschaft bei dem Heimburger zur Last gelegten Verbrechen betrifft. Kein Einwand von seiten der Verteidigung.

Während des Verlesens der Anklageschrift ersucht die Verteidigung den Vorsitzenden, den Teil der Anklageschrift, der Martins Mitwisserschaft bei dem Heimburger zur Last gelegten Verbrechen betrifft, nicht verlesen zu lassen. Dem Antrag wird stattgegeben.»

Die einzige Henri Martin zur Last gelegte Straftat blieb also die gleiche, so wie sie durch die einzige dem Gericht vorgelegte Frage bestimmt wurde und in dem Urteil in folgenden Worten niedergelegt ist:

«Ist der Angeklagte Henri-Ursin-Clément Martin, Obermaat zweiter Klasse, Mechaniker, schuldig, als Franzose in Toulon in der Zeit von Anfang Juli 1949 bis zum 15. März 1950, jedenfalls aber seit einer nicht näher zu bestimmenden Zeit, in Friedenszeiten vorsätzlich an einem Unternehmen zur Demoralisierung der Armee mit dem Ziel teilgenommen zu haben, die Nationale Verteidigung zu gefährden, *indem er in das Marinearsenal von Toulon und an Bord des Flugzeugträgers* Dixmude *Flugblätter und Klebezettel eingeschmuggelt, dort angeschlagen hat oder hat anschlagen lassen, die die Matrosen aufforderten, ihren Vorgesetzten den Gehorsam zu verweigern und insbesondere die Ausreise nach Indochina abzulehnen?*» Der Staatsanwalt stellt seinen Strafantrag im Namen der «Sünde wider den Geist», und das Urteil faßt seinen Schlußantrag wie folgt zusammen:

«Nach Anhören der Anträge des Staatsanwalts, die darauf abzielen, die vom Seekriegsgericht in Toulon ausgesprochene Verurteilung als moralisch rechtskräftig anzusehen, wobei er das Gericht freilich darauf hinweist, daß es sie ändern könne . . .»

Nach einer viertelstündigen Unterbrechung der Verhandlung bestätigte das Seekriegsgericht entsprechend dem Antrag des Staatsanwalts die Verurteilung Henri Martins zu fünf Jahren Zuchthaus.

II. *Die Verurteilung Henri Martins widerspricht allen Begriffen von Recht und Gerechtigkeit*

Henri Martin ist für ein Vergehen mit Zuchthaus bestraft worden, für das viele Strafkammern, bei denen ältere Sachen auf Grund der Artikel 24 und 25 des Pressegesetzes vom 29. Juli 1881 anhängig waren, unter Berufung auf die verfassungsmäßig garantierte Meinungs- und Redefreiheit auf Freilassung erkannt und selbst in schweren Fällen nur einige Wochen Gefängnis mit Bewährung verhängt haben.

Die Tatsache, daß Henri Martin Soldat war, ändert nichts an dem Strafmaß, denn mit Ausnahme der rein militärischen Disziplinarmaßnahmen hat die Verfassung von 1946 den Militärpersonen die bürgerliche Gleichstellung mit den Zivilpersonen zurückgegeben.

Einzig und allein weil er seinem Gewissen gefolgt ist und seine Meinung offen kundgetan hat, ist Henri Martin seit dem 14. März 1950 der strengen Einzelhaft im Marinegefängnis und seit dem 24.

Juli 1951 den noch schlimmeren Haftbedingungen des Zentralzuchthauses in Melun unterworfen. Schon das allein ist eine so flagrante Ungerechtigkeit, daß Juristen, denen die unmenschliche Behandlung in den Zuchthäusern bekannt ist, nicht schweigen können, wenn sie den vom Gericht dargelegten Sachverhalt und die verhängte Strafe gegeneinander abwägen.

Doch weit mehr noch empört sich ihr Gewissen, wenn sie die Rechtsmittel betrachten, auf die das Gericht seine Entscheidung stützen zu können glaubte.

1. *Bedingungen für die Anwendung des Gesetzes vom 11. März 1950*

Erinnern wir an den Wortlaut des von der Anklage herangezogenen Textes, der allein ein solches Strafmaß ermöglicht hat:

«Mit Zuchthaus wird jeder Franzose in Friedenszeiten bestraft, der sich schuldig gemacht hat: ... der vorsätzlichen Teilnahme an einem Unternehmen zur Demoralisierung der Armee mit dem Ziel, die Nationale Verteidigung zu gefährden.»

Das setzt voraus, daß drei wesentliche Momente zur Qualifizierung des Verbrechens zusammentreffen: es muß der Beweis eines «Unternehmens» erbracht werden; dieses Unternehmen muß auf die Demoralisierung der Armee abzielen; schließlich muß es das Ziel haben, die Nationale Verteidigung zu gefährden.

2. *Über das Vorhandensein eines «Unternehmens»*

Es genügt, die Schlußfolgerung zu wiederholen, die Roger Pinto, Professor der rechtswissenschaftlichen Fakultät der Universität Lille, in seinem Gutachten über das Urteil des Seekriegsgerichts von Brest gezogen hat.

Am Schluß einer eingehenden Untersuchung stellt er fest:

«Das Gericht war aufgefordert worden, eine Frage zu beantworten, die keineswegs das Vorhandensein eines Unternehmens beinhaltet. Die gestellte Frage definiert das Unternehmen allein mit dem Einschmuggeln oder Verteilen von Flugblättern. Nun bedeutet aber die bloße Feststellung des Einschmuggelns und Anschlagens von Flugblättern kein Unternehmen im Sinne des Gesetzes.

Sie stellt nicht das Vorhandensein eines der konstitutiven Merkmale des behaupteten Verbrechens fest – nämlich ‹einer mehr oder weniger geheimen Organisation, die zur Erreichung eines bestimmten Ziels gemeinsame Anstrengungen unternimmt›.

Somit ist Henri Martin eines Verbrechens für schuldig erklärt worden, während aus den einzelnen Punkten des Urteils einwandfrei hervorgeht, daß das Vorhandensein eines der konstitutiven Merkmale dieses Verbrechens weder gesucht noch festgestellt worden ist.

Es sieht ganz danach aus, als habe der Appellationsgerichtshof und das Seekriegsgericht den vom Parlament abgelehnten Gesetzentwurf von 1950 angewandt und – um die Analyse des Abgeordneten Caffin aufzugreifen – ‹den Geltungsbereich (der Gesetzestexte) durch eine Personalisierung der strafbaren Handlung außerordentlich erweitert›.

Die rechtliche Qualifizierung des vom Gericht als erwiesen erklärten Tatbestandes entbehrt folglich jeder rechtlichen Grundlage. Das Urteil des Seekriegsgerichts in Brest stellt also in dieser Hinsicht einen Rechtsbruch dar; die Frage, die der Vorsitzende dem Gericht stellte, konnte das behauptete Verbrechen nicht qualifizieren.»

Und er kommt zu dem Schluß:

«... daß das Urteil des Ständigen Seekriegsgerichts in Brest das Vorhandensein dieses konstitutiven Merkmals nicht nur nicht feststellt, sondern es durch die Antwort auf die vom Vorsitzenden gestellte Frage ausschließt;

daß infolgedessen das Verbrechen, dessen Henri Martin angeklagt worden ist, rechtlich nicht qualifiziert wurde.»

3. *Über die Demoralisierung der Armee und die Absicht der Gefährdung der Nationalen Verteidigung*

a) Henri Martins Persönlichkeit dürfte ausreichen, die besondere Gehässigkeit dieser Anschuldigung deutlich zu machen.

Nachdem er im Jahre 1943 mit kaum siebzehn Jahren der Widerstandsbewegung in seinem Department Cher beigetreten ist, begibt er sich am 14. November 1944 freiwillig an die Front von Royan; am 1. Februar 1945, als Frankreich fast ganz befreit war, meldet er sich zur Marine, um das noch immer von den Japanern besetzte Indochina befreien zu helfen; unterwegs meldet er sich freiwillig zur Landungskompanie.

Sogar der Vorsitzende des Seekriegsgerichts in Toulon äußert sich dazu während des Verhörs:

«Sie haben eine bemerkenswerte Vergangenheit. Sie sind mutig, intelligent und diszipliniert. Das haben Sie bewiesen. Und dann ändern Sie plötzlich Ihre Gesinnung.»

Und Henri Martin antwortet: «Ich habe meine Gesinnung nicht gewandelt. Nicht ich bin meiner Verpflichtung untreu geworden, sondern die Regierung. Man hat mich getäuscht.»

In der Tat, nicht gegen den japanischen Besatzer soll Henri Martin kämpfen, sondern gegen die Vietnamesen.

Dreimal bittet er ordnungsgemäß um die Lösung seines Dienstverhältnisses, und dreimal wird sein Gesuch abgelehnt; da erst beginnt er, seinem Widerstand gegen den Krieg in Vietnam Ausdruck zu verleihen.

b) *Handelt es sich um eine «Gefährdung der Landesverteidigung»?*
Unlängst verkündete Herr Daladier auf dem Kongreß der Radikalsozialistischen Partei in Lyon, womit er früher schon von Paul Reynaud, General de Lattre de Tassigny und vielen anderen offiziellen Persönlichkeiten abgegebene Erklärungen wiederholte:

«Die vietnamesische Nationalarmee muß zum großen Teil das französische Expeditionskorps ablösen, das für allgemeine Interessen kämpft, aber zu keinem Zeitpunkt die wirtschaftlichen und politischen Interessen Frankreichs vertritt.» (*Le Monde*, 28./29. Oktober 1951)

Eine Meinung, die während der Parlamentsdebatten vom 28. und 29. Oktober 1951 von Rednern der verschiedensten politischen Richtungen vertreten worden ist (J. O. 164 und 165 A. N., insbesondere in den Erklärungen der Abgeordneten Fréderic Dupont und Aimé Paquet sowie in der von Edgar Faure vor seinem Abflug nach Lissabon gehaltenen Rede in Orly).

4. *Das Gesetz vom 11. März 1950 ist rückwirkend angewendet worden*

Da keine der Henri Martin zur Last gelegten Taten nach dem 11. März 1950 verübt worden ist, war das Gesetz, das dieses Datum trägt und am 14. März 1950 nach Toulon gelangte, nicht auf ihn anwendbar. Der Standpunkt der Anklage, demzufolge das Gesetz vom 11. März 1950 rückwirkende Kraft haben könnte, insofern es mildere Strafen als die früher im Gesetz vorgesehenen verhängte, ist unzulässig.

Der Artikel 76 ahndete in seiner ursprünglichen Fassung lediglich das Unterhalten von Beziehungen zu ausländischen Mächten mit dem Vorsatz, einen Krieg gegen Frankreich herbeizuführen. Das Verbrechen der Teilnahme an einem Unternehmen zur Demoralisierung der Armee ist also ein ganz neues Verbrechen, das folglich mit neuen Strafen belegt wird.

Zweifellos war dieses Verbrechen bereits in der Notverordnung vom 29. Juli 1939 enthalten, die den Artikel 76 ergänzte und dieses Verbrechen mit der Todesstrafe bedrohte. Doch diese Verordnung war auf Grund des Gesetzes vom 19. März 1939 erlassen worden, das die Rechtskraft der von der Regierung beschlossenen Texte an die Bedingung knüpfte, daß diese Verordnungen bis zum 31. Dezember 1939 den Kammern zur Ratifizierung vorgelegt werden sollten.

Zudem geht die jüngste Fassung des Textes, der das Unternehmen zur Demoralisierung enthielt und unter Strafe stellte, auf eine Verordnung vom 9. April 1940 zurück, die folglich erst nach Ablauf der durch das Gesetz über die Abtretung der gesetzgebenden Gewalt der Versammlung festgelegten Frist erlassen wurde.

Jeder Versuch, die rückwirkende Kraft des Gesetzes vom 11. März 1950 durch Heranziehen dieser Texte und durch den Hinweis auf eine angebliche Milderung der Strafbestimmungen zu rechtfertigen, ist daher unzulässig.

Da mithin keine der wesentlichen und für die Anwendung des Gesetzes vom 11. März erforderlichen Voraussetzungen erfüllt war, stellt die Verurteilung Henri Martins zu fünf Jahren Zuchthaus durch das Seekriegsgericht von Brest nicht nur menschlich eine Ungerechtigkeit, sondern juristisch einen Rechtsbruch dar.

Welche Rechtsmittel das Urteil vom 19. Juli 1951 auch immer bieten mag, nach den Erfahrungen von Brest und der Aufhebung des ersten Urteils durch den Kassationsgerichtshof auf Grund rein formaler Mängel ist klar, daß ein zweites Berufungsverfahren den Prozeß und damit die Untersuchungshaft nur verlängert hätte, ohne die notwendige Lösung zu bringen.

III. *Die Freilassung Henri Martins ist ein Gebot der Stunde*

Die Frage stellt sich wie folgt:

Ein Mensch, dessen Anschauungen zwar nicht von jedermann geteilt werden, der aber der höchsten Wertschätzung würdig ist, verbüßt gegenwärtig eine fünfjährige Zuchthausstrafe, die allen Vorstellungen von Recht und Gesetz zuwiderläuft. Es kann nicht in Frage kommen, einen fünfundzwanzigjährigen Menschen seinem Schicksal zu überlassen.

Am 14. März 1950, wenige Wochen vor Ablauf seiner Dienstzeit verhaftet, sitzt Henri Martin nunmehr seit fast zwei Jahren im Kerker. Während dieser Zeit sind die Ramcke, Oberg und andere Nazi-Henker unseres Volkes freigelassen worden, so daß sie erneut den Frieden gefährden können.

Die Regierung scheint nicht geneigt, von sich aus Maßnahmen zu der gebotenen Freilassung Martins zu treffen; vor einigen Wochen hat sie einen neuen Beweis ihrer repressiven Absichten gegenüber Henri Martin geliefert: Martin wollte nach Ableistung seiner Militärzeit ein junges Mädchen seiner Heimat heiraten; die Verhaftung vereitelte dieses Vorhaben. Ende 1951 erhielt er schließlich die Heiratserlaubnis. Aber die Eheschließung war von einer Reihe schikanöser Maßnahmen seitens der Regierung begleitet, die sonst bei Gefangenen nicht üblich sind: zum Beispiel wurde die Trauung in der Schreibstube des Gefängnisses in Gegenwart eines auf fünf Personen beschränkten Kreises vollzogen, und Henri Martin durfte nur eine halbe Stunde mit seiner jungen Frau zusammen sein; diese zutiefst unmenschlichen Methoden allein dürften genügen, uns zu zeigen, daß nur ein wachsender Protest der Öffentlichkeit Martin zu seinem Recht wird verhelfen können.

Schon haben sich im ganzen Land Männer und Frauen aller Schichten und Lager für seine Freilassung ausgesprochen. Aus dem Vorstehenden geht klar hervor, daß auch die Juristen nicht schweigen können, ohne sich an ihrem Gewissen zu versündigen, ohne ihre Daseinsberechtigung als Juristen, das heißt als mutige und rechtschaffene Menschen, zu verleugnen.

Jeder weitere Tag, der ungenutzt verstreicht, vergrößert das Unrecht.

Die Zeit drängt.

Wir sind überzeugt, verehrter Kollege, daß wir nicht vergeblich an Ihr Herz appellieren, sich als Mensch, als Staatsbürger und als Jurist unserem Aufruf anzuschließen.

URTEIL

ergangen gegen die Angeklagten
Charles-Louis Heimburger und
Henri-Ursin-Clément Martin

Abschrift
Nr. der jährlichen Serie: 32
Nr. der allgemeinen Serie: 487
Französische Republik
Kriegsmarine
Ständiges Seekriegsgericht
Sitz: Brest

Im Namen des französischen Volkes!

Das Ständige Seekriegsgericht hat folgendes Urteil gefällt:

Heute, den 19. Juli 1951, trat das Ständige Seekriegsgericht zusammen, das sich gemäß Art. 13, 14 und 18 des Marinestrafgesetzbuchs aus folgenden Herren zusammensetzte:

Gallant, Gerichtsrat am Berufungsgericht in Rennes,
Richard, Fregattenkapitän,
Grison, Korvettenkapitän,
Bizot-Espiard, Kapitänleutnant zur See,
Radius, Fähnrich zur See erster Klasse,
Brusson, Fähnrich zur See erster Klasse,
Le Sann, Obersteuermann,

von denen der Vorsitzende auf Beschluß des Berufungsgerichts in Rennes, die Beisitzer von dem Vizeadmiral, dem ersten Präsidenten und Marinepräfekten der zweiten Region, ernannt wurden,

Broutot, Marinegerichtsoffizier erster Klasse, Staatsanwalt,
Lohou, Offizier, Gerichtsschreiber zweiter Klasse.

Die Genannten leisteten den durch das Gesetz vorgeschriebenen Eid und entsprachen den laut Art. 27, 28 und 29 des obenerwähnten Gesetzbuchs geforderten Voraussetzungen.

Das auf Befehl des Vizeadmirals und Marinepräfekten einberufene Gericht trat in dem üblichen Versammlungsraum in öffentlicher Sitzung zusammen, um zu urteilen über:

Charles-Louis Heimburger, Maat zweiter Klasse, Mechaniker an Bord des Flugzeugträgers *Dixmude*, Sohn des Charles Heimburger und der Anne-Marie Heimburger geb. Klein, geboren am 21. Februar 1925 in Sondernach, Kreis Colmar (Oberrhein), wohnhaft vor Eintritt in den Marinedienst in Illzach, Kreis Mulhouse (Oberrhein), Rue Hoffet 20.

Personalbeschreibung – Haarfarbe: kastanienbraun, Augenfarbe: braun, Stirn: mittel, Nase: gerade, Gesicht: oval, Größe: 1,77 m.

Henri-Ursin-Clément Martin, Obermaat zweiter Klasse, Mechaniker in der Marinewerft von Toulon, Sohn des Louis Martin und der Mathilde Martin geb. Gimonet, geboren am 23. Januar 1927 in Lunery (Cher), Kreis Bourges, wohnhaft vor Eintritt in den Marinedienst in Lunery (Cher), Chemin des Grand-Rosières.

Personalbeschreibung – Haarfarbe: hellbraun, Augenfarbe: graugrün, Stirn: mittel, Nase: gerade, Gesicht: oval, Größe: 1,70 m.

Am 1. Juni 1945 auf fünf Jahre freiwillig zur Marine verpflichtet. Eingetragen in die Stammrolle des Marinebüros in Lorient unter der Matrikelnummer 643 L 45.

Es werden angeklagt:

HEIMBURGER: «Materialbeschädigung an einer der Nationalen Verteidigung dienenden Einrichtung versucht zu haben.»

MARTIN: «Gegen Art. 76 des Strafgesetzbuchs Abs. 4, Buchstabe *d* (in der Fassung des Gesetzes vom 11. März 1950) verstoßen zu haben.»

Verbrechen, die nach Art. 266 des Marinestrafgesetzbuchs und Art. 76 des Strafgesetzbuchs Abs. 4, Buchstabe *d*, in der Fassung des Gesetzes vom 11. März 1950 zu bestrafen sind.

Nach Eröffnung der Sitzung läßt der Vorsitzende je ein Exemplar des Militärstrafgesetzbuchs für die Kriegsmarine, der Strafprozeßordnung und des Strafgesetzbuchs vor sich auf den Richtertisch legen und befiehlt den Wachtmeistern, die Angeklagten hereinzuführen, die darauf frei und ungefesselt in Begleitung ihrer Verteidiger, Herrn Vienney und Herrn Scarbonchi für Martin, Herrn Sénès für Heimburger, den Saal betreten.

Auf die Fragen nach Namen, Vornamen, Alter, Geburtsort, Familienstand, Beruf und Wohnsitz antworten sie:

HEIMBURGER, Charles-Louis, 26 Jahre, geboren in Sondernach, Kreis Colmar (Oberrhein), ledig, Mechanikerlehrling, wohnhaft vor Eintritt in den Marinedienst in Illzach (Oberrhein), Rue Hoffet 20.

MARTIN, Henri-Ursin-Clément, 24 Jahre, geboren in Lunery, Kreis Bourges (Cher), ledig, Schlosserlehrling, wohnhaft vor Eintritt in den Marinedienst in Lunery (Cher), Chemin des Grand-Rosières.

Nach Verlesen des Beschlusses des Kassationsgerichtshofs vom 19. Mai 1951, der die Verweisung an das Seekriegsgericht in Brest verfügt, der Liste der auf Antrag der Staatsanwaltschaft und der Verteidigung geladenen Zeugen, der vom Staatsanwalt beim Seekriegsgericht von Toulon verfaßten Anklageschrift, der Berichtigung zu besagter Anklageschrift und der vom Gericht für notwendig erachteten Akten durch den Gerichtsschreiber eröffnet der Vorsitzende die Hauptverhandlung, schildert den Angeklagten den Sachverhalt, auf Grund dessen das Verfahren gegen sie eröffnet wurde, und erteilt ihnen sowie den Verteidigern die von Art. 88 des Marinestrafgesetzbuchs vorgesehenen Belehrungen.

Darauf schreitet der Vorsitzende zur Vernehmung der Angeklagten, zur öffentlichen und getrennten Vernehmung der Belastungs- und Entlastungszeugen, nachdem diese zuvor ermahnt worden sind, nach bestem Wissen und Gewissen die Wahrheit und nichts als die Wahrheit zu sagen, und daraufhin vereidigt wurden.

Nachdem der Vorsitzende sodann die von Art. 137 und 319 der Strafprozeßordnung vorgeschriebenen Formalitäten erledigt hat, wird die öffentliche Verhandlung am 17. Juli 1952 um 9 Uhr eröffnet.

Auf Ersuchen des Vorsitzenden legen die Herren Richard, Fregattenkapitän, Grison, Korvettenkapitän, und Bizot-Espiard, Kapitänleutnant, die erstmalig als Richter fungieren, den in Art. 31 des Marinestrafgesetzbuchs vorgeschriebenen Eid ab. Die Vereidigung wird vom Staatsanwalt vorgenommen und vom Gerichtsschreiber zu Protokoll genommen, das in der Geschäftsstelle hinterlegt wird.

Um 9 Uhr 10, sogleich nach Verlesen der Zeugenliste, erklärt der Vorsitzende, das Gericht werde über die Abwesenheit einiger Entlastungszeugen beraten.

Nach Anhören des Staatsanwalts, der Verteidiger und der Angeklagten, die als letzte das Wort erhalten, zieht sich das Gericht zur Beratung zurück.

Um 9 Uhr 30 betritt das Gericht wieder den Sitzungssaal. Der Vorsitzende verliest den Wortlaut des Beschlusses Nr. 1, der dem vorliegenden Urteil als Anlage beigefügt wird.

Beweismittel: Auf den Richtertisch niedergelegt und dem Angeklagten Martin, der es als sein Eigentum anerkennt, vorgelegt wird eine versiegelte Hülle Nr. 1, enthaltend einen Briefumschlag mit der Anschrift: «Mlle. Simone Le Balbe, Avenue A.-Dumez 5», und einen Brief, datiert «Toulon, 16. 3. 50», beginnend: «Meine geliebte Momone», endend: «Tausend Millionen Küsse» und unterzeichnet mit «Henri».

Vor Verlesen der Anklageschrift bittet der Staatsanwalt um das Wort und erklärt, daß diese so verlesen wird, wie sie vom Seekriegsgericht in Toulon verfaßt worden ist, ersucht jedoch das Gericht, den Teil unberücksichtigt zu lassen, der Martins Mitwisserschaft bei dem Heimburger zur Last gelegten Verbrechen betrifft. Kein Einwand von seiten der Verteidigung.

Während des Verlesens der Anklageschrift ersucht die Verteidigung den Vorsitzenden, den Teil der Anklageschrift, der Martins Mitwisserschaft bei dem Heimburger zur Last gelegten Verbrechen betrifft, nicht verlesen zu lassen. Dem Antrag wird stattgegeben.

Um 10 Uhr 10, nach Verlesen der Anklageschrift, legt Herr Scarbonchi, Martins Verteidiger, seine Schlußfolgerungen dar, die auf die

Unzulässigkeit der Strafverfolgung hinauslaufen, und legt sie in einem schriftlichen Antrag nieder, der zu den Akten genommen wird.

Nach Anhören des Staatsanwalts, der gegen die Schlußfolgerungen der Verteidigung Stellung nimmt, erwidert die Verteidigung auf die Ausführungen des Anklagevertreters.

Um 10 Uhr 50, nach Erwiderung von Herrn Scarbonchi, legt Herr Sénès, Heimburgers Verteidiger, seine Schlußfolgerungen dar, die auf die Unzulässigkeit der Strafverfolgung hinauslaufen, und legt sie in einem schriftlichen Antrag nieder, der zu den Akten genommen wird.

Nach Anhören des Staatsanwalts, der gegen die Schlußfolgerungen der Verteidigung Stellung nimmt, erwidert die Verteidigung auf die Ausführungen des Anklagevertreters.

Der Vorsitzende erklärt, sich mit den Richtern über die beiden Anträge beraten zu wollen, und das Gericht zieht sich zur Beratung zurück.

Um 11 Uhr 30 betritt das Gericht wieder den Sitzungssaal. Der Vorsitzende verliest die Beschlüsse Nr. 2 und Nr. 3, die dem vorliegenden Urteil als Anlage beigefügt werden.

Um 11 Uhr 35 Beginn der Vernehmung des Angeklagten Martin.

Um 11 Uhr 50 wird die Sitzung für die Dauer der Mittagspause unterbrochen.

Um 13 Uhr 40 wird die öffentliche Verhandlung mit der weiteren Vernehmung Martins fortgesetzt.

Um 15 Uhr 32 verliest der Gerichtsschreiber auf Anweisung des Vorsitzenden die Flugblätter 161/1 und 162/1. Nach der Verlesung klatscht das im Zuhörerraum anwesende Publikum Beifall. Der Vorsitzende läßt den Saal durch Gerichtsdiener und Polizisten räumen. Die Verhandlung wird für einige Minuten unterbrochen.

Um 15 Uhr 40 wird die Verhandlung fortgesetzt. Herr Vienney, Martins Anwalt, bittet den Vorsitzenden um eine Unterredung. Die Verhandlung wird für einige Minuten unterbrochen.

Um 15 Uhr 48 wird die Verhandlung fortgesetzt. Herr Vienney beantragt, die Öffentlichkeit wiederherzustellen. Er weist den Vorsitzenden darauf hin, daß mehrere Anwälte der Anwaltskammer von Brest am Betreten des Sitzungssaals gehindert worden sind; auch Herr Scarbonchi berichtet über einige Gewalttätigkeiten, die außerhalb des Saales vom Ordnungsdienst begangen worden seien. Die Verhandlung wird für einige Minuten unterbrochen.

Um 16 Uhr wird die Verhandlung fortgesetzt. Der Vorsitzende stellt die Öffentlichkeit wieder her.

Die Vernehmung Henri Martins wird fortgesetzt.

Um 16 Uhr 05 läßt der Vorsitzende durch den Gerichtsschreiber die Flugblätter 161/2, 161/6, 161/9, 161/11, 161/12, 5, 4, 161/13, 162/4, 162/5, 201/2, 6, 161/17, 161/18, 140/2 verlesen und fordert Martin auf, sich zu diesen Flugblättern zu äußern.

Um 16 Uhr 45 wird die Vernehmung beendet. Keine Fragen von seiten des Staatsanwalts und der Verteidigung.

Um 16 Uhr 45 Beginn der Vernehmung des Angeklagten Heimburger.

Um 17 Uhr 15 Ende der Vernehmung Heimburgers. Keine Fragen von seiten des Staatsanwalts und der Verteidigung.

Um 17 Uhr 15 wird die Verhandlung für einige Minuten unterbrochen.

Um 17 Uhr 30 wird die öffentliche Verhandlung fortgesetzt. Der Vorsitzende erklärt, mit der Vernehmung der von der Staatsanwaltschaft geladenen Zeugen zu beginnen, die zuvor ermahnt worden sind, nach bestem Wissen und Gewissen die Wahrheit und nichts als die Wahrheit zu sagen, nachdem der Vorsitzende die in Art. 317 und 319 der Strafprozeßordnung vorgeschriebenen Formalitäten erledigt hat. Keine Fragen von seiten des Staatsanwalts, der Verteidigung und der Angeklagten.

Um 18 Uhr wird die Sitzung geschlossen.

Sitzung vom 18. Juli 1951

Um 9 Uhr wird die öffentliche Verhandlung mit der Vernehmung der von der Staatsanwaltschaft geladenen Zeugen fortgesetzt, nachdem der Vorsitzende die in Art. 317 und 319 der Strafprozeßordnung vorgeschriebenen Formalitäten erledigt hat.

Um 9 Uhr 35 läßt der Vorsitzende durch den Gerichtsschreiber die schriftliche Aussage des Zeugen Robert Cappo verlesen, der aus Gesundheitsgründen nicht vor Gericht erscheinen konnte.

Keine Fragen von seiten des Staatsanwalts, der Verteidigung und der Angeklagten.

Um 9 Uhr 45 erklärt der Vorsitzende, mit der Vernehmung der von der Verteidigung geladenen Zeugen zu beginnen, die zuvor ermahnt worden sind, nach bestem Wissen und Gewissen die Wahrheit und nichts als die Wahrheit zu sagen, nachdem er die in Art. 317 und 319 der Strafprozeßordnung vorgeschriebenen Formalitäten erledigt hat.

Keine Fragen von seiten des Staatsanwalts, der Verteidigung und der Angeklagten.

Um 10 Uhr wird die Verhandlung für einige Minuten unterbrochen.

Um 10 Uhr 10 wird die öffentliche Verhandlung mit der Vernehmung der von der Verteidigung geladenen Zeugen fortgesetzt, die zuvor ermahnt worden sind, nach bestem Wissen und Gewissen die Wahrheit und nichts als die Wahrheit zu sagen, nachdem der Vorsitzende die in Art. 317 und 319 der Strafprozeßordnung vorgeschriebenen Formalitäten erledigt hat.

Nach seiner Vernehmung übergibt Herr Héron de Villefosse dem Gericht einen Brief des Admirals Muselier vom 14. Juli 1951.

Keine Fragen von seiten des Staatsanwalts, der Verteidigung und der Angeklagten.

Um 11 Uhr 15 wird die Verhandlung für die Dauer der Mittagspause unterbrochen.

Um 14 Uhr 15 wird die öffentliche Verhandlung mit der Vernehmung der von der Verteidigung geladenen Zeugen fortgesetzt, die zuvor ermahnt worden sind, nach bestem Wissen und Gewissen die Wahrheit und nichts als die Wahrheit zu sagen, nachdem der Vorsitzende die in Art. 317 und 319 der Strafprozeßordnung vorgeschriebenen Formalitäten erledigt hat.

Keine Fragen von seiten des Staatsanwalts, der Verteidigung und der Angeklagten.

Um 15 Uhr 15 wird die Verhandlung für einige Minuten unterbrochen.

Um 15 Uhr 30 wird die öffentliche Verhandlung fortgesetzt. Der Vorsitzende erteilt dem Staatsanwalt das Wort.

Um 16 Uhr erteilt der Vorsitzende Heimburgers Anwalt, Herrn Sénès, das Wort.

Um 16 Uhr 30 wird die Sitzung geschlossen.

Sitzung vom 19. Juli 1951

Um 9 Uhr wird die öffentliche Verhandlung fortgesetzt. Der Vorsitzende erteilt Heimburger das Wort, ohne daß von seiten der Staatsanwaltschaft oder der Verteidigung Einspruch eingelegt wird. Heimburger erklärt im Anschluß an die Vernehmung des Zeugen Liebert, daß Liebert kein Agent und Provokateur sei.

Um 9 Uhr 05 erteilt der Vorsitzende Martins Anwalt, Herrn Scarbonchi, das Wort, der Martins Leben in der Schule, im Maquis und in Indochina schildert.

Um 10 Uhr erteilt der Vorsitzende Martins Anwalt, Herrn Vienney, das Wort, der auf Freispruch seines Mandanten plädiert.

Um 10 Uhr 35, auf Aufforderung des Vorsitzenden, erklärt Martin: «Ich habe dem nichts hinzuzufügen.»

Heimburger erklärt: «Ich bereue aufrichtig meine Taten.»

Um 10 Uhr 45 verliest der Vorsitzende die Fragen, die den Beisitzern vorgelegt werden, erklärt die Sitzung für unterbrochen, da das Gericht sich zur Beratung zurückziehen werde, und läßt die Angeklagten abführen.

Nach Anhören der Anträge des Staatsanwalts, die darauf abzielen, die vom Seekriegsgericht in Toulon ausgesprochene Verurteilung als rechtskräftig anzusehen, wobei er das Gericht freilich darauf hinweist, daß es sie ändern könne;

nach Anhören der Angeklagten und ihrer Verteidiger, die erklären, ihren Verteidigungsmitteln nichts hinzufügen zu wollen, schließt der Vorsitzende die Beweisaufnahme. Er gibt die aus der Anklageschrift und der Verhandlung sich ergebenden Fragen bekannt, die den Richtern zur Beantwortung vorgelegt werden.

Nachdem sich das Gericht zur Beratung zurückgezogen hat, stellt der Vorsitzende gemäß Art. 99 des Marinestrafgesetzbuchs die folgenden Fragen:

Erste Frage: Ist der Angeklagte Charles-Louis Heimburger, Maat zweiter Klasse, Mechaniker, schuldig, als Franzose in Toulon am 18. Februar 1950, in Friedenszeiten, vorsätzlich eine Materialbeschädigung an einer der Nationalen Verteidigung dienenden Einrichtung versucht zu haben, welcher Versuch in der Einführung einer schleifenden Substanz in das Wellenlager des Flugzeugträgers *Dixmude* bestand und nur durch vom Willen des Täters unabhängige Umstände, das heißt durch die Entdeckung besagter Substanz während eines Kontrollgangs, ohne Erfolg blieb?

Zweite Frage: Ist der Angeklagte Henri-Ursin-Clément Martin, Obermaat zweiter Klasse, Mechaniker, schuldig, als Franzose in Toulon in der Zeit von Anfang Juli 1949 bis zum 15. März 1950, jedenfalls aber seit einer nicht näher zu bestimmenden Zeit, in Friedenszeiten vorsätzlich an einem Unternehmen zur Demoralisierung der Armee mit dem Ziel teilgenommen zu haben, die Nationale Verteidigung zu gefährden, indem er in das Marinearsenal von Toulon und an Bord des Flugzeugträgers *Dixmude* Flugblätter und Klebezettel eingeschmuggelt, dort angeschlagen hat oder hat anschlagen lassen, die die Matrosen aufforderten, ihren Vorgesetzten den Gehorsam zu verweigern und insbesondere die Ausreise nach Indochina abzulehnen?

Über jede dieser Fragen sowie über die eventuelle Zubilligung mildernder Umstände ist gemäß Art. 99 und 100 des Marinestrafgesetzbuchs in geheimer Wahl abgestimmt worden. Der Vorsitzende hat die Stimmzettel in Gegenwart der Beisitzer ausgezählt. Die Abstimmung ergibt, daß das Gericht:

Auf die erste Frage einstimmig mit Ja antwortet;

Auf die zweite Frage einstimmig mit Ja antwortet;

Mit Stimmenmehrheit dem Angeklagten Heimburger mildernde Umstände zubilligt.

Darauf und in Anbetracht des vom Staatsanwalt gestellten Schlußantrags hat der Vorsitzende den Gesetzestext verlesen; dann, nach Beratung über das Strafmaß, hat er, beginnend mit dem niedrigsten Rang, die Stimmen eingesammelt und als letzter seine Meinung geäußert.

Nachdem das Gericht seine Plätze wieder eingenommen hat, verliest der Vorsitzende die vorstehende Urteilsbegründung und verkündigt folgendes Urteil:

1. Der Angeklagte Charles-Louis Heimburger wird mit Stimmenmehrheit zu einer Gefängnisstrafe von fünf Jahren verurteilt.

2. Der Angeklagte Henri-Ursin-Clément Martin wird mit Stimmenmehrheit zu einer Zuchthausstrafe von fünf Jahren und Degradierung verurteilt.

Das Gericht ordnet die Drucklegung und die Veröffentlichung durch Anschlag des gegen Martin gefällten Urteils in vierzig Exemplaren an.

Das Gericht erklärt nach erfolgter Beratung mit Stimmenmehrheit, daß Martins Aufenthaltsverbot nach Verbüßung seiner Strafe aufgehoben wird.

Es verurteilt Heimburger und Martin zu gleichen Teilen zur Tragung der Kosten des Verfahrens und bestimmt im Nichtbeitreibungsfall für einen jeden die Dauer der Schuldhaft.

Es ordnet die Rückgabe der vom Gericht als Beweismittel beschlagnahmten Gegenstände an den rechtsmäßigen Eigentümer an.

Das Urteil erfolgt in Anwendung der Artikel 2, 21, 28, 29, 34, 36, 46, 52, 55, 76 Abs. 4 Buchstaben *b* und *d*, in der Fassung des Gesetzes vom 11. März 1950, 401, 463 des Strafgesetzbuchs, 104, 190, 191, 266 des Marinestrafgesetzbuchs, 9 des Gesetzes vom 22. Juli 1867 in der Fassung des Gesetzes vom 24. Mai 1946.

Das Gericht ersucht den Staatsanwalt, das Urteil in seiner Gegenwart und im Beisein der bewaffneten Polizisten den Verurteilten sofort verlesen zu lassen und ihnen mitzuteilen, daß ihnen eine Berufungsfrist von drei Tagen zustehe.

Beschlossen und verkündet in öffentlicher Sitzung in Brest unter obigem Datum.

Die Französische Republik verordnet und befiehlt allen Gerichtsbeamten die Vollstreckung des Urteils; allen Generalstaatsanwälten und Oberstaatsanwälten der Gerichte erster Instanz, dabei zu helfen; allen Kommandanten und Offizieren der öffentlichen Gewalt, Beistand zu leisten, wenn sie im Namen des Gesetzes dazu aufgefordert werden.

Urkundlich dessen ist das vorliegende Urteil von dem Vorsitzenden, den Beisitzern und dem Gerichtsschreiber unterzeichnet worden.

Gez. Gallant, Richard, Grison, Bizot-Espiard,
Radius, Brusson, Le Sann, Lohou.

Am 19. Juli 1951 ist das vorliegende Urteil in Gegenwart der bewaffneten Polizisten von uns, dem unterzeichneten Gerichtsschreiber, den Verurteilten vorgelesen worden. Sie wurden darauf aufmerksam gemacht, daß die drei Tage, die ihnen zur Einlegung der Berufung zur Verfügung stehen, mit Ablauf des heutigen Tages beginnen.

Der Staatsanwalt
Gez. Broutot

Der Gerichtsschreiber
Gez. Lohou

Da die Angeklagten von ihrem Berufungsrecht keinen Gebrauch gemacht haben, tritt das vorliegende Urteil mit dem 24. Juli unter Anrechnung der Untersuchungshaft in Kraft: für Martin mit dem 1. März 1950, für Heimburger mit dem 14. April 1950. Die Kosten betragen 96966 Francs.

Der Gerichtsschreiber
Gez. Lohou

Verzeichnis der Abkürzungen

CGT	Confédération Générale du Travail (der PCF – Parti Communiste Français – nahestehender Gewerkschaftsbund)
CNRS	Centre National de la Recherche Scientifique (staatliches Forschungszentrum)
CRS	Compagnies Républicaines de Sécurité (kasernierte Bereitschaftspolizei)
FFI	Forces Françaises de l'Intérieur (die am 1. Februar 1944 vereinigten Streitkräfte der Résistance)
FNFL	Forces Navales Françaises Libres (die Teile der französischen Kriegsmarine, die sich de Gaulle angeschlossen hatten)
FTPF	Francs-Tireurs et Partisans Français (der PCF – Parti Communiste Français – nahestehender Résistance-Verband)
GMR	Gardes Mobiles Républicaines
JRF	Jeunesse Républicaine de France
JOC	Jeunesse Ouvrière Chrétienne
LCM	Laboratoire de Contrôle des Médicaments
LVF	Ligue des Volontaires Français en Allemagne
MRP	Mouvement Républicain Populaire (Christdemokraten)
PRL	Parti Républicain et Libéral (Rechtsnationalisten)
REI	Régiment Étranger d'Infanterie (Infanterie der Fremdenlegion)
REM	Régiment Étranger de Marine (Marine der Fremdenlegion)
SFIO	Section Française de l'Internationale Ouvrière (Sozialdemokraten)

Chronologie zum französischen Indochinakrieg

1940	General Catroux, der Generalgouverneur von Französisch-Indochina (Tonkin, Annam, Kotschinchina, Laos und Kambodscha), wird von der Vichy-Regierung abgesetzt. Sein Nachfolger, Admiral Decoux, gesteht den Japanern die Stationierung von Truppen und die Benutzung der Flugplätze in Tonkin zu.
1941	Die Japaner erhalten das Recht, in ganz Vietnam Truppen zu stationieren. Gründung der «Unabhängigkeitsliga von Vietnam», *Vietminh*, unter Führung von Ho Tschi Minh. 7. Dezember: Japanischer See- und Luftangriff auf den US-Militärhafen Pearl Harbor auf Hawaii und amerikanische Kriegserklärung an Japan.
1943	Auf der Konferenz von Teheran vereinbaren Churchill, Roosevelt und Stalin, daß gemäß den alliierten Versprechungen über die Kriegsziele das französische Kolonialregime in Indochina mit Kriegsende enden soll.
1945	Auf der Konferenz von Jalta halten Churchill, Roosevelt und Stalin diese Vereinbarung aufrecht. 9. März: Die Japaner entwaffnen sämtliche französischen Truppen in Indochina und internieren sie. 11. März: Bao-Dai, der Kaiser von Annam, erklärt unter dem Schutz der Japaner die Unabhängigkeit von ganz Vietnam. Auf der Potsdamer Konferenz vom 17. Juli bis 2. August vereinbaren Churchill, Stalin und Truman, daß die Entwaffnung der Japaner in Indochina nördlich des 16. Breitengrades von den Chinesen und südlich des 16. Breitengrades von den Engländern durchgeführt werden soll. 6. August: Amerikanischer Atombombenabwurf auf Hiroshima. 9. August: Amerikanischer Atombombenabwurf auf Nagasaki. 16. August: Kapitulation Japans. Der Vietminh übernimmt die Macht in Tonkin. 26. August: Kaiser Bao-Dai dankt ab.

2. September: Ho Tschi Minh proklamiert in Hanoi die Demokratische Republik Vietnam.
12. September: Landung britischer Truppen in Saigon, Befreiung und Wiederbewaffnung der französischen Truppen.

1946 Januar: Die unter dem Schutz der britischen Truppen gelandeten französischen Truppen stellen zusammen mit den befreiten französischen Truppen die französische Herrschaft südlich des 16. Breitengrades wieder her.
6. März: Abkommen zwischen Jean Sainteny, dem Vertreter der französischen Regierung, und Ho Tschi Minh über die Anerkennung der Demokratischen Republik Vietnam als föderativer Staat innerhalb der Union française und Vereinbarung einer Volksabstimmung über die Vereinigung der drei Teile Vietnams, Tonkin, Annam und Kotschinchina.
1. Juni: Der französische Generalgouverneur, Admiral d'Argenlieu, proklamiert in Saigon eigenmächtig die Republik Kotschinchina.
2. September: Ergebnisloser Abbruch der Verhandlungen von Fontainebleau zwischen der französischen Regierung und Ho Tschi Minh.
23. November: Die französische Flotte bombardiert den nordvietnamesischen Hafen Haiphong und besetzt ihn als Vergeltungsmaßnahme für wiederholte Verletzungen der von Frankreich beanspruchten Zollhoheit seitens der Vietnamesen.
19. Dezember: Beginn des Guerillakrieges des Vietminh gegen die Franzosen.

1949 Unter dem Schutz der Franzosen kehrt Bao-Dai als Staatsoberhaupt eines vereinigten Vietnam aus dem französischen Exil zurück.

1954 7. Mai: Kapitulation der französischen Truppen in Dien Bien Phu.
21. Juli: Abschluß der Genfer Konferenz zwischen den Großmächten und den Vertretern der Regierungen Indochinas: Das Genfer Abkommen legt den 17. Breitengrad als vorläufige Demarkationslinie zwischen Nord- und Südvietnam fest und sieht für Juli 1955 gemeinsame Wahlen zur Wiedervereinigung Vietnams vor. Die USA und Südvietnam lehnen eine Unterzeichnung der Abkommen ab.

Bibliographie

Eine deutsche Ausgabe des Bandes erschien 1955 in der Übersetzung von Karl Heinrich im Verlag «Volk und Welt», Berlin.

Zum französischen Indochinakrieg

a) Deutsch

Berg, Hans Walter, *Indochina im Wandel der Machtkonstellationen* in: Wolfgang Benz / Hermann Graml, *Weltprobleme zwischen den Machtblöcken, Fischer Weltgeschichte* Band 36, Fischer Taschenbuch Verlag, Frankfurt 1981, 213–219.
Chesneaux, Jean, *Vietnam. Geschichte und Ideologie des Widerstands*, Europäische Verlagsanstalt, Frankfurt 1968.
Lacouture, Jean, *Ho Tschi Minh*, Fischer Verlag, Frankfurt 1968.
Neumann-Hoditz, Reinhold, *Ho Tschi Minh*, Rowohlt Verlag, Reinbek 1971.
Roy, Jules, *Der Fall von Dien Bien Phu*, Bechtle Verlag, München 1964.
Scholl-Latour, Peter, *Der Tod im Reisfeld*, Deutsche Verlagsanstalt, Stuttgart 1979 und Ullstein Buch 33022.
Schütze, Günter, *Der schmutzige Krieg. Frankreichs Kolonialpolitik in Indochina*, R. Oldenbourg Verlag, München und Wien 1959.
Werth, Alexander, *Der zögernde Nachbar. Frankreich seit dem letzten Weltkrieg*, Droste Verlag, Düsseldorf 1957.

b) Andere Sprachen

Devillers, Philippe, *Histoire du Viet-Nam de 1940 à 1952*, Paris 1952.
Fall, Bernhard B., *The Viet Minh Regime*, Westport 1975.
Hammer, Ellen Joy, *The struggle for Indochina 1940–1955*, Stanford 1966.
Levy, Roger, *L'indochine et ses traités*, Paris 1947.
Mus, Paul, *Viet-Nam. Sociologie d'une guerre*, Paris 1952.
Sabattier, General G., *Le destin de l'Indochine. Souvenirs et documents 1941–1951*, Paris 1952.
Sainteny, Jean, *Histoire d'une paix manquée*, Paris 1967.
Sainteny, Jean, *Face à Ho Chi Minh*, Paris 1970.
Sondernummer *Viet-Nam* in: *Les Temps Modernes* 9. Jg., Nr. 93/94, August / September 1953.

Zur Affäre Henri Martin

a) Interviews mit Jean-Paul Sartre

Astre, Georges-A., *Il faut rétablir la justice* in: *Action* vom 24. Januar 1952.
Montigny, Serge, *Le devoir d'un intellectuel est de dénoncer l'injustice partout* in: *Combat* vom 31. Oktober/1. November 1953.

b) Artikel

Anonymus, *Sartre: L'affaire Henri Martin* in: *La Vie franciscaine* Nr. 4, April 1954.
Gaucheron, Jacques, *Jean-Paul Sartre commente «l'affaire Henri Martin»* in: *L'Humanité* vom 9. November 1953.
Maulnier, Thierry, *Henri Martin et Jean-Paul Sartre* in: *La Table Ronde* Nr. 72, Dezember 1953, 29–39 (dazu: *L'affaire Henri Martin* in: *La Vie judiciaire* vom 7. Dezember 1953).
Maulnier, Thierry, *L'ironie de Jean-Paul Sartre* in: *La Table Ronde* Nr. 73, Januar 1954, 37–48.
Roy, Claude, *Sartre et l'affaire Henri Martin* in: *Libération* vom 11. November 1953.
Villefosse, Louis de, *Jean-Paul Sartre: L'affaire Henri Martin* in: *La Pensée* Nr. 52, Dezember 1953, 89–92.

Personenregister

Inhalt

Jean-Paul Sartre

Gesammelte Werke in Einzelausgaben.
In Zusammenarbeit mit dem Autor
herausgegeben von Traugott König

In dieser Ausgabe werden im Laufe der nächsten Jahre Neuauflagen der Werke in durchgesehenen Übersetzungen sowie zahlreiche bei uns noch unbekannte Texte erstmals in deutscher Übersetzung erscheinen.

Romane und Erzählungen: Der Ekel · Zeit der Reife · Der Aufschub · Der Pfahl im Fleische · Die letzte Chance (Fragmente) · Erzählungen und Entwürfe.

Theaterstücke und Drehbücher: Stücke: Bariona · Die Fliegen · Bei geschlossenen Türen · Tote ohne Begräbnis · Die respektvolle Dirne · Die schmutzigen Hände · Der Teufel und der liebe Gott · Kean · Nekrassow · Die Eingeschlossenen von Altona · Die Troerinnen.
Drehbücher: Das Spiel ist aus · Die falschen Nasen · Im Räderwerk · Die Hexen von Salem.

Philosophische Schriften: Die Transzendenz des Ego · Das Imaginäre · Das Sein und das Nichts · Bewußtsein und Erkenntnis · Kritik der dialektischen Vernunft · Determination und Freiheit.

Schriften zur Literatur: Der Mensch und die Dinge · Baudelaire · Was ist Literatur? · Saint Genet, Komödiant und Märtyrer · Schwarze und weiße Literatur · Was kann Literatur? · Der Idiot der Familie, Gustave Flaubert 1821–1857.

Schriften zu Theater und Film: Mythos und Realität des Theaters.

Schriften zur bildenden Kunst und Musik: Die Suche nach dem Absoluten.

Politische Schriften: Paris unter der Besatzung · Überlegungen zur Judenfrage · Krieg im Frieden · Der Kolonialismus ist ein System · Der Intellektuelle und die Revolution. Wider das Unrecht. Die Affäre Henri Martin.

Autobiographische Schriften: Die Wörter · Sartre über Sartre Sartre. Ein Film.

Reisen: USA, Skandinavien, Italien, Sowjetunion, China, Kuba.

Von Jean-Paul Sartre, Gesammelte Werke in Einzelausgaben, sind erschienen:

Romane: Band 1: «Der Ekel» (rororo Nr. 581).

Drehbücher: Band 1: «Das Spiel ist aus» (rororo Nr. 59).

Philosophische Schriften: Band 1: «Die Transzendenz des Ego» (1982).

Schriften zur Literatur: Band 1: «Der Mensch und die Dinge» (rororo Nr. 4260); Band 2: «Baudelaire» (rororo Nr. 4225); Band 3: «Was ist Literatur?» (rororo Nr. 4779); Band 4: «Saint Genet, Komödiant und Märtyrer» (1982); Band 6: «Was kann Literatur?» (rororo Nr. 4381); Band 7–11: «Der Idiot der Familie. Gustave Flaubert 1821–1857». I: «Die Konstitution» (das neue buch Bd. 78), II: «Die Personalisation 1» (das neue buch Bd. 89), III: «Die Personalisation 2» (das neue buch Bd. 90), IV: «Elbehnon oder Die letzte Spirale» (das neue buch Bd. 114), V: «Objektive und subjektive Neurose» (das neue buch Bd. 132).

Schriften zu Theater und Film: «Mythos und Realität des Theaters» (rororo Nr. 4422).

Politische Schriften: Band 1: «Paris unter der Besatzung» (rororo Nr. 4593), Band 3,1: «Krieg im Frieden 1» (rororo Nr. 4904), Band 3,2: «Krieg im Frieden 2» (rororo Nr. 4973), Band 4: «Wider das Unrecht. Die Affäre Henri Martin» (rororo Nr. 5096).

Autobiographische Schriften: Band 1: «Die Wörter» (rororo Nr. 1000); Band 2: «Sartre über Sartre» (rororo Nr. 4040); Band 3: «Sartre. Ein Film» (das neue buch Bd. 101).

In anderen Ausgaben erschienen:

«Der Teufel und der liebe Gott» (Drama; 1951), «Das Sein und das Nichts» (1952), «Kean» (Drama; 1954), «Nekrassow» (Drama; 1956); «Kritik der dialektischen Vernunft» (1967), «Gesammelte Dramen» (1969), «Gesammelte Erzählungen» (1970), «Das Imaginäre» (1971), «Der Ekel» (1981), «Die Wörter» (1983); «Die Fliegen» und «Die schmutzigen Hände» (Dramen; rororo Nr. 418), «Zeit der Reife» (Roman; rororo Nr. 454), «Der Aufschub» (Roman; rororo Nr. 503), «Der Pfahl im Fleische» (Roman; rororo Nr. 526), «Die Eingeschlossenen» (Drama; rororo Nr. 551), «Bei geschlossenen Türen», «Tote ohne Begräbnis» und «Die ehrbare Dirne» (Dramen, rororo Nr. 788), «Porträts und Perspektiven» (rororo Nr. 1443), «Die Mauer» (Erzählungen; rororo Nr. 1569), «Bewußtsein und Selbsterkenntnis» (Essay, rororo Nr. 1649), «Mai '68 und die Folgen» (rororo Nr. 1757 und 1758); «Die Transzendenz des Ego» (Essay; Rowohlt Paperback Bd. 40), «Situationen» (Essays, Rowohlt Paperback Bd. 46), «Kolonialismus und Neokolonialismus» (Essays; Rowohlt Paperback Bd. 68); «Marxismus und Existentialismus» (rowohlts deutsche enzyklopädie Bd. 196).

Zusammen mit Bertrand Russell: «Das Vietnam-Tribunal oder Amerika vor Gericht» (rororo Nr. 1091) und «Das Vietnam-Tribunal oder Die Verurteilung Amerikas» (rororo Nr. 1213); mit Philippe Gavi und Pierre Victor: «Der Intellektuelle als Revolutionär» (rororo Nr. 1994).

In der Reihe «rowohlts monographien» erschien als Band 87 eine Darstellung Jean-Paul Sartres in Selbstzeugnissen und Bilddokumenten von Walter Biemel, die eine ausführliche Bibliographie enthält.

Ferner erschien «Sartres Flaubert lesen. Essays zu ‹Der Idiot der Familie›». Hg. von Traugott König (das neue buch Bd. 116).